여우가
잠든 1
숲
Im Wald

여우가 잠든 숲

Im Wald

1

넬레 노이하우스 지음

박종대 옮김

북로드

억압은 부인(否認)의 가장 치명적인 형태다.

-시릴 노스코트 파킨슨 C. Northcote Parkinson

■ 타우누스 지도

■ 루파츠하인 지도

쾨니슈타인 방향

동
북
서
남

숌미 시설 방향

운동장길

루파츠하인 운동장

레오 켈러의 오두막

보덴슈타인 농장 방향

쉰바젠헐레 시민회관

페수처리장

얀 병원
잉가 하젠의 집

피시바흐 강

해롤트 철공소
하르트만 정육점

마법의 산

에를레 건축 공사 구역

성당
유치원
보덴슈타인의 집

라이헨바흐의 집
엘리사의 집
초록숲 찻집

사제관

란츠그리벤 주차장

솔룬스부르크 방향

에펜하인 방향

레싱의 집
프코로니 빵집
소방학교

소나 슈바레크의 집

루파츠하인

옛 채석장
로제르트 산

공동묘지

아렌바흐로 가기

아헨베르크 전망탑

0 100 200 300m

등장인물

*굵게 쓴 인물들은 올리버 폰 보덴슈타인의 초등학교 동창이다.

아르투어 베르야코프: 러시아에서 이주 온 아이

랄프 엘러스: 한량

야콥 엘러스: 랄프의 형

파트리치아 엘러스(결혼 전 성은 크롤): 야콥의 아내

잉카 한젠 박사: 수의사

안드레아스 하르트만: 정육점 주인

프란치스카 하르트만: 안드레아스의 누이

엘리자베트 하르트만: 안드레아스의 어머니

에드가 헤롤트: 철공소 주인

코니 헤롤트: 에드가의 아내

로제마리 헤롤트(결혼 전 성은 크롤): 에드가의 어머니

클레멘스 헤롤트: 에드가의 형

소냐 슈레크(결혼 전 성은 헤롤트): 에드가의 여동생

데틀레프 슈레크: 소냐의 남편

빌란트 카프타이나: 산림감독관

로냐 카프타이나: 산림감독관의 딸

클라우스 크롤: 마을 경찰관. 로제마리 헤롤트와 파트리치아 엘러스의 남동생

페터 레싱 박사: 투자은행가

헨리에테 레싱: 페터의 아내

엘리아스 레싱: 페터의 아들

레티치아 레싱: 페터의 딸

콘스탄틴 포코르니: 빵집 주인

질비아 포코르니: 콘스탄틴의 아내

로만 라이헨바흐: 설비기술자

지모네 라이헨바흐(결혼 전 성은 올렌슐래거): 로만의 아내

파울리네 라이헨바흐: 로만과 지모네의 딸

– 그 밖의 인물

아달베르트 마우라: 은퇴한 신부

이레네 페터: 마우러 신부의 여동생

레오나르트 켈러: 시청 잡역부

안네마리 켈러: 그의 어머니

펠리치타스 몰린: 숲친구하우스 임차인의 언니

레나테 바제도프 박사: 루퍼츠하인에 사는 의사

베네딕트 라트: 전직 형사

발렌티아 베르야코프: 아르투어의 누나

클라우디아 엘러호르스트: 발렌티아의 어릴 적 친구

에스테파니아 우고넬리: 로제마리 헤롤트의 친구

– 강력반

올리버 폰 보덴슈타인: 경위, 강력반 반장

피아 산더: 예전 성은 키르히호프. 경사, 강력반 소속의 고참 형사

니콜라 엥엘 박사: 호프하임 경찰서 과장

카이 오스터만: 경장, 강력반 소속

카트린 파싱어: 경장, 강력반 소속

타리크 오마리: 순경, 강력반 소속

셈 알투나이: 경사, 강력반 소속

크리스티안 크뢰거: 경사, 감식반장

헤닝 키르히호프 교수: 프랑크푸르트 법의학연구소장

프레데릭 레머 박사: 법의학자

지아니 롬바르디: 지역범죄수사국 심문 전문가

킴 프라이탁 박사: 법정신의학자, 피아 산더의 여동생

메를레 그룸바흐: 호프하임 경찰서 피해자지원담당관

슈테판 스미칼라: 호프하임 경찰서 공보관

– 기타

카롤리네 알브레히트

크리스토프 산더 박사

소피아 폰 보덴슈타인

가브리엘라 폰 로트키르히

하인리히 폰 보덴슈타인 백작

레오노라 폰 보덴슈타인 백작부인

크벤틴 폰 보덴슈타인

로렌츠 폰 보덴슈타인

토르디스 폰 보덴슈타인(원래 성은 한젠)

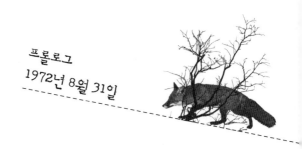

하고 싶지 않은 일이다. 그러나 해야 한다. 선택의 여지가 없다. 그가 내 모든 걸 파멸시키게 놔둘 수는 없다. 가만두면 정말 나는 파멸하고 말 것이다. 그것도 머잖아. 그는 내게 말한 것을 누군가에게도 말할 것이다. 어쩌면 경찰에 말할지도 모른다. 경찰은 여전히 곳곳에서 러시아 아이의 행방을 찾고 있고, 온 마을 사람들에게 꼬치꼬치 묻고 다닌다. 내가 믿은 것처럼 사람들도 그의 말을 믿을 것이다. 곧 소문이 퍼지고 온 마을이 알게 되겠지. 그들은 충격을 받은 것처럼 행동하면서 나를 동정할 것이다. 하지만 등 뒤에서는 내가 그렇게 순진한 인간인 줄 몰랐다며 비웃겠지. 그들이 떠들어대는 소리가 벌써 들리는 듯하다. 내가 어딘가에 나타나면 작당이라도 한 듯 바로 입을 다물어버리는 장면도 생생히 떠오른다. 그런 일이 일어나기 전에 행동해야 한다. 무조건.

밤새 머리가 깨지도록 고민했다. 이제 한 가지 계획이 섰다. 모두

11

가 나를 조금 어리숙하게 여기는 건 차라리 잘된 일이다. 누구도 내가 그런 일을 하리라고는 생각하지 못할 것이다. 설마 나 같은 인간이, 하고 말이다.

조금 돌아가는 길이지만 나는 과수밭을 지나간다. 누군가를 만나더라도 사과를 몇 개 주우려 했다고 둘러대면 된다. 해는 창백한 원반처럼 하늘에 떠 있다. 걷는 동안 양쪽 허벅지가 끈적끈적 마찰을 일으킨다. 그만큼 몹시 덥다. 미세한 공기 흐름도 없다. 며칠 전부터 비 한 방울 내리지 않는다. 그러나 오늘은 뇌우가 쏟아질 것이다. 제비들이 아주 낮게 날고 있고, 대기는 전기를 잔뜩 머금고 있으니까.

이윽고 숲에 이르렀다. 나무 그늘도 서늘함을 선사하지 못한다. 사위는 부자연스러울 만큼 고요하다. 숲이 숨을 멈춘 것 같다. 어쩌면 내가 하려는 짓을 예감하고 있는지도 모른다. 키 큰 가문비나무들 사이에 그의 오두막이 있다. 그가 직접 지은 집이다. 물론 나도 자주 도와주었다. 그래서 이 집은 구석구석 잘 안다. 가끔은 다르게 지었으면 좋았을 거라는 생각이 들 정도로.

여기서 발길을 돌리고 싶은 마음이 굴뚝같지만 그럴 순 없다. 해야 한다. 그렇지 않으면 내가 가족에게서 벗어날 기회는 영영 사라지고 만다. 지난여름 우리가 함께 땅을 파서 올챙이들을 집어넣은 작은 연못의 수면이 검은 유리처럼 어른거린다. 오두막 문을 두드리는 순간 심장이 쿵쾅거린다. 몇 초간, 그가 집에 없기를 바라면서도 동시에 없으면 어쩌나 염려가 된다. 문이 열린다. 청바지만 입은 그가 나타난다. 상체는 벗었고 머리는 젖어 있다. 그의 시선이 내 얼굴을 훑고, 입가에 의아해하는 미소가 피어오른다. 내가 올 거라고는 예상하지 못한 듯하다. 당연히 그랬을 것이다. 그저께 내가 한 말이 있으니.

"와, 이게 어쩐 일이야!" 그의 눈이 반짝거린다. "잠깐만 기다려, 옷 좀 입고."

이렇게 예의바른 사람이다. 그럼에도 나는 그를 증오한다. 나를 여기에, 내가 더는 원치 않는 이 삶에 묶어두려 하기 때문이다. 그가 티셔츠를 입는다.

"들어올래?" 그가 묻는다. 조금 불안해하면서.

"물론. 괜찮다면……." 나는 달아나고 싶은데도 엷게 웃는다. 속이 메슥거린다. 오두막은 하나의 공간으로 이루어져 있다. 그는 흩어진 옷가지를 주워 모아 의자에다 휙 던져놓는다. 내 시선이 깨끗이 정돈된 침대소파로 향한다.

"좀 앉아." 그는 흥분한 듯하다. 내가 심사숙고 끝에 다시 자신에게로 돌아왔다고 믿고 싶은 모양이다. 그 모든 일에도 불구하고. "뭐 좀 마실래? 콜라가 있는데."

"아니, 괜찮아."

"오늘…… 무척 예뻐 보여." 그가 어색하게 말한다. "옷이 정말 잘 어울려."

"고마워." 서둘러야 한다. 갑자기 아이들이 들이닥치면 곤란하다. 나는 그에게 바짝 다가간다. 바디워시와 샴푸 냄새가 난다. 눈을 감는다. 눈물이 나서다. 아, 다른 방법이 있다면……!

"미안해. 그런 말을 해서." 내가 중얼거린다.

"나도 미안해. 협박조로 말해서." 그의 목소리가 내 귀 가까이에서 울린다. "하지만 그럴 수밖에 없었어. 어쨌든 그건……."

"그만해! 부탁이야! 좋은 뜻으로 한 말이라는 거 알아."

그럼에도 당신 때문에 내 행복이 무너지게 둘 수는 없어! 나는 생각한다. 당신뿐 아니라 그 누구도 내 행복을 망칠 수는 없다고! 이건 내 인생 처음으로 생긴 기회란 말이야.

그의 숨결이 내 얼굴을 스친다. 나는 그의 뺨과 목덜미를 어루만진다. 그의 모든 것이 너무 친숙하다.

네가 떠나! 내 머릿속의 목소리가 외친다. 이 사람을 그냥 놔두고 네가 떠나라고!

나는 울지 않으려 이를 악문다. 그는 악의라고는 조금도 없다.

"얼마나 보고 싶었는지 몰라." 내 머릿결에 닿은 그의 입술이 한없이 부드럽다.

지금이야! 나는 생각한다. 신이시여, 저를 용서해주소서!

그는 자신에게 일어난 일을 이해하지 못한다. 그저 믿을 수 없다는 듯이 나를 바라볼 뿐이다. 이어 모든 것이 끝났다.

5분 뒤 나는 따뜻한 공기를 들이마신다. 하르츠 산과 여름, 전나무 향기까지. 무릎이 푸딩처럼 흐물거린다. 하고 싶지 않은 일이었다. 하지만 해야만 했다. 그가 나에게 선택의 여지를 주지 않았으니까.

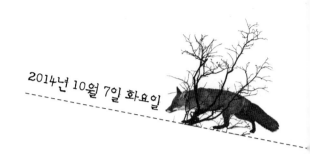

"태워줘서 고맙습니다."

"뭘 그거 가지고." 남자는 무심하게 고개를 끄덕이더니 다시 차량 행렬에 끼어들려고 깜빡이를 켰다. 그러고는 사이드미러를 보면서 말했다. "잘 가쇼!"

"안녕히 가세요!" 그는 발밑에 둔 배낭을 끄집어 내리고는 차문을 닫았다. 화물차 운전사가 차를 멈춘 것은 정말 행운이었다. 쾨니히슈타인에서 빌탈회에까지는 상당히 멀었고, 그는 어둠이 내리기 전에 캠핑카에 들어가려고 했다. 프랑크푸르트에서 힌터타우누스로 출퇴근하는 사람 중에서 히치하이커를 태우는 운전자는 거의 없었다. 더욱이 부랑아처럼 보이는 장발이라면 두말할 필요도 없다. 그의 아버지도 절대 하지 않을 일이다. 화물차가 차량 행렬에 다시 끼어드는 게 보였다. 그는 길가에 잠시 서 있다가 길을 건넜다.

여기서부터 1.5킬로만 더 가면 '숲친구' 캠핑장이었다. 거기가 목적지였다. 소년원에서 석 달을 보내는 동안 매일 밤 이 숲을 꿈꾸었다. 하늘로 치솟은 나무, 축축한 흙에서 나는 점토 냄새, 어스름한 빛과 바스락거리는 소리……. 그는 기억이 닿는 시절부터 이 숲을 사랑했다. 누나는 늘 숲을 무서워했지만, 그는 나뭇가지들이 자신의 머리 위를 촘촘하게 덮은 이 숲이 좋았다. 아니, 이 숲에 들어와야 안전한 느낌을 받았다. 어쩌면 그는 숲 관리인이 되어야 할지 모른다. 아니면 대학입학자격시험을 볼 때까지 숲 노동자로 일해야 할지도. 대학시험을 준비할 생각이 있었던 것이다.

자갈 깔린 도로 왼편으로 낚시클럽 소유의 낚시터가 몇 개 나타났다. 전나무와 가문비나무 들 사이로 벌써 가을빛으로 물든 활엽수가 띄엄띄엄 눈에 띄었다. 자동차 한 대가 다가오자 그는 우람한 너도밤나무 뒤로 몸을 숨겼다. 아무에게도 들켜선 안 되었다. 시간이 지나면서 그는 남의 눈에 띄지 않는 법을 배웠다. 마침내 숲 속 넓은 풀밭에 이르렀을 때 날은 벌써 어둑어둑해졌다. 그는 유원지 식당 앞을 지나가지 않으려고 관목들 사이로 길을 약간 돌았고, 이어 캠핑장을 둘러싼 녹슨 철조망 울타리를 따라 내려가다가 울타리를 넘었다. 그러고는 한 나무 아래 앉아 기다렸다. 거기서는 숲 가장자리 풀밭을 중심으로 크게 원을 그리며 주차되어 있는 캠핑카들이 잘 보였다. 대부분 몇 년 전부터 운행되지 않는 것들이었다. 캠핑카 소유주들은 여름이나 주말에 이곳 캠핑장을 이용했다. 물론 오래전부터 사용된 적이 없는 캠핑카도 더러 있었다. 그는 그런 캠핑카 중 한곳에서 마약 금단 현상을 극복할 때까지 며칠간 지내볼 생각이었다.

오늘로 마약을 끊은 지 나흘째였다. 원래 처음 나흘간이 가장 힘들다. 그건 그도 잘 알고 있었다. 이번이 처음이 아니었기 때문이다. 소년원에 있을 때 이미 그런 경험을 했고, 소년원에서 나온 지 일주일

16

도 채 안 돼 마약에 다시 취해버렸다. 이번에는 정말 제대로 해내고 싶었다. 자신의 삶을 옭죄는 그 물건에 대한 종속성을 이번에는 딱 끊고 싶었다. 그것도 영원히. 그러겠다고 니케에게 약속까지 했다. 몇 주 뒤 태어날 자신의 아기에게도. 사내아이라고 했다. 니케는 초음파 사진을 보여주면서 약을 완전히 끊기 전까지는 다시 올 필요가 없다고 했다. 이 말을 하면서 울었고, 그도 울었다.

그 순간 그는 반드시 해내겠다고 모질게 마음먹었다. 아들에게 좋은 아버지가 되고 싶었다. 오로지 팔뚝에 마약 주사를 꽂을 생각밖에 없는, 아들이 부끄러워할 마약 중독자는 되고 싶지 않았다. 게다가 무엇보다 자신의 아버지보다는 더 나은 아버지가 되고 싶었다.

끔찍하기 짝이 없던 지난 사흘은 보켄하임의 텅 빈 집에서 보냈다. 그는 끙끙 앓으며 고통스럽게 바닥을 뒹굴었다. 육신과 정신을 장악해온 역겨운 독 냄새가 식은땀에서 배어났다. 온 방 안에 그 냄새가 진동했고, 거기다 토사물과 오줌 냄새까지 더해졌다. 어쩌면 그에게 필요한 것이 바로 그것이었을지 모른다. 자신이 최악의 인간쓰레기라는 감정 말이다.

그는 식당 옆 살림집에 불이 꺼질 때까지 밤늦도록 기다렸다. 맞은편 풀밭에서는 캠핑카 하나에만 불이 켜져 있고, 나머지는 모두 어두웠다. 그는 행렬의 맨 끝 캠핑카를 택했다. 캠핑카를 에워싼 베란다의 나무 계단이 부식되어 삐걱거렸다. 문에 걸린 자물쇠는 아이들 장난이었다. 그는 일 분도 걸리지 않아 자물쇠를 땄다. 안에서는 퀴퀴한 냄새가 났지만 상관없었다. 라이터를 켜고 캠핑카 안을 비추어 보았다. 놀랄 만큼 넓었다. 인테리어는 케케묵은 50년대 스타일이었다. 이불과 베개가 놓인 침대가 있었고, 화장실도 눈에 띄었다. 반갑게도 주방 싱크대 위에 여섯 개들이 광천수가 여럿 쌓여 있었고, 벽 찬장에는 라비올리 통조림과 참치 통조림, 과일 병조림도 있었다. 문이 열린 채 전원이 꺼진 냉장고 안에는 맥주도 여섯 캔 있었다. 이 정도면 한동안 버틸 수 있을 것 같았다. 그는 코너형 벤치에 배낭을 던져놓고 신발을 벗은 뒤 침대에 쓰러졌다. 이삼 일만 지나면 니케에게 이제 마약을 완전히 끊었다고 말할 수 있을 것이다.

"기다려, 니케." 그가 중얼거렸다. "다 잘될 거야."

몇 분 뒤 그는 깊은 잠에 빠져들었다.

2014년 10월 9일 목요일

폭발은 낡은 목조 건물을 뒤흔들었다. 유리창이 덜거덕거렸고, 동시에 현관에서 개들이 짖어대기 시작했다. 펠리치타스 몰린은 깊은 잠에서 벌떡 깨어났다. 심장이 요동쳤다. 처음에는 여기가 어딘지 알지 못했다. 바람에 불룩해진 커튼 사이로 불그스름한 불빛이 쏟아져 들어왔다. 그녀는 몽롱한 상태로 텔레비전 아래 DVD플레이어의 디지털시계를 보았다. 새벽 2시 24분. 그제야 비로소 여기가 프리드리히스호프의 편안하고 쾌적한 자기 집이 아니라 여동생 집이라는 걸 알아차렸다. 가장 가까운 인가도 수 킬로미터 떨어진 곳에 있는 숲 한가운데의 외딴 집이었다. 손을 뻗었다. 익숙한 몸 대신 소파 팔걸이가 만져졌다. 9개월하고 2주 3일이 지났지만 그녀는 여전히 잠에서 깰 때마다 두 번째 남편도 자신의 삶에서 사라졌다는, 그것도 더없이 비열한 모습으로 사라졌다는 사실을 깨닫곤 했다. 정확히 말해 그는 그냥 사라진 것이 아니라 그녀의 재산을 탕진하고 그녀에게 막대한 빚만 떠넘긴 채 말도 없이 떠났다. 그 인간한테 속은 걸 생각하면 분통이 터졌다. 그러다 보니 25년 동안 함께 산 첫 남편이 더 자주 생각났다. 그녀가 두 번째 남편의 더없이 매력적인 몸과 선량한 눈에 눈멀었을 때 떠나간 남자였다. 이 순간까지도 그사이 대체 자신에게 무슨 일이 있었는지 도저히 이해할 수 없었다. 그녀의 삶에서 이제 남은 것은 없었다. 마땅한 거처가 없어 마누와 옌스가 사는 이곳으로 온 것도 그 때문이었다. 자기만의 고유한 삶을 간직한 것처럼 보이는 이 낡고 누추한 나무집으로. 들보들은 삐걱거렸고, 벽난로 안에서는 바람이 거세게 울부짖었으며, 벽에서는 작은 발을 가진 동물이 줄곧 총총거리며 지나가는 소리가 들리는 듯했다. 특히 밤이 끔찍한 집이었다. 펠리치타스는 폭발과 이상한 불빛 따위는 무시해버리고 이불을 뒤집어쓴 채 계속 잠을 청하고 싶었다. 그런데 개들이 정신이 나간 것처럼 짖어댔다.

"에이, 저것들이 왜 저래?" 펠리치타스는 힘들게 몸을 일으키다가 도로 쓰러졌다. 지난밤에도 카우치에서 잠든 모양이었다. 머릿속이 왱왱 울리고 방이 빙글빙글 돌았다. 입 안은 바싹 말랐고 혀도 까슬까슬했다. 도른펠더 와인 한 병과 위스키를 다섯 잔이나 마셔댔으니! 그러나 어제 저녁에는 술기운에 의지하지 않으면 너무 불안해서 죽을 것 같았다. 그녀는 간신히 일어나 발을 질질 끌며 창가로 갔다. 커튼을 젖히자 건너편 캠핑장 위로 어지럽게 퍼져 있는 불빛이 어렴풋이 보였다. 그녀는 콘택트렌즈를 끼지 않으면 맹인이나 다름없었다. 복도 선반에 옌스의 쌍안경이 있었다. 제부가 여름에 비키니 차림의 아가씨들을 몰래 훔쳐볼 때 사용하던 것이다. 펠리치타스는 더듬더듬 현관 쪽으로 움직였다. 개들은 더 이상 짖지 않았지만 현관문 앞에 웅크린 채 으르렁거리고 있었다. 갑자기 환한 빛줄기가 벽을 휘익

스치고 지나갔다. 이어 엔진 소리가 들렸다! 펠리치타스는 겁에 질려 일순 몸이 굳어버렸다. 그러나 자동차는 그대로 지나갔고, 그녀는 다시 긴장을 풀었다. 그녀의 목숨을 노리는 강도가 아니라 이 늦은 시각에 숲을 배회하는 사람인 것 같았다. 어쩌면 한적한 장소를 찾는 연인일지도.

거실로 돌아온 그녀는 좀처럼 쌍안경의 초점을 조절하지 못했다. 손이 너무 떨렸다. 그러다 마침내 저 뒤편, 캠핑카들이 있는 넓은 풀밭이 불타오르는 것을 보았다. 불길은 격렬했다. 소방대에 알리는 것 말고는 달리 방법이 없었다. 그런데 여기 숲에서는 휴대전화가 터지지 않았고, 유선전화는 앞쪽의 마누 사무실에 있었다. 그녀가 몸을 돌리는 순간 캠핑장에서 처음보다 더 격렬한 두 번째 폭발이 일었다. 눈부실 정도로 환한 화염이 어두운 밤하늘로 솟구쳤고, 집 안의 모든 창문이 덜커덕거리면서 개들이 다시 짖기 시작했다. 펠리치타스는 커다란 오렌지색 불꽃 앞에 한 인간이 서 있는 것을 몇 초간 뚜렷이 보았다. 득달같이 현관으로 달려가는 동안 공포로 목구멍이 조여들고 온몸이 바들바들 떨렸다. 세상에나! 캠핑카에 불을 지른 인간이 저기 바깥에 서 있지 않은가! 그녀는 불을 켤 엄두가 나지 않았다. 신문에서 방화범에 관한 기사를 읽은 것이 어제였다. 몇 개월 전부터 이 일대를 돌아다니며 50번 넘게 불을 지른 미친놈이 있다는 것이다.

개들은 현관문에서 미친 듯이 짖어댔다. 베어와 로키는 오스트레일리언 캐틀도그였다. 붉은 빛이 도는 회색 털에 환하고 또릿또릿한 눈과 새하얀 이빨을 가진 용맹스런 개였다. 이 두 녀석을 집 밖으로 내보내야 할까? 여동생이라면 어떻게 했을까? 마누는 그녀보다 항상 좀 더 현실적이고 용감했다. 아마 범인을 잡으려고 곧장 캠핑장으로 달려갔을지도 모른다. 빌어먹을, 이런 일이 왜 하필 지금 일어나는 거냐고! 마누가 6주 일정으로 오스트레일리아로 떠나는 바람에 지금 집에는 그녀밖에 없었다. 펠리치타스는 작은 사무실로 들어가는 문을 열고는 더듬더듬 책상으로 가서 전화기를 들었다. 그러고는 떨리는 손으로 112를 누르고 등 뒤로 문을 닫았다. 문을 닫지 않으면 개 짖는 소리 때문에 한마디도 알아들을 수 없을 듯했다. 그런데 눈길이 우연히 창문 쪽으로 향하는 순간 소스라치게 놀라며 심장이 몇 초간 뚝 멎어버렸다. 유리창 바로 앞에 한 남자가 서서 그녀를 보고 싱긋 웃고 있었다.

***

"아빠! 아빠! 아빠, 어서 일어나!"

또랑또랑한 목소리와 어깨를 흔들어대는 작지만 힘찬 손이 질척거리는 잠의 세계에 빠져 있던 올리버 보덴슈타인 수사반장을 현실 세계로 내동댕이쳤다. 그것도 너무 이른 현실 속으로.

"몇 신데 그래?" 그는 이렇게 중얼거리며 천장 등의 환한 불빛에 눈을 끔벅거렸다.

"이 시 – 오 – 일 분" 아직 시간을 잘 읽지 못하는 소피아가 떠엄 떠엄 대답했다. "휴대전화가 이 시 – 삼 – 칠 분부터 계속 울렸어. 누가 발신자제한으로 계속 전화해."

질책하듯 말했다. 귀 바로 옆에서 불협화음의 전화 멜로디가 찢어질 듯이 울리는 순간 보덴슈타인은 화들짝 놀라 움찔했다.

"내가 방금 가져왔어. 그러면 아빠가 일부러 일어설 필요가 없잖아." 잠이 완전히 달아난 얼굴의 일곱 살 딸이 그에게 휴대전화를 건넸다. 이 시간에 발신자표시제한으로 전화할 사람은 현재 시차가 많이 나는 외국에 체류 중인 소피아의 엄마이거나, 호프하임 경찰서의 당직형사밖에 없었다. 보덴슈타인은 후자라고 생각했고, 그 추측은 빗나가지 않았다. 당직형사의 전언에 따르면 쾨니히슈타인과 글라스휘텐 사이의 숲 한가운데 캠핑장에서 불이 났는데, 쾨니히슈타인까지 들릴 만큼 강력한 폭발까지 있었다고 했다. 몇 개월 전부터 한 방화범이 이 일대를 숨 가쁘게 몰아치고 있었는데, 강력반이 인명 피해 범죄 외에 마인-타우누스 지역에서 발생하는 화재 사건까지 담당하고 있어서 그에게 연락한 것이다.

"알았어. 바로 출발하지." 보덴슈타인은 전화를 끊고 깊은 한숨을 내쉬며 눈을 감았다. 캠핑장이 250미터만 서쪽에 있었어도 호흐타우누스 지역 담당에게 연락이 갔을 것이다. 재수가 없었다. 오늘은 소피아가 집에 있는 날인데도 대기근무였다. 항상 개인 사정에 맞춰 근무계획표를 짤 수는 없는 노릇이었다. 어린 딸이 거의 붙박이로 그의 집에 살게 된 뒤로는 특히 그랬다. 예외가 어느 정도 규칙이 되어버렸다.

"나가야 돼?" 소피아가 물었다.

"응, 아무래도."

"같이 가도 돼?"

좋은 질문이다. 이 한밤중에 일곱 살 애를 혼자 둘 수는 없었다. 학교 친구의 부모를 깨워 소피아를 맡기기에는 너무 이른 시간이었다. 그렇다고 자신의 부모 집으로 데려다놓기엔 너무 멀었고, 대문을 두드린다고 부모님이 그 소리를 들을 수 있을지도 의문이었다. 농장 살림집에는 아직 초인종이 없었기 때문이다.

"사람이 죽었어?"

소피아의 목소리는 보덴슈타인의 전처인 제 엄마와 똑같았다. 근

30년 전 자살 현장에서 만난 여자였다.

"나도 몰라." 그가 하품을 하며 대답했다. "아마 그냥 불만 난 걸 거야."

"아쉽다." 소피아가 침대 발치로 폴짝 뛰어 올라갔다. "죽은 사람을 꼭 보고 싶었는데."

"뭐?" 보덴슈타인은 눈을 뜨고 일어나 막내딸을 훑어보았다. 소피아는 책상다리를 하고 앉아 생각에 잠긴 표정으로 새까만 머리카락 한 올을 손가락에 끼워 돌리고 있었다.

"그레타 언니는 자기 할머니가 죽은 걸 봤대. 피하고, 뇌하고 전부다. 근데 나는 겨우 죽은 동물 몇 마리밖에 못 봤어. 완전 불공평해."

"너는 시체를 보기엔 너무 어려." 보덴슈타인이 심드렁하게 말했다.

카롤리네의 딸 그레타는 2년 전 12월에 겪은 일로 깊은 충격을 받았는데, 소피아에게 그 이야기를 한 게 분명했다. 그건 좋은 신호였다. 그전에는 할머니의 죽음에 대해 누구에게도 말을 하지 않았기 때문이다. 카롤리네는 당시 딸아이를 곧바로 기숙사에서 데려와 소아정신과 의사에게 치료를 받게 한 뒤 전남편과 둘이서 그레타와 되도록 많은 시간을 보내려고 애썼다. 이후 본인도 심각한 트라우마에 시달리던 카롤리네는 그레타가 아빠 집에 있을 때에만 여행을 다녔다. 지금은 언제든 딸에게 달려갈 수 있기 위해 주로 집에서 할 수 있는 일을 하고 있었다.

보덴슈타인은 침대 밖으로 다리를 흔들어댔다.

"너를 어떻게 하면 좋을까?"

"데려가줘!" 소피아는 단숨에 침대에서 뛰어내렸다. 눈동자가 반짝거렸다. "아빠, 제발! 제발, 제발, 제발!"

"지금은 새벽 3시야." 그는 소피아에게 상기시켰다. "넌 내일 학교에 가야 해. 원래는 좀 더 자야 한단 말이야."

"다 잤어. 정말이야. 졸리면 내일 학교 갔다 와서 낮잠 자면 돼. 제발, 아빠!"

그로서도 어차피 소피아를 데려가는 것 말고는 다른 방법이 없었다. 전처 코지마도 가끔 급히 어디 가야 할 일이 생기면 딸아이를 몇 시간 집에 혼자 두기는 했지만 밤에는 아니었다.

"그럼 옷 입어. 학교 가방도 챙기고."

"야호!" 소피아가 펄쩍펄쩍 뛰더니 쏜살같이 침실을 나갔다. 보덴슈타인은 고개를 흔들며 딸의 뒷모습을 보다가 옷장을 열어 따뜻한 스웨터를 꺼냈다. 빌탈회에 언덕 꼭대기에 위치한 숲친구 캠핑장은 그도 아는 곳이었다. 숲은 원래 도심보다 기온이 몇 도 낮을 뿐 아니라 10월 중순의 타우누스 산은 새벽이면 꽤 추울 것이다.

***

거리는 쥐 죽은 듯이 고요했고, 모든 집은 캄캄했다. 가로등만이 집들과 아직 건조한 아스팔트 위로 희미한 오렌지색 불빛을 던지고 있었다.

보덴슈타인은 타우누스의 작은 마을 루퍼츠하인을 양분하는 로베르트 코흐 거리로 방향을 틀었다. 꼭두새벽이었다. 거리 아래쪽은 좁고 구불구불한 골목길이 있는 구 시가지였고, 위쪽은 지난 40년 동안 가파른 언덕 방향으로 계속 신축 건물이 생겨나는 신 시가지였다. 보덴슈타인은 과거 결핵요양원이었던 '마법의 산' 건물에서 오른쪽 깜빡이를 켜고 쾨니히슈타인 방향으로 핸들을 돌렸다. 신문배달부들에게도 아직 너무 이른 시각이었다. 지금 길에서 얼쩡거리는 사람이 있다면 당연히 그 자체로 수상쩍을 수밖에 없었다. 범죄는 70퍼센트가 밤에 일어난다. 인간이 어둠을 두려워하는 데는 이유가 없지 않다.

소피아는 폭포수처럼 말을 쏟아냈고, 보덴슈타인은 한쪽 귀로 흘려듣다가 어쩌다 건성으로 대꾸했다. 소피아는 전달 욕구가 엄청났다. 머릿속에 떠오르는 것을 여과 없이 말해버리는 버릇도 독특했다. 헤드라이트 불빛 속에 표지판 하나가 나타났다.

"2007년부터 로- 드킬 65건" 소피아가 표지판을 읽었다. "2주 전에는 63이었는데. 항상 자동으로 바뀌는 거야, 아빠? 주유소처럼?"

"아니. 산림감독관이 그때그때 숫자를 바꿀 거야."

잠시 조용해졌다.

"아빠? 근데 로- 드킬이 뭐야?"

"로드- 킬이라고 읽는 거야." 보덴슈타인이 싱긋 웃었다. "노루나 멧돼지가 자동차에 부딪혀 죽는 걸 로드킬이라고 해."

"아, 그렇구나."

몇 킬로미터를 달리자 오른편으로 숲이 모습을 드러냈다. 한 대형 은행 연수원의 높은 담장도 보였다. 그 뒤로 쾨니히슈타인에서 계곡 아래쪽까지 불빛이 뻗어 있었고, 그 불빛 위로 환히 밝혀진 성의 잔해가 위엄 있게 서 있었다.

"아빠? 저기서 누가 총으로 자살한 거 알아?"

"어디서?"

"KTC 펜션에서. 할아버지한테 들었어. 아주 오래전에 있었던 일이래."

"음." 보덴슈타인은 한마디 신음만 내뱉었다. 적당한 기회에 아버지에게 그런 말은 하지 말라고 당부해야겠다고 마음먹었다. 소피아가 애어른처럼 조숙한 면이 있지만, 자살에 관한 이야기는 소피아처럼 병적인 상상력을 가진 일곱 살짜리 아이에게는 결코 적합하지 않았다.

숲 주차장은 왼쪽으로 가야 했다. 몇 년 전 페라리에서 발견된 시체 때문에 간 적이 있었다. 호프하임 강력반 수사반장으로 한 10년 일하다보면 일반인들처럼 이 일대를 아무 생각 없이 지나다니는 것은 불가능했다. 살인 현장에 대한 기억이 머릿속에서 새로운 기준점으로 작용했다. 그로서는 직업상 어쩔 수 없는 일이지만, 소피아 같은 어린아이에게까지 고향이 살인 현장을 가리키는 핀으로 가득한 지도로 인식되어서는 안 될 일이었다.

그는 커브길을 지나 좁은 길로 접어드는 순간 이번에는 또 무슨 일이 기다리고 있을지 생각했다. 범죄 현장으로 갈 때마다 슬금슬금 스며드는 약간 메슥거리는 감정과 함께. 소방대원들은 불난 캠핑카 안에 누군가 있을지 모른다고 걱정했지만, 소피아에게는 당연히 아무 말도 하지 않았다. 불타 죽은 시체는 말할 수 없이 처참하다. 보덴슈타인이 개인적으로 꼽는 최악의 시체 리스트에서도 최상위권에 속했다. 장시간 물속에 있었거나 따뜻한 온도에 며칠 방치되어 인간의 원래 모습을 상실한 시체들과 같은 급이었다. 미궁 속을 헤매는 이번 연쇄 방화는 지금껏 사람이 살지 않는 펜션과 헛간, 쓰레기통, 건초 창고에서만 발생했다. 그래서 인명 피해는 단 한 차례도 없었다. 그렇다면 오늘밤에는 그 사실이 달라질까?

8번 국도 교차로의 신호등은 점멸등으로 바뀌어 황색 불만 깜빡이고 있었다. 출근용 차량들은 빨라야 두 시간 뒤에나 나올 것이다. 그때가 되면 쾨니히슈타인 회전교차로에서부터 프랑크푸르트 방향으로 차량 행렬이 끝없이 이어질 것이다. 보덴슈타인은 왼쪽 림부르크 방향으로 차를 틀면서 내심 캠핑카만 불에 탔길 바랐다. 그러면 화재 감식반에 사건을 넘기면 그만이었다. 꼬불꼬불한 길이 이어졌다. 저 앞쪽에 경찰차의 파란색 불빛이 보였다. 경찰차는 빌탈회에 언덕으로 올라가는 숲길에 세워져 있었다. 쾨니히슈타인 파출서 소속의 경관이 그를 알아보고 고개를 끄덕이며 통과시켰다.

보덴슈타인은 자갈길을 따라 숲을 지나갔다. 공터에 이르기도 전에 탄 냄새가 진동했다. 나무들 사이에 걸려 있던 연기가 환기구를 통해 자동차 안으로 스며들었다. 가문비나무 사이로 불빛이 보였다. 주차장에는 차량 여러 대가 서 있었고, 구급차는 뒷문을 열어놓은 채 대기하고 있었다. 보덴슈타인은 순찰차와 진녹색 지프 사이에 차를 세운 뒤 벌써 안전벨트를 풀고 있는 소피아에게 몸을 돌렸다.

"아빤 여기서 일해야 해. 그동안 너는 차 안에 얌전히 있으면 좋겠어. 오케이?"

"말도 안 돼! 왜 그래야 돼?" 소피아가 입을 샐쭉거렸다.

"아빠가 그랬으면 좋겠으니까. 히터를 틀어놓고 갈게. 순찰차에 있는 경찰한테 너를 지켜봐 달라고 부탁할 거야."

"난 불 난 거 보고 싶어! 제발, 아빠!"

"안 돼."

"그럼 여기서 뭐하라고?" 소피아가 눈을 흘겼다. "심심해서 죽을 것 같은데!"

"이러기로 약속했잖아. 아이팟 있으니까 음악이나 들어. 쓸데없는 짓 안 하고 여기 가만히 앉아 있겠다고 약속할 수 있지?"

"목이 마르면 어떡해? 화장실에 가고 싶으면?"

보덴슈타인의 인내심은 점점 바닥을 보이고 있었다. "그럼 경찰관 아저씨한테 얘기해. 근처에서 너를 지켜보고 있을 거야. 하지만 절대 밖으로 나와 혼자 돌아다녀선 안 돼. 믿어도 되지?"

소피아는 아빠의 목소리에서 엄한 낌새를 알아차렸다.

"알았어." 소피아는 아빠의 시선을 피했다. 보덴슈타인은 찜찜했다. 소피아가 정말 차 안에 있을 가능성은 5퍼센트도 되지 않았다. 소피아는 규칙을 지키지 않는 애였다. 아이 엄마가 자기 편하자고 매사를 그냥 딸아이 마음대로 하게 내맡겼기 때문이다. 그래서 보덴슈타인은 소피아와 함께 지낼 때면 늘 입씨름해야 했다. 식탁 예절이나 취침 문제, 아이팟 사용 시간이나 텔레비전 시청 문제 할 것 없이 매번 말다툼이 일었고, 그러다 눈물과 감정 폭발로 끝날 때도 드물지 않았다.

***

유원지 식당과 그 옆의 살림집은 누군가 다가오는 것을 꺼리듯 컴컴했다. 야외 맥주홀의 테이블들도 모두 치워져 있었다. 아무리 술을 좋아하는 사람이라도 10월에 여기 타우누스 산의 야외 맥주홀을 찾지는 않을 것이다. 보덴슈타인은 차 트렁크를 열어 장화를 꺼냈다. 신발이 소방 호스의 물과 진창으로 뒤범벅되는 걸 원치 않았다. 그는 재킷 깃을 세우고 주위를 둘러보았다. 진녹색 지프차의 전면 유리 안쪽 흡착기에 "헤센 산림공사 산림보호"라고 적힌 표지판이 붙어 있었다. 차 안에는 개 한 마리가 앉아 있었는데, 개의 입김 때문에 유리창에 김이 서려 있었다.

서른 대여섯 대의 캠핑카가 주차된 넓은 공터 아래쪽은 아수라장이었다. 소방차 여러 대가 곳곳에 어지럽게 주차되어 있었다. 풀밭 위엔 짙은 연기가 자욱했고, 헤드라이트 불빛은 시뻘건 불길과 뒤섞여

선홍빛을 띠었으며, 소방대원들은 마치 시커먼 실루엣처럼 불길 앞에서 움직이고 있었다. 보덴슈타인은 점점 불안해지는 마음으로 분주한 움직임을 지켜보았다. 화재는 여전히 진압되지 않았고, 불길은 가문비나무 몇 그루로 옮겨 붙어 횃불처럼 타올랐다. 지난 몇 주간 비가 오지 않아 숲은 무척 건조했다. 단순 차량 화재가 산불로 확대될 위험이 컸다. 가문비나무 한 그루가 주변 모든 소음을 압도할 만큼 크게 쩍 소리를 내며 부러지더니 불꽃이 비처럼 쏟아졌다. 일련의 모든 광경이 피터르 브뤼헐(16세기 네덜란드 화가_역주)의 그림처럼 무시무시했다. 보덴슈타인은 눈을 찌르는 매캐한 연기 때문에 눈물이 났다. 플라스틱과 벤진까지 불타면서 마치 주유소가 타는 듯한 냄새가 났다.

캠핑장 진입로에서 여러 사람이 불난 쪽을 건너다보고 있었다. 소방대원이 녹색 재킷을 입은 한 남자와 이야기를 나누고 있었다. 보덴슈타인과 유치원 때부터 친구인 산림감독관 빌란트 카프타이나였다.

그 소방대원이 보덴슈타인을 알아보고 다가왔다. 서로 잘 아는 사이였다. 지금처럼 별로 유쾌하지 않은 사건 때문에 현장에서 계속 마주쳤던 것이다.

"안녕하세요." 보덴슈타인이 인사했다.

"안녕하세요, 반장님." 쾨니히슈타인 소방대장 얀 크바스니오크가 대답했다.

"어떻게 된 일이랍니까?"

"캠핑카 한 대와 근처에 주차된 자동차 한 대가 불에 탔습니다." 크바스니오크가 설명했다. "인근 나무에도 불이 좀 옮겨 붙었고요."

"또 그 연쇄 방화범인가요?"

"지금까지는 켈크하임과 리더바흐에서만 활동하는 것으로 알고 있었는데……." 크바스니오크는 입술을 동그랗게 내밀며 잠시 생각에 잠겼다. "아직은 확실히 말할 수 있는 게 많지 않습니다만 어쨌든 여기선 인화 물질을 사용한 게 분명해 보입니다. 불이 나면서 부탄 가스통이 몇 개 폭발했고, 그와 함께 불길이 거세게 일어 열기가 극도로 증폭된 것 같습니다."

"인명 피해는요?"

"차 때문에 인명 피해 우려를 하고 있지만 아직 캠핑카로 접근할 수가 없습니다."

"신고는 누가 했습니까?"

"여기 식당 임차인의 언니가요." 소방대장이 경찰 두 명에게 계속 뭐라고 이야기하는 여자를 고갯짓으로 가리켰다. "폭발 소리에 잠에서 깨어 불이 난 걸 보고 바로 전화했답니다."

소방대장의 무전기가 지지직거렸다.

"가봐야겠네요." 그는 양해를 구하고 안전모를 썼다. "그럼, 이따 봅시다."

또 다른 소방차 두 대가 파란색 등을 깜빡거리며 숲으로 접근하더니 주차장을 지나 풀밭으로 향했다. 보덴슈타인은 경찰에게 소피아를 좀 지켜봐 달라고 부탁하고는 화재 신고를 한 여자에게로 다가갔다. 40대 말에서 50대 중반쯤으로 보이는 여자는 거식증에 걸린 것처럼 앙상했다. 얼굴은 쇠약한 빛이 역력했고, 입술은 얇았으며, 파마머리는 헝클어져 있었다. 머리 뿌리 쪽에서는 금발이 몇 센티 자라 있었다. 충혈된 눈은 두꺼운 안경알 때문에 부자연스럽게 커 보였다. 그녀가 입을 열어 자신을 펠리치타스 몰린이라고 소개하는 순간 보덴슈타인은 숨을 멈출 수밖에 없었다. 이렇게 지독한 술 냄새는 처음이었다.

"술을 마셨습니까?"그가 물었다.

"아, 예. 마셨습니다." 그녀는 사실대로 말하더니 손으로 입을 가리고 발작적으로 키득거리며 웃었다. "여긴 정말 섬뜩할 만큼 무서운 곳이에요. 술을 마시지 않고는 잠이 안 오죠."

"그 말은 원래 여기 살지 않으신다는 뜻이군요."

"지금은 여기 살아요. 동생네 집에요. 동생 부부가 여기 식당에서 장사를 하거든요." 펠리치타스 몰린이 애매한 손짓으로 텅 빈 야외 맥주홀과 그 옆에 붙은 건물을 가리켰다. "두 사람은 5년 만에 처음으로 휴가를 떠났고, 그동안 내가 전부 관리하고 있어요. 프리랜서로 일하고 있어서 전혀 지장이 없거든요."

"혹시 부인 말고 이곳에 장기간 거주하는 사람은 없나요?"

"없을 거예요. 여름 시즌이 끝나면 이리로 놀러 오는 사람이 거의 없거든요."

"당시 상황을 아는 대로 말씀해주시겠습니까?" 보덴슈타인은 펠리치타스가 이렇게 술 취한 상태로 뭔가 도움이 될 만한 것을 보았을리 없다고 생각했지만, 그래도 모르는 일이었다.

"자동차 소리를 들었어요." 그녀가 망설이듯 대답했다. "그리고…… 불이 났을 때 누군가를 본 것 같아요. 확실치는 않지만."

그녀의 시선이 재빨리 건너편 경찰 두 명에게로 향했다.

"저기…… 저 창문으로 어떤 남자가 나를 들여다봤어요." 그녀는 눈을 크게 뜨고 속삭였다.

"그래요? 어디서요?"

"사무실 창문이요. 집 건너편 도로 방향이요. 소방대에 전화를 걸고 있는데, 어떤 남자가 창문으로 나를 보지 않겠어요? 너무 놀라 심장이 내려앉는 줄 알았어요." 펠리치타스가 손을 내밀었다. "보세요,

지금도 얼마나 떠는지!"

"남자가 어디로 가는지는 봤습니까?"

"아뇨." 그녀가 낮게 속삭였다. "그래서 더 무서웠어요."

"경찰이 벌써 여길 수색했나요?"

"그 남자 얘긴…… 아직 아무한테도 안 했어요."

보덴슈타인은 경찰관 한 명에게 집 뒤편에 발자국이 있는지 살펴보라고 부탁했다.

"이 부지 소유자는 누구죠?" 그는 경찰관이 떠나자 펠리치타스에게 물었다.

"'헤센 숲친구' 동호회 걸로 알고 있어요. 캠핑카는 모두 동호회 회원들 거고요. 건너편 나무 막사에는 가끔 등산객들이 묵고 가는 방들이 있어요. 캠핑 시즌이 끝나는 9월 말부터는 식당도 문을 닫아요."

"불탄 캠핑카가 누구 건지는 아십니까?"

"아뇨, 몰라요." 그녀가 어깨를 으쓱했다. "어딘가에 동호회 전화번호가 있을 거예요. 필요하면 찾아드릴게요."

"그러면 감사하죠."

두 경찰관 중 젊은 경찰이 다가왔다.

"반장님, 따님이 화장실이 급하고 목이 말라 죽겠다는 말을 전해 달라네요." 그가 빙긋 웃으며 말했다.

"고마워요. 내가 처리하겠소." 보덴슈타인은 체념한 듯 고개를 끄덕이더니 몸을 돌려 소피아에게 손짓을 했다. 소피아는 기다렸다는 듯이 문을 홱 열고 나왔다.

"현장으로 출동하면서 딸을 데려오셨어요?" 펠리치타스는 마뜩잖은 듯 입술을 내밀었다. "그것도 이런 시간에?"

"나라고 그러고 싶었겠습니까?" 보덴슈타인은 차갑게 대꾸했다.

"일곱 살짜리 애를 집에 혼자 두고 올 수는 없죠."

"66일만 지나면 여덟 살이야." 소피아가 힘주어 말했다. "보통은 아빠가 일하는 데 따라가지 못해요. 시체나 그런 것 때문에. 하지만 지금은 엄마가 러시아에 있어요. 엄마의 새……."

"화장실은 어디 있죠?" 보덴슈타인은 딸아이가 처음 본 여자에게 가정사를 시시콜콜히 늘어놓기 전에 얼른 말을 끊었다.

"건너편 식당이요." 펠리치타스는 글썽거리는 눈으로 그를 바라보았다. 비난하는 것일까, 동정하는 것일까? 아니면…… 그냥 남의 불행한 가정사 얘기를 좋아하는 사람일까? 보덴슈타인은 벌써부터 다음과 같은 신문 기사 제목이 떠오르면서 얼굴이 빨개졌다. 야심한 시각에 일곱 살 딸을 범죄 현장에 데려갈 수밖에 없었던 수사반장.

"가자, 소피아." 그가 짧게 말했다.

"제가 화장실에 데려다줄게요." 펠리치타스가 싹싹하게 제안했다. "그리고 반장님이 여기 일을 마칠 때까지 제가 집에 데리고 있을게요. 안이 여기보다 훨씬 따뜻하니까요."

보덴슈타인은 어린 딸을 술 취한 낯선 여자에게 맡기고 싶은 생각은 추호도 없었다. 그보다는 차라리 빌란트에게 맡기는 것이 나을 것이다. 그와는 나중에 어차피 만나서 할 이야기도 있으니까.

"아닙니다. 괜찮습니다." 그는 정중히 거절했다.

"그러시든지." 그녀의 목소리에서 가시가 느껴졌다. "꼬마 애를 여기 혼자 돌아다니게 놔두는 게 더 낫다고 생각하신다면야 어쩔 수 없죠."

"난 꼬마가 아니에요!" 소피아가 항변했다.

"혼자 돌아다니게 내버려두지도 않습니다." 보덴슈타인의 목소리는 의도했던 것보다 더 날카롭게 나왔다.

"알았어요." 펠리치타스는 조롱하듯 코웃음을 치더니 오리털 점퍼 주머니에서 열쇠꾸러미를 꺼내 돌아섰다. 그는 소피아의 손을 잡고는 그녀를 뒤따라 야외 맥주홀 테라스를 지나 화장실로 향했다. 음식점 지붕의 외부 조명등 불이 켜졌다. 보덴슈타인은 여자화장실 스위치를 켜고 밖에서 기다렸다. 정말 원치 않는 일이지만 이제는 싫으나 좋으나 코지마와 이야기할 수밖에 없을 것 같았다. 자기 원할 땐 언제든 소피아를 획 던져놓다시피 그에게 맡기고 갈 수는 없는 노릇이었다. 한동안은 아이를 분담해서 돌보는 일이 정말 순조로웠다. 그런데 작년에 자기 어머니가 유언을 바꿔 그에게, 그러니까 보덴슈타인에게 바트 홈부르크의 집을 증여하기로 한 사실을 알고는 코지마가 더는 약속을 지키지 않았다.

"반장님!" 침입자의 흔적을 찾아보라고 보낸 경찰이 집 모퉁이를 돌아왔다. "염탐꾼을 체포했습니다." 경찰은 할로윈 호박등을 흉내 내서 만든 사람 얼굴 같은 갓등을 내밀었다. 웃지 않으려고 애쓰는 표정이 역력했다. "이게 창문으로 부인을 들여다보았다는 그 남자 아닐까요?"

보덴슈타인은 재미있다는 듯이 웃었다.

"지금 사람 놀리시는 거예요?" 펠리치타스 몰린은 자존심이 상한 듯했다. "사람을 뭐로 보고! 불쾌해요!"

그녀는 획 돌아서서 집 쪽으로 비틀거리며 걸어갔다.

"도와줘서 고맙습니다!" 보덴슈타인이 그녀의 등에다 대고 소리쳤다. "나중에 몇 가지 더 물어보겠습니다."

"그러시든가 말든가." 몰린 부인은 혼잣말처럼 중얼거리며 어둠 속으로 사라졌다.

"호박등이었어요!" 경찰이 키득거리며 자갈이 촘촘하게 박힌 콘크리트 바닥에 갓등을 내려놓았다. "저렇게 술 냄새를 풍기는 것으로 보아 분명 잘못 봤을 겁니다."

***

동이 틀 무렵에야 불길은 잡혔다. 풀밭 위로 아침안개처럼 걸린 연기가 자줏빛 띠를 두른 하늘로 천천히 피어올랐다. 소방관들은 소방호스를 감았고, 차량들이 하나둘 풀밭을 빠져나가기 시작했다. 바람막이텐트를 쳐놓은 캠핑카는 검게 그을린 뼈대만 남았고, 알루미늄 외피와 스티로폼 단열재, 목조 내벽은 모조리 불타버렸다. 방화수와 화재 열기로 주변 땅은 온통 진흙과 재로 변했다. 고철덩어리가 된 그 옆의 자동차에선 타다 남은 연기가 새어나오고 있었다. 제조사와 자동차 모델은 알아볼 수 없었고, 번호판도 뜨거운 불에 녹아버렸다. 다행히 불이 숲으로 번지는 것은 소방대가 막았다. 산림감독관으로서는 안도의 한숨을 내쉴 일이었다. 다만 반원 형태로 정렬된 캠핑카들 주변의 가문비나무 다섯 그루만 화마에 희생되었다. 아침 6시 직전에 소방관 둘이 캠핑카의 잔해를 마지막으로 점검하면서 잔불을 정리하기 시작했다.

보덴슈타인은 몇 미터 떨어진 곳에서 재킷 주머니에 손을 넣고 말없이 그들을 지켜보았다. 부엌과 거실, 차고와 캠핑카는 가장 위험한 화재 발생 공간이다. 인화물질인 벤진과 가스통을 부주의하게 다루는 일이 많았기 때문이다. 대부분의 경우 인명 피해가 발생하지 않았다. 하지만 이번에는 그렇지 않을 거라는 직감이 들면서 보덴슈타인은 내심 강력반 반장으로서 보내게 될 마지막 두 달 반 동안 인명 피해를 동반한 방화 사건으로 고생하는 일이 없기만을 간절히 빌었다.

연말쯤 1년간 휴직을 할 생각이었다. 이 안식년 결정은 자신의 상관인 니콜라 엥엘 과장에게 그 뜻을 밝히기 전까지 오랫동안 심사숙고해온 일이었다. 그에게 형사라는 직업은 단순한 돈벌이 이상의 의미가 있었다. 그는 뼛속들이 철저한 경찰이자 형사였다. 경찰 조직 내에서 출세할 마음도 전혀 없었다. 그런데 지난 몇 년 사이 변화가 찾아왔다. 예전에는 문제없이 거리를 두었던 일들이 갑자기 마음속 깊이 들어오더니 더는 떨칠 수 없었다. 퇴근한 뒤에도 사건을 지워버리지 못할 때가 많았다. 사건들이 그를 압박했다. 그는 정의를 믿고, 규칙과 가치를 믿었기에 경찰이 되었다. 선과 악도 믿었다. 그런데 그 믿음이 사라지면서 예전에 그를 가득 채우고 독려하던 사냥 욕구도 사라졌다. 사람들에게 속고 바보 취급당하는 것에 신물이 났다. 뭔가를 숨기고 있는 것이 분명한 누군가와 마주앉은 채 보낸 지루하고 지친 시간들은 그의 수명을 갉아먹었다. 그러다 마침내 용의자를 체포할 수 있는 단서와 명백한 증거를 찾아내면 영악한 변호사가 등장해 종신형이 15년 형으로 감형되거나 정신병원 행이 결정되었다. 이런 유리한 판결과 함께 범인은 언젠가 다시 거리를 자유롭게 활보하지만, 정작 피해자는 더 이상 이 세상 사람이 아니다. 법원과 감정인, 검사는 2차 피해자들, 그러니까 트라우마를 겪는 가족들에게 점점 관심을 갖지 않는 듯했다. 이것은 보덴슈타인이 생각하는 정의가 아니었다.

2년 전 카롤리네 알브레히트와 인연을 맺게 해준 그 사건이 그에게 결정타를 날렸다. 당시 경찰은 한 사이코패스의 범행을 제때 막지 못했다. 치열한 추적 끝에 놈의 계략을 알아냈지만 결국 쓰라린 승리에 그치고 말았다. 그사이 너무 많은 사람이 목숨을 잃었던 것이다. 이 사건의 만족스럽지 못한 결과와 엄청난 무력감으로 인해 그전까지 막연하게만 가져온 경찰직에 대한 거북함이 그의 삶을 근본적으로 탈바꿈시켜야 한다는 인식으로 바뀌었다. 그가 안식년을 가지려는 또 다른 이유는 카롤리네였다. 그는 그녀를 위해 더 많은 시간을 내고 싶었다. 그에게 소중한 사람이기 때문이다. 그런데 조심스럽게 발전한 두 사람의 관계가 몇 달 전부터 더는 진전이 없었다. 그는 그 이유를 찾아내야 했다.

니콜라 엥엘 과장은 당연히 그의 안식년 요청을 탐탁지 않게 여겼고, 그에 대한 최종 결정을 상급 기관인 비스바덴 수사국으로 넘겼다. 그래서 보덴슈타인은 몇 주 전 신임 국장과 단독 면담을 가졌다. 프랑크푸르트에서 형사로 근무할 때부터 잘 아는 사이였다. 신임 국장은 수사국의 다른 상사들과는 달리 행정직만 거친 것이 아니라 오랫동안 현장에서 잔뼈가 굵은 사람이었다. 특히 프랑크푸르트 특별 기동대에 근무하면서 세상을 떠들썩하게 한 살인 사건과 납치 사건들을 몇 년간 지휘했다. 국장은 안식년을 갖고 싶어 하는 보덴슈타인의 뜻을 이해하고 인정했다. 엥엘 과장은 어깨를 으쓱하며 마지못해 그 결과를 받아들였지만, 보덴슈타인이 휴가에서 돌아올 때는 자동으로 다시 강력반 반장을 맡게 될 수는 없을 거라고 못 박았다. 그는 그 말에 신경 쓰지 않았다. 수뇌부에서는 그의 후임에 대한 최종 결정을 아직 내리지 못하고 있었지만, 그는 자신의 동료인 피아 산더가 강력반을 맡게 될 거라고 확신했다. 반장직을 맡을 능력이 충분하다는 걸 이미 수차례 증명한 사람이기 때문이다.

"반장님!" 소방대장의 갑작스런 목소리에 보덴슈타인은 상념에서 벗어났다. "시체 한 구를 발견했습니다. 직접 가서 보시죠."

실낱같은 희망이 사라졌다. 보덴슈타인이 염려한 일이기도 했다. 캠핑카 바로 옆에 세워진 자동차 주인이 여기서 묵었을 가능성이 높았으니까. 그는 크바스니오크 소방대장을 따라 질퍽한 잿더미를 지나가면서 장화 바닥이 따뜻해지는 것을 느꼈다. 세월이 지나면서 수많은 시체를 보았다. 그게 그의 일임에도 여전히 시체를 보는 건 익숙해지지 않았다. 이번에도 소름이 끼쳤다. 새카맣게 탄 이 덩어리도 몇 시간 전까지는 숨 쉬고 느끼는 인간이었을 것이다. 소방대 입장에선 이번 불이 방화라는 건 명약관화했다. 남은 문제는 피해자가 불이 나기 전에 죽었는지, 아니면 화재로 죽었는지 밝히는 것이었다.

보덴슈타인은 휴대전화를 꺼내 처음엔 당직형사에게, 다음엔 피아에게 상황을 설명했다.

"헤닝한테 미리 전화하는 게 좋겠어요." 피아가 즉시 대답했다. "나중에 투덜거리기 전에 현장으로 직접 가라고 해야죠. 현장 감식은 누가 하죠?"

"당직형사가 연락했을 거야."

"알았어요. 저도 곧 갈게요."

그녀가 전화를 끊었고, 보덴슈타인은 휴대전화를 다시 넣었다.

"보여드릴 게 있습니다." 보덴슈타인의 통화가 끝날 때까지 기다리고 있던 소방대장이 캠핑카 잔해를 원형으로 둘러친 공간으로 그를 안내하더니 잿더미 한가운데에 숯처럼 검게 탄 반원형의 금속 조각 몇 개를 가리켰다.

"프로판 가스통 조각입니다." 크바스니오크가 설명했다.

"그렇군요." 보덴슈타인은 소방대장이 뭘 말하려는 건지 잘 몰랐다. 자신은 캠핑을 즐기지 않지만, 캠핑카에서 가스로 난방과 취사를 한다는 것 정도는 알고 있었다.

"원칙적으로 프로판 가스통은 폭발하지 않습니다." 크바스니오크가 말을 이어갔다. "프로판 가스는 산소 없인 타지 않는데, 이 가스통은 외부 온도가 올라가 내부 압력이 상승하면 압력조절밸브가 자동으로 열리게끔 설계되어 있습니다."

"그러면 폭발하겠군요."

"아닙니다. 가스는 그냥 연소됩니다. 일종의 화염방사기처럼요. 가스가 누출되어 바로 불이 붙지 않아야 위험해지는 겁니다. 다시 말해 어떤 폐쇄 공간에 가스와 공기가 가득 차면 작은 불꽃 하나만으로 모든 게 폭발해버립니다."

보덴슈타인은 고개를 끄덕였다.

"가스통들은 바람막이텐트 주변에 놓여 있었을 겁니다." 소방대장이 말했다. "추측일 뿐이지만, 누군가 가스통의 압력밸브를 열어 닫혀 있던 바람막이텐트 안으로 가스를 흘려보낸 것 같습니다."

그는 불탄 캠핑카의 전방 쪽으로 뚜벅뚜벅 걸어가더니 서서히 밝아오는 여명 속에서 또렷이 알아볼 수 있는, 풀 속의 검게 탄 흔적을 가리켰다.

"그런 다음 벤진을 뿌려 일종의 도화선으로 삼은 거죠." 크바스니오크는 그 흔적을 따라 걸었고, 보덴슈타인은 그 뒤를 따랐다. 물컹물컹한 바닥이 장화 밑에서 질척거렸다. "길이는 30미터쯤 되겠군요. 그다음 벤진에 성냥불을 붙였을 테고, 잠시 후 꽝 하고 폭발했겠죠."

"일리가 있군요." 보덴슈타인은 면도하지 않은 턱을 쓰다듬으며 생각에 잠겼다.

"오늘 화재는 사전에 치밀하게 계획한 방화범의 소행입니다." 크바스니오크가 주장했다. "켈크하임의 그 연쇄 방화범은 아니라고 생각합니다."

"고맙습니다, 크바스니오크 씨. 화재 수사를 담당하는 제 동료들이 나중에 다시 대장님께 연락을 드릴 겁니다."

"알겠습니다. 저희 대원 몇이 여기 남아 화재 현장을 통제할 겁니다. 나중에 시신 수습 때 도움이 필요하면 말씀하십시오." 크바스니오크는 집게손가락을 관자놀이에 올려 경례하더니 대원들 쪽으로 건너갔다.

보덴슈타인은 주위를 돌아보았다. 풀밭 위에는 육중한 소방차에 짓눌린 바퀴 흔적이 흉터처럼 남아 있었다. 시신이 발견됨으로써 이제 살인 현장으로 돌변한 화재 현장은 방화수와 화염으로 인해 현장 감식반 요원들에게는 악몽이나 다름없었다. 크뢰거의 감식반원들과 형사10반 소속의 화재 전문가인 베히트는 잔뜩 인상을 쓰겠지만 어쩔 수 없는 일이었다. 보덴슈타인은 자신의 차가 있는 곳으로 가면서 지금까지 알아낸 내용을 정리해보았다. 몰린 부인의 이야기는 어쩐지 시간 순서가 맞지 않았다. 맨 처음 폭발 소리에 잠이 깼다고 했다. 그다음 지나가는 자동차 소리를 들었고, 그다음 두 번째 폭발이 일어났을 때 화염 앞에서 사람 형체를 보았다고 했다. 그럴 리가 없었다. 간밤에 방화범 외에 누군가 또 있었다면 모를까.

***

6시쯤 장엄한 아침노을과 함께 하루의 시작을 알린 태양이 한 시간도 채 지나지 않아 두터운 회색 구름층 뒤로 사라지더니 하루 종일 나올 기미를 보이지 않았다. 피아 산더 형사가 숲친구 캠핑장에 도착해 차에서 내렸을 때는 비마저 부슬부슬 내렸다. 타우누스 산도 이 정도 높이 올라오면 잎이 넓은 활엽수는 없고 모두 침엽수뿐이었다. 공터 주변을 빽빽하게 에워싼 키 큰 가문비나무와 전나무, 소나무가 회색 어둠 속에서 뚫을 수 없는 어두운 벽을 만들어내고 있었다. 식당과 그 옆의 풍화된 목조 건물도 을씨년스럽기는 마찬가지였다.

피아는 주위를 둘러보았다. 보덴슈타인의 차는 순찰차와 산림감독관의 녹색 지프차 사이에 세워져 있었다. 주변 일대에는 개미 새끼한 마리 보이지 않았다. 불길이 잡힌 지는 벌써 꽤 됐지만 연기 냄새는 여전히 강했다. 빨간색과 하얀색이 섞인 테이프로 널찍하게 쳐놓은 출입통제구역 안의 불탄 캠핑카 근처에는 소방차 한 대만 덩그러니 서 있었다.

"이상하네. 모두 어디 간 거야?" 피아는 뒷좌석에서 오리털 조끼를 꺼내 입었다. 그런 다음 휴대전화에서 통화 목록을 불러내 보덴슈타인의 번호를 눌렀지만 연결이 되지 않았다. 통화 불능이었다. 피아는 상사의 자동차와 순찰차 안을 들여다보았다.

"이봐요, 거기서 뭐해요?" 갑작스런 목소리에 피아는 깜짝 놀라 몸을 돌렸다. 쇠약한 얼굴과 헝클어진 파마머리의 깡마른 여자가 수상쩍은 눈길로 그녀를 바라보고 있었다. 두꺼운 안경알 때문에 마치 털 뽑힌 올빼미 같은 여자였다.

"산더 형사라고 합니다." 피아는 신분증을 꺼냈다. "당신은 누구시죠? 여기서 뭘 하시는 거예요?"

"여기 살아요. 뭐 문제 있어요?" 여자는 목소리를 깔아 약간 도전적으로 대꾸했다. 그러더니 피아의 신분증을 홱 낚아채 마치 미국 공항의 입국심사대 직원처럼 꼼꼼히 검사했다. "내 여동생이 여기 캠핑장에서 식당을 해요. 오늘 새벽에 소방대에 신고한 것도 나예요."

여자는 예전엔 흰색이었을 누리끼리한 털 목깃이 달린 낡은 청재킷 주머니에서 쪽지를 꺼냈다.

"어떤 형사님이 나한테 전화번호를 하나 찾아 달라고 부탁했어요." 그녀가 피아에게 쪽지를 내밀었다. "여기 그 번호가 있어요."

"고맙습니다."

여자에게서는 술 냄새, 마늘 냄새, 좀약 냄새가 진동했지만 피아는 인상 하나 찡그리지 않았다.

"혹시 우리 반장님이 어디 계신지 아십니까? 여기선 통화가 안 되네요."

"아하, 그 사람이 반장님이었군요. 그럼 행운을 빌어야겠네요." 올빼미 여자가 멸시하듯이 입술을 삐죽거리며 웃었다. "딸애를 잃어버린 것 같으니까요. 밤늦은 시각에 어린 여자애를 이런 데로 데려와서 아무 데나 돌아다니게 하는 건 정말 미친 짓 아닌가요?"

피아는 보통 낯선 사람을 대할 때 가지려고 애쓰는 편견 없는 친절이 순식간에 혐오감으로 바뀌는 것을 느꼈다.

"내가 그 애를 돌봐주겠다고 했는데도 그 양반이 싫대요." 올빼미 여자는 어깨를 으쓱했다. "차라리 애를 자동차에 혼자 내버려두겠다는 거예요. 그것도 이런 추위에. 그게 말이 돼요?"

피아는 자기 상사에 대해 아무 생각 없이 떠들어대는 이 여자가 몹시 불쾌해졌다.

"말이 안 될 건 없다고 생각해요." 피아가 쌀쌀맞게 대꾸했다.

"그러시겠죠." 올빼미의 목소리에 경멸이 담겨 있었다. "어차피 팔은 안으로 굽으니까."

순간 피아는 화를 터뜨렸다.

"나라도 술통에 빠진 것처럼 술 냄새가 진동하는 여자한테는 애를 맡기고 싶지 않았을 겁니다." 피아가 날카롭게 받아쳤다.

"어떻게 그런 말을!" 여자는 화가 나서 실눈을 뜨고 피아를 노려보았다. "당신이 나에 대해 뭘 안다고 그래요?"

"당신이 우리 반장님에 대해 아는 것만큼은 알겠죠." 피아가 싸늘하게 대꾸했다. "잘 알지도 못하면서 남의 일이라고 그렇게 함부로 말하면 안 되죠, 미시즈⋯⋯."

"몰린요. 펠리치타스 몰린. 그건 그렇고 난 여러 신문사에 글을 써요." 여자의 눈에 악의가 번뜩였다. "밤중에 어린 자식을 이런 수사 현장에 데려온 형사는 분명 기삿거리가 되지 않겠어요?"

"쓰고 싶으면 신나게 쓰세요." 피아는 고개를 저었다. "단 명예훼손에 걸리지 않게 조심하셔야 할 겁니다."

올빼미 여자가 '언론의 자유'니 '국민의 알 권리'니 하는 말을 떠들어댔지만, 피아는 들은 척도 안 하고 화재 현장으로 향했다. 그녀가 크리스토프와 함께 여기 산중턱 식당에서 식사를 한 것은 벌써 몇 년 전의 일이었다. 그때는 이곳에 캠핑장이 있는지조차 몰랐다. 숲 공터에 캠핑카가 40대 남짓 세워져 있었는데, 대부분 잿빛 대기 속에서 스산하고 황량해 보였다. 어떤 것은 비바람을 막으려고 빛바랜 천막을 씌워놓았고, 어떤 것은 이끼와 지의류가 잔뜩 낀 나무 울타리에 둘러싸여 있었다. 전체적으로 주인에게 세심한 배려를 받고 있다는 인상을 풍기는 캠핑카는 하나도 없어 보였다.

검게 그을린 가문비나무 다섯 그루가 잿더미에서 사람 손가락처럼 솟아 있었다. 피아가 그곳을 지나 불탄 캠핑카에 이르렀을 때 숲 가장자리에서 사람 목소리가 들렸다. 관목 숲에서 소방관 셋과 정복 입은 경찰관 둘이 나왔고, 그 뒤로 사냥꾼 같은 녹색 옷을 입은 남자와 보덴슈타인이 딸아이를 데리고 걸어오고 있었다. 소피아는 소리를 지르며 항변했지만 보덴슈타인은 무표정한 얼굴로 무시했다. 피아는 상관의 막내딸을 알고 난 뒤로 정말 그가 안됐다고 생각한 적이 한두 번이 아니었다. 아이가 완전히 천방지축이었던 것이다.

"저한테 전화하시지 그랬어요?" 그녀가 짧은 인사 끝에 말했다. "그럼 제가 대신 출동했을 텐데."

"염치가 있지 또 어떻게 부탁해. 최근에만 벌써 한두 번도 아니고."
보덴슈타인이 소피아에게 몸을 돌렸다. "넌 이제 여기 근처에 있어,
알았지? 곧 학교에 데려다줄 테니까."

"하지만 난⋯⋯." 소피아가 목소리를 높이기 시작했다.

"그만해." 보덴슈타인이 거칠게 말을 잘랐다. "더 이상 한 마디도 듣
고 싶지 않아."

소피아가 화가 나서 발을 쿵쿵 구르더니 곧 울음을 터뜨렸다.

"아빠가 조금 전에 뭐라고 그랬지?" 보덴슈타인이 위협적으로 낮
게 말했다. "너를 어디로 데려가는 건 이번이 마지막이야!"

"하지만 난 다쳤단 말이야! 아야!" 아이는 칭얼대다가 젖은 풀밭에
주저앉아 울었다. "다리가 부러졌나 봐!"

보덴슈타인은 딸의 연극을 무시하고, 피아에게 타우누스 숲의 이
구역을 담당하는 산림감독관 빌란트 카프타이나를 소개했다. 그는
크고 말랐으며, 각진 얼굴에 깊은 팔자주름이 새겨져 있었다. 검은 눈
은 우수에 차 있었고, 회색 머리는 정수리 부분이 비었다.

"몰린 부인이라고 여기서 식당을 운영하는 임차인의 언니 말에 따
르면 불이 나고 자동차 한 대가 지나가는 소리를 들었고, 그 뒤 한 사
람을 보았다는군." 보덴슈타인이 사건을 간략하게 정리했다. "숲 쪽으
로 핏자국을 발견했어. 범인의 피가 아니면 제삼자의 피겠지."

"그럼 수색견을 보내라고 요청해야겠네요." 피아는 올빼미 여자와
있었던 일은 언급하지 않았다. "범인이 아직 근처에 있거나, 단서가
될 만한 흔적을 남겼을지도 모르니까요."

차량 두 대가 덜커덩거리며 풀밭을 지나 다가왔다. 현장감식반이
탄 파란색 폭스바겐 버스와 화재 수사팀 차량이었다. 그들은 약 50미

터 떨어진 곳에 차를 세웠다. 보덴슈타인은 시계를 보았다.

"소피아를 학교에 데려다줘야겠어." 그가 이맛살을 찌푸렸다. 수사가 막 진척되는 상황에서 자리를 뜨는 것이 영 내키지 않는 것 같았다.

"어서 가보세요." 피아가 대답했다. "여기 일은 제가 알아서 할 테니."

"고마워." 보덴슈타인은 한숨을 내쉬었다. "아무래도 조만간 뭔가 대책을 세워야겠어. 소피아를 어디 맡기는 게 그리 쉽지가 않네."

"스트레스 받지 마세요. 여긴 제가 있잖아요." 피아는 상사의 집안 사정을 잘 알고 있었다. 그의 전처가 툭하면 핑계를 대고 막내딸을 돌보지 않는 것도 알았고, 다른 자식들도 보덴슈타인 혼자 거의 다 키웠다는 사실도 알고 있었다. 그의 아내 코지마는 다큐멘터리 필름을 찍는다고 멀리 외국에 나갈 때가 많았던 것이다. 피아 생각에는, 보덴슈타인이 어릴 때 좋아하던 수의사 잉카 한젠과 관계가 틀어진 것도 무엇보다 소피아 탓이 컸다. 보덴슈타인의 새 반려자인 카롤리네 알브레히트가 이 까다로운 아이와 이 애의 불성실한 엄마를 얼마만큼 견뎌낼 수 있을지는 두고 볼 일이다.

"제가 뭘 좀 도와드릴까요?" 보덴슈타인이 딸을 데리고 주차장으로 떠나자 바셋하운드처럼 생긴 산림감독관이 피아에게 물었다.

"혹시 캠핑카 주인들에 대해 알고 계신가요?"

"미안하지만 이름도 주소도 모릅니다." 빌란트 카프타이나는 안타까워했다. "임차인 부부한테서 들은 이런저런 별명 말고는 아는 게 없어요."

"음." 피아는 오리털 조끼 주머니에 손을 넣어 올빼미 여자가 건네준 쪽지를 만지작거렸다.

"잠깐 실례하겠습니다. 곧 돌아올게요." 그녀는 산림감독관에게 이렇게 말하고는 급히 보덴슈타인에게로 걸음을 옮겼다. 반장은 감식반의 크뢰거한테 잡혀 있었다. 피아는 호프하임 수사과의 크뢰거 감식반장과 현장 작업에 필요한 장비를 내리느라 바쁜 다른 동료들에게 인사를 건넸다.

"뭐야 이거? 워털루 전투가 따로 없구먼! 진짜 어이가 없어서!" 크리스티안 크뢰거가 투덜거렸다. "우리가 여기서 증거를 확보해야 한다는 걸 소방대가 한 번이라도 생각해봤는지 모르겠군!"

이런 식의 불평은 보덴슈타인과 피아에겐 익숙한 일이었다. 완벽주의자인 크뢰거는 누군가 흔적을 파괴하거나 훼손하기 전에 감식반이 무조건 먼저 현장을 확보해야 한다고 생각하는 사람이었다.

"더 안 좋은 소식이 있어." 보덴슈타인이 무덤덤하게 말했다. "시신 상태 때문에 헤닝 키르히호프를 오라고 했거든."

"그럼 진짜 운이 좋은 날이네요." 크뢰거가 말했다. "최소한 이번에는 내가 먼저 도착했으니까."

"헤닝과 당신 두 사람은 정말 유치해!" 피아는 전남편과 감식반장의 괴상한 경쟁 관계에 혀를 내둘렀다.

"내가 현재 11:3으로 앞서고 있어요." 크뢰거가 승리에 찬 얼굴로 이죽거렸다. "넘사벽이지. 헤닝 박사도 아마 뚜껑이 열렸을걸요."

크뢰거와 피아의 전남편 헤닝 키르히호프는 오래된 앙숙 관계인데, 시신이 발견된 현장에서 사소한 문제로 다툴 때면 아주 볼썽사나운 광경을 연출했다. 두 사람의 다툼은 가히 역대급이었지만, 그런 적대감이 일에 지장을 초래하지는 않았기에 모두가 둘의 언쟁을 무심코 참아냈다.

"참, 반장님, 올빼미 여자가 이거 전해 달래요." 피아가 보덴슈타인에게 쪽지를 건넸다. "반장님이 부탁했던 전화번호래요."

"고마워." 보덴슈타인이 쪽지를 보았다. "캠핑장 운영자의 번호일 거야. 내가 차에서 전화해볼게. 불이 난 캠핑카의 주인이 누군지 알아 내면 좋겠군."

그는 시위하듯이 다리를 절뚝거리는 소피아의 손을 잡고 자리를 떴다. 피아는 크뢰거 옆에 계속 서 있었다. 여기서는 휴대전화가 터졌 기 때문이다. 그녀는 당직형사에게 전화해서 방화범이거나 목격자일 수 있는 남자를 찾기 위해 수색견과 인력을 요청했다. 그런 다음 담 당 검사에게 사건 내용을 보고했다.

그사이 또 다른 차들이 도착했다. 경찰차 두 대와 헤닝 키르히호프 박사의 은색 메르세데스 왜건, 강력반 업무용 차량인 오펠 한 대였 다. 오펠 차에서는 크뢰거의 부하직원 세 명과 강력반의 신참 한 명 이 내렸다. 그 밖에 총천연색 로고가 눈에 띄는 한 민영 방송사의 흰 색 스마트 차량도 나타났다.

"쳇, 박사가 벌써 도착했군." 크뢰거는 못마땅한 듯 투덜거리고는 금속 트렁크를 들고 자기들 쪽으로 다가오는 헤닝을 보면서 전신작 업복 모자를 덮어썼다.

"방송국에서도 나왔어." 피아가 보충했다. "일단 이 일대에 출입 통 제부터 해야겠어."

***

펠리치타스는 너무 창피하고 화가 나서 흐느껴 울며 부엌 서랍을 왝왝 열어젖혔다. 겨우 아침 8시였지만 레드와인이라도 한 잔 마셔 야 살 것 같았다. 사람을 얕잡아보던 그 금발머리 여자 형사가 문제였다. 물론 자신을 조롱하던 다른 경찰들 탓도 있었다. 그들이 히죽 거리는 것을 두 눈으로 똑똑히 보았으니까 말이다. 호박 갓등을 갖고 그렇게 호들갑을 떨었으니 얼마나 민망하던지! 수사반장이라는 남자는 자신을 어떻게 생각했을까? 상당히 호감이 가는 남자였다. 까칠한 수염에 관자놀이가 희끗희끗한 것이 영화배우 리암 니슨 스타일이었다. 펠리치타스는 동작을 멈추고 서늘한 유리창에 이마를 갖다 댔다. 매력적인 남자였다. 크고 날렵한 몸에 어깨는 넓었으며, 비밀스런 아우라가 가득했다. 듣기 좋은 바리톤 음색과 헤센 사투리가 섞이지 않은 말끔한 발음도 근사했다. 다만 천방지축으로 날뛰는 딸아이가 있는 게 흠이라면 흠이었다. 오직 범인들만 뒤쫓느라 결혼이 파경에 이른 것일까? 아니면 지루하게 지방 경찰관 아내로 살아가는 여자 몰래 바람을 피웠을까? 어차피 상관없는 일이었다. 그는 그녀를 불쌍한 술주정뱅이 계집 정도로나 여길 테니까.

그녀는 창턱에서 떨어져 마누의 사무실로 단호하게 걸어 들어가 책상에 앉았다. 그러고는 서랍을 샅샅이 뒤졌다. 그게 분명 어딘가에 있을 텐데……. 마침내 벽장 맨 뒤쪽 구석에서 찾고자 하는 물건을 발견했다. 그녀는 조심스럽게 나무 상자를 꺼낸 뒤 흠집투성이 책상에 올려놓고 뚜껑을 열어젖혔다. 얼마 전 마누엘라가 지나가는 말로, 숲속에 살게 된 뒤로 옌스가 권총을 장만했다고 이야기한 적이 있었다. 제부한테 총기 허가증이 있을까? 상관없었다. 펠리치타스는 조심스럽게 상자에서 권총을 꺼냈다. 광택 없는 검정색 쇠붙이였다.

총을 들어본 지 벌써 수년이 지났다. 취재차 찾아간 한 사격장에서였다. 그녀는 신중하게 권총의 무게를 가늠해보았다. 총알은 장전돼 있었다. 역시 옌스는 생긴 대로 경솔했다. 어쨌든 총이 있다고 생각하니 한결 안심이 되는 듯했다. 그녀의 시선은 개들에게로 향했다. 그녀가 움직일 때마다 졸졸 따라다니는 녀석들이었다.

"너네만 믿을 수는 없잖아." 그녀는 중얼거리며 권총을 청바지 뒤춤에 찔러 넣었다. "짖는 것밖에 할 줄 모르면서."

창문으로 풀밭 일부가 내다보였다. 빨간색과 흰색이 섞인 출입금지 테이프와 많은 사람들이 눈에 들어왔다. 캠핑카 화재 이상의 끔찍한 일이 일어난 게 분명했다. 그녀는 마누의 책상에 앉아 노트북을 열고 메일을 확인했다. 네 건의 기고문을 써서 몇몇 편집국에 보냈으니 이제는 서서히 답장이 하나쯤은 도착해야 했다. 없었다. 스팸메일 몇 통뿐이었다. 전에는 날마다 받아서 그냥 아무렇지 않게 삭제하기도 했던 심사위원 모임과 축하연, 출간기념회나 저자 낭독회 초대 메일조차 없었다. 시간이 갈수록 수신 메일 수는 점차 줄어들었다. 어제부터는 단 한 통도 없었다. 그냥 아무것도 없었다. 사람들에게 잊힌 것이다. 그녀의 이전 삶은 어디로 갔을까? 왜 더는 초대나 전화가 없을까? 그녀는 쾅 소리를 내며 노트북을 닫았다. 이 보잘것없고 한심한 숲속 오두막에서 대체 무엇을 하고 있단 말인가? 그녀는 동물을 좋아하지도 않았다. 숲도 싫었고, 낡고 지저분한 이 집도 역겨웠다. 동생 집으로 숨어드는 것 외에 다른 선택이 없었다는 것 자체가 굴욕이었다.

***

"19세기에는 이곳에 나무가 거의 없었다는 사실을 알고 계셨어요?" 풀밭을 가로질러 온 타리크 오마리 형사가 피아 앞에 걸음을 멈추더니 카키색 야상점퍼의 목깃을 세웠다. "날씨가 좋은 날에는 프랑크푸르트 쪽에서 알트쾨니히 산의 켈트족 방벽이 잘 보였을 겁니다.

지금은 완전히 숲으로 뒤덮여 있지만."

"그런 것들은 대체 어떻게 안 거야?" 피아는 두 달 전쯤 강력반에 보강된 이 신참을 보고 감탄한 적이 처음이 아니었다. 지난 8월 초 카트린 파싱어 형사가 임신을 이유로 11월에 출산 휴가를 떠난다고 통보했을 때 니콜라 엥엘 과장은 마술을 부리듯 하룻밤 새에 새 형사를 데려왔다.

"어디선가 읽은 적이 있습니다." 타리크가 어깨를 으쓱했다. "머릿속이 사진기 같아서 한번 듣거나 읽은 건 절대 안 까먹거든요."

피아는 그를 흘낏 바라보았다. 그가 지금 그녀를 놀리는 건지, 아니면 그녀가 진짜 감동해주길 원하는지 확인하기 위해서였다. 그러나 그의 태도는 무척 진지하고 겸손했다.

스물여덟 살의 타리크 오마리는 비스바덴 경찰학교를 최고 성적으로 졸업하고 곧바로 이곳으로 배치되었다. 컴퓨터를 다루는 능력도 카이 오스터만 형사에게 전혀 뒤지지 않았다. 게다가 놀랄 정도로 아는 것이 많았고, 그런 지식을 별로 숨기지도 않아 호프하임 경찰서에서는 벌써부터 '아인슈타인'으로 통했다.

그들은 화재 현장에 도착했다. 방화수와 부슬비로 재는 어느새 검회색 곤죽으로 변했고, 그 위로 검게 그을린 쇠막대들이 솟아 있었다. 여기저기서 연기가 희미하게 피어올랐다. 감식반원 둘이 비로 인한 현장 훼손을 막기 위해 천막을 치고, 불탄 캠핑카 둘레에 금속판을 설치했다. 감식반 기술자들은 시신 위에 그물망을 펼치고 증거가 될 수 있는 모든 자리를 숫자로 표시했다. 그들 중 하나는 화재 현장과 불탄 차, 피해자의 세세한 부분을 가능한 한 모든 각도에서 사진을 찍었다. 별것 아닌 것처럼 보이는 작은 물건도 모두 수거되었고, 잿더미에서 뼛조각이나 치아 하나 놓치지 않기 위해 세심한 추출 작업이 이루어졌다. 나중에는 대부분이 중요하지 않은 것으로 드러난다고 해도 수사 초동 단계에서는 뭐가 중요하고 뭐가 중요하지 않은지 판단할 수가 없다. 때문에 모든 것을 수거해서 연구실로 보낸다. 재가 플라스틱과 고무 잔해로 인해 끈적거리고 진득진득해지는 바람에 작업은 더 힘들었다. 헤닝과 크리스티안은 숯으로 변한 시신 옆에 쪼그리고 앉아 놀라울 정도로 침착하게 처리 방식을 논의했다.

"숲 가장자리에서 핏자국도 발견됐어." 피아가 말했다. "목격자가 정체불명의 사람도 봤대. 그렇다면 풀밭에 발자국이 있는지도 살펴봐야 돼."

크뢰거가 그녀 쪽으로 몸을 돌리더니 고개를 저었다.

"우린 겨우 여섯이에요." 그가 투덜거렸다. "한 사람도 아쉬운 상황이라고요."

"그럼 인력이 보강될 때까지 외부 출입부터 차단해놓을게." 피아는 휴대전화를 꺼냈다. "보아하니 담배꽁초 같은 걸로 인한 실화는 아닌 것 같은데."

"맞습니다. 단순 실화로는 순간적으로 이렇게 강한 열기가 발생하지는 않죠." 타리크가 피아의 말을 두둔하면서 냄새를 맡았다. "벤진이 분명해요."

"고기 굽는 냄새도 나."

"예?"

"불에 탄 고기 말이야. 크리스마스 때 오븐에 너무 오래 구운 거위같은 냄새."

"정말 그렇군요." 타리크는 고개를 끄덕였다. "지금까지 불탄 시신에 대해서는 이론으로만 알고 있었습니다. 실제로 본 적이 없었거든요. 그런데 제가 읽은 게 여기서 확인이 되네요."

"그게 뭔데?" 피아가 약간 재미있다는 표정으로 물었다.

"인체의 70퍼센트가 물로 이루어져 있다는 사실요." 타리크가 답했다. "외부에서 강한 열이 가해지면 체내 액체가 끓기 시작합니다. 그래서 불탄 시신은 기본적으로 숯과 불 냄새가 나지만, 타버린 근육과 지방 냄새도 함께 나는 거죠."

피아는 감명 받았다. 옆에서 대화를 함께 듣고 있던 헤닝 키르히호프가 너그러운 미소를 지으며 물었다.

"새로 왔나 봅니다?"

"네, 맞습니다. 타리크 오마리라고 합니다." 젊은 형사가 고개를 끄덕했다. "법의학 및 범죄인류학연구소 소장님이신 키르히호프 교수님이시죠?"

"정확해요." 헤닝은 작업에 필요한 기본 장비가 든 트렁크를 열었다. "시신은 처음 봅니까?"

"네."

"운이 좋군요. 산더 형사한테서는 배울 게 많을 겁니다. 아주 훌륭한 선생한테 배웠거든요."

"치, 잘난 척하기는. 낯도 안 뜨거워지나 보지." 피아가 조롱조로 말했다.

"안 뜨거워지는데! 그냥 사람이 잘나서 그런가 보지." 헤닝은 기분 좋게 대답했다. 그러더니 자리에서 일어나 검사하듯 피아를 바라보았다.

"뭐야?" 피아가 의아한 얼굴로 물었다.

"아직도 아침에 초코잼을 발라먹어?"

"왜?" 피아는 얼굴이 화끈 달아올랐다. 평생 모델처럼 날씬했던 적은 단 한 번도 없는 사람이었지만, 최근 몇 개월 사이에 몸무게가 몇 킬로나 더 늘어 있었다. 스스로 절제하지 못하고 탄수화물과 단것을 포기하지 못했기 때문이다. 그래서 전남편은 사람들 앞에서 그런 그녀를 놀려대곤 했다.

"여기 누텔라(헤이즐넛 향이 들어 있는 초콜릿 맛 스프레드의 브랜드_역주) 얼룩이 묻어 있잖아." 헤닝이 싱긋 웃으며 자신의 입가를 톡톡 쳤다.

두 사람의 대화를 듣고 있는 타리크의 표정이 혼란스러워 보였다.

"여긴 내 전남편이야." 피아는 급하게 설명하고는 엄지와 검지로 입가를 쓱 닦았다. "여자랑 결혼한 게 아니라 일과 결혼한 사람이라서 이 사람을 한 번 보려면 법의학연구소의 부검실로 찾아가야 할 정도였지."

"얼룩은 없어졌어." 헤닝이 피아에게 윙크했다. "그건 그렇고, 지금 당신 말은 너무 과장이야. 그렇게까지 나쁘진 않았어."

"아, 그래? 그런 사람이 내가 이사한 것도 14일이나 지나서 알았나 보지." 피아가 지난 일을 상기시켰다. 헤닝과 헤어진 지는 10년이 지났다. 상처는 오래전에 벌써 치유되었다. 돌아보면 결혼 생활 동안 작센하우젠의 살림집보다 남편의 연구소에서 보낸 시간이 더 많은 것 같았다. 그러나 썩고, 불타고, 미라로 만들어지고, 해골만 남은 시신들과 보낸 수많은 저녁과 주말들 외에 더 아름다운 일은 떠올릴 수 없다고 하더라도 그런 식으로 꽤 유익한 지식을 얻은 것은 부인할 수 없었다. 어쨌든 헤닝은 독일에서 몇 안 되는 범죄인류학자 중 한 명으로 그 분야에서는 국제적으로 인정받는 탁월한 전문가였다. 피아는 16년 동안 어느 정도는 자발적으로 그의 조수 노릇을 해주었다. 심지어 남편이 수많은 학술 기고문과 여러 전공서를 쓰기 위해 정신없이 휘갈겨 쓴 원고와 박사학위 논문까지 타이핑해주었다. 그래서 법의학적 전문용어들에 무척 익숙해졌을 뿐 아니라 직접 보지 않거나 냄새 맡지 않은 시신이 없을 정도로 온갖 종류의 시신 조사에도 능숙해졌다.

"불탄 시신을 부검하는 자리에도 계셨습니까?" 타리크의 목소리에 그녀는 퍼뜩 혼자만의 상념에서 빠져나왔다.

"응, 몇 번 있었어." 피아가 대답했다. 두 사람은 금속판을 넘어가 불이 한 인간에게 남겨놓은 흔적을 말없이 관찰했다. 시신은 엎드려 있었다. 몸뚱이는 완전히 숯으로 변했고, 손발은 형체가 거의 남아 있지 않았다. 열기에 힘줄이 수축되는 바람에 시신의 팔다리는 휘어졌고, 입은 필사적으로 비명을 지른 것처럼 벌어져 있었다.

"음, 상상했던 것만큼 정말 처참하네요." 타리크가 쪼그려 앉았다.

"그래?" 피아가 물었다. "뭐가 보여?"

"피해자의 두개골에 난 구멍이 보입니다. 외부 열기가 강할 때 뇌도 끓는다는 점을 고려하면 열에 의한 두개골 폭발인지 단순 두개골 함몰인지는 불분명합니다. 부검을 해봐야 외부 가격에 의한 구멍인지 내부 폭발로 인한 구멍인지 정확히 확인할 수 있겠네요."

"A+도 아깝지 않은 설명입니다." 헤닝이 타리크를 칭찬했다. 하지만 곧 초조하게 손을 흔들었다. "이젠 좀 조용히 합시다. 일에 집중하게."

"피해자는 남자일까 여자일까?" 피아가 궁금해했다.

"우리 똑똑한 신참 형사님 생각은?" 헤닝이 타리크에게로 몸을 돌려 묻더니 트렁크에서 물건을 몇 가지 꺼냈다. 타리크는 시신을 유심히 관찰했다.

"남자인 것 같습니다." 타리크가 돌아보지도 않고 말했다. "오스 페모리스, 즉 넓적다리뼈가 여성이라기에는 너무 길고 굵어 보입니다."

"그래요, 그래." 헤닝이 일어서더니 피아의 새로운 동료를 호기심과 의구심이 섞인 눈으로 바라보았다.

"외부 영향으로 시신의 성별을 분명히 확인할 수 없을 때는 Y염색체 형광광학 검사로 증명할 수 있습니다."

"어떤 방법으로?" 헤닝이 물었다.

"퀴나크린 머스터스 염색으로요." 타리크는 금속판을 다시 넘어왔다. "최상의 시료는 머리카락과 연골인 것으로 입증되었습니다. 트뢰거, 슈판, 투치바우어가 1979년에 공동으로 쓴 논문을 인터넷에서 읽었습니다. 교수님의 저서 『법률가와 경찰을 위한 법의학 실습』 241쪽 14장 2항에도 불탄 시신의 신원을 확인할 수 있는 개인적 고유 특징이 기술되어 있습니다."

피아는 헤닝의 표정이 순간적으로 확 달라지는 것을 보고 싱긋 웃음을 머금었다.

"내 책을 상당히 주의 깊게 읽었나보군요." 헤닝이 말했다. "내 학생들도 좀 배웠으면 좋겠다는 생각이 드는군. 어쨌든 나쁘지 않아요."

"사진기와 같은 기억력을 가진 친구야." 피아가 한마디 했다.

"고맙습니다." 타리크는 헤닝의 칭찬에 얼굴이 빨개졌다. "교수님은 다른 전문 의학서들과는 달리 아주 이해하기 쉽게 쓰셨더군요."

"듣기 좋으라고 하는 소린가요?" 헤닝이 의심하듯이 물었다.

"아닙니다!" 타리크는 터무니없다는 듯 고개를 저었다.

헤닝은 알 수 없는 표정으로 그를 가만히 바라보았다.

"모든 이론은 회색입니다." 헤닝은 낮게 중얼거리더니 전신작업복의 모자를 덮어쓰고는 다른 쪽으로 몸을 돌렸다. 대화를 듣고 있던 감식반 동료들이 히죽거렸다.

"저한테 화가 난 거예요?" 타리크가 불안해하며 피아에게 물었다.

"그럴 이유가 뭐 있겠어?" 피아는 웃음이 나왔다. 전남편이 타인에게 저렇게 감탄하는 것은 극히 드문 일이었다. "내 생각에는 화가 났다기보다 오히려 상당히 우쭐해하는 것 같은데. 물론 그걸 인정하기보단 차라리 혀를 깨물 사람이지만."

그녀의 휴대전화가 울렸다. 피아는 몇 걸음 떨어져 전화를 받았다. 라인-마인 수색팀이 수색견과 함께 곧 당도할 거라고 했다. 검사도 프랑크푸르트에서 곧 도착할 것이고, 마인츠-카스텔에서는 경찰기동대가 벌써 타우누스로 출발했다고 했다. 일이 서서히 본격 궤도에 접어들고 있었다.

***

"물론이죠. 할 수 있어요." 보덴슈타인의 차 안 스피커에서 흘러나온 카롤리네의 목소리였다. "내가 3시경에 보모한테서 소피아를 데려와서 당신 집에 데리고 있을게요. 그러니 편하게 일봐요."

"고마워. 당신이 없었으면 어쩔 뻔했나 모르겠어." 방금 에펜하인 초등학교에 딸을 데려다주고 온 보덴슈타인은 이렇게 빨리 문제가 해결되어 한시름 놓았다. 그러다 퍼뜩 한 가지 생각이 떠올랐다. "참, 부동산에서 집 보러 온다고 한 날이 오늘 아니었나?"

카롤리네가 오버우르젤에 있는 부모님의 집을 팔기로 결정한 것은 벌써 좀 됐지만, 일은 예상보다 쉽지 않았다. 집을 사려고 관심을 보이던 사람도 그 집에서 일어난 일을 듣고는 그냥 등을 돌렸다. 심지어 집을 보러 오는 사람 중에는 그냥 살인 현장이 궁금해서 찾아오는 이들도 있었다. 결국 카롤리네는 온라인 포털에 올린 매매 광고를 모두 삭제했다. 오늘 오기로 한 사람은 집이 아닌 대지에만 관심이 있는 이들이었다.

"그건 어제였어요." 카롤리네가 살짝 놀리는 투로 말했다.

"아, 맞아. 어제였지." 보덴슈타인은 낯이 뜨거워졌다. 어제는 사무실에서 처리해야 할 일이 많았을 뿐 아니라 그 뒤에는 생일파티에 간 소피아를 데려오고 시장도 좀 봐야 했다. 그러다 보니 그녀에게는 무척 중요한 약속이었을 텐데 까맣게 잊어버렸다. 이런 태도를 카롤리네가 자신에 대한 무관심으로 해석하지 않기만을 바랄 뿐이었다. "일은 잘됐어?"

"그건 오늘 저녁에 만나서 얘기해요. 오케이?"

"그럽시다. 그리고 도와줘서 정말 고마워."

"아니에요. 이따 봐요."

보덴슈타인은 통화를 끝내고 자신의 형편없는 기억력에 욕을 퍼부었다.

카롤리네를 만난 건 2년 전 12월이었다. 상황이 좋지 않을 때였다. 연인 관계로 발전할 조건은 최악에 가까웠다고 할 수 있었다. 그럼에도 모든 것이 차근차근 올바른 방향으로 발전해나가기 시작했다. 처음에는 가슴 설레는 멋진 유혹이 있었고, 이어 두 사람을 가끔 키득거리는 십대로 만들어버린 서로에 대한 육체적 갈망이 있었으며, 마지막에는 연인 관계의 좋은 토대인 신뢰와 존중, 가치관과 생각의 근본적인 일치가 있었다. 문제는 그레타였다. 그레타는 처음부터 엄마의 삶에 갑자기 나타난 새 남자에게 극단적인 질투심을 보였다. 카롤리네에게는 무엇보다 딸이 우선이었다. 그녀는 직장 때문에 오랫동안 딸에게 소홀히 했다는 양심의 가책을 갖고 있었고, 이제 그동안 등한시한 것을 만회하려고 노력했다. 보덴슈타인은 그레타의 성장

과정을 걱정스럽게 관찰했지만, 카롤리네는 그의 사소한 비판도 지극히 예민하게 받아들였다. 그래서 그는 한 걸음 뒤로 물러나 되도록 그 아이를 피했다. 게다가 자신의 삶도 점점 더 소피아에게 얽매였기 때문에 두 사람이 함께 있을 시간은 별로 없었다. 카롤리네는 자신이 전처의 베이비시터로 이용당하고 있다고 여겼고, 그는 그레타에 대한 그녀의 배려가 지나치다고 생각했다. 이처럼 갈등의 소지는 충분했다. 그러나 보덴슈타인은 이 모든 걸림돌에도 그녀와 함께할 미래에 대한 희망을 포기하고 싶지 않았다.

전화기가 울렸고, 그가 전화를 받았다.

"부재중 메시지를 받고 전화 드리는 건데요, 어디시죠?" 지금껏 담배를 수만 개비쯤 피운 것 같은 탁한 여자 목소리였다.

보덴슈타인이 이름을 이야기했다.

"난 힐데가르트 인덴호크예요. 무슨 일이신가요?" 여자가 물었다. 보덴슈타인은 이 여자가 숲친구하우스 임차인의 언니가 적어준 전화번호의 주인임을 알아차렸다. 그러니까 숲친구 캠핑 동호회 회장이었다.

그는 재빨리 지난밤에 숲속 공터에서 일어난 일을 설명하고, 불탄 캠핑카가 있던 자리를 이야기했다.

"세상에, 그런 끔찍한 일이!" 인덴호크 부인은 이렇게 말하고는 기침을 했다. "미안하지만 내가 그리 갈 수는 없어요. 8시경에 오기로 한 함석공을 지금도 기다리고 있거든요."

"직접 오시지 않아도 괜찮습니다. 그 캠핑카의 소유주만 말씀해주시면 됩니다."

"오른쪽 마지막에 있는 캠핑카라고 하셨죠? 녹색 바람막이텐트와 울타리가 있는?"

"안타깝지만 텐트와 울타리는 남아 있지 않아서 모르겠네요. 어쨌든 캠핑카 바로 뒤에 가문비나무가 몇 그루 있습니다. 지금은 다 타버렸지만."

그는 라이터 켜는 소리와 담배 연기를 깊이 빨아들이는 소리를 들었다.

"그러면 로지 거네요." 인덴호크 부인이 잠시 생각에 잠겼다가 말했다. "로제마리 헤롤트요."

이 이름을 듣는 순간 보덴슈타인은 움찔했다.

"루퍼츠하인에 사는 로제마리 헤롤트 말씀인가요?" 그는 꺼림칙한 기분으로 재차 물었다.

"맞아요." 타우누스 산의 숲친구 회장이 다시 기침을 했다. "주소와 전화번호를 가르쳐드릴까요?"

"아닙니다. 저도 아는 사람입니다."

인덴호크 부인이 뭔가 말을 좀 더 했지만, 보덴슈타인의 귀에는 더이상 제대로 들리지 않았다. 오랫동안 강력반 형사로 일하면서 지금까지는 다행히 아는 사람이 살해된 적은 한 번도 없었다. 그렇다면 이번이 슬픈 첫 사례가 될까? 로제마리 헤롤트는 보덴슈타인의 초등학교 동창인 에드가의 어머니였는데, 젊을 때는 보덴슈타인의 집에서 일을 거들기도 했다. 루퍼츠하인의 남자와 여자들은 수 세대 전부터 보덴슈타인 가문 소유의 농장과 밭, 숲에서 일했다. 옛날에는 다른 일거리가 많지 않았기 때문이다. 루퍼츠하인은 19세기 말 결핵요양원의 건립과 함께 사람들에게 일자리가 생기기 전까지는 가난한 마을이었다.

루퍼츠하인의 아이들은 대부분 피시바흐에 있는 실업학교를 다닌 반면에 보덴슈타인과 그의 형제자매는 초등 4학년을 마친 뒤 쾨니히슈타인의 인문계 중등학교로 진학했다. 물론 그 뒤로도 그들은 그 작은 마을과 계속 연결되어 있었다. 보덴슈타인의 아버지는 수십 년 넘게 인근 숲과 들판의 수렵지 임대인이었고, 어머니는 그곳 성당과 유치원에서 일했다. 그러다 보니 보덴슈타인은 3년 전 루퍼츠하인으로 이사할 때 마치 귀향하는 것 같은 기분이 들었다.

그는 마법의 산 건물 옆에서 오른쪽으로 틀어 루퍼츠하인으로 이어지는 좁은 커브길로 접어들었다. 화재 현장으로 돌아가기 전에 빵집에 들러 동료들이 먹을 아침식사를 사려고 했다. 물론 그 자신도 카페인이 절실했다. 그는 500미터를 더 가다가 깜빡이를 켠 뒤 크게 원을 그리며 '초록숲' 술집의 작은 주차장으로 들어서려고 했다. 그때였다. 맞은편에서 똑같은 생각으로 주차장으로 진입하려던 지프차와 하마터면 충돌할 뻔했다. 그는 깜짝 놀라 브레이크를 밟았다. 간발의 차였다. 그제야 그는 지프차 핸들을 잡은 여자를 알아보았다.

***

숲 공터를 둘러싼 녹슨 철조망 울타리 뒤쪽의 숲길에 텔레비전 방송 팀이 자리 잡고 있었다. 카메라를 든 여자는 한 인간의 비극적 장면을 최대한 스펙터클하게 잡으려고 애썼다. 다른 언론사 기자들도 벌써 속속 도착하고 있었다. 이런 범죄 현장에서는 쓰레기통의 파리 떼처럼 피할 수 없는 존재가 바로 기자들이었다.

"다들 어떻게 알고 이렇게 순식간에 나타나는 거죠?" 타리크가 놀라워했다.

"경찰 무전." 피아가 짧게 대답했다. 그녀는 정복 경찰 둘을 기자들에게 보내 누구도 울타리를 넘어오지 못하게 단속하고는 산림감독관에게로 향했다. 빌란트 카프타이나는 뭔가에 상당히 화가 난 것 같은 한 통통한 아가씨의 말을 무표정하게 듣고 있었다.

"…… 도저히 이해가 안 돼요!" 피아는 가까이 다가가서야 그 아가씨의 격분한 목소리를 들을 수 있었다. "누군가 유인 막대를 뽑아버렸어요. 심지어 가져가기까지 했다고요! 이건 명확한 방해 행위예요!"

"방해 행위라뇨?" 피아가 물었다.

잠시도 가만있지 못하고 왔다 갔다 하던 아가씨는 화난 얼굴로 피아를 응시했다. 작고 다부진 체격에 나이는 많아야 20대 중반으로 보였다. 따뜻한 날이 아니었는데도 몸에 착 달라붙는 흰색 브이넥 티셔츠만 입었고, 무릎까지 접은 얼룩무늬 군복 바지 아래로는 탄탄한 장딴지가 보였다. 신발도 투박한 트레킹화였다.

"그 몹쓸 인간들이 우리 유인 막대에다 한 짓이 그렇다는 거죠!" 그녀가 분노로 몸을 떨면서 소리쳤다. 그러고는 티셔츠 안으로 손을 넣어 손가락 하나로 브래지어의 위치를 바로잡았다. 끼를 부리려는 의도는 전혀 없는 무의식적인 행동이었지만, 타리크는 순간적으로 얼굴이 빨개지고 말았다.

"누가 뭘 어쨌는데요?" 피아가 물었다.

"유인 막대 말이에요." 아가씨가 무시하듯 같은 말을 반복하더니 마치 어린애를 상대하는 것처럼 눈알을 굴렸다. 촘촘한 속눈썹으로 둘러싸인 초롱초롱한 녹색 눈에 코끝이 살짝 올라간 예쁜 얼굴이었다. 티 하나 없이 깨끗한 피부는 빨강머리와 잘 어울렸다. 통통한 뺨과 살짝 접힌 턱, 둥그스름한 어깨까지 모든 것이 잘 익은 복숭아처럼 탱탱하고 부드러워 보였다. 구리처럼 붉은 머리카락은 꽉 묶어서 위로 올렸고, 두툼한 입술은 못마땅한 듯 계속 실룩거렸다.

타리크는 그녀의 가슴을 보지 않으려고 애썼지만, 그럴수록 더 힘들었다.

"이쪽은 파울리네 라이헨바흐입니다." 빌란트 카프타이나가 끼어들었다. "자연보호연맹의 명예회원으로서 '타우누스 산의 들고양이 프로젝트'를 담당하고 있죠. 여러 자연보호 단체들과 해당 관청, 젠켄베르크 야생동물유전학연구소가 공동으로 추진하는 작업입니다."

"우리는 모니터링을 위해 여러 곳에 무인카메라를 설치했어요." 파울리네가 말을 쏟아냈다. "물론 들고양이들은 자기들을 찍으라고 순순히 카메라 앞으로 다가오지는 않죠. 그래서 들고양이를 끌어들일 방향 물질을 유인 막대에다 발라놓고 기다리는 겁니다. 이제 무슨 말인지 아시겠어요?"

"알아들었어요." 피아는 고개를 끄덕였다. 그때 머릿속 한구석에서 어떤 생각이 어렴풋이 반짝거리는 듯했다. 물론 아직 구체적으로 잡히지는 않았다.

"그런 막대가 사라진 게 그렇게 슬픈 일입니까?" 타리크가 아가씨에게 물었다.

"뭐라고요? 그런 막대 하나가 얼만지 아세요?" 파울리네가 분통을 터뜨리며 포동포동한 허리에 두 손을 올렸다. "또 유인 막대를 설치하는 건 뭐 공짜로 하는 일인지 알아요? 우리가 무보수로 여가 시간을 다 쏟아부어서 하는 일이라고요! 그런데 그게 지금 모두 수포로 돌아가게 생겼다고요! 생각해봐요. 간밤에 들고양이가 나타났을지도 모르는데, 그걸 놓쳤다면 얼마나 억울하겠어요?"

"아, 그럼 언젠가 또 나타나겠죠." 타리크가 태평스럽게 얘기했다. 그 태도에 아가씨는 더더욱 화가 솟구치는 모양이었다. 순간 피아는 아까 머릿속에서 반짝거리기만 하던 생각을 확실히 포착했다.

"진정하세요." 그녀는 파울리네를 진정시켰다. "무인카메라는 어디 있죠? 몇 대나 있죠?"

"세 대요. 하나는 공터 아래쪽으로 약 150미터 지점에 있고, 두 번째는 아이히코프 언덕에, 세 번째는 란츠그라벤 근처에요." 파울리네 라이헨바흐는 미심쩍은 표정을 지었다. "그걸 왜 묻죠? 당신은 대체 누구세요?"

"호프하임 강력반 피아 산더 형사라고 합니다. 이쪽은 타리크 오마리 형사고요. 간밤에 여기서 불이 나는 바람에 한 사람이 목숨을 잃었어요."

아가씨는 그제야 경찰들과 흰색 전신작업복을 입은 기술자들, 소방차, 공터 주변의 출입금지선이 무엇을 뜻하는지 알아차렸다.

"아, 그건 몰랐어요…… 그냥 캠핑카 한 대만 불에 탔나 보다 했죠." 그녀는 당황한 얼굴이었다. "그것도 모르고…… 참 나…… 바보같이 굴었네요."

"여기 근처 카메라에 뭔가 도움이 될 만한 게 찍혔을지 궁금해요." 피아가 아가씨에게 말했다. "확인해볼 수 있을까요?"

"음…… 그럼요. 당연하죠." 파울리네는 이런 상황에서 혼자 그런 야단법석을 떤 것이 창피한 듯했다. 이곳저곳이 녹슨 낡은 도요타 자동차로 걸어가더니 운전석 옆자리에 놓인 태블릿 PC를 꺼내 보닛 위에 올려놓았다. 그러고는 혀끝을 내밀고 집중한 표정으로 화면을 이리저리 터치했다.

"오늘 새벽 3시 7분 14번 카메라에 정말 뭔가 잡혔네요! 앗, 이건 동물이 아니에요!" 그녀가 흥분해서 소리쳤다. 눈까지 동그래졌다. 까만색 매니큐어를 칠한 손이 저절로 그녀의 입으로 올라갔다. "아니, 이런!"

"무슨 일이에요? 내가 좀 볼까요?" 피아가 태블릿 PC로 몸을 숙였다. 적외선 무인카메라여서 영상 입자가 굵고 선명하진 않았지만, 거기 잡힌 것은 분명 첫 번째 단서였다.

***

"안녕, 잉카?" 보덴슈타인이 빵집 맞은편 초록숲 술집 주차장에 서 있는 옛 여자친구에게 인사를 건넸다. 잉카는 그의 아들 로렌츠의 장모인데다가 계곡 아래쪽의 말[馬] 병원 소유주였다. 그럼에도 그가 그녀와 말을 섞은 것은 정말 오랜만이었다. 잉카도 그와의 만남을 별로 반기지 않아서 그가 참석하지 않는 것이 확실한 경우만 빼고는 모든 가족 행사를 멀리했다.

"안녕." 그녀가 차갑게 대꾸했다. "어떻게 지내?"

그냥 형식적으로 묻는 말이었다. 그의 안부가 궁금할 리 만무할 테니까.

"잘 지내. 넌?"

"아주 잘 지내." 턱까지 내려오는 그녀의 금발에 흰머리가 섞여 있었다. 그녀는 늘 날씬한 몸매를 유지해왔지만, 지금은 그리 좋아 보이지 않을 정도로 말라 보였다. 보덴슈타인은 그녀의 목주름을 보고 깜짝 놀랐다.

'이 사람도 늙어가는구나.' 그의 머릿속에 퍼뜩 떠오른 생각이었다. 그러나 이내 이 말을 수정했다. '우리가 늙어가는 거지.' 잉카는 그보다 겨우 3개월 젊을 뿐이었다. 두 사람은 잠시 마주보았지만 특별히 할 말이 떠오르지 않았다. 이 어색한 상황에서 그들을 구해준 것은 잉카의 휴대전화 벨소리였다.

"전화를 받아야 해서." 그녀가 슬쩍 액정화면을 보더니 말했다.

"나도 가봐야 돼." 그가 대답했다. 두 사람은 서로 고개를 끄덕였다. 그는 길을 건넜고, 그녀는 다시 차에 탔다.

40년이 넘는 두 사람의 우정에서 남은 것은 어색한 침묵과 상투적인 인사, 약간의 원망이 전부였다. 보덴슈타인은 한숨을 쉬며 계단을 올라가 빵집으로 들어갔다. 고풍스러운 종소리가 들리는 것과 함께 따뜻한 빵에서 나는 식욕 돋우는 효모 향이 훅 끼쳤다. 잉카도 빵집에 가는 길이었던 것 같지만, 갑자기 생각을 바꾼 게 분명했다. 주차장을 빠져나오더니 그에게는 눈길 한 번 주지 않고 그대로 빵집을 지나쳤다.

"어유, 안녕하세요!" 빵집 주인의 아내 질비아 포코르니가 살갑게 인사했다. "오랜만이네요. 뭘 드릴까요?"

"커피 한 잔 주세요, 블랙으로." 보덴슈타인이 말했다. "샌드위치 열 개하고 커피 열 잔은 포장해주시고요."

"아침부터 온 식구를 먹여 살리시려나 봐요." 그녀가 윙크를 하더니 은빛으로 반짝이는 커피머신으로 몸을 돌렸다. "혹시 시에서 새 도로를 건설할 거라는 얘기 들었어요? 여기서부터 저 아래 에를렌까지라나 뭐라나. 구간이 정해지면 바로 시작할 거예요."

"아 그래요?" 보덴슈타인은 건성으로 대꾸하고 말았다. 빵집 안주인의 도시 계획에 관한 추측을 들어줄 형편이 아니었다. 방금 숲친구회장한테 들은 정보만으로도 머릿속이 지끈거렸다. 캠핑카에서 숯처럼 타버린 시신이 정말 로지 헤롤트라면 어떡하지? 오랫동안 정말 충분할 만큼 많은 사람들에게 가족의 죽음을 전달해온 그로서는 아는 사람에게까지 그 일을 해야 한다는 건 상상하기조차 싫었다.

내내 수다를 떨던 질비아가 주문한 커피를 카운터에 내려놓자 보덴슈타인은 그제야 뇌를 다시 수신 모드로 전환했다.

"사람들 얘기가 맞아요?" 가볍게 묻는 듯했지만 살짝 튀어나온 그녀의 눈에서는 호기심이 번뜩거렸다. "간밤에 숲친구 캠핑장에서 불이 났다면서요? 소방대에서 일하는 쿠네 미헬이 쾨니히슈타인의 동료한테 들었다던데?"

부인하는 건 별로 의미가 없어 보였다. 늦어도 내일이면 어차피 신문과 인터넷에 보도될 테니까.

"맞아요." 그는 시인했다. "조금 전까지 거기 있다 왔어요."

"어머, 어머, 세상에나!" 질비아 포코르니는 눈을 좀 더 크게 뜨고 동작을 멈추었다. "사람도 한 명 죽었다면서요?"

보덴슈타인은 어깨를 으쓱하고는 질비아가 제발 조금만 더 서둘러주기를 바랐다. 그러나 지금 이 빵집에 손님은 그 혼자뿐이고, 그녀는 그에게서 더 많은 정보를 얻어내기로 단단히 마음먹은 듯했다.

"에이, 어서 말해봐요! 무덤처럼 침묵을 지킬 테니까 안심해도 돼요."

보덴슈타인은 자기도 모르게 웃음이 나왔다. 온 세상에 무덤처럼 침묵을 지킬 수 없는 사람이 한 명 있다면 그건 단연 질비아 포코르니였던 것이다. 이 빵집이 마을에서 오가는 온갖 소문의 온상지라는 데에는 이견이 없었다. 최근 소문이나 스캔들, 선정적인 이야기를 듣고 싶으면 여기 와서 귀만 열어두면 되었다. 보덴슈타인은 루퍼츠하인에 살면서도 마을 사람들과는 별 교류가 없었다. 저녁이면 술집에서 맥주잔을 기울이며 마을 사람들의 수다에 귀를 기울이는, 그런 타입이 아니었다.

보덴슈타인에게서 아무것도 알아낼 수 없다는 것을 눈치챈 질비아는 그제야 종이컵에 커피를 따르기 시작했다. 다행히 커피머신에서 나는 소리 때문에 대화는 불가능했다. 안에서 질비아의 남편이 빵 쟁반을 들고 나왔다.

"어이, 올리버" 그가 인사했다.

"잘 지냈나, 코니?" 보덴슈타인이 대꾸했다.

콘스탄틴 포코르니는 어려서는 다부진 체격에 말수가 적은 아이였다. 그런데 그사이 제빵실과 홀을 연결하는 문을 간신히 지나다닐 정도로 뚱뚱해졌다.

"또 쓸데없이 주둥이를 놀리고 있었어?" 그는 아내에게 이렇게 말하고는 김이 모락모락 나는 빵을 진열창 바구니에 부었다. 진열창 안쪽에 금방 김이 서렸다. 보덴슈타인은 구수한 빵 냄새에 회가 동하는 것을 느꼈다.

"에이, 무슨 말을 그렇게 해요? 난 그저 마을 일에 관심이 있는 것뿐이라고!" 아내가 받아쳤다. "당신하고는 다르다니까."

"당신이 내 몫까지 관심을 가지는데 나까지 그러면 어떻게 되겠어!" 콘스탄틴은 숨을 헐떡거리며 뚱뚱한 아래팔로 이마를 훔쳤다. 격자무늬 바지는 불룩한 배 밑에 걸려 있었고, 땀으로 얼룩진 티셔츠는 약간 말려 올라가 털이 난 맨살이 살짝 보였다.

"홀에서 나올 땐 앞치마 좀 두르고 나오면 어디가 덧나요?" 질비아가 못마땅하게 남편을 흘겨보았다.

"올리버는 예전에 내가 팬티만 입은 것도 다 봤어." 그가 아랑곳하지 않고 말했다. "안 그래? 그랬잖아!"

그가 큰 소리로 웃었다.

"그때는 당신도 지금보다야 볼 만했지." 질비아는 종이컵에 따른 커피를 캐리어에 넣고는 빵 봉투를 옆에 놓았다.

"멋있는 사람은 흉하게 변하지 않아." 콘스탄틴은 기분 좋게 웃으며 보덴슈타인에게 윙크를 하고는 다시 제빵실로 사라졌다.

"얼맙니까?" 보덴슈타인이 지갑을 꺼냈다. 그때 문에서 종소리가 울렸다. 여자 둘과 회색 머리 남자 하나가 들어왔다. 팔십이 훌쩍 넘은 나이인데도 매서운 눈매가 여전한 안네마리 켈러와 그녀의 아들 레오, 그리고 두 사람의 이웃에 사는 엘프리데 로스였다. 뚱뚱한 몸에 얼굴이 붉고 숨을 헐떡거리는 여자였다. 보덴슈타인은 정중하게 인사했다. 두 부인은 호기심에 찬 얼굴로 보덴슈타인을 머리부터 발끝까지 훑어보았고, 레오는 문 옆에 서서 바닥을 응시하고 있었다. 오래전에는 젊고 날렵한 청년이었지만 큰 사고로 장애가 생기는 바람에 나이가 육십인데도 어머니와 함께 살면서 시청 잡역부로 일하고 있었다.

"잘 지내죠, 레오?" 보덴슈타인이 그에게 말을 걸었다.

"아…… 안녕." 레오는 바닥에서 시선을 떼지 않고 더듬거렸다. 입은 제멋대로 실룩거렸고, 입가에서는 침이 흘러내렸다. 안타까운 모습이었다.

질비아는 보덴슈타인이 어서 빨리 사라지기만 초조하게 기다렸다. 그래야 숲친구에서 일어난 화재 사건을 이야기하면서 뭔가 그럴듯하게 덧붙일 수도 있었기 때문이다. 그 이야기는 순식간에 마을에 퍼지면서 온갖 추측을 낳을 것이다. 보덴슈타인은 화재 현장으로 돌아가 그사이 헤닝이 피해자의 성별과 나이에 대해 알아낸 것이 있는지부터 확인해야 했다. 시신의 주인공이 로지 헤롤트가 아니라면 마을 소문이 본인의 귀에 들어가기 전에 그가 먼저 그녀에게 전화를 걸 생각이었다.

"15유로 70센트예요."

"3유로만 주세요." 보덴슈타인은 20유로 지폐를 계산대에 올려놓은 뒤 거스름돈과 커피, 빵 봉투를 집어 들었다.

"그래, 어머니는 어떻게 지내시누?" 그를 만날 때마다 늘 그렇듯 안네마리 켈러는 이렇게 묻고는 문을 잡아주었다. 켈러 부부는 예전에 비젠 가에서 식료품 가게를 운영했다. 가게는 지금도 보덴슈타인의 뇌리 속에 생생하게 남아 있었다. 갖가지 물건으로 천장까지 가득 찬 진열대와 신선한 과일은 당시 그에겐 사치의 상징이었다. 그는 특히 계산대에 놓인 단것들에 군침을 흘렸는데, 안네마리는 학교가 끝나고 가게로 오는 모든 아이들에게 항상 사탕 하나씩을 건네주었다.

"잘 지내세요. 고맙습니다." 보덴슈타인도 여느 때처럼 틀에 박힌 대답을 했다. "아버지도요."

20년 전만 해도 이 작은 마을엔 가게들이 즐비했다. 정육점 둘, 빵집 둘, 은행 지점 하나, 정비소가 딸린 주유소 하나, 재봉용품점 하나, 식료품점 하나, 음식점 넷, 카페 하나, 그 밖에 다른 가게도 여럿 있었다. 그런데 사람들이 대부분 차를 타고 인근의 대형 마트로 편하게 장을 보러 가면서 마을 소매상들은 차츰 고사되었다. 남은 것은 포코르니 빵집과 하르트만 정육점뿐이었다. 보덴슈타인은 켈러 할머니의 보행기가 가로막고 있는 좁은 인도로 나와 길에 차가 다니지 않을 때까지 기다렸다. 도로가 꺾이는 지점이었다. 루퍼츠하인에서는 교통량이 많아지는 시간대가 하루에 두 번 있었다. 부모들이 아이들을 에펜하인의 학교로 데려다주고 직장인들이 출근하는 오전 7시 반에서 9시 반 사이와 퇴근 시간인 오후 5시에서 7시 사이였다. 머리가 허연 노인이 건너편 인도에서 걷고 있었다.

"안녕하세요, 신부님!" 보덴슈타인이 소리쳤다.

남자는 고개를 들어 그를 보더니 멈추어 섰다.

"올리버." 남자가 말했다.

그러더니 좌우도 살피지 않고 곧장 차도로 내려섰다. 그때 버스가 막 모퉁이를 돌았고, 신부는 버스를 보지 못했다. 보덴슈타인은 너무 놀라 가슴이 철렁 내려앉았다.

"조심!" 그가 소리쳤다. "스톱!"

버스운전사가 급브레이크를 밟았지만 늦었다. 둔탁한 충돌음이 보덴슈타인의 뼛속까지 파고들었고, 그의 심장은 오늘 두 번째로 요동쳤다. 버스 차창 뒤로 깜짝 놀란 얼굴들이 어렴풋이 보이고, 바퀴들이 끼이익 정지하는 소리와 비명이 이어졌다. 등 뒤에서는 빵집 유리문이 급하게 열리는지 종소리가 요란하게 울렸다. 그는 커피 캐리어와 빵 봉투를 보행기 위에 급히 내려놓고는 비스듬히 서 있는 차들과 버스 사이로 밀치고 들어갔다.

"멈춰요!" 그는 날카롭게 외치며 도로로 뛰어들려는 빵집 안주인을 막았다. "거기 있어요!"

그의 뇌는 자동으로 경찰관 모드로 전환되었다. 그로써 아스팔트 위의 으스러진 몸을 보는 것에 대한 끔찍한 공포는 일시적으로 차단되었다. 그 공포는 나중에야 엄습할 것이다. 밤에, 그의 꿈속에서.

***

경찰 출입금지선 뒤에서는 경찰기동대가 풀밭에 한 줄로 길게 늘어서 시선을 바닥에 집중한 채 수색을 하고 있었다. 다른 경찰들은 기자들을 비롯해 여기까지 몰려온 구경꾼들을 막느라 바빴다. 현장에는 비로 인한 훼손을 막으려고 천막이 쳐져 있었고, 그 아래서 헤닝 키르히호프와 크뢰거 팀은 불탄 자동차와 시신, 캠핑카 잔해에서 열심히 작업하고 있었다. 라인-마인 수색팀의 수색견은 여성 조련사의 차 안에서 초조하게 출동을 기다리고 있었다. '라일라'라는 이름의 암컷 벨기에 셰퍼드였다.

보덴슈타인이 없어 피아가 검사에게 지금까지의 상황을 정리해주었다. 외르크 하이덴펠트 박사는 벌써 여러 번 함께 일한 적이 있는 나이 든 검사였다. 그가 처음 참석했던 부검 자리는 아직도 기억이 생생했다. 당시 크론라게 교수가 이자벨 케르스트너의 시신에서 심장과 폐를 꺼내는 순간 검사는 바로 구토를 했다. 하지만 벌써 9년 전의 일이었고, 지금은 웬만해선 쉽게 충격을 받지 않았다. 그의 얼굴에서 젊은 패기와 활기가 사라진 지는 이미 오래되었다. 눈에 반짝이던 호기심도 마찬가지였다. 인간적인 타락과의 일상적 대면이 그에게 남긴 흔적이었다. 희생자들을 보고, 범인들을 만나고, 법정에서 쓰라린 패배를 맛보면 경찰이건 검사건 모두 이 일을 처음 시작할 때의 환상을 조금씩 잃기 마련이었다.

"살인 방화입니까, 방화 살인입니까?" 검사가 물었다.

"부검을 해봐야 판단할 수 있을 것 같습니다." 피아가 답했다.

"들어보니, 범인이 방화 시 다쳐서 숲으로 도주한 것 같던데?" 검사는 이마를 찌푸렸다.

"단정할 순 없습니다." 피아가 고개를 저었다. "목격자 말로는 자동차 지나가는 소리가 먼저 들렸고, 그다음 불이 난 곳에서 사람 형체를 봤다고 했습니다. 공터 아래쪽에 설치된 적외선 무인카메라에도 새벽 3시 7분에 한 형체가 포착되었는데, 남자라는 건 쉽게 확인할 수 있었습니다. 그리고 발견된 핏자국으로 보건대 부상을 당했을 가능성이 높습니다. 남자는 약 1미터 30센티의 각목을 들고 있었는데, 들고양이를 유인할 목적으로 방향 물질을 발라 바닥에 박아놓은 유인 막대라고 하더군요."

"뭐 하러 그걸 들고 갔을까요?"

"짚으려고 했을지도 모르죠." 피아가 추측했다. "아니면 무기로 쓰려고 했거나. 잘 모르겠습니다."

저 멀리 풀밭 아래쪽에서 수색 중이던 경찰들이 뭔가 흥미로운 것을 발견한 듯했다. 한 여경이 숨을 헐떡거리며 달려오더니 다른 캠핑카에서 침입 흔적과 핏자국을 발견했다고 보고했다. 젊은 여경이 앞장서고 피아와 타리크, 하이덴펠트 검사가 뒤따랐다. 그들은 죽 늘어선 캠핑카 대열을 지나 사방으로 가지를 뻗은 전나무 아래의 마지막 캠핑카에 이르렀다. 예전에 누군가 꽤 신경 써서 꾸민 듯했다. 캠핑카 둘레에 나무 울타리만 쳐져 있는 것이 아니라 바이에른 풍의 베란다까지 설치되어 있었다. 다만 지금은 방치된 지 오래되어 곳곳에 쓰레기가 널려 있었다. 빈 화분, 녹슨 그릴 도구, 망가진 새장, 상처 난 난쟁이 인형, 그리고 온갖 잡동사니가 전나무 잎에 두껍게 덮인 채 베란다 이곳저곳에 널려 있었다. 경찰기동대를 이끄는 에발트 프리체 대장과 조장 둘이 계단 앞에서 기다리고 있었다. 프리체 대장이 피아와 검사에게 고개를 끄덕이며 인사했다. 각지고 불그스름한 얼굴에 군인처럼 머리를 짧게 자른 관록 있는 50대 중반의 경찰인데, 훈련관과 저격수로서 전설적인 명성을 가진 인물이었다.

"계단 위의 발자국은 그리 오래되지 않은 것 같습니다." 그가 설명했다. "게다가 사방에 담배꽁초가 널려 있습니다. 캠핑카 문은 강제로 연 것 같고요."

피아는 조끼 주머니에서 라텍스장갑을 꺼내 꼈다. 그러고는 이끼 낀 계단을 조심스럽게 올라가 천천히 문으로 다가갔다. 실수로 증거를 지우는 일이 없도록 시선은 줄곧 바닥을 향했다. 캠핑카 문은 강제로 딴 게 분명했다. 문 안쪽에 놓여 있는 녹슨 금속 조각을 지렛대로 이용한 듯했다. 널찍한 내부는 예상대로 비어 있었다. 땀에 전 냄새와 곰팡이 냄새가 진동했다. 피아는 주위를 둘러보았다. 닳은 PVC 바닥은 핏방울투성이였다. 침대는 누군가 사용한 것 같았다. 이불은 헝클어져 있었고, 베개는 머리에 눌린 자국이 움푹 남아 있었다. 빈 플라스틱 병과 맥주캔, 통조림통이 여기저기 놓여 있었고, 재떨이로 사용한 꽃무늬 커피잔도 눈에 띄었다. 피아는 희열이 북받쳤다. 생체 인식에 필요한 수많은 유전적 증거가 남아 있을 것 같았기 때문이다. 크뢰거의 감식반원들은 분명 상태가 좋은 지문을 몇 개 찾아낼 것이다. 운이 좋으면 지역범죄수사국의 지문인식시스템에 저장된 지문들 중에 그와 일치하는 것이 있을 테고, 그러면 이름과 얼굴을 확인해서 적외선 카메라에 찍힌 영상과 대조할 것이다. 피아는 흡족한 미소를 지으며 캠핑카에서 나왔다. 10시가 조금 넘었을 뿐인데 벌써 상당한 진척을 본 느낌이었다.

***

펠리치타스는 평소 그렇게 조용하던 풀밭의 부산스런 움직임을 창문으로 내다보고 있었다. 대체 무슨 일일까? 낡은 캠핑카 한 대 불 탔다고 저런 난리를 피울까! 심지어 수색견까지 동원하다니! 그렇게 궁금하면 나가서 물어보면 될 일이지만 아침에 그런 우스운 꼴을 당한 뒤로는 형사들과 말도 섞고 싶지 않았다. 별것도 아닌 일로 사람을 놀리는 인간들이니까.

그때 초인종이 울렸고 개들이 짖기 시작했다. 펠리치타스는 움찔 놀라는 바람에 구닥다리 난방기 모서리에 무릎을 쿡 찧고 말았다. 그녀는 욕을 하면서 절뚝절뚝 문으로 걸어갔다. 초인종이 다시 울렸다.

펠리치타스는 개들을 짖지 못하게 한 뒤 혹시 몰라 문구멍으로 밖을 내다보았다. 남자 둘이 서 있었다. 외관상 경찰은 아니었다. 그녀는 안전 고리를 건 채 문을 살짝 열었다.

"안녕하세요." 둘 중에서 좀 더 젊은 남자가 호의적으로 웃으면서 말했다. "FFH 히트라디오에서 나왔습니다. 간밤에 일어난 일에 대해 혹시 알고 계신 게 있나 여쭤보려고요. 화재로 사람이 하나 죽었다고 하는데, 아시는 분인가요? 여기 사니까 아실 것도 같아서요."

사람이 죽었다고? 펠리치타스는 손에 땀이 차는 것을 느꼈다. 등골도 오싹해졌다. 밖에서 저 난리를 피우는 이유를 이제야 알 것 같았다. 그런데 경찰은 왜 그 사실을 자신에게는 말하지 않은 걸까? 여기서 500미터도 채 떨어지지 않은 곳에서 사람이 죽었는데. 다들 그녀에게는 알려줄 필요가 없다고 여긴 듯했다. 그녀는 몸서리가 쳐졌다. 죽은 사람은 회색 아우디를 타고 다니는 그 남자가 분명했다. 대개 저녁쯤에 왔다가 아침에 떠나는 사람이었다. 그녀와 말을 나눈 적은 한 번도 없었고, 우연히 개를 데리고 나왔다가 마주치면 고개만 끄덕거릴 뿐이었다. 펠리치타스는 마누엘라가 남자의 이름을 말한 적이 있는지 곰곰이 생각해보았다. 동생은 분명 잘 아는 사람일 것이다. 캠핑장의 모든 사람을 알고 있었으니까.

"난 아무것도 몰라요. 가세요!" 그녀가 두 기자에게 버럭 소리를 지르고는 문을 쾅 닫았다. 전화가 울렸다. 신문사이거나 숲친구 동호회 회장일 가능성이 높았다. 구형 자동응답기가 돌아갔다. 펠리치타스는 전화 건 사람이 녹음기에 말을 할 때까지 기다리지 않고, 곧장 손님용 다락방으로 뛰어 올라갔다.

"지긋지긋해!" 그녀는 혼잣말로 중얼거리다가 좀약 냄새가 나는 옷장을 열었다. "단 일 분도 여기 있기 싫어!"

그녀는 침대 밑에서 여행 가방을 꺼내 옷을 집어넣었다. 이런 공포의 집에서 하룻밤을 더 지내느니 차라리 남은 돈을 다 쓰더라도 호텔로 가는 편이 나을 것 같았다. 오스트레일리아에 있는 동생한테는 나중에 메일을 쓸 생각이었다. 그걸 보면 동생도 어쩔 수 없이 개들을 돌봐줄 다른 사람을 찾을 것이다.

5분 뒤 그녀는 무거운 가방을 끌고 아래로 내려와 핸드백에 권총을 넣고는 비좁은 계단을 지나 지하실로 내려갔다. 계단이 무척 높은데다 전구가 고장 나서 넘어지지 않으려면 조심해야 했지만, 지하실 세탁장에는 남의 눈에 띄지 않고 차고로 갈 수 있는 뒷문이 있었다.

***

"죽었어요? 맙소사, 이를 어째! 난 전혀 보지 못했어요!" 머리가 벗겨지고 얼굴에 땀이 번들번들한 버스운전사가 안절부절못하며 중얼거렸다. "난 잘못이 없어요! 내 잘못이 아닙니다, 절대로!"

"신부님!" 보덴슈타인은 미동도 없이 아스팔트에 누워 있는 남자의 어깨를 조심스럽게 건드려보았다. "제 말 들리세요?"

늙은 신부가 처음엔 한쪽 눈을, 다음엔 다른 쪽 눈까지 뜨는 순간 보덴슈타인은 현기증이 날 정도로 마음을 놓았다.

"올리버! 무슨…… 일이 일어났나?" 마우러 신부가 쉰 목소리로 말하더니 뒷목을 잡았다.

"버스에 치였어요. 어디 다친 덴 없으세요?"

"저 사람이 보지도 않고 버스로 달려들었다고요!" 버스운전사가 흥분해서 소리쳤다. "내가 친 게 아니에요!"

"그걸 누가 알아요?" 거리에 모인 사람들 중에서 누군가 말했다.

"정말이라니까요! 난 정말 아무 잘못이 없어요. 40년 동안 운전대를 잡았지만 지금껏 누굴 친 적이 없어요. 단 한 번도! 내가 경찰에 전화할 거예요!"

버스로 인해 도로는 꽉 막혔다. 점점 많은 차들이 꼬리에 꼬리를 물었다. 행인들은 걸음을 멈추었고, 차에서도 사람들이 하나둘 내렸다. 곧이어 다가오는 발소리들이 들리더니 순식간에 작은 인파가 만들어졌다.

"뭐 도와드릴 일 없어요?"

"무슨 일 났습니까?"

"신부님이 버스에 치였어요!"

"어머, 세상에. 신부님이!"

"내가 친 게 아니라고! 빌어먹을! 저 사람이 그냥 차도로 걸어 나왔다고요!" 버스운전사가 항변했다.

"난 아무렇지도 않아." 신부가 몽롱하게 말했다. "아스팔트에 넘어지면서 머리를 조금 부딪힌 것뿐이야."

"구급차를 부르는 게 좋겠습니다." 보덴슈타인이 걱정스레 말했다. 마우러 신부는 80대 중반이었다. 여전히 정정하기는 했지만, 고령에 저렇게 넘어진 건 치명적인 후유증을 초래할 수 있었다.

"아냐, 아냐. 난 괜찮아. 그냥 큼지막한 혹이나 하나 생기겠지. 나 좀 일으켜주게."

술집 건물 위층에서 창문이 하나 열리더니 술집 여주인 아니타 케른이 자기네 주차장 앞 도로에서 생긴 일을 살펴보려고 몸을 내밀었다. 건너편 빵집에서도 당연히 무슨 일인지 나와 보고 있었다. 질비아 포코르니와 숨을 헐떡이는 엘프리테 로스가 구경꾼들 틈에 서 있었다. 보덴슈타인은 어깨 너머로 걱정과 호기심에 찬 사람들의 얼굴을 둘러보았다.

"다른 데도 아니고 하필 빵집 앞에서 내 다리에 걸려 넘어지다니! 이보다 더 나쁜 장소를 고르라고 해도 고를 수가 없겠군." 신부는 일어나 바지에 묻은 먼지를 털며 떨리는 목소리로 농담을 건넸다.

"봐요! 자기 다리에 걸려서 넘어졌다고 본인 입으로 말하잖아요!" 버스운전사가 의기양양하게 소리치며 구경꾼들을 돌아보았다. "다들 들었죠?"

그의 말에 신경 쓰는 사람은 아무도 없었다. 자동차 운전자들은 좁은 도로에서 차를 돌리려고 애썼다. 누군가는 조바심을 내며 경적을 울렸다.

"얼마나 놀랐는지 아세요?" 보덴슈타인이 늙은 신부를 꼼꼼히 살펴보았다. 뭔가 이상했다. 신부를 마지막으로 본 게 꽤 오래전이기는 하지만, 그사이 무척 달라져 있었다. 노신사의 활력 넘치는 매력은 없어지고, 좀 지쳐 보였다. 얼굴은 홀쭉했고, 눈 밑에는 다크서클까지 있었다. 전에는 다른 사람까지 전염시키던 해맑은 미소도 사라진 듯했다. 너무 놀라서 그런 것일까, 아니면 그사이 어디가 아팠던 것일까?

몇몇 여자가 주변에서 호들갑을 떨자 신부는 무척 불편한 기색이었다.

"이제 그만들 하세요." 그가 투덜거렸다. "아무 일도 없으니까."

"제가 댁으로 모셔다드릴게요." 보덴슈타인이 제안했다. "아니, 일단 병원부터 가시는 게 좋겠어요. 뇌진탕일지도 모르니까요."

"아니, 아니, 그럴 필요는……." 신부의 말이 중간에 끊기더니 얼굴 위로 뭔가 이상한 표정이 마치 들판 위를 달리는 맹금류의 그림자처럼 휙 스치고 지나갔다. 신부는 갑자기 당황한 것 같았다. 왜? 무슨 일일까? 보덴슈타인은 뒤를 돌아보았지만, 거기엔 사고를 놓고 열심히 토론하는 구경꾼들뿐이었다.

버스운전사는 승객들을 다시 태운 뒤 현장을 떠났다. 물론 보덴슈타인은 그전에 경찰임을 밝히고 버스운전사의 신분증을 확인해두었다. 구경꾼들도 다들 차에 올라탔다. 구경거리는 사라졌고 인파는 흩어졌다. 흘린 피도 없었고, 죽은 사람도 없었다. 빵집에 새 손님이 찾아오자 질비아도 어쩔 수 없다는 듯 등을 돌렸다. 늙은 켈러 부인은 건너편 인도에서 보행기에 몸을 의지한 채 보덴슈타인이 보행기 위에 놓아둔 물건들을 가져가길 기다리고 있었다.

"저보다 먼저 죽으시면 안 돼요, 신부님! 아셨죠?" 그녀는 늙은 여자의 힘없는 목소리로 외쳤다. "저한테 약속한 거 기억하셔야 해요!"

"나도 최선을 다하고 있어요, 아네미." 신부가 대답했다. 그러나 미소 짓는 것조차 힘들어 보였다. 그사이 루퍼츠하인에 사는 마을 경찰 클라우스 크롤이 도착했다. 보덴슈타인의 동창이었다. 그도 신부를 병원으로 데려가려고 온갖 말로 꾀어보았으나 별 도리가 없었다.

"싫대. 아주 황소고집이야." 크롤이 어깨를 으쓱했다.

"인간의 의지가 자신의 천국이니 어쩌겠어? 본인 뜻대로 해줘야지." 누군가 말했다. 보덴슈타인이 뒤를 돌아보니 야콥 엘러스였다. 몇 집 떨어지지 않은 곳에 사는 초등학교 동창생 랄프의 형으로 양복에 넥타이를 매고 있었다. 보덴슈타인은 멀어져 가는 늙은 신부를 바라보며 마음이 편치 못했다.

"무슨 일이 있었어?" 크롤이 물었다.

"신부님이 좌우를 살피지 않고 차도를 건넜어." 보덴슈타인이 설명했다. "버스운전사가 간신히 브레이크를 밟아 어깨만 살짝 부딪힌 것 같아."

보덴슈타인은 크롤에게 버스운전사의 이름과 전화번호를 적은 쪽지를 건넸다.

"나머지는 내가 알아서 할게. 신부님도 나중에 다시 찾아뵙고." 크롤이 약속했다. 이제는 나머지 구경꾼들도 흩어졌고, 하루 종일 창문으로 거리를 내다보는 것이 일상인 빵가게 옆집의 두 할머니도 창가에서 사라졌다.

"다행히 별일 없이 무사히 끝난 것 같군." 야콥 엘러스가 시계를 보았다. "나도 가야겠네. 나중에 봄세!"

보덴슈타인은 고개만 끄덕했다. 야콥은 아주 오래전부터 켈크하임 시청에서 호적계장으로 일하고 있었다. 어쩌면 지금 행복한 결혼식을 앞둔 신랑신부가 설레는 마음으로 시청에서 그를 기다리고 있을지 몰랐다. 반면에 보덴슈타인을 기다리고 있는 건 불탄 시신 한 구와 풀리지 않는 온갖 의문들뿐이었다.

***

5분 뒤 펠리치타스는 동생의 고물 랜드로버를 타고 8번 국도 방향으로 숲길을 덜컹거리며 달렸다. 백미러로 차량 몇 대와 사람들이 보였고, 낚시클럽 소유의 낚시터에 조금 못 미쳐서는 한 방송사 중계차와 마주쳤다. 중계차 뒤에는 다른 차도 몇 대 줄줄이 따라오고 있었다. 그녀는 좁은 길에서 자신이 먼저 관목 쪽으로 차를 약간 빼거나 후진할 생각이 전혀 없었다. 대신 신경질이 난 듯 상향등을 급하게 몇 번 깜박거림으로써 결국 마주 오는 차들을 후진하게 만들었다. 여기서 20미터쯤 더 가면 낚시클럽 건물 앞에서 길이 갈라졌다. 그녀는 거기서 우회전할 생각이었다. 그 길로 가면 어디가 나오는지는 정확히 몰랐지만, 한참 내려가면 8번 국도에 이를 거라고 생각했다. 그녀는 중계차 운전수가 양손을 마구 휘저으며 화를 내는 것을 보고 흡족해했다. 차량 행렬이 20미터쯤 후진하는 동안 미소를 지으며 기다리던 그녀는 깜빡이를 켜고 엑셀을 밟았다. 엔진이 요란한 소리를 내며 검은 매연을 바닥으로 내뿜었다. 그녀는 덩치 큰 랜드로버를 잘 조종해서 좁은 길을 빠져나가려고 애썼다. 그런데 핸들을 제대로 돌리지 못하는 바람에 차가 구덩이를 지나게 되었고, 그녀의 관자놀이가 차창에 부딪혔다. 차의 왼쪽 흙받이가 낚시터를 둘러싼 녹슨 철조망을 스쳤다. 원래는 여기서 차를 멈추고 잠시 후진했다가 다시 나가는 편이 나았지만, 그녀는 기자들 앞에서 약한 모습을 보이기 싫어 그냥 그대로 계속 엑셀을 밟았다.

"그래, 계속 가, 계속 가자고!" 펠리치타스는 식은땀을 흘렸다. "어서, 이 멍청한 고철덩어리야!"

랜드로버는 가지 않으려고 뒷다리로 버티는 소처럼 고집을 피웠다. 그녀가 좌석에서 튕겨나가지 않은 건 모두 안전벨트 덕이었다. 어쨌든 차는 4륜구동인 덕분에 요란한 굉음과 함께 진흙을 마구 뒤엎으면서도 마침내 구덩이를 지나 다시 온전한 길로 들어섰다. 그녀는 분노에 싸여 힘껏 엑셀을 밟았고, 지프차는 앞으로 질주하며 커브를 돌았다. 갑자기 자기 자신에게 화가 치밀었다. 자신은 왜 남들에게 한 번쯤 양보를 할 줄 모르는 것일까? 뭣 때문에 모든 사람에게 시비를 걸고 사소한 일에 흥분할까? 도대체 뭐가 잘못됐을까? 그리고 포르쉐를 타고 시내의 근사한 레스토랑이나 찾고 있어야 할 사람이 대체 어쩌다 이런 고물차로 숲길이나 달리고 있을까? 자기도 모르게 눈물이 흘러내렸고, 그와 함께 시야가 흐려졌다. 마지막 순간에야 길 한가운데에 어떤 형체가 서 있는 것을 알아보았다. 온 힘을 다해 브레이크를 밟았지만, 제동이 걸리지 않았다. 차는 축축한 나뭇잎으로 덮인 자갈길 위에서 그냥 계속 미끄러졌다.

＊＊＊

숲친구 캠핑장으로 이동하는 동안 보덴슈타인의 머릿속은 아달베르트 마우러 신부에 대한 생각으로 가득 차 있었다. 신부님은 왜 그렇게 정신을 못 차렸을까? 아니, 너무 당혹스러워 어쩔 줄 모르는 사람 같았다. 신부님은 15년 전에 은퇴했지만 여전히 루퍼츠하인의 공동체에서 열심히 활동하고 있었다. 유치원에서 아이들을 돌보거나 마을에 맡겨진 난민 가족들을 보살폈고, 가정방문을 다녔으며, 가끔은 성당에서 미사를 대신 주관하거나 고해성사를 해주었다. 보덴슈타인은 저녁에 잠시 마우러 신부한테 들러 그가 자신에게 무슨 말을 하려 했는지 물어봐야겠다고 생각했다. 사제관은 그의 집에서 몇 분밖에 걸리지 않았다.

자갈길이 8번 국도와 합류하는 지점에서 쾨니히슈타인 소방차와 하이덴펠트 검사의 BMW가 맞은편에서 달려왔다. 하이덴펠트 검사는 손짓으로 나중에 전화하자는 신호를 보냈다. 기자들도 벌써 철수하는 중이었다.

보덴슈타인은 주차장에 차를 세운 뒤 빵 봉투와 커피 캐리어를 들었다. 경찰기동대는 자신들이 타고 온 버스 앞에 모여 있었다. 주차장 맞은편의 여러 길이 합류하는 자리였다.

그는 감식반 차량 옆에서 에발트 프리체 기동대장과 이야기를 나누고 있는 피아와 크뢰거를 발견했다.

"아침 먹을 사람?" 그는 이렇게 물으면서 동료들에게 빵 봉투와 커피를 건넸다. 남자들은 빵을 꺼냈고, 피아는 커피만 골랐다.

"숲친구 회장하고는 통화하셨어요?" 피아가 물었다.

"응." 보덴슈타인이 고개를 끄덕였다. "캠핑카 주인은 루퍼츠하인에 사는 로제마리 헤롤트야."

신부와의 일로 로제마리 헤롤트에 대한 걱정을 잠시 밀쳐두었는데, 이제 그 걱정이 슬금슬금 되살아났다.

"그럼 캠핑카 주인은 희생자가 아니네요." 크리스티안 크뢰거가 빵을 씹으며 말했다. "박사 말로는 불탄 시신이 남자라니까."

"아 그래?" 보덴슈타인은 아주 잠깐 동안 안도했다. 옛 동창에게 그의 어머니가 죽었다는 소식을 전할 필요가 없어졌으니까 말이다. 하지만 이것이 다른 가능성으로 이어진다는 것을 퍼뜩 깨달으며 다시 가슴이 쿵 내려앉았다. 그 시신이 혹시 에드가라면 어쩌지?

"아시는 분이에요?" 피아가 궁금해하는 눈으로 그를 바라보았다.

"응. 예전에 알던 사람이야."

그가 헤롤트와의 관계에 대해 좀 더 자세히 설명하기 전에 피아가 먼저, 누군가 침입한 흔적이 있는 캠핑카에 대해 이야기했다.

"침입자는 비교적 긴 시간 동안 그곳에 머물렀던 것 같습니다." 그녀가 말했다. "그로써 올빼미 여자의 진술에 신빙성이 생겼습니다."

"손자국과 지문을 확보했습니다." 크뢰거가 끼어들었다. "그 밖에 머리카락, 표피, 타액 등 DNA 감식을 위한 재료도 충분합니다."

"18세에서 30세 사이의 남자일 가능성이 매우 높아요." 피아가 말했다.

"그건 어떻게 알아?" 보덴슈타인이 깜짝 놀랐다.

"자원봉사로 들고양이 프로젝트를 이끄는 여자가 저기 공터 아래쪽에 설치된 적외선 무인카메라에 찍힌 영상을 보여주었거든요. 화질은 별로 좋지 않지만 남자라는 건 분명해요."

"아주 잘했군." 보덴슈타인이 인정하는 뜻으로 고개를 끄덕였다. "숲속은 둘러보았나?"

"아뇨. 수색견에게 혼란을 주고 싶지 않아서요."

"수색견이 벌써 왔어? 타리크는 어디 있지?"

"실제 상황에서 산악 훈련을 하고 있죠." 피아가 싱긋 웃었다. "타리크와 기동대원 셋이 수색견과 들고양이 프로젝트 여자를 데리고 호흐타우누스 산을 이 잡듯이 뒤지고 있으니까요."

"여기서 지금 뭣들 하는 거요?" 헤닝 키르히호프의 화난 목소리에 다들 깜짝 놀라 뒤를 돌아보았다. "우리 같은 것들만 노예처럼 혹사시키고, 경찰 지도부는 이렇게 느긋하게 커피나 마시며 수다를 떨어도 되는 거요?"

"박사님은 시신을 독차지하지 못하면 항상 불평하시잖아요." 감식반 차에 문을 열어두고 앉아 있던 크뢰거가 깔보듯이 툭 던졌다.

"나는 불평하는 사람이 아닙니다!" 헤닝이 점잖게 대답했다. "기껏해야 항의할 뿐이지."

"어쨌든 커피는 아직 남아 있어요." 크뢰거가 말했다. "다만 거의 다 식었고 맛도 형편없어서 그렇지."

"상관없어요." 헤닝은 장갑을 벗어 폭스바겐 버스의 미닫이문에 부착된 쓰레기자루에 툭 던져 넣고는 캐리어에서 커피를 꺼냈다. "중요한 건 카페인이니까. 자리 좀 내줘요, 감식꾼 양반."

"얼마든지요, 부검꾼 양반." 크뢰거는 같이 맞받아치면서도 옆으로 살짝 비켜 앉았다. 헤닝은 몇 모금 만에 커피를 비웠고, 혐오스러운 듯 얼굴을 찡그리면서 두 번째 잔을 집었다. 그런 전남편을 피아는 마치 희귀 곤충을 보듯 신기하게 바라보았다.

"그 인도인은 어디 갔어?" 헤닝이 빈 커피잔을 구기며 물었다.

"인도인이라니?" 피아가 의아해하며 물었다.

"신참 형사 말이야."

"타리크는 시리아인이야." 피아는 소용없는 줄 알면서도 바로잡아 주었다. 헤닝은 한번 머릿속에 저장한 것은 절대 바꾸지 않는 사람이 었다. "좀 더 올바르게 표현하자면 시리아계 독일인이지. 왜? 그 친구한테 감동 먹었어?"

"쳇! 그따위 책에서 얻은 지식에 무슨 감동을!" 헤닝이 손을 내저었다. "나를 감동시키려면 더 많은 게 필요해."

"시신에 대해 알아낸 게 있으면 말 좀 해주지 그래요?" 보덴슈타인은 피아와 전남편 사이에 본격적인 언쟁이 벌어지기 전에 그것부터 알고 싶어 했다.

"시신에서 Y염색체가 명확하게 확인됐어요." 헤닝은 주머니에서 안경닦이를 꺼내 안경을 닦았다. "넓적다리뼈를 보면 키가 상당히 컸을 것으로 추정되는데, 최소 185센티는 될 것 같아요. 그보다 클 가능성이 더 높지만. 빵 아직 남았나?"

크뢰거는 법의학자에게 말없이 두 번째 봉투를 내밀었고, 헤닝은 돼지 육회를 넣은 빵을 꺼냈다.

보덴슈타인은 부친이 죽고 철공소를 물려받은 옛 동창을 마지막으로 만났던 때를 떠올려보려고 애썼다. 에드가 헤롤트가 그렇게 컸었나?

불길하고 불쾌한 감정이 속에서 점점 강해졌다.

"게다가 피해자는 체격도 상당히 좋았을 것 같아요." 헤닝이 빵을 씹으며 말을 이어갔다. "시체 주변의 재가 끈적거리는데, 그건 상당량의 피하지방이 불에 탔다는 표시예요. 엎드려 있어서 얼굴은 완전히 타지 않았어요. 옷과 피부, 지방 조직, 근육, 힘줄 외 대부분의 기관이 다 탔지만, 치아 전부와 잇몸 일부가 아직 남아 있는 게 다 그 때문이죠."

"불이 났을 때 아직 살아 있었을까?" 피아가 물었다.

"그럴 가능성이 있어. 치명적인 자상이나 총상과 연결할 만한 외부 상처는 아직 어디서도 발견되지 않았으니까." 헤닝은 빵을 씹으며 어깨를 으쓱했다. "두개골 파열이 열에 의한 것인지, 그전에 가해진 외부 타격에 의한 것인지는 좀 더 정확한 검사가 나온 뒤에나 말할 수 있을 것 같아." 그는 팔꿈치로 크뢰거를 툭 쳤다. "오늘은 예외적으로 당신한테 핵심 포인트를 넘기기로 하지."

"무슨 포인트요?" 보덴슈타인은 의아해하는 눈으로 법의학자와 감식반장을 번갈아 바라보았다.

"캠핑카는 흔적도 없이 거의 다 탔어요." 크뢰거가 설명을 넘겨받았다. "다만 자물쇠와 문틀을 찾아냈어요. 자물쇠에 열쇠가 꽂혀 있더군요. 열기로 금속이 변형됐지만, 빗장의 위치로 보아 문은 잠겨 있던 게 분명해요."

"밤중에 이런 숲 한가운데의 외진 캠핑장에 혼자 있다면 나라도 문을 잠그고 있겠다." 피아가 말했다.

"안이 아니라 밖에서 잠갔다는 말입니다." 크뢰거의 목소리에서 승리감이 묻어났다. "남자는 캠핑카에 갇혀 있었고, 그다음 누군가가 불을 지른 거죠."

***

인명 구조견으로 훈련받은 벨기에산 셰퍼드는 물 한 대접을 싹 비워버리고는 이동용 박스 안으로 펄쩍 뛰어 들어갔다. 그러고는 자기가 해낸 일에 만족한 듯 신나게 꼬리를 흔들어댔다. 수색견에게 이 일은 늘 마지막에 맛있는 보상이 기다리는 흥분된 놀이였다.

수색견 조련사가 보덴슈타인과 피아에게 수색견이 자신을 이끈 행로를 설명하는 동안 타리크는 주차장 맞은편에서 들고양이 프로젝트 담당자 파울리네 라이헨바흐와 이야기를 나누고 있었다. 그녀는 자신의 녹슨 자동차에 기댄 채 고개를 옆으로 살짝 기울이고 타리크의 말을 듣고 있었다. 어느새 틀어 올린 머리를 풀었는지, 구리처럼 붉은 곱슬머리가 어깨 위에서 출렁거렸다. 타리크는 미소 띤 얼굴로 손짓 몸짓을 해가며 말을 했고, 파울리네는 고개를 끄덕이다가 가끔 키득거리며 웃었다. 피아는 누가 누구에게 더 끌렸는지는 분명히 알 수 없지만, 지금 두 사람이 나누는 대화가 캠핑카 안의 불탄 시신에 대한 내용이 아님은 둘의 몸짓이나 표정에서 충분히 알 수 있었다.

"우리는 여기 곳곳을 돌아다녔어요." 조련사는 자동차에서 라인-마인 지도를 가져와 해당 지역을 펼쳐놓더니 형광초록색 매니큐어를 칠한 손가락으로 지도 위의 지점들을 하나씩 짚어나갔다. 그러니까 부상당한 남자는 쾨니히슈타인에서 글라스휘텐으로 향하는 8번 국도와 쾨니히슈타인에서 루퍼츠하인으로 향하는 3369번 지방도 사이의 숲속을 여기저기 헤매고 다녔던 것이다. 남자는 일단 '썰매길'이라 불리는 길을 따라 걷다가, 슈톨체 플래츨리와 베트만 식 수조를 지나 계곡 아래쪽 쾨니히슈타인 방향으로 라인하르트 물고기 양식장이 있는 곳까지 내려갔다. 그런 다음 길가에서 네포무크 커브길을 따라 좀 걷다가 숲 주차장으로 접어들더니 거기서 등을 돌려, 다시 왔던 길로 돌아갔다. 돌아가는 길은 의도한 것인지 우연인지는 모르겠으나 북서쪽으로 방향을 잡았다. 그렇게 해서 캠핑장 아래쪽 빅

토리아베크 거리에 이르렀는데, 이 길은 조금만 더 올라가면 낚시클럽의 낚시터에서 8번 국도와 숲친구하우스 사이의 자갈길로 이어졌다. "정확히 이 지점에서 우리 라일라가 흔적을 놓쳤어요." 조련사가 지도 위의 특정 지점을 톡톡 쳤다. 실망한 표정이었다. "왔던 길로 조금 돌아간 다음 다시 시작해보았지만 역시 그 지점에서 더 이상 냄새를 맡지 못했어요."

"그렇게 피를 많이 흘린 사람치고는 상당한 거리를 지나갔군요." 보덴슈타인이 이마에 주름을 잡으며 잠시 생각에 잠겼다.

"피를 흘리지 않은 사람한테도 엄청난 거리죠." 그사이 파울리네와 시시덕거리다 돌아온 타리크가 말했다. 그 아가씨는 자신의 도요타에 올라타 시동을 걸더니 마지막으로 그에게 뜨거운 눈빛을 던지고는 떠나갔다.

"공중으로 사라지거나 땅으로 꺼졌을 리는 없을 테니 거기서 차에 탔을 가능성이 크네요." 피아는 이렇게 말하고는 정신이 다른 데 팔린 것 같은 동료를 유심히 살펴보았다. "단, 문제는 자발적으로 탔느냐, 아니냐인 것 같은데…… 타리크, 자네 생각은 어때?"

"예……? 뭐라고 하셨는지? 잘 못 들었습니다." 그는 당황해서 더듬거렸다.

"그자가 우연히 지나가는 차를 세웠을까, 아니면 강제로 태워졌을까?" 피아가 반복해서 물었다.

타리크는 미간을 찌푸리며 집중하려고 애썼다.

"불을 지른 자가 그 사람을 따라갔을 수도 있다고 생각하시는 건가요?"

"그럴 가능성은 별로 없어 보여. 나는 제3의 인물일 거라고 생각해." 피아는 라인-마인 지도를 접어 조련사에게 건넸다. "도움 주셔서 감사합니다."

"더 할 수 있는 일이 없어서 안타깝네요." 조련사가 유감의 뜻으로 어깨를 으쓱했다. "오늘처럼 별 성과가 없을 때가 가끔 있어요."

보덴슈타인, 피아, 타리크는 그녀가 트렁크 문을 닫고 차에 올라탄 뒤 출발하는 모습을 지켜보았다.

"그 남자는 어디로 갔을까?" 피아는 골똘히 생각에 잠겨 아랫입술을 잘근잘근 깨물었다.

"왜 여기에 왔고, 왜 캠핑카에 침입했을까?" 보덴슈타인이 그녀의 생각을 보충했다.

"이제 어떡하죠?" 타리크가 물었다.

"일단 로지 헤롤트 부인한테 가서 캠핑카 열쇠를 갖고 있는 사람이 누가 더 있는지 물어볼 생각이야." 보덴슈타인이 말했다. "그러면 피해자의 신원을 파악하는 데 도움이 되겠지."

그의 시선이 타리크의 진흙투성이 신발로 향했다.

"타리크, 자네는 여기 숲친구 임차인 언니를 다시 한 번 만나 간밤에 목격한 내용으로 조서를 꾸며." 보덴슈타인은 타리크의 얼굴에 떠오른 실망감을 모른 척했다. "그런 다음 호프하임으로 돌아가. 오스터만이 주무관으로서 사건 서류와 증거 자료 목록을 작성하고 있을 테니까 어깨 너머로 좀 배워둬."

"네." 타리크가 고개를 끄덕였다.

"참, 어떤 일이 있어도 기자들한테는 입도 뻥긋해선 안 돼, 알았지?"

"알았습니다, 반장님."

피아는 아침에 타고 온 공무용 차량에서 백팩을 꺼낸 뒤 타리크에게 자동차 열쇠를 건넸다.

"그건 그렇고, 아까 라이헨바흐와는 무슨 얘길 했어?" 그녀는 지나가는 말처럼 툭 던져놓고는 두 뺨이 발개지는 타리크를 흥미롭게 쳐다봤다.

"에, 별거 아니에요. 그냥 전화번호를 주고받았어요. 만일의 경우에 대비해서요." 그가 어깨를 으쓱 들어올렸다. "여기 사람들을 다 안다고 하니까 도움이 될 수도 있잖아요."

"알았어." 그녀는 히죽 웃으며 보덴슈타인의 자동차에 올라탔다.

***

"반장님은 로제마리 헤롤트를 어떻게 아세요?" 피아가 물었다.

보덴슈타인은 그녀가 예전에 '보덴슈타인 농장'에서 일했고 그녀의 아들 에드가가 자신의 초등 동창이라고 말했다. 피아는 바로 알아들었다.

"혹시 사망자가 그 아들일까요?"

로드킬 표지판을 지나자 왼쪽으로 벌써 마법의 산 건물이 보였다.

"아니기를 바랄 뿐이지. 배제할 수는 없지만."

헤롤트 철공소는 비젠 가의 왼편 길가에 자리한 하르트만 정육점과 비스듬히 마주보고 있었다. 현 소유주의 증조부는 마을 대장장이였는데, 19세기 말경에 거기다 집을 지었다. 어디서나 그렇듯, 다음 세대들도 돈이 생기면 집을 넓히거나 키웠고, 그 바람에 백 년 세월이 흐르는 동안 비탈길의 좁은 부지 위엔 건물들이 뒤죽박죽 생겨났다. 비실용적인 것은 물론이고 화재 안전 규정에도 맞지 않았다.

보덴슈타인은 길가에 차를 세웠다. 철공소 안마당에는 온갖 물건이 들어차 있었다. 철제 계단 일부, 창살과 울타리, 녹슬고 찌그러진 차고 문, 포장해놓은 문과 창문, 고철과 가스통이 든 철망 박스 같은 것들이었다. 흰 바탕에 검은색 무늬가 있는 고양이 한 마리가 포장해 놓은 문들 위에 웅크리고 앉아 반쯤 감은 눈으로 보덴슈타인과 피아를 무심히 지켜보았다. 두 사람은 마당의 잡동사니 사이에 빡빡하게 세워놓은 화물차 옆을 간신히 지나갔다. 작업장은 낮게 증축한 건물 안에 있었다. 예전에 축사였던 곳은 차고로 변했는데, 마당으로 차가 들어올 수 없게 되면서 이제는 자재 창고로 쓰는 것 같았다.

작업장에서는 연삭기(숫돌을 고속으로 회전시켜 공작물의 면을 깎는 기계_역주) 돌아가는 소리가 요란하게 새어나왔고, 불투명 유리창으로는 팍팍 튀는 불꽃들이 보였다. 보덴슈타인은 살짝 열려 있는 문을 두드렸다.

"문 열려 있어!" 안에서 남자 목소리가 들렸다. 보덴슈타인은 작업 장으로 들어서는 순간 곧장 40년 전으로 돌아간 것 같은 기분이었다. 모든 것이 그대로였다. 작업대에 서 있는 남자만 예전과 다른 사람이 었다. 어린아이의 눈으로 볼 때 이곳은 늘 엄청나게 크고 음산했으며 기계와 공구는 항상 위협적이었다. 그런데 이제 어른의 눈으로 보니 모든 것이 제대로 보였다. 온갖 잡동사니로 가득 차 있지만 깨끗한 시골의 한 구식 철공소였다.

"잘 지냈나, 에드가?" 보덴슈타인은 무탈하게 살아 있는 그를 보고 안도했다.

"올리버!" 그는 깜짝 놀라 연삭기를 내려놓았다. "여긴 어쩐 일이 야? 혹시 창살 때문에 온 거야?"

에드가 헤롤트는 중키에 약간 살이 쪘고, 두툼한 눈꺼풀 위의 눈썹 은 짙고 윗입술 위의 콧수염은 무성했다. 문득 그의 눈빛에서 양심의 가책이 언뜻 엿보였다.

"아니, 업무상 찾아왔어." 고객의 독촉이 없으면 에드가가 가끔 몇 년이고 부지하세월로 늑장을 부린다는 사실은 루퍼츠하인에 사는 사람이면 누구나 알고 있었다. 보덴슈타인은 2년 반 전쯤 새 집으로 이사한 직후 지하층 창살을 주문했던 일을 이미 오래전에 잊고 있었다. "이쪽은 내 동료인 피아 산더 형사야. 우린……."

연삭기가 다시 돌아가기 시작했다. 가까이서 들으니 귀가 먹먹할 정도로 시끄러웠다. 헤롤트가 인상을 쓰더니, 귀마개와 보호안경을 끼고 작업에 열중하고 있는 젊은 남자를 돌아보았다.

"이봐!" 그가 호통을 쳤다. 아무 반응이 없었다. 헤롤트는 작은 금속 조각을 집어 던졌다. 젊은 남자는 금속 조각을 어깨에 맞는 순간 어리둥절한 표정으로 고개를 들더니 귀마개를 벗었다.

"왜요?" 그가 사장에게 성을 냈다. "이거 빨리 끝내라면서요!"

"당연히 그래야 하지만 지금은 휴식이야. 밖에 아연 도금 공장으로 보낼 물건이나 실어둬."

젊은 남자는 투덜거리면서 보호안경을 작업대에 던져놓고는 불만스런 얼굴로 문으로 걸어갔다.

"오늘은 정시에 퇴근할 겁니다." 남자가 소리쳤다.

"여기가 마음에 안 들면 짐 싸들고 당장 꺼져도 돼!" 사장이 등 뒤에다 소리쳤다.

피아는 이런 식의 대화에 불편한 기색을 전혀 드러내지 않았고, 보덴슈타인도 전혀 표정을 바꾸지 않았다.

"간밤에 숲친구 캠핑장에서 캠핑카 한 대가 불탔어." 그가 말했다. "우리가 알아본 바로는 자네 어머니 캠핑카였어."

에드가는 별로 놀라는 기색이 아니었다.

"그래? 뭐 어쩌겠어. 낡고 쓰지도 않는 물건인데." 그는 불신과 공격성이 다분한 표정으로 보덴슈타인을 바라보았다. "왜? 그게 나하고 무슨 관련이 있어?"

"아무 관련이 없길 바라지."

침묵.

헤롤트의 시선이 재빨리 피아에게 향하더니 다시 보덴슈타인에게로 돌아왔다.

"그럼 원하는 게 뭐야?"

"사실 자네 어머님과 얘기를 나누어보려고 왔어. 집에 계셔?"

"없어." 헤롤트가 답했다. "몇 주 전부터 요양원에서 지내. 암이거든. 아마 곧 끝날 거야."

"뭐? 전혀 몰랐어." 보덴슈타인은 뜻밖의 소식에 깊은 충격을 받았다. 그런데 그 충격의 원인이 죽음이 임박한 로지 때문인지, 아니면 그 소식을 전하는 아들의 심드렁함 때문인지는 자신도 정확히 알 수 없었다.

"어머님이 혹시 다른 사람한테 캠핑카를 맡겼나?" 충격에서 어느 정도 벗어난 보덴슈타인이 물었다.

"모르겠는데."

"클레멘스 형과 소냐는 어때?"

"그 인간들이 뭔 상관이라고?" 헤롤트의 얼굴이 어두워졌다. 그는 렌치를 손가락 사이에 끼우고 돌렸다.

"혹시 그 둘이 캠핑카 열쇠를 갖고 있지 않았을까?"

"그걸 내가 어찌 알아?" 헤롤트는 별 이유도 없이 역정을 냈다. "소냐는 나한테 뭔가 원하는 게 있을 때만 와. 클레멘스는 15년 전 아버지 장례식 때 본 게 마지막이고. 그때도 유산이나 챙겨가려고 온 것뿐이야. 난 그 게으름뱅이한테 유산을 나눠주느라 대출까지 받았어.

그런 줄도 모르고 형은 돈을 펑펑 썼겠지. 그 뒤로 소식이 뚝 끊겼어. 물론 섭섭하다는 소리는 아냐."

보덴슈타인은 원망 가득한 이 인간 혐오주의자를 어린 시절의 에드가와 연결시키는 것이 어렵지 않았다. 예전에도 늘 자기가 손해보고 산다고 굳게 믿던 친구였으니까. 자신이 증오하던 아버지를 이렇게 닮아버린 건 아이러니가 아닐 수 없었다.

마당에서 뭔가를 질질 끄는 소리와 철퍼덕 던지는 소리가 들렸지만 헤롤트는 신경 쓰지 않았다.

"헤롤트 씨." 피아가 나섰다. "캠핑카 화재로 한 사람이 죽었습니다. 그래서 누가 캠핑카 열쇠를 갖고 있는지 알아내는 건 우리한테 아주 중요합니다. 잘 생각해보세요."

헤롤트는 무표정하게 피아를 응시했다. 입가에 씁쓸한 미소가 피어오르더니 이내 사라졌다.

"몰라요, 난." 그의 얼굴이 발갛게 달아오르면서 손가락에 끼워 돌리던 렌치가 손바닥에 떨어졌다. "난 캠핑카 따위엔 전혀 관심이 없었어요. 어머니는 여기 우리랑 사는 것보다 그 물건 안에서 지내는 걸 더 좋아했죠. 혼자 자유롭게 지내면서 조용히 책을 읽거나 생각하는 걸 좋아하던 양반이었으니까. 하지만 그 고물차 안에서…… 무슨 짓거리를 했는지는 다들 알아요! 아마 아버지가 알았더라면 무덤에서도 돌아누울 거요!"

보덴슈타인의 머릿속에 에드가의 아버지가 떠올랐다. 크고 힘센 남자였는데, 오랫동안 보덴슈타인 농장에서 대장간을 운영했다. 그는 불끈 화를 잘 내는 고집불통이었다. 특히 술을 마시면 불뚝성을 내거나 괜한 고집을 피울 때가 많았다. 물론 다른 한편으론 솜씨 좋은 철물공이자 대장장이로서 정확하고 믿을 만했으며, 거기다 클럽

활동에도 아주 열심이었다. 사람들은 그를 존경하는 동시에 두려워했다. 로지는 그런 남편 곁에서 분명 그리 편한 삶을 살지는 못했을 것이다. 보덴슈타인은 로지가 남편의 사망 뒤 아들과 싸움꾼 며느리 코니에게서 벗어나려고 숲으로 피신한 것을 결코 나쁘게 생각하지 않았다.

"어머님은 어느 요양원에 계십니까?" 피아가 물었다.

"호르나우에 있는 '저녁놀 요양원'이요." 헤롤트는 이렇게 대꾸하더니 쏩쓰레하게 웃었다. "어머니와 이야기를 하려면 서둘러야 할 거요. 벌써 오늘내일하니까. 천국으로 갈지 지옥으로 갈지는 모르지만."

***

"정말 역겨운 인간이네요." 피아는 흥분을 참지 못했다. 두 사람은 지금 루퍼츠하인을 빠져나와 쾨니히슈타인 쪽으로 가는 중이었다. "죽어가는 자기 어머니를 어떻게 그런 식으로 말할 수 있죠?"

둘은 에드가가 알려준 소냐 슈레크의 주소지를 찾아갔다. 그런데 초인종을 눌러도 나오는 사람은 없었다. 보덴슈타인은 우편함에 자신의 명함만 넣어두었다.

"정말 막돼먹은 인간이에요." 피아는 고개를 절레절레 흔들었다. "우리가 있는데도 자기 직원한테 그렇게 함부로 구는 걸 보세요!"

"루퍼츠하인 토박이들은 원래 특별한 족속이야." 보덴슈타인이 인정했다.

"에드가라는 사람하고 정말 친구세요?" 피아는 교양 있고 상냥한 자기 반장 같은 사람이 젊은 시절에 그런 망나니 같은 인간과 어울렸다는 게 도무지 상상이 안 가는 모양이었다.

"친구라고 하기엔 좀 그렇고. 4학년까지 초등학교를 같이 다니면 서 다른 애들 몇 명과 함께 일종의 패거리처럼 어울렸지." 보덴슈타 인은 기억을 더듬었다. "정말 가까웠던 친구는 빌란트 카프타이나 하 나뿐이야."

"산림감독관요?"

"맞아." 보덴슈타인은 고개를 끄덕였다. "전쟁 뒤 동프로이센에서 부모와 함께 이리로 피난 왔지. 그 친구 아버지는 우리 농장의 마구 간지기였고, 어머니는 가정부로 일했어."

피아가 보덴슈타인 반장과 함께 일한 지는 벌써 10년이 다 돼 갔 다. 그래서 반장의 부모뿐 아니라 슈나이트하인과 루퍼츠하인 사이 에 위치한 보덴슈타인 가문의 대규모 농장에 대해서도 잘 알고 있었 다. 그녀에겐 귀족적 잔재가 여전히 낡은 풍습과 가치관, 의무로 이 루어진 기괴하고 시대착오인 것으로 여겨졌지만. 반장의 부모와 수 년 전 농장 경영을 물려받은 반장의 동생 크벤틴은 겸손하고 부지런 한 사람들이었다. 물론 돈하고는 거리가 한참 멀었다. 마구간 경영과 농사는 겨우 현상 유지나 하는 수준이었기 때문이다. 아마 수완 좋은 동생 아내가 운영하는 성 안의 레스토랑이 그렇게 잘되지 않았다면 반장의 집안은 심각한 경제적 어려움에 처했을 것이다.

"대체 캠핑카에서 죽은 사람이 누굴까?" 피아는 자기만의 생각을 큰 소리로 중얼거렸다.

"로지한테서 바로 들을 수 있으면 좋겠군." 늘 그렇듯 보덴슈타인 은 피아의 사고 비약을 아무렇지도 않게 잘 받아주었다.

"다른 아들은 어때요? 그 사람도 아세요?"

"클레멘스? 물론 알지. 마지막으로 본 게 30년 전이지만." 보덴슈 타인은 쾨니히슈타인 온천장 부근에서 빨간 신호등에 멈추어 섰다.

"아까 들은 것처럼 클레멘스는 다른 가족들과 단절하고 살아. 나이는 우리보다 몇 살 위고. 반면에 소냐는 에드가보다 한참 어려."

차들은 높은 콘크리트 벽 사이에서 달팽이처럼 느리게 회전교차로 쪽으로 움직이고 있었다.

"열쇠는 피해자 또는 범인이 갖고 있었던 게 분명하고, 최소한 그중 한 명은 로제마리 헤롤트를 만났을 거예요." 피아가 말했다. "로제마리가 열쇠를 경솔하게 신발 매트나 화분 밑에 둔 것이 아니라면 말이죠. 그랬을 경우는 복잡해지죠. 그 사실을 아는 사람은 누구나 들어갈 수 있을 테니까요."

두 사람은 한동안 각자의 생각에 빠졌다.

"문득 이런 생각이 들어요." 피아가 말했다. "다른 캠핑카에 침입한 사람이 로제마리 헤롤트의 캠핑카에 불을 지르고 그 과정에서 부상을 당한 건 아닐까요? 둘이 싸웠거나, 탐나는 물건이 있어서?"

"그럼 화재 당시 차를 타고 떠난 사람은 누구일까? 임차인 언니가 자동차 소리를 들었다고 했잖아?"

"정말 차가 지나갔을까요? 그 여자가 착각한 건 아닐까요?" 피아가 되물었다. "제가 볼 때 묄린 부인은 그렇게 믿을 만한 목격자가 아닌 것 같아요."

"나도 그래." 보덴슈타인이 동의했다. "게다가 실제로 차가 지나갔다고 해도 화재와 반드시 관련이 있다고 볼 수는 없어. 숲길에는 지나가는 차는 항상 있기 마련이니까. 어쩌면 들고양이 프로젝트 사람들일 수도 있겠지!"

"가능해요." 피아는 고개를 끄덕였다. "타리크에게 조사해보라고 할게요. 들고양이 아가씨와 친해진 것 같으니까."

보덴슈타인은 쾨니히슈타인 회전교차로 뒤편의 피뢰기를 지나자 속도를 올렸다. 구글 지도에 따르면 저녁놀 요양원은 켈크하임 수도원 맞은편에 있었다. 그들은 켈크하임 방향 519번 국도를 타서 요하니스발트와 알텐하인 방향 진출로를 지난 뒤 켈크하임 중앙공동묘지에서 몇 킬로미터 더 가서 국도를 벗어났다.

"저기네요!" 피아가 단정한 표지판을 가리켰다. 500미터쯤 지나자 왼쪽 방향으로 가라는 또 다른 표지판이 나타났다. 그들은 운동 공원을 지나갔다. 요양원은 나무 행렬들 뒤에 가려져 있었다. 보덴슈타인은 주차장 차단기 앞에 차를 멈춘 뒤 주차카드를 뽑아 피아에게 내밀었다.

"받아. 나보다는 당신이 갖고 있는 게 더 나아. 나는 잃어버릴지도 모르거든." 차단기가 올라가자 그는 다시 출발했다.

자체로는 별 의미 없는 말이지만 친숙하기 짝이 없는 이 한마디에 피아는 돌연 뼈아픈 상실감에 빠졌다. 지난 10년간 얼마나 자주 보덴슈타인과 함께 이렇게 돌아다녔던가? 그는 또 얼마나 자주 주차카드나 영수증, 혹은 증거품을 이 말과 함께 자신에게 건넸던가? 보덴슈타인은 그저 잠시 쉬고 싶다고 말했지만, 피아는 그가 돌아오지 않을 것임을 예감하고 있었다. 그렇다면 이번이 둘이 함께하는 마지막 사건이자, 진한 동료애의 마지막 합작품일 것이다. 이 동료애가 그녀에겐 강력반 반장이 될 전망보다 훨씬 중요했다. 바보 같고 유치한 생각 같지만, 그녀는 갑자기 혼자 내버려진 듯한 기분이 들었다.

"괜찮아?" 보덴슈타인이 물었다.

"네, 괜찮아요." 그녀는 어떤 일이 있어도 속내를 내보이는 사람이 아니었다. 그래서 이 순간 정말 울고 싶은 심정이었음에도 겉으로는 미소를 지을 수 있었다.

***

저녁놀 요양원은 아늑한 느낌의 단층 건물이었는데, 조성된 지 얼마 안 되는 화단과 잔디밭, 그리고 아직은 밧줄과 지지대에 의지하는 어린 나무들로 둘러싸여 있었다. 몇 년 뒤 식물들이 모두 제자리를 잡으면 전체적으로 무척 목가적인 분위기를 띨 듯했다. 보덴슈타인과 피아는 로비로 들어갔다. 건물 안은 환했고 강렬한 지중해 색조로 이루어져 있었다. 바닥에는 쪽매마루가 깔려 있었고, 바닥까지 내려오는 긴 창으로는 분수대가 있는 넓은 안뜰이 내다보였다. 여기저기 놓인 싱싱한 꽃과 보이지 않는 스피커에서 흘러나오는 조용한 음악으로 아담한 시골 호텔 분위기가 났다.

사람이 죽어가는 곳이라고 하면 일단 음산한 느낌부터 먼저 떠올리는 피아였지만 여기는 그렇지 않았다. 사랑하는 할머니가 마지막까지 식물처럼 살다간 우울한 분위기의 양로원이 그랬다. 치매에 걸려 말 걸어주는 사람 하나 없이 쓸쓸히 삶을 마감한 것이다.

그들은 접수처로 가서 로제마리 헤롤트를 면회하고 싶다고 했다.

"방문객을 맞을 수 있는 상황인지 한번 보고 올게요." 안내하는 여자가 말했다. 나이는 40대 후반쯤으로 머리는 밝은 갈색이었고, 얼굴에는 주근깨와 턱 보조개가 있었다. 노란 가운의 이름표에 루치아 란덴베르거라고 적혀 있었다. "주무실 때가 많거든요. 잠시만 기다려주세요."

"잠깐만요." 보덴슈타인이 지갑에서 명함을 꺼내 접수대에 놓인 볼펜으로 명함 뒤에다 자기 휴대전화 번호를 적었다. "이 명함 좀 전해주시겠습니까?"

"그럼요, 물론이죠." 란덴베르거 부인은 치약 광고에 나와도 될 만큼 고르고 흰 이를 드러내며 웃었다. 그러고는 스스럼없이 명함에 적힌 것을 읽었다. "아, 경찰이시군요?"

"로지 할머니와 평생 아는 사이입니다." 보덴슈타인이 서둘러 말했다. "한동네 사람이었죠."

"헤롤트 부인은 며칠 전부터 아주 조금 좋아지기는 했지만, 절대 흥분해서는 안 됩니다." 란덴베르거 부인이 걱정스런 표정을 지었다.

"그냥 간단하게 물어보기만 할 겁니다." 보덴슈타인은 순진한 닥스훈트의 눈으로 그녀를 바라보았다. 그 눈빛이 효과가 없을 때는 거의 없었다. 란덴베르거 부인은 한숨을 쉬었다.

"알았어요." 그녀는 가운 주머니에 명함을 넣었다. "깨어 있는지 보고 올게요."

"고맙습니다. 정말 친절하시군요."

그녀는 소리가 나지 않은 고무 밑창 신발을 신고 한쪽 복도로 사라졌다.

"오늘내일하는 사람이 아닌 것 같은데요!" 피아가 말했다. "에드가는 자기 엄마가 어서 사라져주기를 바라는 마음에서 그런 얘기를 했나 봐요."

"이 요양원은 치료가 불가능하고 회복 가망이 없는 환자들만 받아." 보덴슈타인이 대답했다. "마지막 몇 주만큼은 여기서 편히 쉬시다가 가셨으면 좋겠는데."

몇 분 뒤 루치아 란덴베르거가 돌아왔다.

"헤롤트 부인은 깊이 잠드셨어요. 나중에 다시 와주시겠어요? 누구든 찾아오는 걸 무척 좋아하시거든요."

"가족 중에 돌보는 사람이 있나요?" 보덴슈타인이 궁금해했다.

"그럼요! 아들이 거의 매일 오는걸요." 란덴베르거가 대답했다. "이

옷과 옛 친구들도 찾아오고요. 부인은 여기서 잘 지내고 있답니다."

"그럴 거라고 믿어 의심치 않습니다." 보덴슈타인이 미소 지었다. "여긴 참 아늑해요."

"고맙습니다." 란덴베르거 부인은 외부인의 칭찬을 무척 반가워했다. "우리는 고객이 여기 머무는 동안 최대한 잘 지낼 수 있도록 최선을 다하고 있어요."

보덴슈타인이 막 출발하려는 순간 피아가 질문을 하나 더 던졌다.

"어떤 아들이 헤롤트 부인을 돌보고 있나요?"

"큰아들 클레멘스요." 란덴베르거 부인은 솔직한 애정이 담긴 미소를 지었다. "늙고 병들었을 때 그런 아들이 있으면 참 좋을 것 같아요."

피아는 알려준 정보에 감사를 표했다. 두 사람은 요양원에서 주차장을 가로질러 차에 탔다. 보덴슈타인이 시동을 켜려는 순간 휴대전화가 울렸다. 전화를 받자 스피커에서 카이 오스터만의 목소리가 흘러나왔다.

"지문인식시스템 데이터 뱅크에서 신원이 확인되었습니다." 카이가 말했다. "지문 주인공은 엘리아스 레싱입니다. 나이 19세, 주거지 미상. 자잘한 불법 행위로 수차례 입건된 전력이 있습니다. 향정신성 의약품관리법 위반을 비롯해 주거침입, 단순절도, 특수절도 등 여러 건입니다. 강도죄로 3개월 금고형을 선고받았고, 현재 보호관찰 중입니다. 또 한 건의 청소년범죄 자료가 있지만, 그건 승인 없이 열람할 수가 없네요."

"전형적인 마약 구입 자금 조달을 위한 범죄로 보이네요." 피아가 말했다. "마약 중독자가 돈을 마련하려고 캠핑카를 털다가 저항을 받았을지 몰라요. 그렇다면 우리가 찾는 남자일 가능성이 높아요."

"현 거주지는 확실히 없는 거지?" 보덴슈타인이 물었다.

"물론이죠. 설마 제가 그걸 놓치겠습니까, 반장님?" 카이는 자존심이 상한 듯했다. "엘리아스 레싱의 보호관찰관은 프랑크푸르트의 보켄하이머 란트 가에 있습니다. 엘리아스도 지난 3월 마지막으로 체포될 때 보켄하임의 주소지를 말했고요. 다만 거긴 마약 중독자들이 불법으로 거주하는 철거 예정 건물입니다."

"그럼 우리가 만나봐야 할 사람은 보호관찰관이군."

"저한테 잘 보이시면 더 많은 정보를 알려드릴 수도 있습니다. 저도 놀고 있지만 않았으니까요." 카이의 도도한 대꾸에 피아는 빙그레 웃었다.

"당연하지. 오스터만 선생, 무시해서 미안한데 좀 더 상세히 가르쳐줄 수 있겠소?"

"엘리아스 레싱은……." 카이가 말을 이어갔다. "켈크하임의 루퍼츠하인 출신입니다. 공식적으로는 아직도 그곳에 주민등록이 돼 있고요. 부모 밑으로요. 페터 레싱 박사가 아버지이고, 주소는 헤를렌슈퇵스하그 가 48번지입니다."

보덴슈타인은 갑자기 입을 뚝 닫았다. 피아는 그에게 일어난 모종의 변화를 알아차렸다.

"고마워, 카이." 그는 그렇게만 대답했다. "피아와 난 캠핑카의 주인을 만나려고 막 켈크하임 요양원에 들렀다 오는 길이야. 클레멘스 헤롤트에 대한 주민등록 조회도 좀 해주겠나?"

"알겠습니다, 반장님. 나중에 봬요."

"레싱 가족을 아시는 거죠?" 피아가 물었다.

"응."

"어떻게요?"

"페터 레싱도 내 동창이야."

"음. 반장님만 괜찮으시다면 엘리아스의 부모는 타리크와 제가 만나볼게요." 피아가 제안했다.

"아니, 나랑 같이 가. 지금 당장." 보덴슈타인은 시내 방향으로 우회전했다. "페터한테 아들이 있는지는 전혀 몰랐어. 딸애는 로잘리보다 조금 어리다고 들었어."

피아는 보덴슈타인의 불편한 마음을 눈치챘다. 그만큼 그를 잘 알고 있었던 것이다.

"페터 레싱은 어떤 사람이에요?"

"만난 지 오래됐어." 보덴슈타인은 회피하듯이 대답했다. "직업적으로는 상당히 성공한 걸로 알고 있어. 지금은 어떤지 모르지만 투자은행가였으니까. 한동안 외국에서 살았어. 런던이라고 들었던 것 같아."

"예전에는 어떤 사람이었어요?"

"우리 패거리의 우두머리였지." 보덴슈타인이 한순간 망설이다가 대답했다.

"그 사람을 좋아하셨어요?"

"좋은 질문이야." 보덴슈타인은 입술을 살짝 내밀었다. "적이 되는 것보다는 친구가 되는 게 나은 사람이라고 할까? 어떤 이유인지는 모르지만 그 친구는 나를 좀 위해줬고, 그건 나한테 여러모로 유리했어."

이 이상한 대답에 피아는 의아한 생각이 들었다.

"나는 그 친구가 두려웠어." 보덴슈타인이 급히 말을 이어갔다. "그건 다른 친구들도 마찬가지였어. 우리 패거리에 속하지 않는 애들은 특히 더 심했고. 페터는…… 뭐라 해야 할까…… 그래, 위압감을 주는 친구였어. 게다가……."

"게다가?"

"아냐, 아무것도."

"말씀해보세요! 40년이나 지난 일이잖아요!"

보덴슈타인은 한숨을 내쉬었다. "에드가, 랄프, 페터는 거미 다리를 뜯는 걸 좋아했어. 개구리 배에다 빨대로 바람을 불어넣기도 하고, 새총으로 비둘기를 쏘아 맞추기도 했지. 순 그런 못된 장난질만 좋아했어. 그러다 어느 날 페터가 동네 할머니의 고양이를 죽였어. 한바탕 난리가 났지. 그런데도 페터는 자기가 한 짓을 끝까지 부인했어. 그래서 랄프가 의심을 받고, 그다음엔 에드가와 콘스탄틴이 의심을 받았지. 하지만 결국 증거는 나오지 않았어."

"페터가 고양이를 죽였다는 건 누구누구 알고 있었어요?"

"우리 모두."

"그런데 아무도 말을 안 했다고요?" 피아가 놀라 물었다.

"그랬지. 입을 여는 사람은 배신자가 되었으니까. 게다가 나는 페터가 협박한 대로 할까 봐 너무너무 무서웠어."

"무슨 협박인데요?"

"당시 난 길들인 여우 한 마리가 있었어." 보덴슈타인이 잠시 뜸을 들이다가 말했다. "아버지가 새끼 때 숲에서 발견해서 데려왔는데, 내가 우유를 먹여 키웠지. 녀석은 강아지처럼 나를 졸졸 따라다녔어. 페터는 내가 입을 다물지 않으면 막시의 목을 잘라버리겠다고 협박했어."

"우와. 꼭 마피아들이 하는 말처럼 들리네요."

"아이들의 패거리도 원칙적으로 마피아와 똑같은 시스템으로 돌아가." 보덴슈타인이 거리로 시선을 향한 채 대답했다. "가장 강한 자가 명령하고 나머지는 모두 복종하거나 침묵하지. 게다가 마피아처럼 패거리를 쉽게 떠나지도 못하고."

"고양이 사건이 발생했을 때가 몇 살이었어요?"

"아홉 살 아니면 열 살."

피아는 아무 대꾸도 하지 않았다. 동물 학대는 폭력 범죄로 발전할 수 있는 심각한 징후였다. 더구나 동물을 괴롭히는 사람이 폭력의 희생자인 경우도 드물지 않았다.

켈크하임과 피시바흐를 지나 루퍼츠하인으로 가는 동안 두 사람은 말이 없었다. 보덴슈타인은 생각에 빠져 있는 듯했다. 반장과 용의자들 사이의 개인적인 관계가 이번 사건의 수사에 어떤 영향을 끼칠까? 피아는 그의 전문성을 단 한 순간도 의심하지 않았다. 그러나 보덴슈타인은 과연 옛날부터 알고 있거나, 심지어 어쩌면 좋아했을 사람들을 아무 선입견 없이 판단할 수 있을까?

***

막다른 골목 끝에 있는 레싱 가족의 빌라는 그 자체로 하나의 평평한 잿빛 콘크리트 벙커였다. 유리창은 모두 성벽의 총안처럼 길쭉했다. 집 구석구석에 설치된 감시카메라와 동작감지센서로 벙커와 같은 인상은 더욱 강해졌다. 피아는 건너편 길가에 주차된 도요타를 보고 깜짝 놀랐다. 스티커가 잔뜩 붙어 있고 여기저기 녹이 슨 것이 파울리네 라이헨바흐의 차가 분명했다. 여기서 무슨 볼일이 있는 것일까?

보덴슈타인이 초인종을 누르고 채 몇 초도 지나지 않아 한 남자가 문을 열어주었다. 아니, 열었다기보다 홱 열어젖힌 것에 가까웠다. 그런데 문 앞에 선 사람들을 보는 순간 남자는 마치 다른 누군가를 기다리고 있었던 것처럼 당황스러워했다. 여드름 자국으로 얽은 얼굴이 벌게졌다. 분노 때문일 수도 있었고, 아니면 최소한 그만큼 격하게 끓어오른 다른 감정 때문일 수도 있었다.

"이게 누구야! 올리버 아냐!" 페터 레싱은 간신히 미소를 지었다. 전혀 예상치 못한 상태에서 집으로 찾아온 형사를 반갑게 맞을 사람은 아무도 없겠지만, 레싱은 감정을 잘 통제하고 있었다. "자네가 여긴 어쩐 일이야?"

"잘 지냈나, 페터?" 보덴슈타인이 말했다. "여긴 내 동료 피아 산더야. 자네와 자네 집사람하고 이야기를 좀 나누고 싶은데."

피아는 레싱의 시선이 자신에게 향하는 순간 등골이 오싹해졌다. 과거의 고양이 살해범은 그녀보다 머리 하나는 더 컸다. 몸은 호리호리하면서도 근육질이었다. 이마는 훤했고, 코는 독수리처럼 휘어졌으며, 턱은 강인해 보였다. 금발보다는 회색에 가까운 머리는 짧게 잘라 젤로 모양을 잡았는데, 분홍빛 두피가 살짝 들여다보이는 부분을 가리기 위한 것 같았다.

"방금 손님이 오셨나요?" 피아가 물었다. 숲속의 무인카메라 영상을 확인할 때 파울리네 라이헨바흐가 보인 이상한 반응이 갑자기 떠올랐던 것이다. 그녀의 도요타가 하필 레싱 집 앞에 서 있는 것은 결코 우연이 아닌 것 같았다. 파울리네는 그 영상의 주인공이 엘리아스임을 알아본 것이 분명했다. 그렇다면 무슨 연유로 그 사실을 밝히지 않았을까?

"왜 그런 생각을 하시죠?" 레싱의 밝은 회색 눈에 불신의 빛이 감돌았다. 피아는 건너편 길가에 세워진 낡은 도요타를 가리켰다.

"아, 저거요!" 그는 크게 웃으면서 고개를 저었다. "파울리네는 저

고물차를 항상 저기 세워두죠. 라이헨바흐 가족은 우리 이웃입니다. 지모네와 로만은 자네도 알지 않나?"

보덴슈타인에게 던진 질문이었다. 그는 고개를 끄덕였다.

"어쨌든 들어오게." 레싱은 한 걸음 옆으로 비켜섰다. 집은 밖에서 보는 것보다 훨씬 컸다.

"자네 부모님 집은 어떻게 됐나?" 보덴슈타인이 물었다. "이 자리에 있지 않았나?"

"맞아." 레싱이 고개를 끄덕였다. "원래는 그 집을 증축할 생각이었는데 벽에 곰팡이도 피고, 다른 문제들도 있고 해서 포기했지. 그래서 어머니가 돌아가신 뒤로는 비어 있었어. 그러다 헌집을 허물고 낡은 지하실 위에다 새집을 올렸지."

남자들이 대화를 나누는 동안 피아는 호기심 어린 눈으로 주변을 둘러보았다. 내부는 주로 유리와 강철, 콘크리트로 이루어져 있었고, 벽에는 은은하게 조명을 밝힌 강렬한 색상의 대형 그림들이 걸려 있었다. 현관홀에서 넓은 나무 계단을 올라가자 바닥까지 대형 유리창으로 도배된 방이 나타났다. 루퍼츠하인과 라인-마인 지역이 훤히 내다보였다. 아주 탁월한 전망이었다. 피아는 이 집에 사는 사람들을 추론할 수 있는 물건을 찾으려 애썼지만 소용없었다. 가족사진이나 개인적인 액세서리는 어디에도 보이지 않았다. 한마디로 스타일리시하고 비싸고, 영혼이라고는 전혀 없는 쇼룸을 보는 느낌이었다.

"그래, 무슨 일로 왔나?" 이제야 레싱이 물었다. 맨발에 청바지와 회색 캐시미어 스웨터를 입고 있었는데, 그의 몸에서는 명령으로 남들을 복종시키는 데 익숙한 남자의 자신감이 흘러넘쳤다. 그러니까 그는 여전히 우두머리로 살고 있었던 것이다.

"간밤에 타우누스 산의 숲친구 캠핑장에서 캠핑카 한 대가 불탔

107

어." 보덴슈타인이 말했다. "그 불로 한 사람이 죽었고."

"그래?" 레싱의 눈썹이 추켜 올라갔다.

"또 다른 캠핑카에서는 누군가 침입자가 있었어. 그 안에서 엘리아스 레싱이라는 젊은 남자의 지문이 발견됐는데, 주민등록을 조회해 보니 여기 주소로 돼 있더군."

"맞아." 레싱의 이마에 주름이 잡혔다. "우리 아들이야. 머릿속이 텅 빈 녀석이지."

"머릿속이 텅 비었다는 건 별로 적당한 표현 같지 않은데요." 피아가 말했다. "수차례 저지른 범죄로 금고형을 선고받고 보호관찰 중인 사람한테요. 그게 의미하는 바가 뭔지는 잘 알고 계시지 않은가요?"

레싱은 얽은 얼굴을 일그러뜨리며 미소를 지었다. 어쩌면 본인은 호감이 가는 미소로 생각할지 몰랐다.

"호, 자네 동료가 아주 터프하시군." 그는 보덴슈타인에게 '참 고생이 많겠어!' 하는 뜻의 시선을 던졌다. 피아도 그 시선에 담긴 뜻을 알아챘다. "그게 의미하는 바가 뭔지는 나도 당연히 알고 있죠, 여형사님. 다만 우리 아들은 이제 법적으로 미성년자가 아니고, 우리가 이래라저래라 한다고 들을 애도 아닙니다."

"엘리아스를 마지막으로 봤거나, 연락을 주고받은 게 언제였어?" 보덴슈타인이 끼어들었다.

"난 아들을 집에 들여놓지 못하게 했어. 아내가 나를 속인 게 아니라면 그 애는 지금껏 집에 온 적이 없어. 그러니까 2013년 9월 17일 이후로 나는 그 애를 보지 못했어."

"그 날짜를 어떻게 그리 정확히 기억하시죠?" 피아가 물었다.

"금지령을 내린 게 그날이니까요. 난 그 애를 견딜 수가 없었어요. 어떤 규칙도 지키지 않으니까." 레싱의 표현 방식은 간결하고 정확했다. 감정은 전혀 실리지 않았다. 겉보기로는 아들에게 일어난 일이 아무렇지도 않은 듯했다.

"우린 당신 아들을 찾고 있어요. 범죄에 연루되었거나, 아니면 중요한 목격자일 수 있어요." 피아는 파충류처럼 무표정한 레싱의 시선을 눈 하나 깜짝하지 않고 받아냈다. "파울리네가 방금 그 이야기를 하던가요? 그 때문에 그렇게 화가 나셨나요?"

"아뇨." 레싱이 퉁명스럽게 대답하더니 계단 난간으로 걸어갔다. "헨리에테! 이리 좀 와 봐! 손님 왔어."

계단 발치에 크고 날씬한 부인이 나타났다. 말총머리로 묶은 매끈하고 짙은 머리카락 사이에 흰머리가 간간이 섞여 있었다. 그러나 눈과 입가의 잔주름조차 얼굴의 우아한 조화로움을 깨지는 못했다. 헨리에테 레싱은 아름다운 여자였다.

"살인 사건 전담 형사들이야." 레싱이 말했다. "우리 아들을 찾고 있대."

"살인 사건 전담이라고요?" 그의 아내가 놀라 되물었다. 그녀의 눈이 헤드라이트에 포착된 노루처럼 번쩍 커졌다.

"안녕하세요, 레싱 부인?" 보덴슈타인이 자신과 피아를 소개했다. "엘리아스의 지문이 범행 현장에서 발견되었습니다. 우린 긴급하게 그 친구를 만나야 합니다."

"전…… 전 그 애가 어디 있는지 몰라요." 헨리에테는 가는 목걸이에 달린 작은 은빛 십자가를 초조한 듯 만지작거렸다. 시선은 남편에게 향한 채.

"혹시 몇 가지 질문에 답해주시겠습니까?" 보덴슈타인이 부드럽게 말했다. "가족 구성원과 관계된 일이라 꼭 대답해야 할 의무는 없지만, 그래 주시면 많은 도움이 되겠습니다."

"네, 물론이죠. 참, 뭐 좀 드시겠어요? 커피, 아님 차로 드릴까요?" 부인은 몹시 심란할 텐데도 평정심을 유지했다. 강인함의 표시일까, 아니면 생각할 시간을 버는 것일까?

"커피로 주시면 고맙겠습니다." 보덴슈타인이 상냥하게 웃었다. "블랙으로요."

피아는 정중히 거절했다. 그들은 부인을 따라 계단을 내려가 초현대식 주방과 식당이 있는 넓은 공간으로 들어섰다. 창문 바로 앞에 고양이가 오르내리는 놀이기구가 설치되어 있었는데, 그것을 보는 순간 피아는 반사적으로 반장이 페터 레싱에 대해 해준 이야기가 떠올랐다.

그들은 유리 식탁에 앉았고, 부인도 커피를 따른 뒤 자리에 앉았다. 레싱은 팔짱을 끼고 아내의 맞은편 의자 뒤에 섰다. 보덴슈타인은 페터에게 했던 말을 반복했다.

"엘리아스가 그 일과 관련돼 있다고요?" 헨리에테 레싱은 다시 목걸이 십자가를 만지작거렸다. 신경이 극도로 예민해진 듯했다.

"꼭 그렇진 않습니다. 하지만 뭔가 목격했을 수는 있습니다."

"최근에 그 애와 통화한 적 있어?" 레싱이 아내한테 물었다. 여드름 자국으로 얼굴이 얽기 전의 어릴 적 모습은 어땠을까? 갑자기 추해진 사춘기 얼굴 때문에 괴로워한 예쁘장한 사내아이였을까? 어쨌든 그전에 고양이를 죽인 것으로 봐선 공격성을 항상 어느 정도 품고 있었던 건 분명했다.

"아뇨." 부인은 이렇게 답하고는 보덴슈타인에게로 시선을 돌렸다. "엘리아스는…… 문제가 좀 있어요. 마약 때문에요. 우린 어떻게든 도움을 주려고 했지만, 걔가 원치 않았어요. 아들이 거처도 없이 길거리 아무 데서나 잔다고 생각하면 정말 견딜 수가 없어요. 전에는 이곳저

곳 돌아다니면서 아들을 자주 찾아봤어요. 최소한 어디에 있는지는 알고 있고 싶어서요."

"걔는 실패자야. 병적일 정도로 불안정하고 약해빠진 아이였지." 페터는 화난 목소리로 말했다. "어렸을 때부터 너무 심성이 여렸고, 항상 저항이 가장 적은 길만 택했어. 그러다 학교를 땡땡이치고 급우 물건을 훔치는 바람에 세 군데 학교에서 쫓겨났어. 가끔은 연락도 없이 며칠씩 집에 들어오지도 않았고. 그러다 누나 물건을 훔치고, 다음엔 제 엄마 물건에까지 손대더니 마지막에는 우리가 주말여행을 다녀온 사이 집안을 다 털어갔어! 그때 난 포기했지. 이젠 걔가 어떻게 되든 상관없어."

피아는 레싱의 표정에서 '네가 감히 아비의 말을 거역해?' 하는 속 말을 읽어냈다.

헨리에테의 반응을 보니 남편의 이런 비난은 처음이 아닌 듯했다. 그녀는 의자에 등을 기대지 않고 꼿꼿이 앉아 있었는데, 남편이 가차 없이 쏟아내는 말 한마디 한마디에 채찍질을 당하는 것처럼 몸을 움찔거렸다. 감정을 억제한 표정 뒤로는 근심과 두려움이 요동치고 있었다. 피아는 지난 몇 년간 이 집에서 무슨 일이 있었는지 짐작할 수 있었다. 엘리아스는 부족함과 나약함을 허용하지 않는 집안의 문제 아였던 것이다.

"레싱 부인, 엘리아스가 지금 어디 있을까요?" 보덴슈타인이 물었다. "누구와 친했습니까? 혹시 친구들 이름을 알려주실 수 있나요?"

"파울리네 라이헨바흐와는 어떤 사이죠?" 피아가 물었다. "엘리아스와 아는 사이죠?"

피아는 부부의 재빠른 시선 교환을 알아차렸다.

"걔도 당연히 알죠." 페터가 아내 대신 얼른 답했다. "라이헨바흐 가족은 우리 이웃이니까요."

"아드님 휴대전화 번호는 알고 계십니까?" 보덴슈타인이 다시 부인에게 물었다.

"걔는 휴대전화가 없어." 이번에도 페터가 대답했다. "벌써 오래전에 잡혀먹었지."

보덴슈타인은 당황해하지 않았다.

"엘리아스의 보호관찰관과는 연락하고 계신가요?" 그가 끈질기게 물었다.

"전에는 가끔 그 사람과……" 부인이 입을 열었지만 남편이 중간에 가로챘다.

"그 여자는 신경 쓸 필요 없어." 페터가 무시하듯 말했다. "이상적 신념에 빠져 걔한테 계속 휘둘리기나 하니까."

"부인, 마지막으로 아드님과 연락한 게 언제입니까?" 보덴슈타인은 흔들림 없이 공손하게 물었다.

"아들이…… 며칠 전 이메일로 이번에는 정말 마약을 끊겠다고 했어요." 헨리에테가 잠시 망설이다가 말했다. 남편을 불안하게 바라보는 것이 꼭 주인의 발길질을 두려워하는 강아지 같았다. 그녀의 얼굴 위에 희망찬 미소가 살짝 피어오르더니 이내 사라졌다. 그녀는 입술을 꾹 다물었다. 두 눈에 눈물이 그렁그렁했다. 페터는 이 새 소식을 어떻게 받아들이고 있는지 전혀 내색하지 않았다.

"엘리아스는 나쁜 애가 아니에요." 헨리에테의 목소리에 이해를 갈구하는 듯한 어조가 담겨 있었다. "우리에게 받은 압박을 견디지 못한 거예요."

"당신은 대체 언제까지 그런 쓸데없는 희망에 빠져 살 거야?" 페터가 간신히 분을 누르며 아내에게 물었다. "걔가 캠핑카에 불을 질러 사람을 죽인 것 같다잖아!"

페터는 아들의 실패가 참으로 기가 막힌 듯했다. 그로서는 자존심이 상하는 일일 것이다.

"아뇨, 난 그렇게 생각하지 않아요." 헨리에테는 속삭이듯이 말하더니 격하게 고개를 저었다. "살아 있는 건 뭐든 해치지 못하는 아이예요. 한 번도 그러는 걸 보지 못했어요! 심지어 개미와 딱정벌레도 구해주고……."

그녀는 입을 다물었다. 눈물이 뺨을 타고 내려가 턱에서 한 방울, 또 한 방울 떨어졌다. 피아는 혹시 자기한테 자식이 있다면 헨리에테 같은 어머니를 더 잘 이해할 수 있을지 생각해보았다. 이런 질문은 처음이 아니었다. 세상의 모든 부모는 자식의 행동을 변명하려 들고, 이해를 구하고자 했다. 특히 엄마들이 그랬다. 피아는 자식이 저지른 범행을 결코 믿지 않으려고 하는 상습 폭행범, 방화범, 강간범, 살인범의 엄마들을 수차례 봐왔다.

"그 이메일을 좀 봐도 될까요?" 보덴슈타인이 부드럽게 말했다.

"삭제했을 거야." 레싱이 말했다. "맞지?"

헨리에테는 손등으로 눈물을 훔치며 고개를 끄덕였다. 순간 피아는 폭발했다.

"왜 아내분이 스스로 답하게 내버려두질 않는 거죠?" 그녀가 페터에게 소리쳤다. "당신이 싫어할 이야기를 할까 두려운 건가요?"

페터 레싱이 피아를 뚫어지게 바라보았다.

"전혀요." 그가 차갑게 말했다. "그게 걱정이라면 내가 자리를 비켜드릴 테니 아내랑 좀 더 이야기를 나누다 가세요. 반가웠습니다, 성함이……?"

"산더요."

113

"아? 오펠 동물원의 원장님과 성이 같군요." 레싱은 깜짝 놀란 듯했지만, 그녀의 이름을 처음 듣는 순간부터 그들의 관계를 알아채고 있었다고 피아는 확신했다.

"남편이에요."

"이런 인연이 있나! 그럼 인사 좀 전해주세요. 잘 아는 사이거든요. 우리 회사에서는 동물원 행사에 항상 넉넉하게 후원해왔죠." 그가 눈썹을 올렸다. "어쨌든 지금까지는요."

피아는 처음엔 잘못 들었다고 생각했다. 마지막 말은 명백한 협박이었다. 그게 아니라면 최소한 우월적 위치의 과시였다. 그녀는 고개를 갸우뚱하더니 천진난만하게 웃었다.

"아, 그래요? 혹시 그 후원이 이타심의 발로인가요, 아니면 어린 시절의 동물 학대에 대한 속죄인가요? 참, 당신 고양이는 어디 있죠? 한 마리 더 있지 않았나요?"

레싱의 얼굴이 돌처럼 굳어지면서 목까지 빨개졌다. 잔인하고 무자비한 불꽃이 눈에서 번쩍 튀었다. 타인이나 주변 상황을 백퍼센트 통제하지 못하는 것을 끔찍이 싫어하는 인간이 분명했다. 어쩌면 그런 이유로 자신에게서 벗어난 아들을 증오하는지도 몰랐다.

**

두 사람이 레싱의 집을 나왔을 때 파울리네의 녹슨 도요타는 사라지고 없었다. 그럼에도 피아는 길을 건너 라이헨바흐 집의 초인종을 눌렀다. 그러나 나오는 사람은 없었다.

"그 말까지 할 필요는 없었어." 자동차로 돌아갈 때 보덴슈타인이 언짢은 듯 말했다. "그 때문에 쓸데없이 그 친구를 자극했고, 나까지 입장이 곤란해졌어. 그 얘기를 누구한테 들었는지는 그 친구도 충분히 짐작할 테니까."

"무슨 말씀이에요? 그 인간이 저를 협박했다고요!" 피아가 흥분해서 소리쳤다. "소설책에나 나올 법한 완전 사이코패스예요. 아들이 그런 아버지한테서 도망치려고 한 건 절대 이상한 일이 아닌 것 같아요!"

"아무리 그래도 그 이야기는 하지 말았어야 했어." 보덴슈타인은 스마트키를 눌렀고, 불빛이 깜빡이더니 자동차 문이 열렸다. "물론 그 이야기를 한 내가 잘못이지. 그 때문에 자네가 선입견을 갖게 됐으니까."

"어쩌면 조금은요." 피아는 순순히 인정하더니 조수석의 안전벨트를 맸다. "하지만 전 그런 인간을 좀 알아요. 그런 인간들은 자기 아들한테 무슨 일이 일어났는지, 심지어 아들이 사람을 죽였는지에 대해서도 전혀 관심이 없어요. 중요한 건 남들에게 비쳐지는 근사한 겉모습뿐이에요. 레싱 부부는 우리를 속였어요. 둘 다! 우리가 도착하기 직전에 파울리네가 그 집에 있었던 게 분명해요. 파울리네는 영상에서 엘리아스를 알아봤어요. 엄마도 아들이 지금 어디 있는지 틀림없이 알고 있을 거고요. 아들이 엄마한테 직접 알렸을 테니까요. 아들은 부상을 입고 어디로 가야 할지 모르는 상태였을 거예요. 엘리아스의 흔적이 숲 한가운데서 갑자기 사라진 것도 그것으로 설명이 돼요. 엄마가 와서 데려갔을 테니까."

"그건 모두 추정이야!" 보덴슈타인이 고개를 절레절레 흔들었다. "이젠 진정 좀 해."

피아도 자기가 왜 페터 레싱에게 그렇게 단단히 화가 났는지 몰랐다. 지난 몇 년 동안 사건을 수사하는 과정에서 레싱처럼 독단적이고 남에게 인정받으려는 욕구가 강한 인간은 반복해서 만나왔다. 다원적 의미에서 인간이 만물의 영장이라고 철석같이 믿는 소시오패스와 나르시시스트들이었다. 피아는 사이코패스 기질을 가진 인간들이 처음에는 전혀 남의 눈에 띄지 않는다는 걸 알게 되었다. 심지어 사회적 능력이 뛰어난 경우도 있었다. 그들은 때론 매력적일 뿐 아니라 언변이 뛰어나고 직장에서도 능력을 인정받았지만, 동시에 거짓말을 일삼는 음모의 귀재였고 자기 권리에 대한 욕구가 지나치게 강했다. 피아도 오래전에 그런 남자의 희생자였다. 그래서 그 이후 그와 비슷한 특정 행동 방식을 인지하면 저절로 경고등이 켜졌다.

호프하임으로 가는 길에 피아는 구글로 페터 레싱 박사를 검색해 보았다. 그의 경력은 별로 새삼스럽게 느껴지지 않았다. 페터는 영국과 미국의 명문 대학들에서 경영학을 공부하고 박사학위를 받은 뒤 뉴욕과 런던의 국제 투자은행들에서 초고속으로 승진했다. 피아도 이름 정도는 아는 골드만 삭스, 리먼 브라더스, JP 모건 같은 회사들이었다.

휴대전화 화면에 문자메시지 도착 알림이 떴다. 모르는 번호였지만 피아는 메시지를 열었다.

"역시 예상이 맞았어요." 그녀가 중얼거렸다. 레싱의 집을 떠나기 전에 헨리에테에게 명함을 건넨 게 허사가 아니었던 것이다.

"엘리아스는 휴대전화가 있어요." 피아는 반장에게 알렸다. "레싱 부인이 방금 그 번호를 보내줬어요. 남편의 행동을 대신 사죄한다면서요. 그리고…… 오호, 이거 봐요! 엘리아스는 니케라는 임신한 여친이 있는데, 그 여친과 아기 때문에 마약을 끊고 새 삶을 시작하려고 했대요."

"음." 보덴슈타인은 입을 다문 채 신음과도 같은 이 한마디만 했다.

피아는 엘리아스의 휴대전화 번호를 카이에게 전송하면서 위치 추적을 부탁했다. 보덴슈타인은 차를 타고 가는 동안 아무 말이 없었다. 피아도 말할 기분이 아니었다. 자신의 충동적인 행동으로 아무 상관없는 남편이 난데없이 해를 입을 수 있다는 사실이 서서히 인지되었던 것이다. 그와 함께 슬그머니 미안한 생각이 들었다. 동물원은 후원금에, 그것도 큰 액수의 정기 후원금에 의존했다. 레싱이 앞으로 정말 경제적 지원을 끊으면 어떡하지? 하지만 그녀의 일이 이런 식으로 사사로운 감정에 영향을 받아도 되는 것일까? 형사의 직관과 날카로움에 영향을 주지 않으려면 그런 감정과 이해관계는 무시해야 하지 않을까? 그런 관계를 배려한다는 것 자체가 이미 매수로 나아가는 첫 단계가 아닐까?

보덴슈타인이 호프하임 경찰서 안마당으로 진입하는 순간 피아는 오늘 저녁에 바로 크리스토프에게 그 사실을 얘기하기로 마음먹었다.

강력반 회의실에선 카이 오스터만과 타리크가 이번 화재 사건 개요를 준비하느라 여념이 없었다. 벽에 걸린 화이트보드는 아직 비어 있었다. 카이는 불탄 시신 사진을 몇 장 왼쪽 모서리에 자석으로 붙여놓고 그 위에 '쾨니히슈타인 숲친구 캠핑장 화재'라고 썼다. 책상 위에는 노트북이 놓여 있고, 그 옆에는 서류가 쌓여 있었다. 회의실에선 마늘과 튀김 기름 냄새가 났다. 순간 피아는 아침으로 초코잼을 바른 토스트만 먹고 여태껏 아무것도 먹지 못한 걸 깨닫고 극심한 시장기가 밀려오는 것을 느꼈다.

"아, 이제 오셨어요?" 카이가 입에 음식을 잔뜩 넣고 말했다. 왼손에는 알루미늄 호일로 돌돌 만 케밥이 들려 있었다. 셈 알투나이 경사가 커피잔을 들고 느릿느릿 들어왔다. 이로써 강력반이 거의 다 모인 셈이었다.

"케밥 가게에 들어온 것 같은 냄새가 나네." 피아가 백팩을 빈 의자에 툭 던지더니 환기를 시키려고 창문 두 개를 위쪽으로 비스듬히 연 다음 책상 모서리에 걸터앉았다.

"산더 부인께서 기분이 별로 안 좋아 보이십니다?" 셈이 말했다.

"아니, 나쁘지 않아." 피아가 예민하게 대꾸했다. "카트린이 안 보이네?"

"병원에요. 검진 받으러." 셈이 책상에 다리를 꼬고 앉더니 눈처럼 흰 와이셔츠의 소맷부리를 잡아당기며 매무새를 가다듬었다. 잘생긴 얼굴과 잘 관리한 수염, 짧은 커트로 멋을 낸 숱 많은 흑발은 강력계 형사라기보다 배우 같았다. "이젠 저도 이 사건에 전적으로 뛰어들 수 있게 되었습니다. 양로원에서 발생한 추락사는 명백한 자살로 판명되었으니까요."

"임차인 언니는 만나 봤어?" 피아가 키친타월로 기름 묻은 손을 닦고 있는 타리크에게 몸을 돌렸다.

"문을 열어주지 않더라고요." 그가 음식을 씹으면서 대답했다. "대신 명함에 전화 좀 부탁한다고 적어 문틈으로 밀어 넣었습니다."

"파울리네 라이헨바흐의 전화번호 좀 알고 싶은데?"

"왜요?"

"내가 알고 싶으니까." 피아가 젊은 동료를 노려보았다. "그 이유까지 내가 꼭 말해야 돼?"

"아닙니다. 당연히 그러실 필요는 없죠." 타리크가 기어들어가는 목소리로 대답했다. "문자로 바로 보내드리겠습니다."

"불탄 자동차의 차종이 밝혀졌습니다." 카이가 좌중을 둘러보며 입을 열었다. "전문가들에 따르면 아우디라고 합니다. 그 밖에 클레멘스 헤롤트에 관한 것도 좀 알아냈고, 그 여동생 소냐에 관한 정보도 몇 가지 얻었습니다."

"말해봐." 보덴슈타인은 앉을 생각은 않고 재킷 주머니에 손을 넣고 문가에 서 있었다.

"클레멘스 헤롤트는 1956년생이고 기혼입니다. 현재 이트슈타인 니더로트에 삽니다. 풍력 설비 기술자로서 직업상 유럽 각지를 떠돌 때가 많습니다. 심지어 몇 주 동안 돌아오지 않을 때도 있고요." 카이는 기억하는 내용을 풀어놓았다. "뒤의 내용은 당연히 주민등본상에 기재된 내용이 아니라, 헤롤트의 아내 메히트힐트와 통화해서 알게 된 정보들입니다."

"그 밖에 또 알아낸 건?"

"헤롤트는 전기 기술자로 동료와 함께 독립했다가 파산했습니다. 이후 메카트로닉스 공학을 공부해서 풍력 발전기 전문가가 되었습니다. 벌이는 꽤 좋지만 객지 생활이 잦은 단점이 있죠. 최근에는 병든 어머니를 집중적으로 돌보고 있었습니다. 휴대전화로는 연락이 닿지 않았는데, 부인 말로는 자주 있는 일이라고 합니다. 풍력기에 올라가 있을 때는 휴대전화를 꺼둔다니까요."

"소냐는?" 보덴슈타인이 물었다.

"1973년에 태어났고, 엘러스와 이혼하고, 재혼은……."

"뭐?" 보덴슈타인이 허리를 폈다.

"예?" 카이가 당황해서 되물었다.

"소냐가 엘러스라는 남자와 결혼했다고?" 보덴슈타인이 다시 한 번 확인했다. 미간에 세로로 주름이 잡혔다.

"네, 틀림없습니다." 카이는 갑작스러운 중단으로 맥락을 놓쳐 보고를 이어가기 위해 메모지를 훔쳐봤다. "재혼한 남편의 이름은……

잠깐만요…… 슈레크네요. 주소지는 켈크하임 루퍼츠하인이고요. 소
냐는 미용실을 운영하고 있습니다. 15시 17분에 전화했지만 통화하
지 못했고, 자동응답기 소리만 들었습니다."

"엘러스라니……." 보덴슈타인이 중얼거렸다. "그랬군."

그가 말없이 회의실을 나가자 카이는 영문을 모르겠다는 듯 피아
에게 시선을 돌렸다. 셈과 타리크도 의아한 눈으로 보덴슈타인의 뒷
모습을 바라보았다.

"반장님이 왜 저러시지?" 카이가 물었다. "보고가 아직 안 끝났는
데."

"로제마리 헤롤트 가족과는 아는 사이셔." 반장의 이상한 반응에
역시 놀란 피아가 동료들에게 설명했다.

"이번 사건은 정확히 어떻게 된 거예요?" 셈이 물었다.

피아는 지난밤 숲속 캠핑장에서 일어난 사건을 요약해주었다. 거
기다 에드가 헤롤트와 레싱 부부를 만난 일과 켈크하임 요양원을 방
문했다가 별 소득 없이 돌아온 일도 전해주었다. 이번 사건은 명백
한 방화에다 캠핑카 문이 밖에서 잠긴 게 확실하다는 감식반의 판정
과 함께 단순 화재에서 살인 사건으로 돌변했다. 검사는 엘리아스 레
싱의 수배에 동의했지만, 지금까지 밝혀진 사실만으로는 구속영장을
발부받기가 충분치 않다고 생각하고 있었다.

"엘리아스 레싱의 휴대전화는 꺼져 있어서 위치 추적이 불가능해
요." 카이가 말했다. "통신업체에 그 친구의 동선을 요청했는데, 시간
이 좀 걸릴 것 같아요."

"그럼 그사이에 엘리아스의 보호관찰관과 여자친구를 만나봐야겠
어." 피아가 말했다. "클레멘스 헤롤트와도 연락을 시도해봐야 하고,
어쩌면 자기 어머니 말고 캠핑카 열쇠를 갖고 있는 사람을 알고 있을

지도 몰라."

"그건 내가 알아볼게요." 셈이 나섰다.

"반장님은? 같이 갈 거냐고 물어볼 거지?" 피아가 물었다.

"당연하죠."

"그럼 전 뭘 할까요?" 타리크가 물었다.

"복사나 해." 카이가 서류더미를 가리켰다.

"복사나 하라고요?" 타리크 오마리가 잔뜩 불만스런 표정을 지었다.

"처음엔 다 그래." 카이가 히죽거렸다.

"전 형사지 사환이 아닙니다." 타리크는 이렇게 말하면서도 어쩔 수 없다는 듯 서류를 집어 들었다. 그러고는 혼잣말처럼 중얼거렸다. "경찰학교도 수석으로 졸업한 사람인데."

그는 풀이 죽어 복사기로 향했다.

"시신은 내일 오전 10시에 부검하기로 했습니다." 카이가 좌중에 알렸다. "그 일은 누가 맡겠습니까?"

"나." 피아는 신참에게 눈짓을 보냈다. "그리고 타리크."

그녀는 셈이 회의실을 나갈 때까지 기다렸다가 자리에서 일어나 문을 닫았다.

"내가 아까 반장님한테 바보 같은 실수를 저질렀어." 피아는 카이에게 레싱과 있었던 일을 이야기했다. "반장님은 옛 친구 앞에서 자기 꼴이 우습게 된 것 때문에 나한테 화가 나신 것 같아."

"내가 반장님이라도 좀 그랬겠네." 카이는 이렇게 답하며 피아의 마음을 풀어주려고 했지만, 피아는 조금도 기분이 나아지지 않았다.

"레싱이 의도적으로 나를 도발했어." 그녀가 항변했다. "자기 아내가 무슨 말만 하려고 하면 중간에 끼어들었거든. 그걸 보고도 반장님은 가만히 계시기만 했어. 그 인간한테…… 뭐랄까…… 좀 고분고분하다고 할까?"

"고분고분하다고? 우리 반장님이?"

"물론 틀린 표현인지는 모르겠어." 피아가 한숨을 쉬었다. "차라리 좀 굴종적이라고 해야 할까?"

"그건 더 나쁜 말인데." 카이가 히죽거리며 고개를 흔들었다.

"에이, 나도 몰라!" 피아는 벌떡 일어나 창가로 걸어갔다. 반장님이 옛 친구로 인해 형사로서의 예리함을 잃을지도 모른다는 걱정을 어떻게 카이에게까지 얘기할 수 있겠는가? 자신을 그렇게 입 싼 인간으로 보지 않는 반장님인데. "아무튼 상관없어."

"혹시 누가 반장님의 후임이 될지는 알고 있어요?" 카이가 화제를 바꾸었다.

"아니. 당신은?" 이번 사건이 마지막 공동 수사가 될 거라는 사실을 지난 몇 시간 동안 잘 억눌러왔는데, 카이의 질문으로 자신이 버림받은 것 같은 감정이 다시 거세지면서 반장님에게 더더욱 미안한 마음이 일었다. 왜 쓸데없이 그렇게 경솔하게 말했을까?

"나야 모르죠. 다만 피아 경사님이 새 반장이 될 거라고 예상하고 있어요."

"난 잘 모르겠어." 피아가 의자를 끌어당기고 앉았다. "솔직히 난 그 자리를 원치 않아. 반장님이 계속 그 자리에 계셨으면 좋겠어."

"다시 돌아오실 거예요." 카이가 말했다. "하지만 저격수 사건 이후 반장님이 좀 변하셨어요. 그 일로 상당히 충격을 받으신 것 같아." 그는 생각에 잠긴 표정으로 안경을 벗더니 엄지와 검지로 안경 자국을 문질렀다. "게다가 반장님한테는 매력적인 대안이 있잖아요. 나라도 그럴 것 같아. 우리 직업은 가끔 상당한 좌절감을 안기잖아요."

"반장님의 심정은 나도 이해해." 피아가 인정했다. "그렇지만 마음이 아파. 어쩐지 1년 뒤에도 돌아오시지 않을 것 같아서. 겉으론 티를 내시지 않지만 더는 마음이 없으신 거 같아."

"그래서 1년을 쉬시려는 거잖아요." 카이는 다시 안경을 꼈다. 안경은 그의 콧등에 새겨진 깊은 안경 자국으로 정확히 안착해 들어갔다. "반장님의 결정을 개인적으로 받아들여선 안 될 것 같아요."

"나도 그러진 않아. 반장님한테 안식년이 필요하다는 부분도 인정하고." 피아는 팔꿈치를 책상에 올리고 손바닥으로 턱을 괴었다. 겉으론 이렇게 말했지만 결코 진심은 아니었다. 카이와 아무리 잘 통하는 사이라고 해도 보덴슈타인이 더 이상 자신들과는 아무 상관없는 삶으로 은퇴할 것 같다는 속내까지 털어놓을 수는 없었다. 카이는 그 말을 잘못 해석할 수도 있었다. "다만 내가 걱정인 건 상부에서 다른 누군가를 우리 반장에 앉히는 거야."

"셈 경사님도 그 후보 중 하나죠." 카이는 잠시 숙고하더니 말했다.

"당신일 수도 있고. 여기 있는 우리 중에서 제일 오래됐잖아."

"에이, 난 아니에요, 아냐!" 카이는 단호하게 거부하면서 종아리 의족을 툭툭 쳤다. "난 여기 장애인 할당제로 와 있는 거라고요! 그러니 난 빼줘요."

피아는 싱긋 웃었다.

"그럼 난 이제 타리크와 보호관찰관을 만나러 가야겠어." 피아가 일어나더니 백팩을 집었다. "타리크 데려가도 되지?"

"물론이죠." 카이는 고개를 끄덕이며 노트북을 열었다. "피아?"

"왜?" 그녀는 문손잡이를 잡은 채 멈추어 섰다.

"템포라 무탄투르, 노스 에트 무타무르 인 일리스."

"아무리 좋은 뜻이라도 그렇게 얘기하면 난 못 알아들어, 이 잘난

체쟁이 아저씨야." 피아가 건조하게 말했다. "나는 라틴어를 모르거든."

"헐, 충격인데요." 그는 놀랐다는 듯이 일부러 눈을 크게 떴다. "가톨릭 여학교를 다녔다는 사람이 라틴어를 모르다니."

"무슨 뜻인지 번역해줄 거야, 말 거야?"

"시간은 변하고, 그 시간 속에서 우리도 변한다." 카이는 뜻을 알려주고는 윙크를 날렸다. "헤센 식으로 풀이하자면, 삶은 계속되나니, 걱정 말고 즐겨라!"

***

니더로트는 중앙 도로를 따라 집들이 늘어서 있는 작은 마을이었다. 도로가 급하게 꺾이는 지점에 왼편으로 자잘한 돌들이 깔린 샛길이 하나 있었다. 길 왼편으로 집이 두 채, 오른편으로 세 채가 전부였다. 어린이 놀이터가 하나 있었고, 그 뒤로 들판과 초지로 이어지는 좁은 아스팔트 들길이 있었다. 클레멘스 헤롤트의 집은 왼편 마지막 집이었다. 앞에는 환한 나무로 만든 간이 차고가 있었고, 지붕에는 태양열 집열판이 있었다. 차고에는 뤼데스하임 지역의 번호판이 달린 노란색 미니쿠퍼가 세워져 있었다. 니더로트는 언제부턴가 라인가우-타우누스 지역에 포함되었다.

"목가적인 곳이네요." 셈이 말했다. 그들은 놀이터 옆에 주차한 뒤 길을 건넜다. "비행기 소음도 안 들리고, 차도 다니지 않아서 그런지 공기가 좋네요."

완만한 비탈을 이룬 초지에서는 말 몇 마리가 풀을 뜯고 있었다. 마을 어디선가 개가 짖자 다른 개들도 덩달아 짖어대다가 다시 조용해졌다. 구름이 걷힌 저녁 하늘에는 말똥가리 한 마리가 간간이 우짖으며 평화롭게 선회하고 있었다.

보덴슈타인이 초인종을 누르려는 순간 대문이 열리더니 얼굴에 충혈성 홍반(紅斑)이 심한 40대 후반의 둥그스름한 부인이 나왔다. 손에는 지갑을 들고, 겨드랑이에는 시장바구니를 끼고 있었다.

"헤롤트 부인?" 보덴슈타인은 클레멘스의 부인을 예전에 본 적이 있는지 기억을 떠올려보았지만 낯선 얼굴이었다.

"누구시죠?"

"호프하임 경찰서에서 나온 보덴슈타인 반장입니다." 그는 신분증을 꺼냈다. "이쪽은 제 동료 셈 알투나이 형사고요. 남편 분을 좀 만나고 싶어서요."

"일 때문에 객지에 나갔어요." 메히트힐트 헤롤트가 말했다. "벌써 다른 형사 분한테 전화로 다 말씀드렸어요. 여기까지 오실 필요는 없었는데."

"남편 분은 언제쯤 돌아오시나요?" 셈이 물었다.

이웃집 정원과 연결된 울타리 사이로, 좀 더 정확히 말하자면 거의 시든 해바라기와 새빨간 매자나무 사이로 호기심 가득한 표정의 한 늙은 부인이 나타났다.

"온 동네 사람이 다 듣기 전에 안으로 들어가는 게 좋겠네요." 이웃집 여자를 본 헤롤트 부인이 말했다. 셈이 작은 문을 열었고, 그들은 가을꽃이 예쁘게 핀 가지런한 정원을 지나갔다.

"멋진 정원이군요." 보덴슈타인이 말했다. "직접 가꾸십니까?"

"네." 헤롤트 부인은 겸손한 자부심이 담긴 표정으로 웃었다. "정원 가꾸는 게 낙이거든요."

그들은 어스름한 현관으로 들어섰다. 집은 수리 중이었고, 갓 칠한

페인트 냄새가 났다.

"식당방에 페인트칠을 새로 했어요." 헤롤트 부인이 시장바구니를 탁자에 내려놓으며 설명했다. "몇 개월 전부터 남편이 한다한다 하면서도 못한 일이었어요. 특히 시어머님이 병석에 누운 뒤로는 더더욱 그럴 시간이 나지 않았죠."

"남편 분이 어머님을 정성껏 돌보고 있다는 말은 들었습니다." 보덴슈타인이 말했다.

"틈만 나면 어머님한테로 달려가죠." 내심 남편에 대한 원망을 드러낸 말일까? 죽어가는 사람을 질투하는 것일까?

"남편은 언제 돌아오시나요?"

"원래는 어제 저녁에 온다고 했어요." 헤롤트 부인이 대답했다. "하지만 추가 주문이 있으면 하루 정도 늦어지곤 하죠. 그래서 약속한 날에 안 와도 그러려니 해요."

"그렇다고 휴대전화를 하루 종일 꺼놓나요?"

"가끔 그래요." 그녀가 잠시 못마땅한 망설임 끝에 말을 이어갔다. "풍력 발전기에서 일할 때는 휴대전화를 꺼둬요."

"마지막으로 통화한 건 언제였습니까?" 셈이 물었다.

"어제 저녁 10시쯤요." 그녀의 눈에 걱정의 빛이 어렸다. "저녁 먹고 호텔방에서 전화했어요."

"어디 있는 호텔입니까?"

"자우어란트의 메세데 근처요. 그런데 그건 왜 묻죠? 그이한테 무슨 일이 생겼나요?"

"그 말은 곧 오늘은 남편 분과 통화한 적이 없다는 뜻인가요?" 셈은 그녀의 질문을 무시했다.

"네. 30년 가까이 산 부부한테는 그리 이상한 일도 아니죠." 헤롤트 부인은 애써 웃었지만 이제는 걱정의 빛이 확연해졌다.

"부인." 이번에는 보덴슈타인이 나섰다. "간밤에 시어머님 소유의 캠핑카에서 불이 났습니다."

"그 소식은 벌써 들었어요."

"화재 당시 캠핑카 안에 한 남자가 있었습니다. 캠핑카 옆에 주차된 자동차도 불탔고요. 캠핑카 열쇠를 누가 갖고 있었는지는 무척 중요한 문제입니다. 시어머님이 혹시 캠핑카를 다른 사람에게 빌려주기도 하셨나요?"

"그런 일은 있을 수 없어요. 어머님은 그 캠핑카를 아주 특별하게 생각했거든요. 남한테 빌려주고 하실 분이 아니에요. 제가 알기로는 남편과 시누이만 열쇠를 갖고 있어요." 순간 부인은 이 말이 뭘 의미하는지 깨닫고는 얼굴이 하얘졌다. "시어머님이 많이 아픈 뒤로는 남편이 가끔 캠핑카를 살펴보고 왔어요. 남편한테 다시 전화해봐야겠네요."

부인은 복도 장식장 위에 놓인 유선전화기를 들고는 보덴슈타인을 꼿꼿이 응시하며 재발신 버튼을 눌렀다. 불길한 감정이 보덴슈타인을 엄습했다. 직업상 타지로 갈 일이 잦고 발주처와의 연결을 위해 늘 전화를 켜두어야 할 사람이 이렇게 하루 종일 전화기를 꺼두는 일은 이례적이기 때문이다.

"이상해요. 이해가 안 돼요." 헤롤트 부인은 고개를 젓더니 떨리는 손으로 전화기를 내려놓았다.

"남편 분이 타시는 차가 뭐죠?"

"진회색 아우디 A4예요. 번호판은 HB-VK 391이고 회사차예요."

클레멘스 헤롤트는 정말 자우어란트에 있을까? 혹시 아내를 속인 건 아닐까? 애인을 만들어놓고 숲속 캠핑장을 밀회 장소로 사용했는지도 모를 일이었다. 안타깝지만 그런 일은 드물지 않았다. 그건 보덴슈타인 자신이 긴 결혼 생활을 통해 직접 경험한 일이기도 했다.

"남편 분이 어제 묵은 호텔 이름을 가르쳐주실 수 있나요?" 셈이 정중하게 물었다. "그 밖에 남편 연락처와 회사 전화번호, 직장 동료의 전화번호가 필요합니다. 설마 풍력 발전기에서 혼자 일하지는 않았겠죠?"

"맞아요, 남편과 단짝으로 일하는 사람이 있어요. 토마스 폴친이라고!" 헤롤트 부인이 말했다. "왜 그 생각을 못했을까? 그 양반한테 전화해볼게요!"

"그건 저희한테 맡기시는 게 좋을 것 같습니다." 보덴슈타인이 말했다. 클레멘스가 동료에게, 혹시 아내가 전화하면 거짓말을 해 달라고 부탁했을 수도 있었기 때문이다.

"형사님은 혹시…… 혹시……?" 그녀의 눈에 이제 두려움의 빛이 역력했지만, 그녀는 상상하고 싶지도 않은 그 추측을 입 밖으로 꺼내지 않았다.

"배제할 순 없습니다." 보덴슈타인이 심각하게 말했다.

"오, 세상에!" 그녀는 목덜미를 잡으며 비틀거렸지만 보덴슈타인이 도움의 손길을 내밀기 전에 먼저 장식장을 붙잡으며 간신히 균형을 잡았다. "괜찮아요. 고맙습니다."

"부인 곁에 있어줄 사람이 있나요?" 그가 연민을 느끼며 물었다. "지금 혼자 계시면 안 될 것 같아서요."

"네, 아들한테 전화해볼게요." 그녀가 아무 억양 없이 대답했다. "아들과 며느리가 멀지 않은 곳에 살거든요."

보덴슈타인은 헤롤트 부인과 함께 있다가 아들 부부가 도착한 뒤에야 집을 나왔다. 그사이 밖은 어두워져 있었다. 차 안에서 셈은 여러 곳에 전화를 했는데, 표정으로 보아하니 나쁜 소식을 들은 게 분명했다.

"헤롤트는 어제 호텔에 없었습니다. 그 호텔에 묵은 것도 1년이 넘었답니다. 직장 동료가 헤롤트를 마지막으로 본 건 지난 금요일인데, 그때 헤롤트는 병든 어머니를 간호한다는 이유로 14일간 휴가를 냈답니다. 온전한 결혼 생활 같지는 않네요."

보덴슈타인은 실망스럽게 고개를 흔들었다. 온 세상이 거짓말과 허위로 가득했다. 전에는 세상이 원래 그런 것이겠거니 하고 받아들였지만 오늘은 그마저도 정말 지쳤다. 집 쪽으로 시선을 돌리자 창문 뒤로 헤롤트 부인의 실루엣이 보였다. 일상과 비극의 틈새는 얼마나 좁은지! 만일 그의 예감이 적중해서 불탄 시신이 클레멘스 헤롤트로 밝혀진다면 그보다 끔찍한 일은 없을 듯했다. 거기다 그의 아내가 받을 배신감은 이루 표현할 수가 없을 것이다. 그리된다면 지난 행복하고 아름다웠던 일상의 기억 위에 거짓의 그림자가 여생 동안 짙게 드리워질 것이다.

**

추웠다. 어두웠다. 그것도 칠흑처럼 어두웠다. 머리가 통증으로 쿵쿵 울렸고 입은 바짝 말랐다. 펠리치타스는 머리를 만져보고는 이마에 큰 혹이 난 것을 알아차렸다. 무슨 일이 있었지? 지금 여긴 어디지? 그녀는 눈을 크게 뜨고 어둠을 응시했다. 주변은 쥐죽은 듯 조용했다. 들리는 거라고는 자신의 격렬한 심장 소리와 숨소리뿐이었다. 몸을 일으키려고 했지만 뭔가 단단한 것에 머리가 부딪혔다.

"이게 뭐지?" 그녀는 낮게 중얼거리며 다시 바닥에 등을 댔다. 그런 다음 조심스럽게 손을 뻗어 주변 벽을 만져보고는 불에 댄 듯이 화들짝 놀랐다. "오, 안 돼! 제발, 제발!"

천장을 만지려고 팔을 뻗을 필요도 없었다. 그녀가 지금 누워 있는 좌우의 벽은 단단하고 차가운 벽이었다. 그것도 콘크리트나 벽돌이라기엔 너무 매끄러웠다. 심장 박동이 빨라졌고, 스멀거리던 공포가 순식간에 온몸으로 퍼져나갔다. 근육이 떨리기 시작했고 땀이 찼다. 벽은 이음새가 없었다. 대신 차고 매끄러웠다. 그렇다면 금속이었다. 펠리치타스는 몸 밑으로 손을 넣어보았다. 인조 양털 담요가 만져졌다. 이제야 곰팡이 냄새를 알아차렸다. 개 냄새도 났다. 순간 자신이 있는 곳을 깨닫고 온몸을 부들부들 떨었다. 제부가 뭔가를 운반할 목적으로 랜드로버의 짐칸이나 차고에 놓아두던 금속 박스였다. 어떻게 여기에 들어오게 됐지? 누가 자신을 여기에 가두었을까? 왜? 무엇 때문에?

공포가 칠흑 같은 어둠처럼 그녀를 덮쳤다. 목이 조여오고 심장이 미친 듯이 요동쳤다. 어릴 적에 동생이 지하실의 사우나에 그녀를 가두고 불을 틀어둔 사건 이후 그녀는 극단적인 폐소공포증에 시달렸다. 마누가 장난으로 한 일이었는데, 친구와 전화 통화를 길게 하느라 언니가 사우나에 있는 걸 깜박 잊은 것이다. 그 뒤로 그녀는 좁은 공간에 있는 걸 견디지 못했다. 되도록 엘리베이터나 작은 자동차, 좁은 탈의실 같은 곳은 피했다. 심지어 MRI 촬영 중에 관 같은 영상실 안에서 격렬한 공포에 사로잡혀 중간에 중단한 적도 있었다.

악몽일까? 잠에서 깨면 바로 사라질?

"여보세요!" 그녀는 크게 소리치면서 숨을 깊이 들이쉬려고 애썼다. "여보세요? 아무도 없어요?"

목소리가 둔탁하게 울렸다. 정적 속으로 귀를 기울여보았다. 아무

소리도 들리지 않았다. 바스락거림조차 없었다. 절망의 눈물이 쏟아 졌다. 그녀는 금속 빗장이 튕겨나갈지도 모른다는 희망으로 무릎을 굽혀 박스 뚜껑을 세게 밀어보았다. 아무리 세게 밀어도 소용이 없었 다. 단단한 금속 뚜껑은 미동도 하지 않았다. 간신히 억누른 공포가 온몸의 세포로 퍼져나갔다. 자신을 여기 가둔 사람에게 무슨 일이 생 기면 어떡하지? 실제로 그런 일이 있어서 갇힌 사람이 심한 갈증과 굶주림으로 비참하게 죽어간 이야기를 책에서 읽은 적이 있었다. 몸 속의 모든 구멍에서 식은땀이 흘러내렸다. 그녀가 있는 곳을 아는 사 람은 없었다. 마누와 옌스는 11월 중순에야 오스트레일리아에서 돌 아올 텐데, 그때까지는 아무도 그녀를 찾지 않을 것이다.

***

보덴슈타인은 강력반으로 돌아가는 차 안에서 온종일 정신없이 쏟아진 정보들을 정리해보았다. 보통의 수사에서는 피해자와 가족, 지인들을 하나씩 만나고, 거기다 중간 중간 새 이름과 얼굴들을 포함 시키고, 또 관련 인물들의 얽히고설킨 관계를 파악하고 정리하다보 면 그중에서 용의자들이 추려졌다. 그런데 이번 사건은 완전히 달랐 다. 사건 관련 인물들은 그가 전부 아는 사람이었다. 심지어 각자를 둘러싼 소문이나 비밀까지 알고 있었다. 그러다 보니 객관적으로 사 건 맥락을 꿰뚫어보기가 어느 때보다 어려웠다.

두 사람이 막 쾨니히슈타인 회전교차로를 통과했을 때 보덴슈타 인의 휴대전화 진동이 울렸다. 모르는 번호였다. 어쩌면 로지일지도 몰랐다.

"수사반장님이시죠? 저녁놀 요양원의 루치아예요. 헤롤트 부인을 만나고 싶다고 하셨죠?"

"네, 맞습니다. 부인을 바꿔주실 수 있나요?"

"아뇨, 안타깝지만 그럴 수가 없네요." 루치아 간호사는 잠시 망설였다. "부인이 오늘 오후 갑자기…… 숨을 거두었거든요."

보덴슈타인은 자기도 모르게 허리를 꼿꼿이 폈다.

"뭐, 뭐라고요?" 그가 당황해서 물었다. "헤롤트 부인이 아주 잘 지내고 있다고 하지 않았나요?"

그는 어느 쪽으로 가야 하는지를 묻는 셈의 시선을 알아차리고는 오른쪽으로 가라고 신호를 주었다.

"형사님한테 전화한 게 잘한 일인지는 잘 모르겠어요." 루치아 란덴베르거가 근심 어린 목소리로 말했다. "하지만 어쩐지 좀 이상하다는 느낌이 들어서요. 헤롤트 부인은 형사님의 명함을 보고 무척 반가워했어요. 오후에 바로 전화하겠다고 했죠. 그러고는 점심을 먹고 잠시 테라스에 앉아 있었는데, 글쎄, 조금 전에 헤롤트 부인을 살펴보러 갔던 제 동료가 돌아와서 하는 말이, 부인이 의자 옆에 죽은 채로 쓰러져 있다지 않겠어요?"

셈이 깜빡이를 켜고 철도병원 버스 정류장 쪽으로 차를 돌렸다.

"가족들한테는 알렸습니까?" 보덴슈타인이 물었다.

"아뇨. 그건 항상 원장님이 하세요." 루치아 간호사는 긴장된 속삭임으로 목소리를 낮추었다. "여기서는 고객이 죽는 게 그리 이례적인 일이 아니에요. 사실 죽으려고 오는 사람들이니까요. 하지만 헤롤트 부인은 아직 그 정도 상태는 아니었거든요."

보덴슈타인은 불현듯 확 소름이 끼쳤다. 로지를 만난 건 오래전의 일이었지만, 갑자기 바로 어제 일처럼 생생하게 느껴졌다. 그녀는 평생 웃을 일이 많지 않은 사람이었다. 그래도 언제나 다정하고 자애롭고 명랑했다.

"간호사님은 지금 요양원에 계십니까?"

"네."

"의사는 왔습니까?"

"혜롤트 부인의 주치의가 오는 중이에요."

"그러면 누구도 절대 시신 근처에 접근하거나 만지지 못하게 해주십시오. 주치의도 안 됩니다." 보덴슈타인이 강조했다. "우린 10분 내로 도착합니다."

***

아마 로제마리 혜롤트를 길거리에서 만났다면 보덴슈타인은 알아보지 못했을 것이다. 기억 속의 그녀는 상당히 풍만했지만 그사이 중병으로 비쩍 말라 있었다. 란덴베르거 부인은 반장의 요구대로 동료들이 로제마리의 시신을 침대에 옮겨놓으려는 것을 막아냈다. 그래서 보덴슈타인이 도착했을 때는 정말 최초의 발견 상태 그대로였다. 로지는 1층 방에서 지냈다. 잘 보이지 않는 자그마한 테라스가 풀밭 쪽으로 나 있었고, 그리 나가면 저 멀리 프랑크푸르트의 반짝거리는 지평선이 보였다. 부인은 담배를 피우던 의자 옆에 누워 있었다. 테라코타 재떨이에는 테이블 위의 담뱃갑과 일치하는 꽁초가 세 개 들어 있었다.

"우리는 고객들이 평소 즐겨하던 습관을 유지하게 해요." 루치아가 담배를 보고 깜짝 놀라는 보덴슈타인에게 설명했다. "대부분 살날이 얼마 남지 않은 분들이에요. 그 시간만큼이라도 최대한 편하게 지내다 가시기를 바라는 마음에서 그렇게 하죠."

루치아 간호사와 시신을 처음 발견한 그녀의 동료는 테라스 문 옆에 서 있었다. 보덴슈타인은 고무장갑을 끼고는 시신 옆에 쪼그리고 앉았다. 맥박은 뛰지 않았고, 피부는 벌써 싸늘했다. 그는 로지의 마른 몸을 옆으로 살짝 돌려보았다. 그러자 그녀가 쓰고 있던 가발이 벗겨졌다. 목덜미와 목 측면으로 검은 반점이 보였다.

"보이나?" 그가 셈에게 물었다. 첫 시반(屍斑)은 보통 사망한 지 20~30분 사이에 형성되었다.

"예. 반점이 벌써 상당히 뚜렷하네요."

"사후경직도 이미 시작되었어." 보덴슈타인은 혀를 보려고 시신의 입을 열려고 했지만 소용이 없었다. "약 두 시간에서 네 시간 전에 죽었어. 혹시 손전등 있나?"

"예." 셈이 미니 맥라이트를 건넸다. 보덴슈타인은 죽은 사람의 눈꺼풀을 올리고는 손전등 불빛 속에서 우려하던 흔적을 찾아냈다. 결막에 점상출혈이라는 검붉은 반점이 있었던 것이다. 명백한 질식의 표시였다.

"여기서 다들 뭐 하는 거예요?" 테라스 문 쪽에서 여자 목소리가 들렸다. "이 남자들은 또 누구고?"

이미 시신을 충분히 살펴본 보덴슈타인은 일어나 뒤를 돌아보았다. 짧게 자른 백발에 예순쯤 된 호리호리한 여자가 루치아와 다른 간호사를 지나 들어와 있었다.

"여기서 뭐 하고 있는 건지 설명 좀 해주시겠어요?" 그녀가 날카롭게 물었다. 보덴슈타인과 셈이 신분증을 꺼내 보였다.

"형사들이세요? 근데 여긴 어쩐 일로?"

"헤롤트 부인의 죽음은 자연사가 아닌 것 같습니다." 보덴슈타인이 말했다. "로지의 주치의십니까?"

"네. 레나테 바제도프라고 해요." 백발 부인은 깜짝 놀란 듯했다. "자연사가 아니라고요? 그게 무슨 뜻이죠?"

"교살 당했거나 질식사한 것으로 보입니다."

"맙소사!" 바제도프 부인은 당혹스런 표정으로 고개를 흔들었다. "란덴베르거 간호사가 전화했을 때는 그런 말이 전혀 없었어요. 그래서 로지가 지병으로 죽었다고 생각했죠."

"안타깝지만 그렇지 않습니다."

"제가…… 사체 검안을 해주길 원하시나요?"

"그럴 필요 없습니다." 보덴슈타인이 친절하게 대답했다. "법의학자가 오는 중입니다. 하지만 나중에 질문할 게 있을지 모르니 전화번호만 좀 가르쳐주시면 좋겠습니다."

"물론이죠." 바제도프 부인은 진료 가방을 열더니 명함을 꺼냈다. "제 병원은 루퍼츠하인 '마법의 산' 건물에 있어요. 필요하면 언제든 이 번호로 연락하세요."

그때 까만색 명품 뿔테 안경을 쓴, 짧은 커트 머리의 뚱뚱한 금발 여자가 들어왔다. 검은 바지와 검은 블라우스에 진한 핑크색 롱재킷을 걸치고 있었다.

"라이헨바흐 원장님이세요." 루치아 간호사가 원장을 소개했다. 원장은 자기네 시설에 강력계 형사들이 들어와 있는 것이 달갑지 않다는 뜻을 노골적으로 드러냈다.

"내가 누군지 모르겠어?" 갑자기 원장이 반쯤은 기분이 상한 듯, 반쯤은 재미있다는 듯 물었다. "하긴 못 알아볼 법도 하지. 마지막으로 본 뒤로 내 몸이 두 배로 불었으니까."

보덴슈타인은 이 여자를 어디서 봤는지 생각해내려고 애썼지만 도무지 떠오르지 않았다.

"나 지모네야." 그녀는 그의 기억을 도와주었다. "지금은 라이헨바흐이고, 결혼 전에는 올렌슐래거였어. 이제 기억나?"

그는 하마터면 '아니, 어떻게!' 하고 말할 뻔했지만 마지막 순간에 혀를 꼭 깨물었다. 기억이 실제로 떠오르긴 했지만, 기억 속의 지모네와 지금 눈앞의 이 뚱뚱한 여자 사이에는 도저히 일치시킬 수 없는 간극이 있었다. 그녀는 잉카 한젠과 가장 가까운 사이였고, 그녀의 남편과 마찬가지로 보덴슈타인과는 초등학교 동창이었다.

"아아, 이거 정말 뜻밖이네." 그는 여전히 충격에서 벗어나지 못한 얼굴로 말했다. "너희 결혼식 때 마지막으로 본 것 같은데, 그게 언제였지?"

"1983년 7월." 이번에는 지모네가 그의 얼굴을 유심히 살펴보았다. "너는 하나도 변한 게 없네."

"너도 마찬가지야." 그가 대답했다. 그러자 그녀가 손을 내저었다.

"우리 보덴슈타인 귀족 나리께서는 여전히 매력적이야!" 그녀는 이렇게 말하고 나서 그가 이 자리에 있는 이유를 잠시 생각하는 눈치였다. "근데 여긴 어�쩐 일이야? 우연인가? 루치아 말로는 오늘 오후에도 로지를 만나러 왔다던데?"

"간밤에 로지의 캠핑카가 불에 탔고, 그 안에서 시신이 발견됐어."

"맞아, 숲친구에서 화재가 있었지. 우리 딸아이한테 들었어." 지모네 라이헨바흐는 이맛살을 찌푸렸다. "그게 로지의 캠핑카였구나."

"딸이라고?"

"응, 파울리네. 우리 막내딸. 생물학을 공부하면서 들고양이 프로젝트를 맡고 있어. 빌란트가 우리 딸애한테 전화했대."

보덴슈타인은 군복바지를 입은 통통한 아가씨와 나중에 레싱의 집 앞에 세워져 있던 녹슨 도요타가 얼른 떠올랐다.

"감식반과 법의학 팀이 오고 있습니다." 셈이 알렸다.

"정말 로지가 살해되었다고 생각해?" 지모네 라이헨바흐가 낮은 목소리로 물었다. "불치병에 걸려 어차피 그리 오래 살지도 못했을 텐데."

"누군가 그걸 앞당긴 것 같아." 보덴슈타인이 대꾸했다. "가족들한 테는 연락했어?"

"클레멘스는 연락이 되지 않고, 그 집사람한테 알렸는데 오지 못한 다네. 소냐와 에드가는 도착할 때가 됐어."

지모네 라이헨바흐는 자신의 고객들이 이르든 늦든 사망하는 것에 익숙해 있었다. 하지만 아무리 그래도 그렇지, 평생 알고 지내던 부인이 살해되었다고 하는데 어떻게 저리도 태연할 수 있는지 보덴 슈타인은 이해가 되지 않았다. 그녀가 걱정하는 것은 오직 요양원에 대한 안 좋은 평판뿐이었다. 형사들이 왔다는 소문은 이미 파다하게 돌았을 터이고, 게다가 지금은 많은 친지가 환자들을 방문하는 시각 인지라 저녁놀 요양원에서 발생한 살인 사건 소식이 밖으로 알려지는 건 시간문제였다. 생긴 지 얼마 안 된 신생 시설로서는 당연히 그리 달갑지 않은 일이었다.

보덴슈타인은 테라스에서 주위를 둘러보았다. 남의 눈에 띄지 않고 요양원으로 접근하는 것은 아주 쉬워 보였다. 요양원 둘레에 울타리가 쳐져 있지만 보호 목적보다는 장식에 가까웠다. 운동 신경이 별로 없는 사람도 가볍게 넘을 수 있었다. 거기다 몸을 숨길 수 있는 덤불과 나무도 넘치도록 많을뿐더러 1층 테라스들은 양쪽 방의 사생활 보호를 위해 목조 칸막이까지 쳐져 있었다.

"CCTV 좀 볼 수 있을까?" 보덴슈타인이 물었다. "건물 외부와 접수처에 설치되어 있는 것 같던데."

"안타깝지만 다 모조품이야. 지금까지는." 지모네 라이헨바흐가 실토했다. 그러나 이런 법규 위반으로 저자세를 취하기보다는 오히려 이 문제를 가리려고 적극적인 공세로 넘어갔다. "이 일로 우리 쪽에 피해는 없었으면 좋겠어. 여긴 감시카메라와 그에 딸린 소프트웨어가 반드시 필요한 곳은 아니니까. 사실 여기서 이런 일이 생기리라고 누가 상상이나 하겠어?"

수사를 하다보면, 비용이나 관리 문제로 안전이 등한시되는 곳은 드물지 않게 있었다. 보덴슈타인은 범인이 이 요양원에 대해 잘 아는 인물인지 곰곰이 생각해보았다. 범인은 이곳의 CCTV가 작동하지 않고, 요양원에 접근하는 것이 별로 어렵지 않다는 사실을 미리 알고 있었을까?

"지난 며칠, 아니 몇 주 동안 로지를 방문한 사람의 명단을 알 수 있을까?"

"알기 힘들걸. 면회객들이 우리한테 접수를 하고 면회하지는 않으니까." 지모네는 고개를 저었다. 유감스럽다는 티조차 내지 않았다. "로지는 찾아오는 사람이 무척 많았어. 지난 몇 주 동안 루퍼츠하인 사람들이 거의 다 다녀갔을 정도로. 로지한테는 당연히 좋은 일이지."

셈은 얇은 담요로 시신을 덮었다. 무슨 일인가 궁금해하는 사람들이 목을 빼고 잔디밭으로 접근하고 있었기 때문이다. 그것도 스마트폰을 하나씩 든 채로.

"로지는 여기 언제 들어왔어?" 보덴슈타인이 물었다.

"9월 중순에." 지모네 라이헨바흐가 답했다. "상태가 무척 좋지 않았어. 마지막 화학요법도 효과가 없었고. 로지는 차라리 자기 캠핑카에서 지내고 싶어 했지만 그 상태로는 불가능한 일이었어. 여기 들어오고 나서는 상당히 호전되었어. 암환자에게서 나타나는 전형적인 현상이지. 그러니까 겉으로 좋아지는 것 같은 단계가 지나고 나면 대부분 빠르게 종말이 찾아와."

"입원비는 누가 지불했어?"

"의료보험에서. 그건 왜?"

"으레 물어보는 질문이야." 보덴슈타인이 안심시켰다. "로지의 주치의는 아는 사람이야?"

"물론이지. 그것도 오래전부터. 바제도프 박사는 루퍼츠하인에 병원이 있고, 우리 고객들을 많이 맡고 있지."

로지의 죽음과 이해관계가 있는 사람은 누구일까? 어차피 죽을병에 걸려서 살날도 많지 않은 사람이었다. 하지만 누군가에게는 그조차도 너무 늦은 게 분명했다. 로지가 살해된 게 분명하고, 캠핑카에서 죽은 사람이 클레멘스 헤롤트로 밝혀진다면 문제는 하나다. 두 모자의 죽음으로 이득을 보는 사람은 누구일까? 가장 먼저 떠오르는 대답은 너무 단순했다. 보덴슈타인은 우연을 믿기에는 경찰 생활을 너무 오래 했다.

***

지극히 불안한 상태에서도 잠은 왔다. 잠에서 깨어난 순간 그녀의 뇌는 주인에게 못된 장난을 쳤다. 몇 초간 모든 것이 정상이라는 생각을 들게 한 것이다. 그래서 그녀는 몇 개월 만에 처음으로 알코올의 도움 없이 잠들었다고 스스로에게 가식적인 농담을 던지기도 했다. 그러나 곧이어 무력감에 대한 분노가 치밀었고, 분노는 다시 공포로 바뀌었다. 사막의 모래처럼 입 안이 버썩거렸다. 배가 고파왔고

소변도 마려웠다. 시간 감각은 진작 없어졌다. 그나마 박스에 공기구 멍은 있어서 질식할 일은 없을 것 같았다. 얼마나 오래 잤을까? 밖은 환할까, 어두울까? 누가 그녀를 여기 가두었을까? 뭣 때문에? 그녀를 어떻게 하려는 것일까? 그냥 죽일까? 아니면 박스에서 꺼내 욕을 보 이고 고문한 뒤 죽이려고 할까? 펠리치타스의 머릿속에서는 잔인하 기 짝이 없는 무시무시한 장면들만 떠올랐다. 평소에 그렇게 스릴러 물을 많이 보지 않았다면 병적인 사이코패스들이 저지를 일로 이 렇게 스스로를 미리 고문하는 일은 없었을 텐데!

지금의 불확실한 상황만큼이나 비참한 것은 누구도 그녀의 실종 을 아쉬워하지 않을 거라는 사실이었다. 그녀가 여기서 죽으면 자신 들에게 먹이를 줄 사람이 없어지는 베어와 로키만 제외하면 말이다. 마누와 옌스가 오스트레일리아에서 돌아올 때쯤이면 개들은 굶어죽 어 있을 것이다. 동생이 분명 언니의 죽음보다 개들의 죽음을 더 슬 퍼할 거라고 생각하니 펠리치타스는 더더욱 슬프고 끔찍했다. 부패 한 시체가 언젠가 발견된다고 해도 장례식에 찾아올 사람은 거의 없 을 듯했다. 기껏해야 그녀가 날카로운 펜과 사디스트적 증오로 직업 적 성공을 방해하거나 망친 이들이 올까? '대체 언니는 왜 그렇게 악 의적이고 불만투성이이고 시기심까지 많아? 왜 그렇게 변한 거야?' 동생의 말이 귓전에 울리자 그녀는 속으로 한껏 움츠러들었다. 자신 의 삶을 망친 건 그녀 자신이었다. 원래 그녀에게는 자신의 변덕을 끈질기게 참아주고 잔소리 한 번 하지 않는 좋은 남편이 있었다. 그 런 남편을 버린 것이 그녀였다. 집을 나가겠다고 했을 때 그의 눈에 실망감이 어렸다. 그 눈을 떠올리니 마음이 아렸다. "당신 실수하는 거야." 당시 슈테판이 말했다. "그 작자는 난봉꾼이야. 게다가 당신보 다 스무 살이나 어리고, 당신 돈과 인맥을 노리고 접근한 거야!"

그녀는 남편 말이 귀에 들어오지 않았다. 그만큼 '자샤'라는 인간에게 홀딱 빠져 있었다. 그런데 집이 은행에 넘어가고 돈이 쪼들리면서 자샤의 다정하고 알랑거리는 태도는 거짓말처럼 사라졌다. 마누와 옌스는 그녀가 얼마나 열악한 상황에 처해 있는지 몰랐다. 그들의 집에 온 것도 거칠기 짝이 없는 몇몇 채권자를 피해 도망친 것이라는 사실도 알 리 없었다. 절망적인 상황에서 악덕 사채업자한테까지 손을 벌린 것이다. 그 인간들의 손에 잡히는 날에는 정말 뼈도 추리지 못할 것 같았다.

펠리치타스는 자신의 실패에 대해 숙고하는 것을 싫어했지만, 이 감옥에서는 기분을 전환하거나 생각을 돌릴 만한 것이 전혀 없었다.

"여기서 나갈 거야!" 그녀는 끓어오르는 분노로 울부짖으면서 금속 상자의 벽을 발로 찼다. "도와주세요! 아무도 없어요? 나 좀 도와주세요!"

그녀는 미친 듯이 발버둥을 치면서 소리치다가 바지에 오줌을 지렸다. 뺨 위로 눈물이 흘렀다. 그러다 꼼짝도 않고 가만히 누워 누군가가 오기를 기다렸다. 아무 일도 일어나지 않았다. 들리는 것이라고는 쿵쾅거리는 심장 박동과 배에서 꼬르륵거리는 소리뿐이었다.

프랑크푸르트로 가는 길에 타리크는 이례적으로 말이 없었지만, 피아는 오히려 그게 편했다. 어제 저녁 늦게 보덴슈타인이 전화로 로제마리 헤롤트의 살해 소식을 전해주었다. 요양원 직원한테 의심스런 얘기를 들은 셈과 반장은 즉각 현장으로 달려갔는데, 반장이 로지의 시신을 법의학연구소로 보내겠다고 하자 한바탕 실랑이가 벌어졌다고 한다. 에드가 헤롤트가 거세게 반대하자 요양원에 대한 안 좋은 평판을 걱정하던 원장도 그에 가세했다. 그러나 보덴슈타인은 흔들리지 않았고, 시신을 압류한 뒤 검찰에 넘겼다. 검사는 노부인의 죽음이 자연사가 아니라는 보덴슈타인의 주장에 동의했다. 그건 관할 판사도 마찬가지였다. 그래서 오늘 아침에 벌써 사체 부검 명령이 떨어졌다. 강력반에서는 여러 사건을 동시에 수사하는 일이 많기는 했지만, 켈크하임처럼 작은 지역에서 이틀 동안 살인 사건이 연속으로 발생한 것은 상당히 드문 일이었다. 게다가 카트린은 곧 출산휴가를, 보덴슈타인은 무급휴가를 떠날 것이고, 타리크는 아직 미숙했다. 수사 인원이 상당히 부족한 실정이었다.

어제 파울리네 라이헨바흐는 전화를 받지 않았다. 피아가 메시지를 보낸 뒤에야 전화를 걸어왔다. 그녀는 무인카메라에 찍힌 남자를 알아보지 못했다고 주장했다. 레싱의 집에는 무슨 일로 갔느냐고 묻자 아주 잠깐 망설이더니, 그 집 딸인 레티치아와 친구인데 할 말이 있어서 갔다고 했다. 피아는 그 말이 사실인지 의심스러웠지만, 파울리네가 거짓말을 해야 할 이유도 딱히 떠오르지 않았다. 그저 야릇한 직감만 남아 있을 뿐이었다.

파란색 원반을 떠올리게 하는 특이한 형태의 래디슨 블루 호텔에서부터 교통이 막히기 시작했다. 출퇴근 시간은 절정이 지났지만, 도서박람회 기간에는 프랑크푸르트 박람회장 주변으로 교통량이 평소보다 훨씬 많아졌다. 피아는 오늘 저녁에는 크리스토프에게 페터 레싱과 만난 일을 꼭 얘기해야겠다고 다짐했다. 어제는 남편이 그녀보다 더 늦게 들어온 데다 보덴슈타인이 전화하는 바람에 그 일을 깜박 잊어버렸다.

"형사님은 왜 강력반에 들어왔습니까?" 타리크가 갑자기 물었다.

피아는 멈칫했다. 이렇게 직접적으로 질문을 받은 적은 처음이었다. 그건 살다보니 어쩌다 그리된 일이었다. 오래전에 그녀의 삶을 송두리째 바꾸고 그녀의 마음에서 천진난만함을 앗아간 사건이 있었다. 그 사건의 트라우마 속에서 피아는 대학을 그만두고 경찰에 지원했다. 주변 사람들을 분석하지 않고는 배기지 못하는 여동생 킴의 말에 따르면, 그건 안전을 향한 무의식적 소망에서 비롯된 결정이었다. 그러니까 경찰이 되면 더 이상 무력감을 느끼지 않아도 될 거라고 믿었다는 것이다. 어쩌면 정말 그럴지도 모르지만, 피아는 그에 대해 깊이 생각하지 않았다. 어쨌든 경찰학교의 교육 과정은 마음에 들었고, 그 뒤 헤닝을 만났고, 그를 통해 살인의 세계를 알게 되었다.

"난 어려운 수수께끼를 푸는 일이라면 사족을 못 쓰는 사람이었어." 그녀가 대답했다. "게다가 예전에는 강력반이 최고봉이기도 했고. 그래서 다들 그리 가고 싶어 했지. 나도 그런 야망을 품었고, 그 야망은 상당히 빨리 실현되었어. 그런데 내가 생각한 것과는 딴판이었어. 동료 형사들은 나를 힘들게 하는 질 나쁜 마초들이었거든. 내가 유일한 여자인데다 법의학자의 아내여서 더 그랬을 거야. 그러다 언제부터인가 그 생활에 신물이 나서 휴직계를 냈어." 이 말은 꼭 진실이라고는 할 수 없었다. 하지만 피아는 지금껏 자신이 휴직하게 된 진정한 이유에 대해 남들과 이야기해본 적이 없었다. "그냥 몇 년 가정주부로 지내다가 호프하임에 신설된 강력반에 들어오지 않겠느냐는 제안을 받고 바로 들어갔지."

"음." 타리크가 생각에 잠긴 표정으로 고개를 끄덕였다. "그 모든 걸 어떻게 참고 견뎠습니까? 잔인함, 피해자 가족들과의 대면, 폭력, 이런 것들을요?"

"무관심해지거나 무감각해지지 않으면서 사건과 내적 거리를 유지하는 법을 배워야 되지. 나는 객관성을 유지하기 위해 일정한 거리를 두려고 노력해. 그렇다고 세상의 악과 맞서 싸우는 것을 내 사명으로 생각하지는 않아. 무척 환멸스럽고 끔찍할 때가 많지만, 그래도 내가 이 일을 좋아하는 건 희생자들에게 죽음에 다다른 상황을 밝혀줌으로써 조금이라도 인간의 존엄을 되돌려줄 수 있기 때문이야. 물론 그게 다는 아냐. 또 다른 피해자일 수밖에 없는 유가족들에겐 범인의 유죄 판결이 큰 위안이 돼. 그 때문에 난 강력반에서 일해. 다른 곳으로 가고 싶은 마음은 없어."

"그럼에도 수사하는 사건들로 감정이 움직일 때가 있습니까?"

"물론이지. 특히 피해자의 신원이 밝혀지지 않거나, 어린아이나 청소년이 피해자인 경우가 그래. 그럴 땐 정말 가슴이 아파. 그중에서도 가장 슬픈 건 어딘가에 버려졌거나 아무도 찾는 사람이 없는 신원 미상의 시신들이야. 바로 그 때문에 내가 이 일을 좋아하는 거고."

박람회장을 벗어나자 정체가 풀렸다. 이제 중간에 별일만 없으면 부검 시간에 맞춰 도착할 수 있을 것 같았다.

"자넨 어때?" 피아가 물었다. "왜 강력반에 오고 싶었어?"

"대학 다닐 때 함께 수업을 듣던 여학생이 실종된 사건이 있었어요. 셰어하우스에 같이 살던 친구였죠. 그 친구의 시신은 18개월 뒤에야 발견됐어요. 성폭행 후 교살 당하고, 신체까지 토막 난 상태였죠. 가족들은 미친 듯이 오열했어요. 특히 누가 이런 끔찍한 짓을 했는지 몰라 원망과 비통함은 더욱 컸죠. 경찰은 사건을 해결할 때까지 결코 포기하지 않았어요. 거기에 완전 감동 먹었고, 그 때문에 경찰이 됐죠."

"그래. 살인 사건의 수사관이 되겠다고 결심한 데엔 다들 나름의 이유가 있지."

그들은 중앙기차역을 지나고 평화의 다리를 넘어 작센하우젠으로 향했다. 마인 강의 수면은 은행 고층건물들의 전면 유리와 경쟁이라도 하듯 햇빛 속에서 반짝거렸다.

"반장님은 왜 그만두시려는 거죠?"

"우린 모두 굉장히 적극적이고 동기 부여가 분명해야 할 뿐 아니라 극단적인 긴장감 속에서 일할 때가 많아. 한마디로 고위험 직업군이지." 오른편으로 대학병원 건물이 나타났다. "언제인지가 문제지, 사실 우리 중 많은 이들이 이 모든 걸 더는 견디지 못하는 순간에 이르게 돼. 어쩌면 반장님도 그랬을 거야. 지난 몇 년간 우리 모두를 완전히 지치게 하는 여러 끔찍한 사건들을 맡았거든."

"반장님이 그만두신다니 너무 아쉬워요." 타리크가 말했다.

"나도 그래." 피아가 한숨을 쉬었다. "내가 겪은 상사들 중에서 단연 최고거든."

"1년 뒤에 다시 돌아오실까요?"

"모르겠어, 타리크. 나도 정말 알고 싶어."

***

"아무리 생각해도 엄마한테 그런 짓을 할 사람이 누군지 짐작조차 못하겠어요." 소냐 슈레크는 여전히 충격에서 헤어나지 못하고 있었다. 손에는 프랑크푸르트 축구팀의 로고가 선명하게 새겨진 이 빠진 커피잔이 쥐어져 있었고, 눈은 빨갛게 부어 있었다. "다들 엄마를 좋아했는데……."

"내가 장모님이었다면 1층 방을 고르진 않았을 거야!" 소냐의 남편 데틀레프는 가슴에 팔짱을 낀 채 다리를 쭉 뻗고 앉아 있었다. "도처에 떠돌아다니는 부랑자가 널려 있으니, 물건을 훔치려고 아무나 들어오는 걸 누가 말리겠어?"

"도난당한 물건은 없었습니다." 보덴슈타인이 대답했다. "손목시계도 침대 협탁 위에 있고, 지갑도 장식장 위에 그대로 있었어요."

세 사람은 치우지도 않은 부엌 식탁에 앉아 있었다. 보덴슈타인은 커피를 한 모금 맛보고는 도로 내려놓았다. 맛이 형편없었다. 입맛을 버리느니 차라리 식게 내버려두는 게 나을 듯했다. 환한 색 식탁 상판에는 둥근 커피잔 자국이 여기저기 널려 있었다. 그는 싸구려 무늬

목 식탁과 닳은 모서리, 삐딱한 찬장 문을 둘러보았다.

"거긴 아무나 들락거려도 말리는 사람이 없어." 데틀레프가 퉁명스럽게 손을 내저었다. "요양원은 정말 좀스러울 정도로 여기저기 돈을 아끼지만 항의하는 사람이 하나도 없다고. 모두 어차피 곧 떠날 사람들이니까. 가족들도 자기들 짐을 더는 데만 신경 쓸 뿐이지. 그러니 지모네의 지갑만 두둑해질 수밖에! 안 그래도 최근에 자기 입으로, 요양원 사업이 노다지나 다름없다고 하더라고! 그러니 그런 부자 동네에 그런 호화스런 집을 뚝딱 올렸겠지." 그가 질투심으로 씩씩거렸다. "게다가 거기서 무슨 일이 일어난 건 이번이 처음이 아냐. 내 말이 맞지, 소냐?"

쥐를 닮은 그의 부운 얼굴은 흥분으로 벌겋게 달아올라 있었다. 호흡도 짧은지 숨을 헐떡거렸다. 예전의 여드름투성이 소년이 지금 땅딸막한 남자로 변해 있었다. 언청이 입술은 바다표범 같은 긴 콧수염으로 가려져 있었다. 젊을 때는 이 입술 때문에 어떤 여자도 그와 데이트를 하려고 하지 않았다. 덥수룩한 은회색 머리는 이제 대머리로 바뀌어 있었다. 정수리 주변의 얼마 남지 않은 머리를 아예 싹 밀어 버린 것이다. 데틀레프 슈레크는 예전에 클레멘스 헤롤트, 야콥 엘러스, 레오 켈러의 패거리와 어울려 다녔다. 그러나 패거리 일원으로 대접을 받은 건 아니고 오히려 그 쿨가이들의 똘마니에 가까웠다. 그는 그들에게 잘 보이려고 부모의 주유소에서 몰래 오토바이에 기름을 넣어주다가 아버지한테 들켜 실컷 두들겨 맞기도 했다. 아무튼 그 예쁘장하던 소냐는 대체 이 남자의 어디가 그렇게 마음에 들었을까?

"혹시 어머니의 캠핑카 열쇠를 누가 또 갖고 있는지 알아?" 데틀레프가 숨을 고르는 사이 보덴슈타인은 재빨리 화제를 돌렸다.

"아, 캠핑카! 엄마는 거기 있을 때 가장 행복해했는데." 소냐의 눈이 다시 촉촉해졌다. 그녀는 곱슬머리 몇 가닥을 검지로 감고 빙빙 돌렸다. 짙은 색 매니큐어는 여기저기가 벗겨져 있었고, 손톱 밑 피부에는 염증까지 있었다. "큰오빠와 내가 갖고 있었어요. 에드가 오빠는 싫다고 했고."

"최근에 캠핑카를 사용한 사람이 있어?"

"클레멘스요. 조용히 있고 싶다고 거기 자주 갔어요. 큰오빠는 우리 가족의 회고록 같은 걸 쓰고 싶어 했어요. 엄마의 75세 생일에 맞춰서. 엄마는 이제 그걸 보지 못하게 됐네요."

"그 말을 믿어? 회고록 좋아하시네. 지나가는 소가 웃겠다!" 남편이 경멸하듯이 웃었다. "클레멘스는 캠핑카 안에서 어떤 늙은 여자랑 놀아난 거야! 멍청한 처남댁은 그걸 몰랐던 거고!"

"그런 말 좀 그만해!" 소냐가 갑자기 고함을 버럭 지른 바람에 보덴슈타인은 앞에 놓인 커피잔을 엎을 뻔했다. "제발 말 같은 소리를 해!"

"누구 말이 옳은지는 나중에 두고 보면 알겠지!" 남편은 모욕당한 얼굴로 중얼거리더니 자리에서 일어났다. "작업장에 갈 거야. 여기 앉아 마누라한테 호통을 듣는 것보다는 백배 낫겠지."

그는 시뻘게진 얼굴로 쿵쾅거리며 부엌을 나갔다. 잠시 후 현관문 닫히는 소리가 들렸다.

"미안해요." 소냐가 말했다. "원래 저런 사람이 아닌데 클레멘스 이야기만 나오면 흥분해요. 그 이유를 모르겠어요."

보덴슈타인은 데틀레프와 문제가 있는 사람이 살해된 처남만이 아니라는 느낌을 받았다.

"둘이 결혼한 줄은 전혀 몰랐어."

"지난 6월이 17년째였어요. 세월이 얼마나 빠른지 믿을 수가 없네요." 소녀는 티슈를 한 장 뽑아 코를 풀었다. "얼마 전까지만 해도 젊고 기회도 많다고 생각했는데 어느새 돌아보니 반평생이 후딱 지나가버린 거 있죠!"

"그전에 결혼을 한 번 하지 않았나?"

"그랬죠." 소녀는 웃음을 터뜨렸지만 기쁨과는 거리가 먼 웃음이었다. 그녀의 눈빛이 어두워졌다. "난 그때 어렸고 어리석었어요. 동네에서 가장 멋진 남자를 낚았다고만 생각했으니까."

"무슨 일이 있었던 거야?" 보덴슈타인이 물었다. 오랫동안 랄프 엘러스를 생각한 적이 없었는데, 이제야 그 종잡을 수 없었던 친구가 떠올랐다. 랄프는 넘지 말아야 할 선이 어디인지 모르는 친구였다. 때문에 보덴슈타인은 불쾌했던 적이 많았다. 랄프가 정신 나간 아이디어로 패거리 전체를 궁지에 빠뜨린 일도 드물지 않았다. 게다가 규칙적인 일을 하찮게 여기는 경박한 인간으로 커나가면서 보수적인 부모님 속을 꽤나 썩였다. 그랬던 친구가 지금은 무엇을 하고, 어디에 사는지 보덴슈타인도 몰랐다.

"아, 직접적으로 무슨 일이 있었던 건 아니에요." 소녀가 잠시 망설이다가 대답했다. "다만 모든 게 내가 상상했던 것과는 달랐어요. 난 가정과 자식, 아담한 집을 원했어요. 하지만 랄프의 머릿속에는 온통 황당하고 터무니없는 것들밖에 없었어요. 그이는 아시아에 가고 싶어 했어요. 전 세계를 여행하고 싶었던 거죠. 하지만 여행갈 돈을 어떻게 장만할지에 대해서는 관심이 없는 사람이었어요. 그이는 나를 속물이라고 불렀는데, 어쩌면 그 말이 맞을지도 모르겠어요. 나는 너무 소심해서 여기 있는 것들을 모두 놔두고 떠날 수가 없었거든요. 엄마한테도 내가 필요했고요." 그녀의 얼굴 위로 우수에 찬 미소가 스쳐 지나갔다. "그래서 난 안정된 삶을 선택했어요. 교육, 남편, 아담한 집, 세 아이, 내 소유의 미장원, 그리고 이따금 오스트리아나 이탈리아로의 휴가, 그런 것들이었죠. 나중에 어떤 것이 더 좋았냐고 묻는 건 소용없어요."

소냐는 두 번째 결혼에선 행복하지 않았다. 체념한 채 살아가는 모습이 우울해 보였다.

"엄마한테 마지막으로 했던 말 때문에…… 괴로워 미치겠어요. 좋게 얘기할 수도 있었는데…… 지금은 엄마한테 용서를 구할 수도 없는데……."

처녀 때의 소냐는 무척 예뻤다. 생기 넘치는 한 마리 고운 나비 같았다. 그래서 잘생긴 랄프와 어여쁜 소냐는 외모로만 보면 분명 이상적인 커플이었다. 그런데 40대 초반의 그녀는 완전히 진이 빠진 사람 같았다. 삶에 대한 불만족으로 입꼬리는 축 처지고 눈에는 생기가 없었다.

"어머니하고 마지막으로 대화를 나눈 게 언제였지?" 보덴슈타인이 물었다.

소냐는 한동안 멍하니 앞을 바라보다가 다시 슬픔에 휩싸여 흐느꼈다.

"월요일이었나? 맞아요, 월요일. 가게 문을 닫은 날이니까. 엄마 머리를 손질해주러 가겠다고 약속했거든요. 그런데 엄마는 머리카락이 하나도 남아 있지 않았어요. 그래서 가발을 사주었죠. 항상 예쁘게 보이고 싶어 했으니까."

"마지막으로 무슨 이야기를 나눴어?" 보덴슈타인이 조심스럽게 물었다. 소냐는 잠시 갈등하다가 결국 털어놓았다.

"엄마가 그랬어요. 내 친아빠는 따로 있다고. 마른하늘에 날벼락 같은 일이었죠. 그렇지 않겠어요?" 그녀의 초록색 눈에 다시 눈물이

고였다. "처음엔 충격으로 정신이 없었다면 그다음엔 미친 듯이 화가 났어요. 다 키워놓고 이게 무슨 말도 안 되는 소리냐? 그게 사실이라면 왜 진작 말해주지 않았느냐? 이렇게 따지고 들었죠." 그녀는 그 장면이 다시 떠오르는지 격분해서 고개를 흔들었다. "친아빠가 누구냐고 묻자 엄마는 갑자기 몸이 좋지 않다면서 다음에 말해주겠다고 했어요. 그 말에 난 폭발하고 말았어요. 엄마는 지금 말기 암으로 요양원에 입원해 있다. 그런 사람한테 다음이라는 게 있을지 어떻게 아느냐? 나는 엄마한테 그렇게 대놓고 쏘아붙였어요. 엄마가 항상 나를 붙잡는 바람에 내 인생을 망쳤다고도 했어요. 지금 생각하면 그런 말을 한 게 너무 부끄럽고 미안해요!"

보덴슈타인은 안됐다는 듯 고개를 끄덕였다. 죽음을 앞둔 사람이 마음의 짐을 덜려고 갑자기 평생 숨겨온 비밀을 털어놓는 것은 그리 이례적인 일이 아니었다. 하지만 그 고백이 정작 당사자에게는 어떤 충격을 줄지 생각하지 못할 때가 많았다.

"그거 말고 다른 이야기는 없었어? 어머니한테 뭔가 걱정이 있거나, 뭔가 두려워하는 일이 있는 것 같은 느낌은 못 받았어?"

"아뇨, 기분은 좋은 상태였어요." 소냐는 코 푼 휴지를 둥그렇게 말아 휴지통으로 던졌지만 목표를 빗나갔다. "나는 엄마가 어느 날 스스로에게 무슨 일을 저지르지 않을까 평생 걱정하며 살아왔어요. 그래서 루퍼츠하인을 떠날 생각을 한 번도 못 했어요. 엄마를 지킬 사람이 필요했거든요. 돌이켜보면 엄마는 항상 우울했어요. 심할 때는 며칠씩 침대에서 일어나지 않았어요."

"뭐?" 로지를 항상 외향적인 성격의 쾌활한 부인으로만 알고 있던 보덴슈타인은 어리둥절했다. 그런 얘기는 처음 들었다.

"겉으로는 지극히 정상인 것처럼 행동했지만 약이 없었으면 분명 오래전에 스스로 목숨을 끊었을 거예요." 소녀가 수심에 찬 얼굴로 말했다. "암에 걸린 것도 그 때문이었을 거예요. 양심의 가책이 엄마의 속을 갉아먹은 거죠."

"양심의 가책을 느낄 만한 이유라도 있었어?" 보덴슈타인은 로지가 외도 때문에 괴로워했다고 추측했다. "너한테 친아빠의 존재를 말해주지 못해서?"

"그건 엄마한테 그리 중요한 일이 아니었어요." 소녀의 목소리는 쓸쓸했다. "그것 말고 평생 끌고 온 완전히 다른 비밀이 있었죠. 엄마는 그 저주스런 일이 모두 자기 때문이라고 했어요. 한 인간을 죽음으로 이르게 한 일이요."

***

그들이 마침내 케네디알레의 법의학연구소에 도착했을 때는 10시 5분 전이었다. 다행히 앞마당에 빈 주차 공간이 있었다. 헤닝은 누구든 약속 시간에 늦는 걸 아주 싫어했다. 그들은 마룻바닥 복도를 따라 여러 개의 사무실을 급하게 지나갔다. 법의학생들을 위한 대강의실 문은 활짝 열려 있었고, 강의실 안은 텅 비어 있었다. 부검 조수 가운데서는 가장 오래된 로니 뵈메가 부검실이 있는 지하실에서 올라왔다.

"안녕하세요, 피아?" 그가 인사했다.

"잘 지내죠, 로니?" 피아가 대꾸했다. "누구부터 시작해요?"

"박사님들은 동시에 진행하겠대요." 로니가 타리크를 잠시 훑어보았다. "둘이 왔으니까 문제없겠네요."

"검사도 왔어요?"

"아뇨, 아직요." 로니는 가던 길을 계속 갔고, 피아는 신참 동료를 지하실 계단으로 이끌었다.

"형사소송법 87조 2항과 형사소송절차에 관한 규정 33조 4항에 따르면 검찰의 부검 참여는 더 이상 의무 사항이 아니며, 그들이 참여권을 행사할지 여부는 의무에 관한 자체 판단에 위임된다." 지하실로 내려가는 길에 타리크가 법조문을 읊었다.

"아주 잘했어, 아인슈타인." 피아는 싱긋 웃더니 살짝 열린 탕비실 문을 노크한 다음 안으로 들어갔다. 헤닝과 그의 동료인 프레데릭 레머 박사가 싱크대에 기대 커피를 마시고 있었다. 부검을 위해 옷도 이미 갈아입은 상태였다.

"좋은 아침입니다." 피아가 인사했다. "강력계 형사들이 출두했습니다."

"아하, 보조 인력도 데려왔군." 헤닝이 안경 너머로 타리크 오마리를 응시했다. "첫 부검이죠?"

"네, 굉장히 긴장됩니다." 타리크가 눈을 반짝거렸다. "박사님이 어제 말씀하신 것처럼 모든 이론은 회색이니까요."

"그렇죠." 헤닝은 커피를 마저 마셨고, 프레데릭 레머는 히죽거렸다. 연구소 직원 중에는 헤닝의 악취미를 모르는 사람이 없었다. 부검 참관자들이 새파랗게 질린 얼굴로 구역질을 하며 부검실을 뛰쳐나가는 모습을 무척 즐기는 사람이었던 것이다. 그런 약한 모습을 보인 사람은 경찰이건 검사건 몇 년이 지나도 그의 놀림감이 되어야 했다. 그런데 타리크는 그런 희생자가 될 것 같지 않았다.

"준비 끝났습니다, 보스. 불탄 시신은 1번, 다른 시신은 2번입니다." 로니가 알렸다. "바로 시작하셔도 됩니다."

"아, 그래. 고맙네." 헤닝이 피아에게 고개를 돌렸다. "참, 어제 우린 불탄 시신을 엑스레이로 샅샅이 살펴봤는데 흥미로운 점을 하나 발견했어."

"우리라고? 어째 좀 이상한데!" 로니가 투덜거렸다. "엑스레이 검사를 할 땐 나 혼자밖에 없었던 걸로 기억하는데……."

"우린 신원 확인에 확실한 도움이 될 고관절 임플란트를 찾아냈어." 헤닝은 조수의 말을 일부러 못들은 척하면서 '우리'라는 말을 다시 한 번 강조했다. "그 밖에 우린…… 아니, 직접 가서 보는 게 낫겠어."

피아와 타리크는 1번 부검실로 들어가는 헤닝을 뒤따라갔다. 캠핑카 시신은 강한 열기로 인한 근육 및 힘줄 수축이 특징적으로 나타나는 '펜싱 선수 자세'로 부검실 중앙의 스테인리스강 침대에 누워 있었다. 피아는 인간적인 흔적이라고는 거의 남아 있지 않은 이 몸뚱이를 보면서 말문이 막혔다. 극도의 열기는 단 몇 분 만에 숨 쉬고 느끼고 웃고 계획하고 사랑하던 건장한 남자를 신체 조직 잔해와 뼈만 남은 볼품없는 덩어리로 만들어버렸다. 이 덩어리는 이제 강렬한 네온 불빛 아래서 잘리고 해체되기를 기다리고 있었다. 그가 죽은 것이 불이 나기 전이었는지, 아니면 불이 난 이후였는지 명확히 밝혀야 했기 때문이다.

피아는 한 사람의 잔해를 관찰하면서 호주머니 속에서 주먹을 쥐었다. 이 사람은 마지막으로 무슨 생각을 했을까? 열기를 느꼈을까? 자신의 절망적인 상황을 눈치챘을까? 자신이 죽으리라는 것을 알았을까? 아니면 그전에 의식을 잃었을까? 죽음을 피할 수 없다는 사실을 알았을 때는 어떤 기분일까? 나라면 그 순간에 무슨 생각을 할까? 누가 먼저 머릿속에 떠오를까? 죽기 전에 하지 못했던 아쉬운 일도 생각날까? 주변 사람들에게 소홀했던 일이 떠오를까? 피아는 이를 악문 채 자신을 거친 파도처럼 덮치려는 인간적인 연민과 치열한 싸움을 벌이고 있었다. 조금 전까지 차 안에서 신참 동료에게 형사로서의 내적인 거리감이나 객관적인 태도를 당당하게 이야기하던 사람이! 그렇다. 진실은 그녀가 나이 들수록 필요한 거리를 유지하는 것이 점점 어려워진다는 사실이었다.

혜닝의 목소리가 귓전에 울리는 순간 피아는 몸을 돌렸다. 인간적인 약함은 사라졌다. 타리크는 존경스런 관심으로 시신을 가까이서 살펴보고 있었다. 금방이라도 토할 것 같은 낌새는 전혀 없었다.

"여기 이것 좀 봐!" 혜닝이 화면으로 다가갔다. 전에는 엑스레이 사진을 걸어두는 형광판이 따로 있었는데, 요즘은 엑스레이 사진도 디지털이었다. "여기 왼쪽 건 어제 찍은 사망 뒤의 사진이야. 오른쪽 건 쾨니히슈타인의 치과의사가 오늘 아침 사망 전의 치아 사진을 메일로 보내준 거고."

혜닝은 아래 앞니 중에서 특징적인 빈자리 한 곳과 여러 치아머리, 충전물을 좌우로 대조해가며 가리켰다. 동일인의 것이라는 데에는 의심의 여지가 없었다. 그로써 보덴슈타인의 걱정은 사실로 확인되었다. 숲친구 캠핑카에서 죽은 남자는 클레멘스 헤롤트였다.

***

"…… 57, 58, 59, 60." 또 한 시간이 지났다. 혹시 자신이 잘못 셌을까? 그녀는 목이 말라 미칠 지경이었다. 몇 시쯤 됐을까? 여기에 얼마나 있었을까? 바지에 오줌을 싸는 바람에 맹수 우리처럼 참을 수 없는 악취가 진동했다. 두피까지 가려웠다. 펠리치타스는 평생 외모에 꼼꼼하게 신경을 썼다. 예전에 슈테판이 이런 깔끔한 성격을 두고

"가벼운 강박장애"라고 조롱조로 부르면 버럭 화를 내기도 했다. 그런 그녀였기에, 어느 날 사람들이 이 상태로 발견한 그녀를 보고 지린내 진동하는 부랑아로 판정하면 운명의 아이러니가 아닐 수 없었다. 경찰 조서에는 어떻게 적힐까? 그녀는 이런 생각에 몸서리를 쳤지만, 어쨌든 잠시나마 커져가는 절망에서 벗어날 수는 있었다. 몸을 살짝 움직여보니 왼다리가 마비됐는지 약간 찌릿했다.

그녀가 기억하는 마지막 날은 무슨 요일이었지? 화요일? 수요일? 아니면 목요일? 한밤중에 캠핑장에서 불이 났다. 펠리치타스는 관자놀이를 문질렀다. 머리가 깨질 듯이 아팠고 이마의 혹은 달걀만 해졌다. 게다가 딱딱한 금속 위에 너무 오래 누워 있어서 등과 엉덩이가 참을 수 없을 정도로 배겼다. 무슨 일이 있었지? 기억나는 마지막 내용이 뭐지? 그녀는 차분하게 생각에 집중하려고 애썼다. 한밤중에 자동차 엔진 소리가 들렸다. 폭발이 일었고, 개들이 미친 듯이 짖어댔다. 어린 딸을 데려온 잘생긴 형사를 만났고, 그녀는 창가의 호박등으로 망신을 샀다. 그다음 금발의 여형사를 만났다. 그 재수 없는 년은 자신을 개무시했다. 그 뒤 숲속의 집을 당장 떠나려고 머리를 감고 샤워를 하고 가방을 챙겼다. 누군가 초인종을 눌렀다. 그다음에는? 기억이 나지 않았다. 아무리 기를 써도 기억 속의 공백은 메워지지 않았다. 미칠 지경이었다. 그때였다. 갑자기 무언가를 미는 소리가 들렸다. 그녀의 몸은 돌처럼 굳어버렸다. 심장이 미친 듯이 갈비뼈를 때렸다. 도와달라고 소리쳐야 할까, 아니면 가만히 있는 게 나을까? 자신을 납치한 사람이 이제 자신을 죽이러 왔으면 어떡하지? 자신에겐 방어할 만한 것이 아무것도 없는데!

"신이시여, 저를 도와주세요!" 그녀는 패닉에 휩싸여 중얼거렸다. "약속하겠습니다. 앞으로는 절대……."

다시 빗장을 옆으로 미는 소리가 들리더니 희미한 불빛이 보였다.

"하늘에 계신 우리 아버지, 이름을 거룩하게 하시옵고……." 그녀는 절망적인 심정에서 수년 만에 처음으로 열성을 다해 기도했다.

끼이익 소리가 났다.

"나라에 임하시오며, 아버지의 뜻이……." 그녀는 공포로 가슴이 터질 것 같았다.

금속끼리 마찰되는 소리가 들렸다.

"하늘에서 이루어진 것처럼 땅에서도 이루어지이다."

반평생 동안 신을 무시하고 살아온 사람이 어떻게 신이 이 궁지에서 자신을 도와줄 거라 기대할 수 있을까? 그러나 가만히 생각해보면, 신이 가엾게 여긴 이들은 모두 죄인과 배교자, 무거운 짐 진 자, 타락한 아들들이 아니던가?

"제발, 사랑의 신이시여." 그녀는 정신 나간 사람처럼 중얼거렸다. "저를 구해주신다면 무엇이든, 정말 무엇이든 다 하겠습니다."

끼이익, 귀에 거슬리는 소리와 함께 금속 박스의 뚜껑이 열리면서 감옥 속으로 강렬한 불빛이 쏟아져 들어왔다. 그녀는 눈을 끔벅거렸다. 이어 죽음의 공포가 시커먼 물결처럼 그녀를 덮쳤다. 바로 눈앞에 총구가 보였던 것이다.

**

보덴슈타인은 전화를 끊고 턱을 괸 채 한숨을 내쉬었다. 캠핑카 사망자는 치아 대조를 통해 클레멘스 헤롤트인 것으로 확인되었다. 고관절 임플란트의 제조번호까지 신원 확인에 도움이 되었다. 로지는 교살되었다. 이로써 지금까지의 가설적 질문이 하나의 사실이 되었

157

다. 클레멘스와 로제마리 헤롤트의 죽음에 이해관계가 있는 사람은 누구일까?

빈약하지만 지금까지 확인된 정황에 따르면 그 대답은 에드가와 소냐였다. 두 사람은 경제적으로 별로 풍족한 것 같지 않았다. 그렇다면 유산이나 보험금을 노렸을 수 있었다. 하지만 정답이 그렇게 쉬울까? 그리고 두 건 다 동일범의 소행일까? 살해 방식이 완전히 다르지 않은가? 보덴슈타인은 소냐를 용의선상에서 즉각 배제했다. 엄마와 오빠를 죽일 만한 사람으로는 도저히 여겨지지 않았다. 하지만 그녀의 남편 데틀레프와 에드가의 경우는 상황이 좀 달랐다. 혹시 둘이 공모한 건 아닐까? 둘 다 클레멘스를 싫어했고, 에드가는 어머니의 행실을 수치스러워했다. 하지만 그게 살해 동기로 충분할까? 보덴슈타인은 지금껏 수사를 해오면서, 지인과 관련해서 절대 살인을 저지를 위인이 아니라고 말하는 사람들을 자주 봐왔다. 그런데 지금 그 자신도 정확히 그런 결론을 내리고 있었다.

그의 생각은 과거를 더듬었다. 에드가, 랄프, 페터를 비롯해 그들 '패거리'에 속한 다른 아이들과 함께 숲과 들판, 초원을 누비고 다니던 모습이 떠올랐다. 함께 놀고 다투고, 치고받고 싸우다가는 곧 다시 화해했다. 이웃 동네 아이들과 맞붙을 때는 내부의 모든 경쟁 관계를 잊고 다들 똘똘 뭉쳤다. 보덴슈타인의 머릿속으로 오랫동안 잊고 있던 기억의 문이 스르르 열렸다. 자기들 패거리만 아는 비밀스런 사건에 대한 기억이었다. 지난 수십 년 동안 한 번도 떠오른 적이 없는 그들의 비밀 아지트가 떠올랐다. 숲 한가운데의 다 쓰러져 가는 오두막이었다. 그들은 거기다 온갖 전리품과 보물을 감추어두었다. 또한 거기서 이런저런 계획을 짜거나 아니면 그냥 빈둥거리며 시간을 보냈다. 그러던 어느 날 형들이 자신들의 비밀 아지트를 더럽힌 것을 알게 되었다. 거기서 여자애들을 만나고, 담배를 피우고, 술을 마시고, 오두막 안을 엉망진창으로 어질러놓았다. 그 패거리에는 열다섯이나 열여섯 살의 클레멘스와 야콥, 데틀레프가 끼어 있었다. 당시 클레멘스는 새빨간 크라이들러 오토바이로 잔뜩 폼을 잡고 다녔다. 페터와 랄프, 에드가는 복수를 계획했고, 누군가 오토바이의 브레이크 호스를 자르자고 제안했다. 그게 누구였는지는 정확히 기억나지 않았다. 어쨌든 그들은 자기 형들이 다치거나 어쩌면 죽을지도 모를 사고를 상상하며 키득거렸다. 보덴슈타인은 그때 그 장면을 떠올리며 치를 떨었다. 야콥과 데틀레프는 동생들의 장난질을 알아차렸지만 클레멘스는 몰랐다. 그래서 다음 날 아침에도 오토바이를 타고 나갔고, 얼마 안 가 중앙로 진입로에서 브레이크가 안 걸리는 바람에 마주 오는 자동차와 부딪치고 말았다. 클레멘스는 골절과 머리 부상으로 병원에 실려 갔고, 오토바이는 폐차장으로 보내졌다. 어리석은 사내아이들의 유치한 장난질을 훨씬 뛰어넘는 사고였다. 보덴슈타인은 그 세 모자 중 누구도 그 일을 후회하지 않았던 기억이 났다. 형들은 누가 그런 짓을 꾸몄는지 짐작하는 듯했지만 부모든 경찰에게든 입을 열지 않았고, 그래서 진실은 지금까지도 밝혀지지 않았다.

보덴슈타인은 생각에 잠긴 표정으로 의자에 등을 대고 양손으로 뒷머리를 받치고는 창문 너머 10월의 푸른 하늘을 올려다보았다. 그 뒤로 45년이 지났다. 그 일을 근거로 에드가가 싫어하던 형을 그렇게 잔인한 방식으로 살해했을 거라고 추정할 수 있을까? 보덴슈타인은 그에 대해 깊이 생각할수록 세월이 오랫동안 억누르고 있던 불쾌한 상황이 하나둘 연이어 떠오르기 시작했다. 그의 어린 시절은 불안과 두려움으로 점철되어 있었다. 그런 상황에서 벗어난 것은 5학년 때 다른 학교로 진학하면서였다. 선천적으로 외톨이였던 그는 패거리 안에서 편한 적이 없었다. 특히 페터와 에드가를 위협적으로 느꼈다. 그러나 집단의 압박에서 벗어나려는 소심한 시도는 늘 실패로 돌아가고 말았다. 그가 약속 장소에 나가지 않으면 그들이 집으로 찾아와, 축사와 창고 따위를 이리저리 돌아다니며 차갑고 경멸적인 시선으로 농장 안의 모든 것을 훑어보았다. 마치 자기들 말을 듣지 않으면 이 집에 해를 끼칠 수 있는 것이 뭐가 있을까 살펴보는 것처럼. 정말 끔찍한 시절이었다. 원래부터 잔인하고 비양심적인 인간들이 존재한다는 것도 그때 알았다. 당시 그는 왜 그렇게 생각했는지는 잘 모르겠지만, 잉카를 유일하게 자기편으로 여겼다. 물론 대놓고 그를 편든 적도 없었고, 심지어 패거리의 잔인한 장난질을 막을 생각도 하지 않던 아이였지만. 잉카는 그저 속을 알 수 없는 파란 눈으로 말없이 그를 바라보기만 했다.

고양이 협박 사건으로 아무 걱정 없이 순수하기만 하던 그의 어린 시절은 끝나버렸다. 고양이를 죽인 사람을 어른들에게 말하면 막시를 가만두지 않겠던 페터의 협박은 보덴슈타인이 처음으로 접한 잔인함과 공포였다. 너무 걱정이 돼서 거의 뜬눈으로 밤을 새운 적도 많았다. 충분히 그러고도 남을 아이들이라는 걸 알고 있었기 때문이다. 그는 막시에 대한 걱정 때문에 몇 주 동안 막시를 몰래 방에 데리고 들어와 침대에서 같이 잤다. 그럼에도 결국 막시를 지키지는 못했지만.

그 아이들이 지금은 성인이 되었다. 가정을 꾸리고, 직장에서 인정받고, 협회나 클럽에서 열심히 활동하고 있었다. 그러나 인간의 본질을 이루는 인성은 변하지 않는다. 아니, 그 반대다. 부정적인 성격은 시간이 갈수록 강해진다. 심지어 긍정적인 성격보다 몇 배나 더.

휴대전화 벨소리에 보덴슈타인은 생각에서 퍼뜩 깨어났다.

"예, 저예요, 어머니." 액정화면에 찍힌 이름을 보고 그가 말했다.

"잘 지내니, 올리버?" 어머니의 목소리에 살짝 걱정이 묻어났다. "이 늙은 것이 괜한 호기심이 너무 많다고 여기지 않았으면 좋겠다만…… 로지가 살해되었다는 게 사실이니?"

"누가 그래요?"

"마리 루이제가 좀 전에 채소 배달하는 사람한테 들었다는구나."

보덴슈타인의 제수가 운영하는 레스토랑에 채소를 배달하는 상인이 그 소식을 어디서 들었는지는 굳이 따질 필요가 없었다. 어제 저녁 경찰과 감식반이 요양원 일대를 샅샅이 수색하고, 로지의 시신이 운구 차량에 실려 법의학연구소로 가는 것을 본 사람은 많았다.

"예, 맞아요." 보덴슈타인은 순순히 시인했다.

"세상에나, 어떻게 그런 일이…… 참 끔찍한 세상이다." 어머니는 경악했다. "요양원에 다녀온 게 엊그제인데…… 더 이상 가망이 없어 로지를 거기 입원시켰다는 얘기를 클레멘스한테 들었거든."

"클레멘스가 언제 그런 얘길 했어요?" 보덴슈타인은 메모하려고 볼펜과 수첩을 꺼냈다. "기억나세요?"

"당연하지. 이리 늙어도 머리는 아직 굳지 않았다."

"죄송해요. 그런 뜻으로 한 말은 아니었어요."

"농장에서 추수감사절 파티를 할 때였으니까, 10월 4일인가 보다."

"클레멘스가 누구랑 거기 왔는지도 기억나세요?"

"아니. 경황이 없어 거기까진 신경을 못 썼다."

"그럼 로지를 찾아간 건 언제였어요?"

"이삼 일 뒤였지."

"그럼 이번 주네요?"

"그렇지. 잠깐…… 음, 월요일 오후였다. 네 아버지가 의료보험지정

병원 피부과에 예약이 돼 있었는데, 그때 난 걸어서 요양원까지 올라갔어. 아버지가 나중에 나를 데리러 그리로 왔고."

"로지를 봤을 때 어떠셨어요?"

"기력은 없었지만 상태는 아주 좋아 보였어." 그의 어머니인 레오노라 폰 보덴슈타인 백작 부인이 말했다. "날씨가 무척 좋았지. 그래서 테라스에 나가 담배를 피우고 싶다기에 내가 부축해서 데리고 나갔어."

"음, 그다음은요?"

"그냥 이런저런 수다를 떨었어. 주로 옛날 얘기지. 너도 알잖니? 나이 들면 그런 얘기밖에 할 게 없다는 거."

"그래도 무슨 얘기를 나눴는지 좀 상세히 말씀해주세요."

"알고 싶은 내용이 정확히 뭐니?"

"특별히 뭔가 알고 싶은 게 있어서 그런 건 아니고요. 어차피 살날도 얼마 남지 않은 사람을 누가 무슨 연유로 죽였는지 조그만 단서라도 있을까 싶어서요."

"어쨌든 로지가 뭔가 걱정하고 있다는 인상은 받지 못했다." 어머니가 말했다. "오히려 그 반대였어. 밝고 편안해 보였지. 심지어 이제야 마침내 무거운 짐을 벗고 평화롭게 죽을 수 있게 돼서 기분이 좋다는 말까지 하더구나."

"무거운 짐이라고요?" 조금 전에 소녀가 한 말이 떠오른 보덴슈타인은 어머니의 말을 받아 적었다. "정확히 그렇게 말했어요?"

"그런 것 같아."

"로지가 우울증을 앓고 있었던 건 알고 계셨어요?"

"알고 있었지. 아마 모르는 사람이 없었을 거야. 서로 이야기를 안했을 뿐이지. 로지는 수십 년간 치료를 받았어."

"이상한 일이네요. 제가 보기엔 항상 밝고 편안한 분 같았는데." 보덴슈타인은 로지가 소냐에게 얘기했다는 그 저주스런 일이 뭔지 아느냐고 어머니에게 물어봐야 할지 잠시 고민했다. 그러다 이렇게만 묻고 말았다.

"자식들에 대한 얘기는 안 하던가요?"

"안 했어. 그냥 클레멘스가 자기를 헌신적으로 돌봐준다는 말만 했어. 그게 왜 중요하니?"

보덴슈타인은 어머니에게 사실을 말하기로 결심했다.

"클레멘스도 죽었어요. 이틀 전 숲친구에서 일어난 로지의 캠핑카 화재로요."

"에구머니나! 무슨 그런 일이……." 어머니는 말을 잇지 못했다. "혹시 두 사건이 관련이 있다고 생각하는 거니?"

"어머니, 저는 우연을 믿지 않아요."

"그렇다면 그런 일을 할 사람은 에드가밖에 없다. 항상 속에 잔혹한 면이 있는 아이였으니까. 예전에 걔 아버지도 그랬어."

보덴슈타인은 어머니의 즉각적인 반응에 깜짝 놀랐다.

"왜 그렇게 생각하세요?"

"오래전 교구 축제 때였다. 그때 로지가 어떤 유부남과 만나고 있다는 소문이 돌았어." 백작부인이 목소리를 낮췄다. "로지가 나도 그 소문을 들었는지 물었고, 나는 소문 따위엔 별로 신경 쓰지 않는다고 대답했어. 그런데 에드가는 달랐어. 미친 사람처럼 격분해서는 엄마처럼 늙은 마녀는 돌로 쳐 죽이거나 화형을 시켜야 한다고 말했다는 거야."

보덴슈타인은 방금 들은 말을 믿을 수가 없었다.

"소문은 사실이었어요?" 그가 궁금해서 물었다.

"그럴지도 모르지." 어머니가 조심스럽게 대답했다. "로지는 항상…… 음…… 삶을 즐기는 스타일이었으니까. 더구나 남자들이 따르고 떠받들어주는 걸 좋아했어."

보덴슈타인은 어머니의 이 말을 로지의 바람기를 듣기 좋게 돌려서 하는 표현으로 이해했다.

"소냐가 로지 남편의 친딸이 아닐 수도 있어요?" 보덴슈타인이 물었다. 갑자기 떠오른 생각이었는데, 미안한 마음은 들지 않았다. 어쨌든 같은 시대를 살았던 사람으로서 어머니의 증언은 중요했다.

"로지가 늦은 나이에 다시 아이를 가졌을 때 실제로 그런 소문이 있었지." 어머니가 잠시 망설이다가 말했다. "아들들은 이미 다 큰 상태였어. 남편은…… 사람들이 술집에서 수군대는 소리를 듣고…… 아마 견딜 수 없었을 게다. 하지만 난 그런 말 안 믿어. 소문은 그냥 소문일 뿐이지."

보덴슈타인은 이제 충분히 확인했다. 그러니까 40여 년 전부터 이미 그런 소문이 있었고, 로지는 죽기 직전에 딸에게 그 사실을 털어놓은 것이다. 하지만 소냐의 아버지가 누구인지 밝히지 않은 건 너무 어리석었다.

어머니와 통화를 끝낸 보덴슈타인은 메모를 바라보면서, 어떤 게 허황한 소문이고 어떤 게 주관적인 의견이고, 또 어떤 게 진짜 사실인지 깊은 생각에 빠졌다.

**

기괴한 상황이었다. 눈을 동그랗게 뜨고 의자에 앉아 총구를 겨누고 있는 젊은 남자가 오히려 온몸을 부들부들 떨고 있었다. 누가 누구를 더 두려워하고 있는지 알 수 없을 정도였다. 그녀 역시 떨리기는 마찬가지였고 다리도 풀려 있었지만, 마음만 먹으면 남자에게서 총을 빼앗아 도망치는 건 어렵지 않을 것 같았다. 그러나 그러지 않았다. 어디로 간단 말인가? 경찰한테? 그 인간들은 그녀를 비웃거나 믿지 않을 뿐 아니라 신경질적인 허풍쟁이 여자로나 여길 게 뻔했다. 아니, 그보다 더 나쁜 일이 일어날 수도 있었다. 혹시라도 그녀의 얼굴이 신문에 실리게 되면 사채 추심꾼들이 몇 시간 내로 그녀를 찾아낼 것이다. 때문에 그녀는 안도감으로 멍하니 앉아 그저 두 손으로 빈 물병을 돌리면서 단연 생애 최악의 순간을 선사한 젊은 남자를 응시하고 있었다. 예전의 펠리치타스였다면 당장 달려들어 온갖 욕설을 퍼부었겠지만, 지금은 세상 만물에 대해 끓어오르던 잠재적인 분노와 증오가 사라지고 없었다. 자신이 죽을 거라고 거의 확신했던 24시간이 그녀를 정화한 것이다.

"정말 죄송해요." 스물도 안 돼 보이는 청년이 다시 말했다. "그럴 생각은 아니었어요. 하지만 아줌마가 깨어나자마자 짭새들을 부르네 어쩌네 하는 바람에 갑자기 겁이 나서 그랬어요."

펠리치타스는 머리의 혹을 만지며 한숨을 내쉬었다. 청년이 거짓말을 하는 것 같지는 않았다. 그러자 심약한 청년에게 슬슬 연민이 느껴졌다.

"아줌마를 묶거나 그러고 싶지는 않았어요. 그래서 그냥 차고 박스에 넣은 거예요. 원래는 거기 오래 둘 생각도 아니었어요. 소파에 앉아 잠시 생각을 한다는 게 그만…… 나도 모르게 곯아떨어졌어요."

청년은 인상을 찌푸렸다. 주방이 특별히 덥지도 않았는데 땀을 많이 흘리고 있었다. 두 눈은 충혈되고 퀭했다. 원래는 이목구비가 또렷한 얼굴인데, 지금은 한쪽이 붓고 파랗게 멍들어 있었다. 게다가 밀

랍처럼 창백하기까지 했다. 떡 진 짙은 금발은 어깨까지 내려와 있었는데, 청년이 힘없이 뒤로 젖히자 왼쪽 관자놀이에 딱지 앉은 상처가 보였다.

"경찰하고 무슨 문제가 있어?" 그녀가 물었다.

"얘기하자면 길어요." 그가 손을 내저었다. "지금은 내가 어디 있는지 경찰이 모르는 게 나아요."

그는 권총을 이리저리 만지작거렸다.

"제발 그 물건 좀 치우면 안 될까? 경찰에 전화하는 일은 없을 테니까 걱정하지 말고."

그는 정말 그녀의 말을 믿는 것 같았다. 권총을 테이블에 올려놓고는 어쩌다 이런 일이 벌어졌는지 이야기했다. 그녀는 숲에서 하마터면 그를 칠 뻔했지만 마지막 순간에 랜드로버의 핸들을 급히 꺾은 덕분에 통나무 더미 쪽으로 미끄러졌다. 그 과정에서 창문에 머리가 부딪히면서 의식을 잃었다고 했다.

"난 아줌마가 어디서 왔는지 알고 있었어요. 그 차를 알거든요."

"그래? 내 차를 어떻게 알아?"

"여기 식당에서 아르바이트를 한 적이 있어서 그 차가 누구 건지 알고 있었어요. 그래서 일단 캠핑장 근처의 이 집으로 온 거고요."

"식당에서 일했다고?" 펠리치타스는 저렇게 지저분한 청년이 웨이터로 일했다는 게 상상하기 어려웠지만, 캠핑장 식당을 찾는 손님들이 그리 까다로운 사람들이 아니라는 점에서 이해하고 넘어갔다.

"저는 지금 마약 금단 현상을 겪고 있어요." 청년은 솔직하게 말했다. 흐리멍덩하던 눈에 갑자기 생기가 돌았다. "여자친구가 곧 아이를 낳거든요."

"아하!"

"그래서 이번에는 마약을 정말 끊고 싶었어요. 이맘때면 여기 산꼭대기를 찾는 사람이 없을 거라고 생각해서 아무 캠핑카에 몰래 들어갔어요. 그러다 잠깐씩 밖으로 나와 바람을 쐤죠. 그것도 저녁이나 밤에만요. 다른 한 캠핑카에도 사람이 있었거든요. 아줌마도 멀리서 몇 번 본 적이 있어요. 개들하고 있는 거요."

맞아, 개들이 있었지! 펠리치타스는 개들을 완전히 잊고 있었다. 녀석들은 지금 어디 있을까?

"그런데 한밤중에 폭발이 있었어요. 저는 에이 씨, 무슨 일이야, 하면서 밖으로 나갔죠. 그런데 갑자기 어떤 남자가 앞에서 나를 빤히 바라보고 있는 게 아니겠어요? 나도 남자를 빤히 바라봤어요. 그러다 남자가 사라졌고, 캠핑카에 불이 났어요." 청년은 말을 멈추더니 손바닥으로 관자놀이를 눌렀다.

"어디 다쳤어?" 이 말과 함께 펠리치타스는 갑자기 그때 일이 떠올랐다. 불빛 앞에 보이던 한 남자의 실루엣! 그게 이 청년이었을까?

"어느 순간 뭔가 딱딱한 것에 머리를 세게 얻어맞았어요. 피를 엄청 흘렸죠. 저는 그게 그 남자의 짓이라고 생각하고 너무 무서워서 무작정 숲으로 달아났어요. 숲속 지리는 익숙하거든요."

아드레날린 탓이었다. 청년은 아마 처음엔 자기가 다친 줄도 몰랐을 테고 피만 좀 흘렸을 것이다. 그래서 마약 금단 현상 때문에도 그렇지만, 지금 저런 몰골을 하고 있는 것이다.

"저는 보호관찰 규정을 위반했어요. 프랑크푸르트를 벗어나면 안 되는데 여기까지 왔으니까요." 그는 잠시 뒤 말을 이어갔다. "경찰들은 분명 저를 찾고 있을 거예요. 어쩌면 그 남자도요. 저는 몸이 좀 좋아질 때까지 여기 있으면 안전할 거라고 생각했어요."

"가여운 녀석이구나. 이젠 어떡할 거야?"

"잘 모르겠어요." 청년이 어깨를 으쓱했다. "아줌마가 경찰을 부른다면 잡혀 가야죠."

펠리치타스는 청년의 말을 믿었다. 그는 그녀의 물건을 훔칠 수도 있었고, 정신을 잃은 그녀를 숲속에 내버려두고 차를 갖고 얼마든지 사라질 수도 있었을 텐데 그러지 않았다.

"내가 널 숨겨주면 나도 아마 처벌을 받을 거야."

"네, 그럴 거예요." 그가 체념한 듯 고개를 끄덕였다.

하지만 경찰한테 알려서 무슨 이득이 있을까? 마누와 옌스가 세계를 여행하는 동안 말동무라도 있는 편이 훨씬 낫지 않을까? 펠리치타스는 의자에서 일어나면서 콧잔등을 찌푸렸다. 몸에서 고약한 냄새가 났던 것이다. 걸음을 옮기자 그사이 말라붙은 오줌 때문에 바지가 뻣뻣했다.

"이렇게 하면 어떨까?" 그녀가 제안했다. "일단 난 샤워를 하고 옷부터 갈아입어야겠어. 그다음 음식을 좀 만들어 먹고 나서 앞으로 어떻게 할지 함께 고민해보는 거야. 어때?"

"좋습니다." 청년의 얼굴 위로 가벼운 미소가 휙 스쳐갔다. "짭새한테 신고하지 않아서 정말 고맙습니다."

그의 눈은 아름다웠다. 까만 눈동자에 정이 넘쳤다. 젊은 친구들 특유의 단어를 사용했지만, 간혹 좋은 환경에서 자란 것을 짐작케 하는 표현도 끼어 있었다. 어디로 가야 할지 모르는 국외자라는 점에서는 자신과 처지가 같기도 했다.

"괜찮아. 나도 경찰을 딱히 좋아하지 않아. 근데 이름이 뭐야?"

"엘리아스요." 그가 대답했다. "아줌마는요?"

"펠리치타스." 그녀가 웃으면서 말했다. "그냥 편하게 이름 불러도 돼."

***

"캠핑카에 불이 났을 때 클레멘스 헤롤트는 아직 살아 있었던 것으로 보입니다." 피아는 오후에 열린 회의에서 상세 내용을 설명하기에 앞서 두 시신의 부검 결과부터 이야기했다. "클레멘스의 어머니 로제마리 헤롤트는 질식, 또는 교살로 판명되었습니다."

24시간 내에 발생한 이 두 연쇄 살인 사건을 보고받은 니콜라 엥엘 과장은 수사과 안에서 현재 다른 사건을 맡고 있지 않은 형사들까지 모두 소집했다. 때문에 1층 회의실에서 열네 명이 다닥다닥 붙어 선 채로 피아의 보고를 들었다. 과장은 보덴슈타인과 사전 상의 없이 이 결정을 내렸는데, 그것을 보면서 그는 과장이 벌써부터 자신의 신상에 딴죽을 걸고 있음을 간파했다. 이것이 강력반 반장으로서 맡게 될 마지막 사건이 아니었다면 분명 이 결정에 대해 따져 물었을 것이다. 그러나 지난 몇 년 동안 그녀의 끊임없는 도발로 인한 자잘한 말다툼에 지칠 대로 지쳐 있었다. 게다가 그의 후임자 문제로 조만간 과장과 한바탕 실랑이를 벌일 걸 생각하면 지금부터 힘을 빼고 싶지는 않았다.

"클레멘스 헤롤트는 둔탁한 물건으로 머리를 가격 당했습니다." 피아가 단도직입적으로 말했다. "화재 열로 인한 두개골 파손이 있었던 건 사실이지만, 그전에 외부에서 망치 같은 물체로 가격 당해 머리뼈 함몰 골절이 생겼다는 사실도 분명히 확인되었습니다. 머리뼈 안쪽에서 구멍 크기와 일치하는 뼛조각이 발견되었고, 거미줄 모양의 골절 형태는 외부 가격에 의한 골절의 전형적인 모습입니다."

화이트보드와 코르크보드에는 현장과 피해자들의 사진, 그리고 집중 수색에도 흔적을 찾지 못한 엘리아스 레싱의 사진이 걸려 있었다.

"화재 현장의 강한 폭발로 인해 피해자의 상황을 유추할 만한 다른 것은 남아 있지 않습니다. 다만 캠핑카 문이 밖에서 잠겨 있다는 점을 고려하면 범인이 범행을 은폐하기 위해 불을 질렀다고 추정할 수 있습니다." 피아는 여느 때와 마찬가지로 그간의 수사 결과를 일목요연하게 보고했다. 강력반을 이끌어나가기에 충분한 인재였다. 보덴슈타인은 지금껏 피아가 자신의 후임이 되리라는 걸 조금도 의심하지 않았다. 하지만 아직까지 그에 대한 공식 발표가 없었다. 혹시 과장은 그의 추천을 무력화하려는 것일까? 그래서 피아를 그의 후임에서 배제한 것일까? 아니면 그의 안식년을 마뜩잖게 여기는 속내에서 우러나온 마지막 권력 과시일까?

"클레멘스 헤롤트는 1미터 90센티에 110킬로그램의 거구입니다. 육체적으로는 충분히 타인의 공격을 막아낼 수 있었을 텐데도 꼼짝없이 당하고 말았습니다. 그렇다면 면식범으로부터 불시에 일격을 당했을 가능성이 높습니다."

"그렇게 강한 열기가 발생한 이유는 뭐죠?" 팔짱을 끼고 반대편 창턱에 기대어 말없이 듣고 있던 니콜라 엥엘이 물었다.

"현장에서 프로판 가스통 잔해가 발견되었습니다." 크리스티안 크뢰거가 피아 대신 대답하더니 화이트보드에 바람막이텐트가 쳐진 캠핑카를 그린 후 가스통들이 세워져 있던 지점을 표시했다.

"범인은 가스를 바람막이텐트와 캠핑카 안으로 흘려보내고 벤진을 도화선으로 뿌린 뒤 여기 48.7미터 떨어진 지점에서 불을 붙인 것으로 추정됩니다."

"그런 천막은 보통 완벽하게 밀폐되지는 않아요." 카트린 파싱어가 의문을 제기했다. "그렇다면 어떤 식으로 했다는 거죠?"

"범인은 신속하고 계획적으로 행동했습니다. 제 생각에는 피해자를 때려눕힌 뒤 캠핑카 안에서 캠핑 가스통 밸브를 열었고, 그다음 사전에 텐트 주변으로 옮겨다놓은 가스통 밸브를 열었던 것 같습니다. 액화가스는 연소점이 낮아요. 그래서 소량의 가스만 흘러나와도 공기와 결합해서 가연성 혼합물을 형성하기에 충분하죠. 1리터의 프로판 액체는 260리터의 프로판가스로 기화하는데, 이 가스가 공기와 섞여 12,400리터의 폭발성 가스를 형성합니다. 이번 사건의 경우 11킬로그램들이 가스통 여섯 개가 사용되었는데, 가스로 환산하면 하나당 6,050리터에 해당합니다. 거기다 6을 곱하면 36,300리터의 가스가 나오죠."

"짧게 해요, 크뢰거." 니콜라 엥엘이 시위하듯 시계를 내려다보았다. "지금 여기 화학 수업을 들으러 온 게 아니니까!"

"그럼 물리학 수업은 어떻습니까?" 크뢰거가 날카롭게 대꾸했다. "공기와 결합한 프로판가스의 연소 온도는 약 1,825도이고, 순수 산소와 결합하면 2,850도입니다. 보통 화장로의 온도가 900도에서 최대 1,200도인 점을 감안하면 얼마나 강한 열인지 짐작하실 겁니다."

"거기다 상당량의 연소 촉진제까지 사용되었습니다." 피아가 덧붙였다. "범인은 모든 것을 남김없이 태워버리려고 했던 겁니다."

"한마디로 지옥불이었죠." 크뢰거가 맞장구를 쳤다. "녹은 금속 조각 몇 개 외에는 건진 게 거의……."

"두 번째 피해자에 대해서는 알아낸 게 뭐가 있죠?" 니콜라 엥엘이 감식반장의 말을 중간에 잘랐다. 순간 크뢰거의 매서운 눈총이 과장에게 향했다.

"로제마리 헤롤트는 목이 졸려 질식해서 죽었습니다." 피아가 몇 가지 항목을 메모해둔 쪽지를 펼쳤다. "눈의 결막과 구강, 잇몸, 가슴 쪽 기관에 점상출혈이 있고, 목과 앞쪽 목근육, 후두 관절의 피하지방 조직에 출혈이 있습니다. 거기다 목뿔뼈와 갑상연골이 부러지고, 후두 연조직에는 출혈도 있고요. 그 밖에 코와 입 안에서는 섬유 성분이 발견되었는데, 이를 통해 피해자는 목만 졸린 게 아니라 소리를 지르지 못하게 입과 코도 틀어 막혔다는 것을 알 수 있습니다. 목을 조른 자국이나 손톱자국은 발견되지 않았고, 시신에도 저항의 흔적은 없었습니다. 마지막으로 그 부인은 말기 암으로 살날이 얼마 남지 않은 상태였습니다."

"그런 사람을 왜 굳이 서둘러 죽여야 했을까요?" 누군가 물었다.

피아는 보덴슈타인에게 시선을 던졌다. 그러나 반장은 계속하라고 고개를 끄덕였다.

"바로 그게 우리가 풀어야 할 문제입니다." 피아가 대답했다. "로제마리와 클레멘스 헤롤트의 죽음으로 이득을 얻는 사람은 누구일까? 아무 의심 없이 두 사람에게 접근할 수 있는 사람은 누구일까? 두 사람을 살해할 도구와 기회가 있는 사람은 누구일까?" 그녀는 화이트보드로 다가서서 카이 오스터만이 보드에 적은 이름들 중 하나를 톡톡 쳤다. "우리의 주요 혐의자는 에드가 헤롤트입니다. 나이 54세, 직업 철물공, 거주지 켈크하임 루퍼츠하인. 피해자들의 아들이자 동생입니다. 어머니가 죽으면 에드가와 그의 여동생 소냐가 유산을 물려받게 됩니다. 돈은 언제나 강력한 범죄 동기죠. 뿐만 아니라 에드가는 자신의 철공소에서 프로판가스로 작업을 하고, 가스통을 여럿 운반할 차량도 갖고 있습니다. 그 밖에 우리 앞에서조차 자기 형에 대해 강한 반감을 드러내기도 했습니다."

피아가 다시 잠깐 멈추더니 보덴슈타인을 바라보았다. 그러나 이번에도 그는 말이 없었다.

"헤롤트가 아무리 유력 용의자라고는 해도 그를 범인으로 너무 성

급하게 단정 지을 수는 없습니다." 피아는 잠시 망설이다가 다시 말을 이어갔다. "우선 우리는 범행 시각, 용의자의 알리바이, 로제마리와 클레멘스, 에드가 헤롤트의 재정 상태부터 확인해야 합니다. 이웃과 친지도 만나봐야 하고요. 그리고 클레멘스가 사망하기 전의 최근 행적도 확인해야 합니다. 그러기 위해선 클레멘스의 동선과 통화 내역, 인터넷 활동도 알아봐야겠죠. 또한 사생활과 직장에서의 상황도 조사해봐야 합니다. 클레멘스는 14일간 휴가를 낸 사실을 아내에게 말하지 않았고, 자신이 묵고 있는 장소도 거짓으로 알렸습니다. 그렇다면 혼외 관계가 살인 동기일 수 있다는 점도 배제할 수 없습니다."

"엘리아스 레싱도 계속 추적하고 있는 겁니까?" 사기 사건 전담 부서의 동료가 물었다.

"물론입니다." 피아가 고개를 끄덕였다. "엘리아스는 중요 증인입니다. 우린 그 친구의 보호관찰관을 만나봤습니다. 그 사람 말로는, 일주일 전에 마지막으로 엘리아스의 소식을 들었는데 이번에는 반드시 마약을 끊겠다고 했답니다. 집행유예 규정에 따르면 원래는 벌써 오래전에 보호관찰관에게 연락을 했어야 하지만, 보호관찰관은 엘리아스를 궁지에 빠뜨리고 싶지 않았답니다. 엘리아스에 대한 심리 테스트가 긍정적으로 나와서 규정 위반 사실을 지금까지 신고하지 않았다더군요."

"참 물렁한 사람이군!" 엥엘 과장이 찬성할 수 없다는 뜻으로 고개를 가로저었다. "그렇게 마음약한 사람은 그런 직업에 어울리지 않아요. 남에게 휘둘리기나 하지. 그런 순진한 생각이 결국 범죄를 방조하거나 조장할 수 있다는 사실을 왜 모르느냐 말입니다! 어쨌거나 레싱도 용의선상에 있는 건가요?"

"꼭 그런 건 아니지만, 현재로선 그 친구를 용의선상에서 완전히 배제할 수 없습니다." 피아가 답했다. "물론 가스통과 연소 촉진제를 숲으로 운반하려면 어느 정도 물류 계획도 세워야 하고 그 목적에 맞는 차량도 있어야 하는데, 지금의 엘리아스는 전혀 그럴 수 있는 상황이 아닙니다. 게다가 면허증도 없고요."

"그것만 갖고는 알 수 없죠." 니콜라 엥엘이 무시하듯이 말했다. "설마 그걸 그 친구에 대한 무죄 증거로 삼겠다는 건 아니죠?"

"아니…… 아닙니다." 피아가 당황해했다. "당연히 아니죠. 그냥 그렇다는 겁니다."

순간 보덴슈타인은 니콜라와 셈 알투나이 사이의 재빠른 시선 교환을 눈치챘다. 비웃듯이 살짝 추켜 올라간 그녀의 눈썹도, 둘 사이에 흐르는 암묵적 동의의 빛도 반장의 예리한 눈에서 벗어날 수 없다. 저게 무슨 뜻일까? 피아에게 불리하게 돌아갈 모종의 공모가 방금 이루어진 것일까?

"일반에 공개해야 할까요?" 셈이 보덴슈타인에게 물었지만, 반장은 과장과 셈 사이의 공모를 분석하는 일에 골몰하는 바람에 바로 대답하지 못했다.

"폰 보덴슈타인 씨는 어떻게 생각하시나요?" 니콜라 엥엘 과장이 기대 있던 창턱에서 몸을 떼면서 도전적으로 그를 바라보았다. 모두들 귀를 쫑긋했다. 반장과 과장이 원래는 서로 반말을 하는 사이라는 걸 누구나 알고 있었던 것이다.

"흠." 그는 이 소리만 내고는 이마를 찌푸렸다.

공개수사는 큰 도움이 될 수도 있지만, 다른 한편으로는 위험도 컸다. 유일한 목격자는 아직 발견되지 않았다. 신원이 공개되지 않는 한 그는 클레멘스를 죽인 범인으로부터 비교적 안전하다고 할 수 있다. 하지만 언론에 엘리아스 레싱의 사진과 이름이 알려지는 순간 범인이 그를 찾아내 해칠 가능성은 상당히 컸다.

"오늘 중으로 답을 들을 수 있을까요?" 니콜라의 목소리에 짜증이 묻어났다. 그녀는 화가 나 있었다. 그게 꼭 반장 때문이라고 할 수는 없었지만 어쨌든 그에게 화풀이를 하고 있는 건 분명했다. 그게 반장을 화나게 했다.

"막 그 생각을 하는 중이었어요." 보덴슈타인은 부하직원들 앞에서 자신을 웃음거리로 만들려는 과장의 의도를 맥없는 답으로 김빠지게 했다.

"그럼 그 생각의 결과가 나오는 대로 신속하게 내 비서한테 알려줘요. 난 시간이 무한정 있는 사람이 아니니까. 밖에 약속도 있고." 그녀가 몸을 홱 돌렸다.

이런 식으로 말따귀를 날리고는 곧장 나가는 것이 과장의 주특기였다. 그러면 승자로서 무대를 떠나는 것 같은 기분이 들었던 것이다. 어쨌든 수사과 직원들은 대부분 과장의 그런 조롱을 두려워했기에 과장이 있는 자리에서는 하고 싶은 얘기를 제대로 하지 못했다. 업무 능률 면에서는 그다지 건설적인 행동은 아니었다.

보덴슈타인은 과장이 자신에게 호의적으로 굴든 아니든 더는 중요하지 않았다. 그저 이런 유치한 장난질에 물렸다. 그래서 한 걸음 옆으로 옮겨 복도로 나가려는 니콜라 엥엘을 막아섰다.

"무슨 짓이야?" 그녀가 그 앞에서 걸음을 뚝 멈추었다. 누군가를 올려다보는 걸 무척 싫어하는 사람이라는 걸 보덴슈타인도 잘 알고 있었다. 니콜라의 눈에 분노의 섬광이 번쩍였다.

"당신 사무실로 갈까, 내 사무실로 갈까?" 그가 짧게 물었다. 회의실에 있던 사람들은 숨을 죽였다.

"내 사무실!" 과장은 이를 악물듯이 말했다. 그제야 그는 옆으로 비켜졌다. 그녀는 휙 소리를 내며 나가면서 시위하듯 문을 열어젖혔다.

"저희는 이제 어떡할까요?" 과장의 발소리가 복도에서 들리지 않자 셈이 팽팽한 침묵의 긴장을 깨고 말했다.

"10분 내로 돌아오지." 보덴슈타인이 답했다. "다른 팀은 일단 자기 업무로 돌아가도 되고. 지금은 우리 팀만 있어도 될 것 같아."

***

"어떻게 묻지도 않고 내 사건에 개입할 수 있지?" 보덴슈타인은 니콜라의 비서를 지나쳐 곧장 상관의 사무실로 쳐들어갔다. 그녀는 벌써 책상 뒤에 진을 치고 있었다.

"무슨 말인지 모르겠는데." 니콜라가 얼음처럼 차갑게 대답했다. "내가 아는 것은 다만 상관에 대한 당신의 그런…… 뻣뻣한 태도를 용납해서는 안 된다는 사실뿐이지. 대가를 치르게 될 거야."

보덴슈타인은 그녀의 협박을 무시했다.

"당신은 나와 협의 없이 특별수사반을 설치했고, 내 부하들을 질책하고 마치 첫 교육을 받는 수련생들처럼 취급했어. 이게 다 뭘 뜻하는지 나도 좀 알 수 있을까?"

"앉아." 니콜라가 화를 내며 그를 쏘아보았다.

"난 서 있는 게 좋아."

"그러시든지."

두 사람은 상대의 목덜미를 물어뜯으려고 빈틈만 노리는 핏불 테리어처럼 서로를 노려보았다.

"당신은 마음속으로 이미 휴가를 떠난 상태잖아." 니콜라가 주장했다. "조금 전 회의가 진행되는 동안 당신은 한마디도 하지 않았어."

"가소로운 소리군!" 보덴슈타인은 상관의 부당한 비난에 고개를 절레절레 흔들었다. "좀 솔직해지시지. 당신한테 중요한 문제는 따로 있잖아! 당신은 내 후임으로 피아를 원치 않아. 그건 그 사람을 추천한 사람이 바로 나고, 그래서 나한테 복수를 하려는 거잖아!"

"왜 그렇게 생각해?"

"나도 보는 눈이 있어." 그가 어깨를 으쓱했다. "당신이 우리 팀에서 좋아하는 사람이 따로 있다는 건 나도 알아. 셈 알투나이."

'피아보다 당신한테 훨씬 더 고분고분한 인간이라서.' 그는 머릿속에서 이렇게 덧붙였다.

"당신 자리는 어쨌든 내부 인원으로 채워질 거야. 알투나이 경사도 유력 후보에 속하고." 니콜라가 시인했다.

셈은 훌륭한 경찰이었다. 침착하고 예리할 뿐 아니라 팀워크가 좋고 판단력도 뛰어났으며, 단호하게 결정을 내릴 줄도 알았다. 보덴슈타인은 셈의 능력을 의심치 않았다. 하지만 피아는 팀에서 가장 오래 근무한 사람으로서 후배한테 밀리면 어떻게 받아들일까?

"언제 공개할 생각이지?"

"공식적으로 결정되면. 아직 거기까진 안 갔어." 니콜라는 독서용 안경을 끼고 종이 몇 장을 서류 뭉치에 끼우더니 다른 서류 뭉치와 정확히 각을 맞추었다. "용건이 더 있어?"

"아니, 없어." 보덴슈타인은 가려고 몸을 돌리면서도 이제 과장이 추가로 뭔가 말을 할 거라고 예상했다. 마지막 말은 항상 자기가 해야 한다고 생각하는 사람이었다.

"아, 올리버."

"응?" 그는 걸음을 멈추고 돌아보았다.

"국장님한테 찾아가 그렇게 징징거렸다면서? 그 얘길 국장님한테 전화로 듣고 내가 얼마나 놀랐는지 알아?"

"뭐? 난 징징거린 적 없어!" 보덴슈타인은 그런 모욕적인 표현에 화가 치밀었다.

"그럼 당신은 그걸 뭐라고 표현할 건데?" 니콜라는 정성스레 손질한 눈썹을 추켜 올렸다. "내 귀엔 더는 직책을 수행할 수 없다고 느끼는 사람의 말처럼 들렸어. 아니면, 혹시 요즘 유행하는 번아웃증후군이라도 앓고 있는 거야?"

그녀의 입에서 튀어나온 '번아웃'이라는 말은 이상하게 경멸적이고 같잖게 들렸다.

"난 국장님한테 1년 동안 무급 휴가를 내고 싶은 이유를 설명했을 뿐이야." 보덴슈타인이 말했다. "당신한테 그랬던 것처럼."

"다른 사람들은 당신이 정말 쉬고 싶어서 그러나 보다고 믿을지 모르지만, 난 어림도 없어!" 니콜라가 콧방귀를 꼈다. "왜 솔직하게 말하지 않지? 부자 장모한테 유산을 상속받아서 이제 공무원 봉급 따위에 기댈 필요가 없다고. 그 사실을 인정하지 않고 쓸데없이 다른 평계를 대고 있잖아! 그런 부자 장모가 없는 다른 직원들은 뭐가 돼? 나는 또 어떻고?"

결국 상처받은 허영심과 질투심, 그것이 문제였다!

"당신이 어떻게 그런 이상한 생각을 하게 됐는지 모르겠군. 내가 전처의 장모님한테 유산을 상속받아서 휴직계를 내는 거라고?" 보덴슈타인의 목소리가 차가웠다. "장모님은 아주 건강하셔. 앞으로도 꽤 오랫동안 그러실 거고. 난 지금 쉰넷이고, 30년 동안 경찰 생활을 해왔어. 그냥 딸아이를 위해 더 많은 시간을 갖고 싶었고, 내 직업에 어느 정도 거리를 두고 싶었던 것뿐이야. 그 문제를 지금 와서 왜 다시 끄집어내는 거지? 당신도 내 신청에 동의했잖아!"

"동의하지 않으면? 나한테 뭐 다른 뾰쪽한 수가 있나?" 니콜라는 이마를 찌푸리더니 얼굴에 가로선이 하나 생길 정도로 입술을 꾹 다물었다. "아유, 정말, 올리버!" 그녀는 갑자기 평소의 냉철한 자제력을 잃었다. "당신은 왜 그리 야망이 없어? 몇 년 전부터 승진 기회가 생길 때마다 당신 이름이 거론되는데, 그런 약한 소리나 늘어놓으니까 기회를 놓치는 거 아냐! 그건 당신 인사카드에도 고스란히 기록된다고!"

순간 보덴슈타인은 과장의 분노 뒤에 숨은 진실을 알아차렸다. 니콜라는 권력형 인간으로서 자신이 통제하지 못하는 일이 일어나는 걸 견디지 못했다. 그렇다면 전략적 관점에서 자신에게 유리하게 작용할 그의 승진 계획을 세웠는데, 번번이 그가 따르지 않아 계획이 수포로 돌아간 것에 화가 치민 것이다. 어쩔 수 없었다. 과장이 솔직하게 얘기를 하지 않아서 생긴 불상사일 뿐이니까.

"당신도 잘 알잖아. 내가 승진이나 경력 따위에는 별 관심이 없는 거. 난 언제나 수사관인 것이 좋았고, 그래서 언젠가 다시 그 자리로 돌아오는 것도 배제할 수 없어. 당신이 그렇게 사랑하는 정치니 책략이니 하는 것과는 맞지 않는 사람이라고."

니콜라가 실눈을 뜨고 그를 살펴보았다.

"뭐, 어쩔 수 없지, 당신 생각이 그렇다면." 그녀는 한숨을 쉬었다. "내가 당신을 높이 평가하는 건 당신도 알 거야. 하지만 당신은 날 상당히 실망시켰어. 어쨌든 두 사건을 해결하고 1년간 푹 쉬어. 그다음엔 다시 돌아오고." 놀랍게도 그녀가 갑자기 미소를 지었다. "비스바덴 수사국에서도 강력반을 새로 맡을 사람이 임시직인 것으로 알고 있어."

***

보덴슈타인이 회의실로 돌아왔을 때 인원은 확 줄어 있었다. 피아, 셈, 카트린, 카이 외에 타리크와 크리스티안 크뢰거가 앉아 있었다. 그가 나타나자 오케스트라 지휘자가 지휘대에 올라섰을 때처럼 그들의 대화도 뚝 멈추었다. 누군가 창문 두 개를 열었다. 신선한 가을바람이 들어와 열다섯 명의 체취가 만들어낸 탁한 공기를 방에서 몰아냈다.

"자, 그럼." 보덴슈타인이 말문을 열었다. "셈과 나는 클레멘스 부인을 만나러 갈 거야. 피아, 당신하고 타리크는 에드가 헤롤트를 찾아가 알리바이를 확인해봐. 크리스티안, 자네도 팀원들 데리고 바로 출발해. 헤롤트의 집과 작업장, 마당, 그리고 로지 헤롤트의 방까지 샅샅이 수색해."

"수색영장 없이요?"

"곧 받을 거야." 보덴슈타인이 장담했다.

"영장은 제가 바로 신청할게요." 카이가 말했다.

"헤롤트의 이웃을 탐문하는 일은요?" 셈이 물었다.

"당연히 해야지!" 보덴슈타인이 고개를 끄덕였다. "최대한 많은 인원을 동원해서 인근 집들을 탐문하도록 해. 수요일 밤에 뭔가 본 게 있는 사람이 있을지도 모르니까. 에드가의 누이동생인 소냐도 만나보고. 소냐는 아직 큰오빠가 죽은 걸 몰라."

"알았어요." 피아가 고개를 끄덕였다.

"엘리아스 레싱의 휴대전화 통화 내역은 어떻게 됐지?"

"곧 나올 겁니다." 카이가 답했다. "헤롤트 형제의 통화 내역도 확인 중입니다. 계좌 조회는 카트린이 맡았습니다."

"좋아. 보호관찰관은 엘리아스의 여자친구에 대해 뭔가 아는 게 있던가?"

"니케라는 아가씨에 대해 들은 적은 있지만 자세히는 모른다고 했어요." 피아가 답했다. "여기저기 알아보고 알릴 게 있으면 연락한다고 했어요. 그런데 보안관찰법 위반 사실을 상부에 보고하면 엘리아스가 다시 교도소에 가게 되지 않을까 걱정하고 있어요. 그래서 당분간은 공개 수배를 좀 피해 달라고 부탁했어요. 엘리아스가 자기한테 연락할 기회를 주고 싶다는 거죠."

"뜻은 알겠지만 받아들일 순 없어." 보덴슈타인은 문득 페터 레싱이 아들의 보호관찰관에 대해 했던 말이 떠올랐다. "언론에 공개될 거야. 텔레비전과 라디오에 엘리아스 레싱의 수배 사실을 알릴 거니까. 수배 내용은 가능한 한 모호하게 하고. 더 할 말 있나?"

"네. 보고드릴 게 하나 더 있습니다." 크뢰거가 일어섰다. "우리는 요양원 주변 1킬로미터 반경 안에 있는 모든 쓰레기와 종잇조각, 담배꽁초를 수거했습니다. 그중에는 버려진 지 그리 오래되지 않은 것으로 보이는 진회색 모직 목도리가 있었습니다." 그는 화이트보드에 걸려 있는, 요양원 일대의 공중 촬영 사진 앞으로 다가가 한 지점을 가리켰다. "대략…… 여기쯤입니다. 이 오솔길은 수도원에서 곧바로 회전교차로로 연결되고, 바로 옆에 켈크하임 중앙공동묘지 주차장이 있습니다. 만일 그 목도리가 살인 도구로 밝혀진다면 범인은 거기 아래쪽에 주차한 다음 목초지를 통해 요양원으로 갔을 겁니다."

"그 말은 범인이 그곳 일대를 잘 알고, 헤롤트 부인의 방이 1층이라는 사실도 알고 있었다는 뜻이군." 셈이 결론을 냈다.

"맞아요." 크뢰거가 고개를 끄덕였다. "목도리는 현재 연구소에 있고, 내일까지는 결과가 나올 겁니다."

"로제마리 헤롤트가 요양원에 있다는 건 많은 사람이 알고 있었겠죠?" 셈이 물었다.

"상당히 많이. 루퍼츠하인에서는 꽤 유명 인사였으니까." 보덴슈타인이 어머니와의 대화를 다시 떠올리며 대답했다. "우린 니더로트에서 돌아가는 길에 임차인의 언니를 다시 한 번 만나볼 생각이야. 요양원에 들러 직원들 얘기도 좀 더 상세히 들어보고. 자, 이제, 각자 맡은 일들 시작해. 5시에 여기서 다시 만나는 걸로 하자고."

***

피아는 루퍼츠하인으로 가는 길에 반장이 왜 그녀가 아닌 셈에게 헤롤트 부인을 만나러 같이 가자고 했을지 곰곰이 생각해보았다. 어제 일로 아직 화가 풀리지 않은 것일까? 아니면 그녀가 그 없이 혼자 헤쳐 나가는 것에 익숙해지도록 하려는 것일까? 그가 때때로 보여준 섬세하고 사심 없는 면을 생각하면 충분히 그럴 수 있었다. 보덴슈타인은 지난 10년 동안 그녀의 삶에서 중요한 부분을 차지했다. 그 없이 일하는 것은 상상이 되지 않았다. 이제 그녀가 누구와 상의하고, 누가 그를 대신할 수 있단 말인가? 그녀에게 반장은 서로 잘 지내는 상사 이상의 존재였다. 두 사람은 좋은 시간이건 힘든 시간이건 함께 겪었고, 어려운 사건들을 함께 해결했으며, 위험한 상황을 함께 헤쳐 나갔고, 힘든 시기에는 서로에게 의지하기도 했다. 그러다 보니 그들은 어느새 사적인 일까지 터놓는 친구가 되었다. 아니, 그를 넘어 피아의 마음속에서 반장은 가장 가까운 사람으로 자리 잡고 있었다.

헤롤트의 철공소는 아무 일도 없었던 것처럼 작업이 한창이었다. 어머니의 슬픈 죽음을 일로 잊으려는 것이 아니면 아무런 슬픔도 느끼지 못하는 것, 둘 중 하나였다. 피아와 타리크가 작업장으로 들어갔을 때도 헤롤트는 특별히 놀라는 것 같지 않았다.

"당신들이 여기 올 거라고 벌써 예상하고 있었어." 그는 일에서 눈을 떼지 않고 퉁명스럽게 말했다. "무슨 일이오?"

"얘기할 게 좀 있어서요." 피아는 헤롤트의 반응에 눈 하나 깜짝하지 않았다. 이보다 더 이상한 피해자 가족들의 반응도 이미 수차례 겪은 사람이었다. "어디 다른 데로 좀 옮길 수 있을까요?"

헤롤트는 어깨를 으쓱하더니 작업 중이던 금속 조각을 옆으로 밀쳐놓았다. 그러고는 직원들에게 몇 가지 지시사항을 짧게 말한 뒤 피아와 타리크를 따라 마당으로 나갔다. 그런데 막 흰색 전신작업복을 껴입고 있는 크뢰거와 그 팀원들을 보더니 표정이 험악해졌다.

"대체 뭐하는 짓이오?" 헤롤트는 두꺼운 두 눈썹이 붙을 정도로 미간을 찌푸렸다. 노파 둘이 맞은편 거리에서 노골적으로 마당 쪽을 응시하는 것도 알아차린 듯했다. 여기처럼 작은 동네에서는 무슨 일이든 금세 소문이 났다.

"이곳에 대한 수색영장을 갖고 왔어요." 피아는 이렇게 말하고는 수색에 따른 일반적인 사항을 절차대로 고지했다.

"뭣 때문인지는 물어봐도 되겠소?"

"엊그제 밤 당신의 형인 클레멘스가 캠핑카 화재로 목숨을 잃었습니다. 명백한 방화였죠."

"내가 그랬다는 거요?" 그의 불신은 적대감으로 바뀌었다.

"그런 설명을 여기서 계속 듣길 원하십니까?" 피아가 물었다. 맞은편 거리에는 두 노파 말고도 백발노인과 앞치마를 두른 뚱뚱한 여자까지 나타났다.

"헤이, 에드가!" 뚱뚱한 여자가 소리쳤다. "무슨 일이에요? 경찰이다 오고?"

헤롤트는 입을 꾹 다물더니 불쾌한 표정을 지었다.

"따라와요." 그가 투덜거렸다.

피아와 타리크는 그를 따라 집으로 이어진 좁은 계단을 올라갔다. 출입문은 열려 있었다. 문에는 문이 쾅 닫히지 않게 굵은 고무가 부착되어 있었다.

"밤에는 집 문과 마당 문을 닫아놓습니까?" 타리크가 물었다.

"집 문은 당연히 닫아요." 헤롤트는 계단 중간쯤에 있는 현관문으로 향했다. "마당 문은 닫지 않고."

"그럼 작업장은 어쩌고요? 거기엔 꽤 값나가는 기계와 공구들이 있을 것 같은데. 안 그런가요?"

"다 낡아빠진 것들이오." 헤롤트는 뒤도 돌아보지 않고 냉랭하게 대답하고는 두 사람을 사무실로 쓰는 공간으로 안내했다. 구식 컴퓨터 모니터가 놓인 책상에는 수습할 수 없을 정도로 많은 물건이 어지럽게 쌓여 있었고, 바닥에는 레이저 프린터와 서류철이 가득 꽂힌 선반이 있었다. 벽면의 키 작은 수납장 위에는 온갖 잡동사니가 가득 찬 작은 바구니들이 보였고, 남은 공간과 바닥에는 카탈로그와 팸플릿이 널려 있었다.

"자, 뭐가 문제요?" 헤롤트는 마당이 보이는 창문을 등지고 섰다. "난 시간이 넘치는 사람이 아니니까 간단히 얘기합시다."

기계톱 돌아가는 소리가 뚝 멈추었다. 헤롤트의 세 직원은 사장의 부재를 틈타 잠시 마당에 나와 담배를 피우고 있었다.

"10월 8일과 9일 밤사이에 뭘 하셨습니까?" 피아는 에두르지 않고 바로 치고 들어갔다. 거친 인간은 거칠게 다루는 게 상책이었다. "또 어제 오후 17시경에는 어디에 있었나요?"

헤롤트는 피아가 무슨 말을 하려는지 즉시 간파했고 얼굴이 벌게졌다.

"무슨 이런 말도 안 되는 경우가 다 있소!" 그는 격분해서 소리쳤다. "어머니와 형이 죽었는데, 지금 나를 의심하는 거요? 보덴슈타인 어디 있어? 당신과 저 검은머리한테는 말하고 싶지 않으니까."

"우리로 만족하셔야 할 겁니다. 반장님은 지금 당신 형수를 만나고 있으니까." 피아는 냉정했다. "자, 방금 물었던 시간에 어디 있었습니까?"

"밤에는 잠을 자지 뭐하겠소?" 헤롤트는 화를 벌컥 냈다.

"그제 밤에도?"

"당연하지 않겠소? 내 마누라한테 물어봐요!"

"부인 말고 다른 사람은 없습니까?"

"내 애인이 우리 집에서 자는 걸 아내가 원치 않아서요."

"아, 애인이 있으세요?" 헤롤트에게 이런 재치가 있으리라고는 생각지 못했던 피아가 진지하게 물었다. "그거 흥미롭군요. 이름은 뭐고 어디에 사나요?"

"이봐요, 그건 농담이잖소!" 헤롤트가 버럭 성을 냈다.

"우린 살인 사건과 관련해서는 농담하지 않습니다." 피아가 차갑게 받아쳤다. "지금 이 상황을 진지하게 받아들이는 게 좋을 겁니다. 어제 17시경에 어디 있었죠?"

"고객한테 갔었소. 물건을 배달하고 조립도 해주었소. 직원들한테 물어보면 알 거요."

"그러죠. 저 마당에 있는 사람들 중에 누구하고 같이 갔습니까?"
"저 중에는 없어요." 헤롤트가 퉁명스럽게 말했다. "레오는 시내에서 일하는데, 시간이 나면 가끔 나를 도와줘요."

"레오요?" 타리크가 물었다. "정확한 이름과 주소, 휴대전화 번호를 알려주시죠."

"레오나르트 켈러요." 헤롤트는 못마땅한 표정으로 이름을 털어놓았다. "여기 루퍼츠하인에 살죠. 비젠 가에 어머니와 함께."

"어제 오후에는 어디서 일했습니까?" 피아가 물었다.

"저 아래 켈크하임." 헤롤트가 으르렁거렸다. "베토벤 가 102번지. 발코니 난간을 조립했소."

타리크는 이 정보도 자신의 스마트폰에 입력했다.

"고마워요." 피아가 옅은 미소를 지었다. "일단은 이 정도로 하죠. 이제 당신 어머니 방을 좀 볼 수 있을까요?"

"도움이 된다면 얼마든지." 헤롤트는 어깨를 으쓱했다. 그는 두 사람을 지나 계단참으로 가더니 느긋하게 두 계단을 올라가 문을 열었다. 계단참은 유리블록과 올리브색 플라스틱 손잡이가 있는 난간, 닳고 닳은 갈색 돌계단까지 모두 1950년대에 멈추어져 있었다. 빛바랜 무늬 벽지가 발라진 벽에는 동물 그림 자수와 족히 60년은 돼 보이는 헤롤트 집의 공중사진 액자가 걸려 있었다.

헤롤트는 2층 왼쪽 문을 열었다. "들어가보쇼." 그는 어서 들어가라고 손짓하더니 고소하다는 듯이 피식 웃었다. "마음껏 천천히 둘러보쇼."

피아는 눈 하나 깜빡이지 않고, 벌써 썰렁하게 변한 로제마리 헤롤트의 방으로 들어갔다. 벽지는 너덜너덜했고, 시멘트가 드러난 바닥에는 여기저기 양탄자를 뜯어낸 풀 자국이 남아 있었다.

"벌써 수리를 시작하셨군요." 피아는 창문으로 다가갔다. 마법의 산 건물과 숲이 훤히 내다보였다. 창문 아래에는 고철과 목재, 잡동사니로 가득한 컨테이너가 셋 있었다. "어머니의 개인 물건들은 어디 있죠?"

"어머니가 가져가지 않겠다고 한 것들은 벌써 폐기했소." 헤롤트가 복도에서 말했다. 이 말을 전달하는 것이 무척 고소한 듯했다. 피아는 그를 훑어보았다. 로제마리는 몇 주 전부터 요양원에 있었는데, 가족은 어머니가 죽기 전에 생전의 흔적을 지우는 것 말고는 한 게 없는 듯했다. 피아는 지금껏 불쾌한 인간들을 충분히 만나보았지만, 그중에서 에드가는 진짜 역겨운 인간 탑 텐에 오를 만했다. 휴대전화가 울렸다. 크뢰거였다. 그녀는 전화기를 들고 다른 방으로 자리를 옮겨 받았다.

"프로판 가스통 일곱 개가 비어요." 크리스티안 크뢰거가 단도직입적으로 말했다. "직원들은 그게 어디로 갔는지 모른다고 하고요. 헤롤트는 가끔 이러저런 단체에 가스통을 빌려주기도 한다는데, 그럴 때는 보통 인도증을 발행하고 빌려가는 사람한테 50유로를 보증금으로 받는다고 해요. 사무실에 그런 내용을 기재한 장부도 있고요. 그런데 지금은 빌려줬다는 기록이 남아 있지 않아요."

"고마워, 크리스티안." 피아가 소리를 낮추었다. "방금 로제마리 헤롤트의 방을 둘러봤는데, 아쉽게도 전부 깨끗이 치운 상태야. 집 뒤편에 컨테이너가 세 개 있어. 헤롤트 부인의 개인 물품이 있는지 확인해봐. 아, 그리고 경찰관 몇 명을 이리 보내줘. 헤롤트를 데려가야겠어."

"오케이."

피아는 휴대전화를 집어넣고 복도로 돌아갔다.

"내 생각에는 반장님이 당신과 직접 얘기하는 게 좋겠네요." 피아가 미소를 지었다.

"진작 그러시지." 헤롤트는 우쭐해했다. "나는 작업장에 있을 테니까 당신 상관한테 찾아오라고 하쇼."

"내 말을 잘못 알아들으셨나 보네요, 헤롤트 씨. 당신은 지금 당장 우리와 함께 호프하임 수사과로 갈 겁니다." 피아는 정복 경찰관 둘이 빈 방으로 들어오는 순간 헤롤트의 얼굴에서 자만심에 찬 비웃음이 일거에 사라지는 것을 보았다. "동네 사람들도 뭔가 수군거릴 이야기가 필요할 테니 경찰차를 타고 가서야겠네요. 뒷좌석에요."

***

보덴슈타인은 피해자 가족들에게 그들의 삶을 송두리째 무너뜨릴 소식을 전할 때 그들이 보이는 온갖 형태의 반응을 잘 알고 있었다. 어떤 사람은 울며 쓰러졌고, 어떤 사람은 정신이 나간 채 몸이 얼어붙거나 무의미한 말이나 행동을 했다. 또 어떤 사람은 그의 말을 믿지 않으려 했다. 보덴슈타인을 보고 거짓말쟁이라고 욕하는 사람도 있었고, 흐느끼면서 와락 끌어안는 사람도 있었다. 한번은 남편이 교통사고로 죽었다는 소식을 전하자 아내는 정색을 하면서 혹시 몰래카메라가 아니냐고 묻기도 했다.

보덴슈타인이 부검 결과를 알려주었을 때 메히트힐트 헤롤트와 그 아들은 무척 침착한 반응을 보였다. 끔찍한 부분은 일부러 세세히 묻지 않다. 두 사람의 고통과 슬픔 속에는 분노도 섞여 있었다. 남편이자 아버지가 꽤 오랫동안 이중생활을 해왔다는 사실을 알게 됐기 때문이다. 이제 메히트힐트는 남은 평생을 남편이 공무로 출장을 간다고 해놓고 실제로는 무슨 짓을 했을까 하는 의심으로 괴로워할 것이다. 남편의 말 중에 진실은 뭐고 거짓은 무엇이었을까? 진실이 있기나 했을까? 남편의 동료와 친구들은 그가 무슨 짓을 하고 돌아다녔는지 알고 있을까?

그녀는 보덴슈타인이 남편의 컴퓨터와 일정이 적힌 달력을 가져 가겠다고 하는 것에 반대하지 않았고, 지하실에 있는 남편의 작은 사 무실을 둘러보는 것도 흔쾌히 허락했다.

보덴슈타인과 셈은 이제 에드가 헤롤트가 심문을 받으려고 기다 리는 호프하임 수사과로 돌아가는 길이었다. 그런데 빌탈회에 근처 에서 숲친구하우스로 향하는 8번 국도로 방향을 틀었다. 보덴슈타인 은 함께 움직이는 내내 셈이 강력반의 후임 문제를 꺼내길 내심 기다 렸지만, 그는 말이 없었다. 이미 오래전에 끝난 상황이라서 말을 하지 않는 걸까?

두 사람이 숲친구 주차장으로 들어섰을 때 펠리치타스 몰린은 사 고로 망가진 랜드로버의 짐칸에서 물건이 가득 담긴 시장바구니 두 개를 막 옮기는 중이었다. 어제 아침보다 훨씬 생기가 있어 보였고, 몸에서 나는 냄새도 좋았다.

"너무 무례하게 굴어서 죄송해요." 그녀는 후회하는 표정으로 미소 를 지으며 보덴슈타인과 셈을 번갈아 바라보았다. "그때는 여러 가지 로 정신이 없었어요."

"이해합니다." 보덴슈타인이 너그럽게 고개를 끄덕였다. "한밤중에 폭발 때문에 잠에서 깨는 건 유쾌한 일이 아니죠."

"평소엔 호박등을 사람으로 여길 만큼 술을 많이 마시지는 않아 요." 그녀는 이렇게 고백하며 어색하게 웃었다.

"미안해하실 필요 없습니다." 보덴슈타인은 펠리치타스에게 일어 난 변화를 놀라워했다. 물론 기분 좋은 놀람이었다. 그녀는 착 달라붙 는 청바지에 굽 높은 부츠를 신고, 목깃에 인조 모피가 달린 짧은 베 이지색 다운 재킷을 입고, 은은하게 화장도 했다. 사람은 첫인상이 중

189

요하지만 때로는 두 번째 기회를 얻기도 하는 법이다.

"화재로 누군가 목숨을 잃었다면서요?" 그녀는 시장바구니에서 삐죽 튀어나온 신문을 톡톡 쳤다. "오늘 지역 소식에 대문짝만 하게 났어요."

"안타깝지만 그렇습니다." 보덴슈타인이 확인해주었나. "방화범의 소행이고 목격자도 한 명 있는 것으로 보입니다. 다른 캠핑카에 젊은 남자가 하나 있었는데, 우린 지금 그 친구를 찾고 있습니다."

"저도 들었어요." 펠리치타스가 고개를 끄덕였다. "제가 뭐 더 도와드릴 일이 있나요?"

"저번에 저희한테 두 번의 폭발이 있었다고 하셨어요. 그다음에 자동차 소리를 들었고, 나중에 불 근처에서 사람도 하나 봤다고 하셨어요."

"맞아요."

"수사를 위해선 시간 순서가 매우 중요합니다." 셈이 말했다. "자동차 소리를 들은 게 두 번째 폭발 전이었는지, 아니면 후였는지 기억하십니까?"

"전이었어요." 펠리치타스는 머뭇거리지 않고 대답했다. "저는 첫번째 폭발 소리에 잠이 깨서 바로 창가로 달려갔어요. 그런데 아무것도 보이지 않아 제부의 망원경을 가져왔어요. 그때 자동차 지나가는 소리를 들었어요."

"사람을 본 건 언제였나요?"

"그 이후였어요. 정확하게 본 건 아니고 불꽃 앞의 윤곽만 어렴풋이 보았죠."

"옷이나 생김새는 알아볼 수 있겠습니까?"

"아뇨, 미안해요." 펠리치타스는 안타깝다는 듯이 고개를 흔들었다.

"처음에는 잘못 본 거라고 생각했지만 망원경으로 보니까 분명 사람이었어요. 그 사람은 숲 쪽으로 도망쳤어요."

"네, 고맙습니다." 셈이 고개를 끄덕이며 미소를 지었다. "많은 도움이 되었습니다."

"자동차는 어떻게 된 겁니까?" 보덴슈타인이 물었다. 낡은 랜드로버는 특별히 관리에 신경을 쓰는 것 같지 않았지만, 왼쪽 흙받이 옆의 움푹 들어간 자국은 최근에 생긴 듯했다.

"제 여동생 차예요." 펠리치타스가 말했다. "제 차는 지금 정비소에 있어서 동생이 없는 동안만 타고 다녀요."

보덴슈타인은 랜드로버 내부를 살피다가 운전석에서 검은 얼룩을 발견했다. 피일까?

"불이 나기 전 며칠 동안 뭔가 수상한 걸 본 적은 없습니까?" 그가 물었다.

"없어요." 펠리치타스는 짐칸에서 콜라 상자를 꺼낸 뒤 트렁크 문을 쾅 닫았다. "이맘때쯤이면 여긴 아주 한가해요. 가끔 조깅하는 사람이나 산악자전거 타는 사람, 말 타는 사람만 지나갈 뿐이죠."

"장바구니 좀 옮겨드릴까요?" 셈이 다정하게 웃으며 제안했다. "장을 굉장히 많이 보셨네요."

"숲 한가운데에서 살려면 어쩔 수 없죠." 펠리치타스도 웃었다. "슈퍼마켓이 근처에 있는 것도 아니고. 고맙지만 혼자 할 수 있어요."

그녀는 자동차 문을 잠근 뒤 장바구니 두 개를 들고 식당 방향으로 또각또각 소리를 내며 걸어갔다.

"갈까요?" 셈이 물었다.

"잠깐만." 보덴슈타인은 펠리치타스가 식당 모퉁이를 돌아갈 때까지 기다렸다가 휴대전화 카메라로 재빨리 랜드로버의 내부와 파손된

흙받이 부분을 몇 장 찍었다. 운전석 문손잡이에 뭔가 짙은 얼룩이 묻어 있었다. 말라붙은 바람에 처음엔 오물처럼 보였지만 사람의 피였다.

"조심하세요, 돌아오고 있어요." 셈이 경고를 보내는 순간 보덴슈타인은 휴대전화를 얼른 재킷 주머니 속에 툭 떨어뜨렸다.

"아직 할 일이 더 남으셨나요?" 그녀가 물었다.

"아니, 아닙니다. 곧 출발하려던 참이었습니다." 보덴슈타인이 대답했다. "제 동료가 도와주지 않아도 정말 괜찮겠습니까?"

펠리치타스는 고개를 갸우뚱하더니 재미있다는 듯이 셈을 훑어보았다.

"혹시 일에 지장을 주는 것이 아니라면 부탁드릴게요." 그녀는 음료수 박스 쪽으로 얼굴을 돌리며 고개를 끄덕였다. "식당 앞으로 가져다주신다면 정말 고맙겠습니다."

셈이 콜라 박스와 물 박스를 들고 그녀를 뒤따랐다. 보덴슈타인은 그 틈을 이용해 평소 습관적으로 가지고 다니는 타액 채취 세트를 꺼내 문손잡이에 묻은 피를 면봉으로 쓱 닦았다. 펠리치타스의 행동에 뭔가 수상한 점이 있었다. 친절한 미소, 협조적인 태도, 과장된 쾌활함, 이런 것들은 뭔가 숨기는 것이 있을 때 나오는 태도였다. 아니면 그가 잘못 본 것일까? 모든 것을 의심하는 직업병의 일환일까? 혹시 카이에게 펠리치타스에 관한 정보를 알아보라고 해야 할까? 아니, 그럴 필요는 없었을 것 같았다. 그녀는 목격자일 뿐이었고, 그들에게 지체 없이 정보도 제공했다. 그의 의심에는 납득할 만한 합리적인 이유가 없었다. 직감만 빼고는.

***

피아가 비르켄호프 방향 고속도로와 나란히 달리는 포장된 들길을 따라 차를 몬 시각은 저녁 8시 30분이었다. 요 며칠은 강력반 역사상 예외적인 날이 될 것 같았다. 연이어 벌어진 두 살인 사건이 어쩌면 최단 시간 안에 해결될 수도 있기 때문이다. 에드가 헤롤트는 범행을 자백하지 않았지만, 그를 범인으로 볼 만한 정황은 계속 쌓여가고 있었다. 크뢰거의 감식반이 켈크하임 수도원 아래쪽 초지의 오솔길에서 확보한 목도리는 헤롤트의 것이었고, 자신도 자기 것이 맞다고 시인했다. 법의학연구소에서도 로제마리 헤롤트의 DNA와 일치하는 타액과 표피가 목도리에서 나왔다고 확인해주었다. 헤롤트는 프로판 가스통 일곱 개가 없어진 사실뿐 아니라 자신이 오랫동안 사용한 적이 없는 목도리가 어떻게 해서 범행 현장 근처에서 발견되었는지에 대해 납득할 만한 해명을 내놓지 못했다. 목요일 오후의 알리바이도 불확실했다. 시의 잡역부로 이따금 헤롤트 일을 도와주면서 부수입을 올리는 레오나르트 켈러는 거짓말을 할 만큼 영악한 인물이 아니었다. 아니, 오히려 지적으로 조금 모자라는 구석이 있는 사람이었다. 그에게 단순히 몇 가지 물어보는 데만 한 시간 가까이 걸렸다. 질문 하나를 이해하는 데 늘 약간의 시간이 필요했을 뿐 아니라 발음까지 명확하지 못했다. 아무튼 그 탐문 과정을 통해 전날 15시 30분에 헤롤트가 레오를 베토벤 가의 고객 집에 데려다준 사실이 밝혀졌다. 헤롤트는 1시간 30분 뒤에야 건재상에서 구입한 재료들을 들고 다시 나타났다고 했다. 헤롤트가 건재상 영수증을 보여주었지만, 그가 그 시각에 거기서 실제로 물건을 샀는지는 추가 확인이 필요했다. 그리고 수요일에서 목요일 밤사이의 알리바이도 믿을 게 못

됐다. 부부는 대개 한통속으로 볼 수 있었기 때문이다.

　감식반은 잡다한 쓰레기를 모아놓은 컨테이너에서 로제마리의 가재도구 일체를 발견했는데, 거기에는 유통 기한이 오래전에 지난 의약품도 상당수 있었다. 반면에 앨범이나 사진처럼 다른 사람에게는 별 의미가 없지만 본인에게는 중요한 개인 물품은 전혀 발견되지 않았다. 피아가 헤롤트에 대해 가장 구역질 난 점이 바로 자기 어머니에 대한 기억을 그렇게 빨리 지워버린 무정함과 신속함이었다. 그는 어머니를 경멸했고, 어머니의 방탕한 삶을 수치스럽게 여겼으며, 심지어 증오까지 했다. 그렇다면 눈엣가시 같던 어머니의 캠핑카를 없애고, 동시에 싫어하던 형까지 제거한 건 충분히 앞뒤가 맞는 얘기가 아닐까? 하지만 바로 이 지점에서 피아는 회의가 들었다. 헤롤트가 그렇게 똑똑한 인간은 아니지만 자신이 의심받으리라는 건 충분히 예상할 수 있었다. 어머니와 형에 대한 혐오감을 노골적으로 드러내고 다닌 사람이니까 말이다. 그런 자가 정말 환하게 불 밝힌 고속도로처럼 자신에게 의심이 돌아올 게 빤한 명확한 증거들을 남겼을까? 클레멘스의 살해는 철저히 계획되었을 뿐 아니라 상당한 범죄적 에너지와 절대적인 파괴 욕구로 실행되었다. 피아가 보기에 헤롤트는 그런 행위를 계획하고 실행할 만한 인물이 아니었다.

　비르켄호프 출입문 앞에 도착한 피아는 리모컨을 눌렀다. 왼쪽 문짝이 옆으로 움직였다. 그녀는 자갈 깔린 진입로를 따라가다가 크리스토프의 픽업트럭 옆에 주차된 낯선 차를 보고는 그제야 오늘 저녁에 킴을 초대한 사실이 떠올랐다. 정신없이 쫓아다니다보니 오늘 여동생한테 전화해서 약속을 취소한다는 걸 까맣게 잊고 있었다. 킴은 오랫동안 함부르크 근처의 한 교도소 법정신의학병원의 부원장으로 일하고 있었다. 자매는 수년 동안 거의 연락 없이 지냈다. 그러다 2년 전 동생이 비스바덴의 부모님 집에서 크리스마스를 함께 보내자고 연락해왔다. 그때 가족끼리의 오붓한 모임은 최악으로 끝나고 말았지만, 그 뒤로 킴과 피아는 계속 연락을 주고받았다. 그건 뮌헨의 심리치료학 교수로 자리를 옮긴 동생이 니콜라 엥엘 과장과 연인이 되어 뮌헨과 프랑크푸르트를 오가며 생활했기에 더욱 가능했다.

피아는 킴의 차 옆에 주차하고는 저녁 약속을 취소하지 않은 게 그리 나쁜 일은 아니라는 생각이 들었다. 어쨌든 킴은 법원과 검찰의 전문 감정인으로서 연방수사국 범죄심리분석관들에게도 조언을 해주는 사람이었으니까. 게다가 콴티코의 FBI 범죄행동심리분석팀에서도 몇 년간 일한 적이 있는 경험 많은 법정신의학자로서 범행과 범죄자 유형 분석이 전문이었다. 어쩌면 킴에게 두 사건을 설명하고 의견을 들어볼 수 있을 것 같았다.

현관문을 여는 순간 입맛을 돋우는 마늘과 샐비어 냄새가 코로 파고들며 입에 군침이 돌았다. 피아는 현관에서 신발을 벗고는 초록색 크록스 실내화로 갈아 신었다. 예전에는 아래쪽의 농장 출입문이 열릴 때부터 개들이 바구니에서 달려 나와 현관문 앞에서 경중경중 뛰며 짖어댔지만, 지금은 두 마리 다 나이가 들어 가는귀가 먹었다. 주둥이가 회색인 늙은 개 두 마리가 꼬리를 흔들며 느릿느릿 다가오더니 예전보다 한결 차분하게 반가움을 표시했다. 피아는 개들을 쓰다듬고 부엌으로 갔다. 크리스토프와 킴은 식기 한 벌이 더 놓인 식탁에 앉아 있다가 피아가 들어오는 걸 보고 일어났다.

"미안해, 늦어서." 그녀는 크리스토프에게 입을 맞추고 동생과 포옹했다. "굉장히 맛있는 냄새가 나는데! 하루 종일 빵 한 조각밖에 못먹어서 음식 냄새를 맡는 순간 미칠 것 같았어."

"안 그래도 그럴 거라고 예상했어." 크리스토프는 접시를 전자레인

195

지에 넣고 돌렸다.

"형부 아니었으면 남아난 음식이 없었을 거야." 킴은 비죽 웃으며 다시 자리에 앉았다. "자기 와이프가 먹을 거라며 필사적으로 방어하더라고. 아주 맛있어. 형부는 요리의 천재인가 봐!"

피아는 손을 씻다가 노란 비닐봉투 속에 든 수상한 알루미늄 접시를 발견하고는 빙그레 웃었다.

"마늘이 듬뿍 들어간 버터 샐비어 소스에 시금치와 리코타 치즈로 속을 채운 토르텔로니야, 당신이 좋아하는." 크리스토프가 싱긋 웃으며 전자레인지에서 접시를 꺼내 피아에게 눈을 찡긋하며 내려놓았다. "거기다 상세르 와인은 보너스야."

"고마워, 여보." 피아는 냅킨을 펼치고 토르텔로니 파스타에 파르메산 치즈 가루를 뿌린 뒤 크리스토프에게 손키스를 보냈다. "역시 최고의 남편이야!"

"주제페가 안부 전해 달래. 당신을 언제 또 볼 수 있을지 알고 싶다네."

"주제페?" 킴이 언니와 형부를 번갈아 바라보다가 그제야 사태를 파악하고는 일부러 화난 사람처럼 눈을 흘겼다. "뭐야! 형부가 직접 요리한 게 아니었어? 아주 제대로 속았네!"

"그래도 우리가 좋아하는 이탈리아 요리사한테서 직접 사 온 거야." 크리스토프가 빙긋 웃으며 킴에게 와인을 한 잔 더 따라주려고 했다. 그러자 킴이 잔 위에 손을 올렸다.

"됐어요. 한 잔으로 충분해요. 곧 가봐야 해요."

"그럼 자매들의 수다를 위해 내가 자리를 피해드려야겠군." 크리스토프는 와인을 단숨에 비웠다. "어차피 강연 준비도 해야 하고."

"수사 사건과 관련해서 뭐 좀 물어봐도 되겠어?" 피아가 킴에게 물었다. "어제부터 한 사건, 아니 두 사건을 수사하고 있어."

"당연하지. 말해봐." 킴은 즉시 흥미를 보였다.

피아는 두 살인 사건을 빠르게 설명한 뒤 지금까지 밝혀낸 사실을 요약해주었다.

"동일범의 소행일 수도 있지만 범행 유형은 완전히 달라." 피아는 입을 황홀하게 하는 샐비어와 마늘의 향을 음미했다.

"음." 킴은 생각에 잠긴 표정으로 언니를 바라보았다. "철공소 주인이 범인이 아니라고 확신하는 이유는 뭐야?"

피아는 헤롤트에 대해 이야기하면서 캠핑카 방화와 관련해서 자신의 회의적인 입장을 설명했다.

"지금은 모든 정황 증거가 헤롤트에게 불리하고, 확실한 알리바이도 없어. 그럼에도 난 최소한 부분적으로는 헤롤트의 말을 믿어. 어쩌면 공범이 있을지도 모르지만."

"사건 배후에 어떤 동기가 있는지 짐작 가는 건 있어?"

"없어. 다만 돈은 아닌 것 같아. 로제마리는 은행에 5천 유로 정도의 예금만 있을 뿐 보험 같은 건 전혀 들지 않았어. 집과 철공소에 대한 지분도 몇 년 전에 벌써 세 자녀한테 넘겼고. 남은 건 그 낡은 캠핑카 하나뿐이야."

"피해자가 죽을병에 걸렸다고 했지?"

"응. 말기 암이야. 의사들이 죽음을 준비할 수 있도록 집으로 보낸 거래. 그래서 의문이 더욱 큰 거지. 기껏해야 며칠밖에 더 살지 못할 사람을 왜 목 졸라 죽여야 했을까?" 피아는 빵조각으로 접시 바닥에 남은 소스를 싹싹 긁었다.

"가장 뚜렷한 차이는 한 사건에서는 피해자를 직접 살해했고, 다른 사건에서는 어느 정도 거리를 둔 상태에서 살인이 이루어졌다는 점이야." 킴이 말했다. "특히 교살 사건은 범인이 피해자와 어떤 식으로 건 관계가 있음을 암시하고 있어. 자기 손으로 누군가의 목을 누르면서 눈을 똑바로 바라보려면 단순히 힘만 필요한 게 아니라 생면부지의 사람을 상대로는 거의 생기지 않는 분노가 깔려 있어야 하거든."

"에드가 헤롤트한테 딱 들어맞는 얘기네."

"꼭 그렇지는 않아." 킴이 반박했다. "그냥 지인일 수도 있어. 옛날 애인이나 예전 사업 파트너나……."

"여자일 수도 있을까?"

"힘센 여자라면 가능하지. 피해자는 크게 저항할 수 없을 만큼 쇠약한 상태였을 테니까. 모든 살인의 90퍼센트는 피해자와 범인이 서로 아는 사이야."

"맞아." 피아도 그 통계를 알고 있었다. "그런데 화재 사건은 완전히 달라. 가스통과 도화선은 용의주도하게 계획된 것이었어."

"피해자의 머리를 가격했다고 했지?"

"응."

"그러려면 힘도 필요해."

"하지만 감정 폭발에 의한 우발적 범행은 아냐."

"최소한 그 이후의 잘 준비된 방화 과정을 보면 그렇지." 킴도 시인했다. "범행에는 감정적인 면과 이성적인 면이 섞여 있어. 범인은 처음엔 캠핑카에 불만 지르려고 했을 수도 있어. 그런데 일이 꼬여버린 거지. 예를 들어 뜻하지 않게 누군가 캠핑카에 있었던 거야. 그렇다면 당연히 자신의 계획이 발각되거나 실패할까 염려했겠지. 어쩌면 만일의 경우에 대비해서 미리 살해 도구를 가져갔을지도 몰라. 어쨌든 범인은 상황에 따라 원래 계획을 유연하게 변경할 능력이 있고 준비성도 있는 사람이야."

"범인이 반드시 클레멘스를 노린 게 아닐 수도 있다는 거야?"

"나는 범인의 의도가 일차적으로 캠핑카를 없애는 데 맞춰져 있었을 것으로 추정해."

"그럼 범인이 사용한 상당량의 연소 촉진제와 프로판 가스통 여섯 개도 살인을 노리고 준비한 것으로 해석해서는 안 된다는 뜻이야?"

"맞아. 그 정도로 강력한 불은 살인을 최우선적으로 노렸다고 단정할 수 없어. 어쩌면 살인은 범인이 싫지 않게 감수한 부수적 피해일수도 있어. 내 생각에 범인은 캠핑카와 그 안의 내용물을 흔적 없이모조리 태워버리려고 했던 것 같아."

"그럼 또다시 에드가 헤롤트에게로 돌아가는데." 피아는 한숨을 쉬었다. "헤롤트는 자기 엄마가 캠핑카에서 '무슨 짓을 했는지' 온 동네사람이 다 알고 있다고 했어. 여기서 '무슨 짓'이라는 건 당연히 다른남자와의 연애나 섹스를 말하는 것일 거야. 자기 어머니가 캠핑카에서 한 짓을 극도로 싫어했으니까."

"캠핑카를 어머니의 나쁜 행실을 대변하는 혐오스러운 상징물로생각해서 없애버리려 한 건 이해할 수 있어. 하지만 형을 때리고 불에 타 죽게 한 건 쉽게 이해가 되지 않아. 그건 맞지 않아." 킴이 고개를 흔들며 시계로 시선을 던졌다. "내가 언니 팀이라면 피해자의 주변 인물 중에서 범인을 찾아보겠어. 헤롤트 가족을 잘 알고 그 집을거리낌 없이 드나들 수 있는 사람 중에서 말이야."

"헐! 그럼 루퍼츠하인에 사는 남자들 가운데 절반 이상이 용의선상에 올라야 하는데?" 피아는 얼굴을 찡그렸다. "헤롤트는 철공소 주인에다 여러 클럽에서 활동하고 있고, 그의 어머니도 동네에선 모르는 사람이 없을 정도로 인기가 많거든."

"두 살인 사건의 배후에 시기나 복수, 질투 같은 일반적인 동기는 없어. 돈이나 재물을 노린 것도 아니고. 나도 뭔가 다른 말을 해주고 싶지만 지금 시점에서 내가 할 수 있는 말은 이것뿐이야. 피해자들과 뭔가 청산할 것이 있거나 숨길 비밀이 있는 남자가 살인했을 가능성이 크다는 거. 이 사건이 두 번의 살인으로 끝나지 않아도 별로 놀라지 않을 것 같아."

"연쇄살인범이라는 거야?" 오늘 온종일 피아를 무의식적으로 괴롭혀온 꺼림칙한 감정이 한층 강해지는 듯했다.

"아니." 킴이 단호하게 대답했다. "연쇄살인범들은 병적인 판타지를 현실로 바꾸기 위해 살인을 저질러. 그들의 행위에는 사디즘적 요소가 있는 데 반해 이 사건에는 그게 없어. 연쇄살인범들에게서 전형적으로 나타나는 냉각 국면도 없고."

"음." 피아는 손 안에서 와인잔을 빙빙 돌렸다. "범인이 뭔가 숨길 비밀이 있어서 살인했다는 건 무슨 뜻이야? 피해자들이 범인의 비밀을 알고 있다는 거야?"

"그렇지."

"그게 뭘까?" "그걸 알아내야지." 킴이 대답했다. "그 비밀을 찾아내는 순간 범인에게 한 발 다가서는 셈이지."

2014년 10월 11일 토요일

이날 밤 보덴슈타인은 아주 오래간만에 악몽을 꾸었다. 소년기와 청소년기에 드물지 않게 그를 괴롭힌 악몽이었다. 그는 무언가 위협을 피해 도망치고 있었다. 눈으로 볼 수는 없지만 바짝 추격당하고 있다는 건 느껴지는 위협이었다. 그런데 그때와 마찬가지로 그것은 혼자만 걸린 문제가 아니었다. 그는 누군가를 구하거나 보호해야 했다. 그것이 모든 상황을 더 무시무시하게 만들었다. 그는 예전에도 그랬듯이 재앙이 닥치기 직전에 땀으로 범벅이 된 채 화들짝 놀라며 깨어났다. 심장이 미친 듯이 쿵쾅거렸다. 꿈속의 위협적인 분위기와 공포, 무력감에서 벗어나기까지 한참이나 걸렸다. 로지와 클레멘스의 살인으로 야기된 과거와의 대면은 그의 내면에 무언가 거센 격동을 일으키고 있었다. 그 때문인지 무의식이 갑자기 이 꿈을 다시 불러낸 것이 전혀 이상하게 느껴지지 않았다.

새벽 5시가 조금 지난 시각이었다. 보덴슈타인은 다시 잠을 청할 생각이 없었다. 그래서 아래층으로 내려가 커피를 내리면서 아이패드를 찾았다. 아이패드는 거실 소파에 있었다. 터치스크린에 찍힌 자잘한 지문과 거실 테이블 반경 5미터 안에 떨어져 있는 부스러기들을 보니 소피아가 아이패드로 게임을 한 게 분명했다. 사용하지 말라고 했는데 도무지 말을 들어먹질 않았다. 어제 저녁 늦게 돌아왔을 때 소피아는 벌써 자고 있었다.

보덴슈타인은 커피를 마시며 이메일을 확인했다. 황송하게도 코지마가 드디어 답장을 보냈다. 제목도 없고 내용도 간결했다. 촬영팀 전체와 터키 남부 가지안테프로 이동 중이고, 그곳 터키-시리아 국경지대에서 텔레비전 방송을 녹화할 계획이며, 다음 주말 전까지는 돌아갈 수 없다는 내용이었다. 그뿐이었다. 소피아에게든 그에게든 잘 있냐는 의례적인 인사 한마디 없었다. 원래 그런 여자였다. 자식을 살뜰하게 챙기거나 남편에게 각별한 애정을 표현하는 여자가 아니었다. 어딘가로 여행할 때, 특히 위험 지역이나 이제껏 백인 여자가 들어가 본 적이 없는 지역으로 여행할 때만 피가 끓는 여자였다. 그래서 예전에 휴대폰과 인터넷이 없던 시절에는 일주일 내내 연락이 되지 않아 애를 태운 적이 한두 번이 아니었다.

피아가 이메일을 보냈다. 어제 저녁 동생과 두 사건에 대해 이야기를 나누었다고 하면서 그 결과를 짧게 보고했다. 킴 프라이탁 박사는 2년 전에도 한 까다로운 사건을 해결하는 데 도움을 준 적이 있었다. 그렇다면 이번에도 도움이 될지 몰랐다. 보덴슈타인은 프로파일러 킴 박사의 추정을 읽는 순간 목덜미의 털이 곤두서는 걸 느꼈다. 자신도 어제 심문을 끝내고 나서 모든 정황 증거에도 불구하고 에드가가 어머니와 형을 죽인 살인범이 아니라고 결론을 내린 것이다. 그래서 딱히 도주 위험도 보이지 않아 집으로 돌려보냈다.

보덴슈타인은 피아의 메일 마지막 문장을 다시 한 번 읽었다. 동생 말로는, 범인과 피해자들 사이에는 뭔가 청산할 것이 있거나, 아니면 피해자들이 범인의 비밀을 알고 있을 가능성이 크다고 했어요. 그런 남자를 주변에서 찾아보라는 거죠. 게다가 이번 사건이 두 번의 살인으로 끝나지 않아도 놀랄 게 없다고 했어요.

범인의 비밀을 안다……. 살인은 외부인들에겐 하찮아 보이지만 당사자들에겐 실존적 재앙으로 느껴지는 이유 때문에 일어나는 경우가 드물지 않았다. 로지와 클레멘스는 대체 어떤 비밀을 알고 있었을까? 그 비밀을 아는 것이 얼마큼 심각한 죄이기에 둘 다 목숨을 잃어야 했을까? 그것도 왜 하필 지금? 로지는 살날이 겨우 며칠, 길어야 몇 주밖에 남지 않았다. 조금만 기다리면 병마가 저절로 범인의 일을 덜어주었을 텐데 왜 그렇게까지 서둘러야 했을까? 로지와 클레멘스가 범인을 협박해서 살인 외에 다른 방법이 없도록 궁지로 몰아넣었을까? 클레멘스가 가족 회고록을 쓰느라 어머니의 캠핑카를 사용하고 있다는 사실을 누가 알고 있었을까? 피아의 동생 말이 사실이고 두 사건이 연쇄살인의 시작이라면 어떻게 해야 한단 말인가? 범행 동기를 알지 못하고 수중에 명확한 사실이 거의 없는 한 용의자 범위를 한정짓기란 어려웠고, 사건의 핵심 내용을 이해할 가능성도 없었다. 진실은 한 번에 자신의 모습을 온전히 드러내지 않았다. 모든 게 비슷해 보이는 수천 개의 조각으로 이루어진 퍼즐 같았다. 킴 프라이탁의 암울한 진단에 따르면 그들에겐 시간이 별로 없었다. 그럼에도 인내심을 갖고 법의학연구소와 여러 통신회사, 지역범죄수사국 IT 전문가들의 결과를 기다려야 했다. 수사 초기 단계에서는 불확실한 가정에 근거해서 용의자를 확정하는 것만큼 위험한 일은 없었다.

보덴슈타인은 생각에 잠겨 수염을 깎지 않은 턱을 문지르다가 피아에게 짤막한 답신 메일을 썼다. 회의 시간을 오전 10시로 확정하면서 피아가 원하면 킴이 동석해도 된다고 알렸다. 그런 다음 일을 쉽게 하려고 니콜라 엥엘과 크리스티안을 비롯해 팀원 전체에게 같은 메일을 보냈다. 어쩌면 킴이 용의자의 범위를 좁힐 중요한 단서를 줄지도 몰랐다. 범인이 추가 범행을 저지르기 전에 놈의 흔적을 찾아야 했다.

7시 직전 소피아가 거실로 들어오더니 곧장 리모컨을 집어 텔레비전을 켰다. 어제 저녁 카롤리네는 그가 돌아올 때까지 기다렸다. 보덴슈타인은 그녀가 밤새 함께 있기를 원했지만, 그녀는 곧장 떠나버렸다. 그레타가 수학여행에서 또 문제를 일으켰고, 카롤리네의 전남편이 뮌헨에서 딸을 데려가기로 했고, 카롤리네는 딸을 행복하게 해주려고 신속하게 모든 일정을 연기했다. 그녀의 부모 집을 보러 온 사람들은 집에 상당한 관심을 보였지만 가격이 맞지 않았다. 카롤리네가 떠난 뒤 보덴슈타인은 텔레비전 채널을 이리저리 돌리면서 와인 두 잔을 연거푸 마셨다. 그러면서 왜 항상 자신을 부차적 존재로 대우하는 여자들한테 그가 끌리는지 곰곰이 생각해보았다. 결혼 생활 때부터 그는 사랑받기보다 더 많이 사랑하는 쪽이었다. 그런 그를 아내는 무척 귀찮게 생각하는 듯했다. 결혼 생활 동안 그녀가 남편과 함께한 시간은 많지 않았다. 오히려 많은 시간을 밖에서 보냈다. 그로 인해 그는 항상 불안감에 시달렸다. 아니카 좀머펠트와의 일시적인 관계도 그의 자존감을 높이는 데는 적합하지 않았다. 그를 이용하기만 한 사람이었다. 잉카의 경우에는 둘 사이에 애초에 사랑이 있었는지, 아니면 그저 30년 묵은 친숙함에 기대려한 것뿐이었는지조차 확실치 않았다. 그다음 만난 사람이 카롤리네였다.

둘이 함께 보낸 주말은 모든 게 근사했다. 느낌도 좋고 잘 맞았다.

하지만 그 시간 이후에는 항상 그런 감정에서 깨는 시간이 이어졌다. 보덴슈타인은 몇 주 전부터 카롤리네가 자꾸 그에게서 물러선다는 느낌을 받았다. 그는 그런 태도가 이해되지 않았지만, 그녀는 그런 대화를 기피했다. 물론 그레타가 악몽을 꾸었고, 마구간에서 집단 괴롭힘을 당했고, 이복형제들과 싸웠고, 학교를 빼먹었고, 대마초를 피우다 체포된 것이 그런 태도의 이유가 될 순 있었다. 그레타는 계속 문제를 일으키는 아이였으니까. 사실 그는 이제 그레타의 이름만 들어도 살짝 짜증이 날 정도였다. 아무튼 카롤리네가 겉으로 내세우는 딸과 딸의 사춘기 문제는 혹시 핑계가 아닐까? 그 뒤에 뭔가 다른 것이 숨어 있지 않을까? 그렇다면 그게 뭘까? 그녀에게 뒤로 물러서는 이유를 묻지 않은 것이 잘못일까? 속마음을 털어놓으라고 좀 더 적극적으로 몰아붙이면서, 그도 안 되면 최후통첩이라도 해야 할까? 이대로 간다면 그가 곧 휴직해서 시간이 많아진다고 해서 뭐가 달라질까?

"아빠, 코코아 한 잔 타줘!" 소피아가 주방으로 들어왔다. 텔레비전은 한껏 볼륨이 키워진 상태였다. 만화영화 속 주인공들의 높고 날카로운 더빙 목소리와 신경에 거슬리는 음악이 교대로 반복되었다.

"알았어." 보덴슈타인은 냉장고에서 우유를 꺼내 냄비에 따른 뒤 불에 올렸다. "텔레비전을 보지 않을 때는 좀 꺼주겠니?"

"계속 볼 거야. 칠 시 사영 분에 '비비와 티나'가 시작해."

"그럴 시간 없어." 그는 딸에게 상기시켰다. "아빠가 널 여덟 시까지 다르시 집에 데려다주기로 했잖아."

다행히 오늘은 소피아가 친구 집에서 자기로 했다. 다음 주에는 장모가 이탈리아에서 돌아와 가을 휴가 나머지 기간 동안 소피아를 볼 것이다. 코지마의 외국 체류가 길어질 경우 그 이후에 어떡해야 할지는 그때 가서 다시 고민해야 했다.

"어제 저녁에 늙은 할아버지가 왔었어." 소피아가 토스트 두 개를 토스터기에 넣으며 지나가는 투로 말했다. "초인종을 열 번도 더 눌렀어."

보덴슈타인은 귀를 기울였다.

"그래? 카롤리네 아줌마는 왜 문을 안 열어줬어?"

"아줌마는 마트하고 우체국에 다녀온댔어." 소피아가 전기레인지 옆의 찬장 서랍에서 버터 바르는 칼을 꺼냈다.

"그 할아버지는 왜 왔대?" 보덴슈타인은 우유 데운 냄비를 불에서 내린 뒤 코코아 가루를 넣고 저었다. 토스터기에 넣은 빵이 탁 소리와 함께 튀어나오자 보덴슈타인은 빵을 꺼내 나무도마 위에 올려놓았다.

"몰라. 문을 안 열어줬어." 소피아는 집중해서 토스트에 버터를 발랐다. "아빠가 없을 때는 아무한테도 문 열어주지 말라고 했잖아."

"그래, 잘했다. 아는 할아버지였니?"

"성당에서 본 것 같아."

그제야 보덴슈타인은 어제 늙은 신부를 만나러 가기로 한 사실이 퍼뜩 떠올랐다.

"혹시 마우러 신부님이셨니?"

"아마."

"신부님하고 무슨 얘기를 했니?"

"인터폰으로만 얘기했어."

"뭐라고 하시던?"

"아빠한테 할 말이 있대."

"그뿐이야?"

"응, 응, 응." 소피아는 의심이 들 정도로 천진난만한 표정으로 그를 빤히 바라보며 말했다. 그는 빨리 샤워하고 소피아를 다르시 집에 데려다준 뒤 수사과로 가기 전에 마우러 신부한테 잠시 들르기로 마음먹었다.

***

자식을 원한 적도 없고, 없어서 아쉬웠던 적도 없던 펠리치타스는 스스로 깜짝 놀랄 정도로 이 청년에게 엄마 노릇을 하는 것이 마음에 들었다. 청년은 상처가 좀 있었다. 몸을 함부로 굴리지 않았으면 분명 잘생긴 얼굴이었을 것이다. 그녀는 청년을 정성껏 보살펴 일으킬 생각을 했다. 그래서 약국에서 붕대와 해열진통제를 사왔고, 엘리아스의 머리 상처를 세심하게 소독한 뒤 반창고를 붙여주었다. 그런 다음 욕조에 물을 받아 목욕을 하게 했고, 엘리아스가 목욕하는 동안 원기를 북돋워주는 닭고기 수프를 끓였다. 그는 충분히 먹고 나서 새 시트를 깐 마누와 옌스의 침대에 들어갔다. 그게 열두 시간 전이었는데 지금도 자고 있었다. 엘리아스는 자신에 관한 얘기를 많이 하지는 않았지만, 자기가 열렬히 사랑하는 니케라는 아가씨에 대해서만큼은 많은 이야기를 했다. 방화와 살인 현장에서 본 남자에 대해서는 아무 생각이 없는 듯했다. 지금 그에게 중요한 건 마약을 완전히 끊었다는 사실을 니케에게 알리는 것뿐이었다. 그런데 휴대전화를 켤 엄두가 나지 않았다. 전원을 켜는 순간 경찰이 위치 추적을 통해 바로 이곳을 찾아내지 않을까 걱정하고 있었다. 충분히 합리적인 염려였다.

펠리치타스는 몇 년 동안 규칙적으로 마약에 빠져 있던 사람이 단 며칠간 마약을 하지 않았다고 해서 자동으로 중독증에서 완치되었다고 믿지 않았다. 엘리아스는 망가진 삶이 니케와 태어날 아기로 인해 단숨에 다시 좋아질 거라는 희망에 매달리는 몽상가일 뿐이었다. 하지만 그게 얼마나 순진한 생각인지는 말하지 않았다.

펠리치타스는 계단을 내려갔다. 삐거덕거리는 나무계단 소리가 나자 개들이 바로 나타났다. 개들은 기대에 차서 꼬리를 흔들어댔다.

"좋아, 한 바퀴 돌고 오자." 그녀는 베어와 로키에게 개목걸이를 채우고 현관문 옆에 놓인 고무장화를 신었다. 공기는 신선하고 서늘했다. 나무 우듬지에 바람이 살랑거렸고, 전나무 잎 냄새와 축축한 흙냄새가 났다. 숲속의 정적은 매혹적이기 짝이 없었다. 새들이 지저귀었고, 나무를 쪼는 딱따구리 소리가 숲속에 울려 퍼졌다. 저 멀리 10월의 푸른 하늘 위로 소리 없이 비행기가 지나가면서 긴 비행운을 남겼다. 풀밭은 여전히 폐쇄되어 있었지만, 펠리치타스는 경찰이 쳐놓은 출입금지선 밑으로 몸을 숙이고 들어가 불탄 자동차 쪽으로 향했다. 줄을 풀어주자 개들은 풀밭 위를 마구 뛰어다녔고, 토끼 한 마리를 뒤쫓다가 그만두었다. 펠리치타스는 한동안 그런 개들의 모습을 지켜보았다. 이렇게 살아서 맑은 공기를 호흡하고 파란 하늘을 쳐다보는 게 정말 멋지게 느껴졌다. 금속 박스 속에 갇혀 있던 게 실제로 그렇게 위험한 상황이 아니었음을 나중에 깨달았지만, 당시는 그걸 알 수 없었다. 두려움, 폐소공포, 미래에 대한 끔찍한 불확실성, 이 모든 것이 그녀의 실존에 깊은 흔적을 남겼다.

펠리치타스는 육중한 차량들 때문에 짓이겨진 풀밭 위를 지나 불탄 캠핑카 잔해가 있는 곳에 이르렀다. 진저리를 치면서 새카맣게 탄 쇠막대들과 재를 관찰했다. 여기서 한 사람이 죽었다. 신문에 보도된 바에 따르면 이드슈타인 출신의 클레멘스 H라는 61세 남자였다. 그 사람은 대체 무슨 짓을 저질렀기에 이런 식으로 죽어야 했을까? 산

채로 고통스럽게 불에 타 죽는 건 인간으로서 가장 끔찍한 죽음일 것 같았다. 그전에 연기에 질식해 의식을 잃었다고는 하지만, 그렇게 죽어야 한다는 건 상상만으로도 섬뜩했다. 불탄 자동차 잔해는 벌써 오래전에 치워졌다. 시신도 마찬가지였다. 모든 것이 다시 조용하고 평화로워 보였지만 펠리치타스는 저 숲속에 뭔가 위험한 것, 방사능처럼 보이지 않는 어떤 치명적인 위험이 도사리고 있는 것 같은 느낌이 들었다.

문득 지금껏 특별한 의미를 두지 않고 있던 일이 머릿속에 떠올랐다. 2주 전이었을까, 그녀가 막 시장을 보고 돌아오던 길이었다. 해가 저물어 날은 어두웠다. 숲친구 주차장으로 막 진입하려는 순간 짙은 색 왜건 한 대가 불도 켜지 않고 풀밭 뒷길에서 불쑥 튀어나왔다. 그녀는 마지막 순간에야 그 차를 알아보고 급히 브레이크를 밟으며 오른쪽으로 방향을 틀었다. 그런데 운전자는 사과도 없이 그냥 지나쳤다. 그녀는 그 일을 더는 생각하지 않았다. 결과적으로 아무 일이 없었고, 일상적으로 벌어지는 일이기도 했기 때문이다. 그런데 끔찍한 살인 사건 현장과 관련해서 보자면 그 만남은 의미가 확 달라졌다. 머릿속으로 퍼즐 조각을 맞추던 그녀는 두려움으로 심장이 쿵쾅거렸다. 그 차가 나왔던 숲길은 울타리에서 몇 미터밖에 떨어지지 않은 그 불탄 캠핑카를 바로 지나 캠핑장 뒤로 이어졌다. 그 차에 탄 사람이 살인자일까? 이곳 지리를 잘 아는? 경찰에 알려야 하지 않을까? 아니다. 어쩌면 그녀가 잘못 생각했을 수도 있고, 그 남자는 이 일과 아무 관련이 없을지도 모른다. 게다가 경찰한테 뭐라고 한단 말인가? 그 차의 종류나 색깔도 모르고, 번호판도 보지 못했지 않은가? 운전자의 인상착의는 말할 것도 없었다.

펠리치타스는 돌아가려고 발길을 돌렸다. 개들이 어디 있지?

"베어!" 그녀는 큰 소리로 외치며 주위를 둘러보았다. "로키!

두 녀석은 어디에도 보이지 않았다.

"로키! 베어! 어디 있어? 빨리 와!" 그녀의 목소리가 날카롭게 울려 퍼졌다.

갑자기 숲이 위험의 온상처럼 보였다. 캠핑카들은 숲 가장자리에 웅크려 앉아 있는 기괴한 괴물 같았고, 캠핑카 창들은 말없이 그녀를 뒤쫓는 음흉한 눈 같았다. 저쪽 울타리 끝에서 뭔가 움직이는 듯했다. 그녀의 시선이 그리로 향했다. 개들은 녹슨 철조망 울타리 사이의 구멍으로 빠져나간 게 분명했다. 숲길 위에서 한 산책객과 그의 개 주변에서 꼬리를 흔들고 있었다.

"로키! 베어!" 그녀는 소리를 지르다가 남자가 개들에게 뭔가를 먹이는 것을 보았다. 저 자식이 왜 저래? 마음속에서 불안과 분노가 폭발했다.

"이봐요!" 펠리치타스는 그쪽으로 뛰어가면서 소리쳤다. "뭐하는 거예요? 당장 그만둬요!"

그녀의 발보다 두 치수나 큰 고무장화를 신고 질척거리는 풀밭을 달리는 것은 쉽지 않았다. 그녀가 울타리에 다다랐을 때 남자와 개는 흔적도 없이 사라졌다. 로키와 베어는 고개를 숙이고 다가와서는 용서를 구하는 표정으로 펠리치타스의 다리에 쭈뼛쭈뼛 주둥이를 문질렀다.

"낯선 사람이 주는 건 절대 먹으면 안 된다고 했잖아!" 그녀는 건성으로 야단을 치고는 걱정스레 좌우를 둘러보았지만 아무도 보이지 않았다.

***

사제관은 1920년대에 낡은 성당을 개조하는 과정에 지어진 건물이었다. 성당 자체는 1967년에 신축되었지만 거리 맞은편의 낡은 사제관은 그대로 남아 있었다. 아달베르트 마우러의 후임 신부 중 누구도 그 낡아빠진 곳에 들어가 살 생각을 하지 않았다. 그래서 담쟁이덩굴 무성한 그 벽돌 건물에는 노신부 혼자 50년이 넘게 살고 있었다. 보덴슈타인은 철문을 열고 현관문 쪽으로 향했다. 정성스레 손질된 자그마한 잔디밭에는 단풍잎이 떨어져 있었고, 옹이 많은 사과나무에는 빨간 사과와 연초록 사과들이 이슬에 젖어 반짝이고 있었다. 관저 벽면을 뒤덮은 새빨간 담쟁이덩굴은 몇 주 뒤엔 첫 서리로 잎이 떨어질 것이다.

보덴슈타인은 현관문 옆의 구식 초인종을 누르고는 집 안에서 울리는 종소리에 귀를 기울였다. 어제 마우러 신부가 자신에게 하려고 했던 말은 무엇일까? 저녁 늦게 그를 찾아온 것으로 봐선 급한 일이 분명했다. 소피아는 왜 카롤리네에게 마우러 신부가 왔다는 얘기를 하지 않았을까? 하지만 겨우 일곱 살짜리 애한테 그런 걸 기대할 순 없겠지. 그 나이대의 아이들은 순간순간을 살았고, 어른들과 관심 영역이 완전히 달랐다. 소피아에게는 인터폰의 늙은 남자보다 텔레비전을 보는 게 훨씬 중요했을 것이다.

보덴슈타인은 다시 초인종을 눌렀지만 안에선 아무 움직임이 없었다. 문틀 사이에 막 명함을 끼워두려는 찰나, 삐걱거리는 철문 소리가 들려 뒤를 돌아보았다. 노신부가 아니라 살림을 챙겨주는 그의 여동생이었다. 그녀 역시 고령이었지만 궂은 날도 마다하지 않고 매일 낡은 네덜란드 자전거를 타고 피시바흐에서 루퍼츠하인까지 출근했다. 분홍색 운동화를 신고, 늘어난 회색 니트 재킷에 샛노란 안전 조끼를 입고 있었다.

"안녕하세요, 페터 부인." 보덴슈타인이 인사했다. "이른 아침부터 행차하셨네요."

"일찍 일어나는 새가 벌레를 잡아먹는 법이죠." 이레네 페터는 자전거를 집 벽에 기댄 뒤 짐바구니에 얹은 바구니를 집어 열쇠꾸러미를 꺼냈다. "신부님은 안 계신가요?"

이레네는 젊은 아가씨처럼 민첩하게 움직였다. 팔십에 가까운 나이로는 도저히 보이지 않는 움직임이었다.

"안 계십니다." 보덴슈타인이 대답했다. "그건 그렇고 저는 올리버 폰……."

"그쪽이 누군지는 알아요." 페터 부인은 재미있다는 듯 키득거렸다. "레오노라의 장남이잖소! 내가 우리 성당의 복사 소년도 알아보지 못할 만큼 늙었다고 생각해요?"

보덴슈타인은 깜짝 놀랐다. 자신이 미사 때 복사 노릇을 했던 것은 벌써 40년도 지난 일이었다. 이레네는 현관문을 열고 집으로 들어갔다. 운동화의 고무밑창이 낡은 마룻바닥 위에서 빠지직 소리를 냈다.

"이상하네. 신부님은 보통 안에서 문을 잠근 뒤 열쇠를 그대로 꽂아두시는데."

그녀는 안으로 들어서면서 오빠 이름을 불렀지만 대답이 없었다. 늘 "신부님"이라고만 불리던 사람을 "아달베르트"라고 부르니 왠지 좀 이상하게 들렸다. 보덴슈타인은 서서히 불길한 느낌이 스멀스멀 올라왔다. 신부님이 집 안 어딘가에 의식을 잃고 쓰러져 있을지도 몰랐다. 혹시 그런 일이 벌어졌다면 벌써 숨졌을 수도 있다. 그처럼 고령인 경우에는 얼마든지 가능한 일이었다. 현관 입구 복도에서는 좀

약과 시든 꽃 냄새가 났다. 옷걸이에는 외투 두 벌과 짙은 재킷, 긴 구둣주걱이 걸려 있었고, 모자걸이에는 오래전에 유행이 지나 지금은 아무도 쓰지 않는 모자들이 수두룩했다. 벽에는 미제레오르 자선단체 달력과 구리 십자가가 걸려 있었고, 십자가 밑에는 작은 성수반이 놓여 있었다.

"집에 안 계시나 보네." 이레네는 신부를 찾다가 돌아와서는 근심 어린 표정으로 옷걸이와 신발장을 살펴보았다.

"파란색 재킷과 갈색 신발이 안 보이네. 별일이 없어야 할 텐데!"

"왜 그런 말씀을 하세요?" 보덴슈타인이 물었다.

"생각해봐요. 이팔청춘이 아닌 건 그렇다 치더라도 이젠 총기까지 없어졌거든." 이 말에 그는 며칠 전 사고가 퍼뜩 떠올랐다. "얼마 전엔 빵집 앞 도로에서 달려오는 버스도 못 보고 그냥 건넜다지 뭐요? 이 말도 오라버니한테 직접 들은 게 아니라 질비아가 전화를 해줘서 알았어요." 그녀는 현관문을 열더니 어서 나가자고 손짓했다. "성당으로 가봅시다. 아마 거기 있을 거예요."

보덴슈타인은 사제관 정원을 지나 그녀를 뒤따랐다. 두 사람은 길을 건너 성당 마당에 들어섰다. 오른쪽에 토요일에는 문을 닫는 가톨릭 유치원이 있었고, 그 뒤로 뾰족한 성당 지붕과 성당보다는 소방대에 잘 더 어울릴 것 같은 조립식 콘크리트 종탑이 보였다.

"아, 파트리치아가 와 있네." 이레네 페터는 지나가듯이 말했다. 그것을 어떻게 아는지 궁금하던 보덴슈타인은 곧 담쟁이덩굴에 가려 잘 안 보이는, 성당 벽에 비스듬히 기대놓은 자전거를 한 대 발견했다. "불쌍한 여자 같으니, 정말 안됐지 뭐요! 언니와 조카를 동시에 잃다니, 쯧쯧."

보덴슈타인의 어리둥절해하는 표정을 본 이레네 페터는 성당까지

200미터 남짓한 거리를 걷는 동안 루퍼츠하인에 뿌리를 둔 집안들의 족보를 들려주었다. 야콥 엘러스와 결혼한 파트리치아는 자식이 아홉인 크롤 집안에서 딸로는 막내였다. 로제마리가 언니였고, 이 지역의 경찰관인 클라우스가 남동생이었다. 보덴슈타인은 3분 안에 혜롤트와 크롤, 엘러스 집안의 복잡한 가족 관계를 알게 되었다. 뿐만 아니라 피시바흐와 루퍼츠하인, 에펜하인이 하나의 교구로 통합되면서 파트리치아가 매달 450유로를 받고 유치원과 본당 총무로 일하고 있다는 사실도 파악했다.

성당 문이 닫혀 있는 걸 보는 순간 쉴 새 없이 떠들던 이레네의 입도 뚝 멈추었다. 노신부의 여동생은 이제 정말 걱정이 되는 듯했다.

"어디 방문하러 가셨나보죠." 보덴슈타인은 이렇게 말하고는 시계를 보았다. 자신이 소집한 회의 시각까지 한 시간밖에 남지 않았다.

"아니. 심방을 갔다면 당연히 내가 알고 있어야 해요." 페터 부인이 고개를 저었다. "파트리치아한테 가서 성당 열쇠를 가져올 테니 잠시 기다려봐요." 그녀는 민첩한 걸음으로 사라졌다.

보덴슈타인은 한숨을 내쉬고는 스마트폰을 꺼내 피아에게 조금 늦을 수도 있다는 메시지를 보냈다. 구름 한 점 없는 파란 하늘에서 빛나는 태양은 쾌청한 가을날을 약속하고 있었다. 오후에는 카롤리네와 산책이나 하면서…….

"빨리 왔죠?" 이레네가 파트리치아를 대동하고 포석이 깔린 앞마당을 걸어왔다. 보덴슈타인이 야콥의 아내를 만난 건 제법 오래전의 일이었지만, 이 "불쌍한 여자"가 여전히 무척 매력적이라는 사실을 인정하지 않을 수 없었다. 파트리치아는 그보다 몇 살 위였으니 50대 후반쯤 됐을 것이다. 40대 여자들이 좋아하는 간편한 쇼트커트 대신 얼굴을 매력적으로 살짝 감싸면서 고운 얼굴선을 강조하는 부드러운 보브 스타일의 머리를 하고 있었는데, 윤기 나는 짙은 갈색 머리가 원래 머리인지 염색인지는 알 수 없었지만 아주 잘 어울렸다.

"안녕하세요." 그녀가 인사했다. "오랜만이네요."

"안녕하세요." 보덴슈타인은 그전에 둘이 존대를 했는지, 아니면 편하게 말하는 사이였는지 기억해내려 했지만 딱히 떠오르지 않았다. "진심으로 애도를 표합니다."

"고마워요." 파트리치아 엘러스는 침울하게 고개를 끄덕였다. "이 일은 정말 이해할 수 없어요. 어차피 살날도 많지 않은 언니한테 그런 일이 생기다니! 어쨌든 지금으로선 고통스럽게 숨을 거두지 않았기만 바랄 뿐이에요."

그녀의 눈은 말라 있었다. 슬픔을 드러내는 유일한 표시는 검정색 옷뿐이었지만, 보덴슈타인은 은은한 향수처럼 그녀를 에워싼 침울한 분위기를 느낄 수 있었다. 그사이 이레네는 성당 문을 열고 들어갔다. 제단 창들로 비스듬히 들어온 햇빛으로 인해 뾰쪽하게 올라간 특이한 천장을 갖춘 길쭉한 성당 공간이 바람 잘 통하는 크고 환한 천막처럼 보였다. 대기 중에는 유황 냄새가 배어 있었다.

"아달베르트! 아달베르트!" 이레네의 목소리가 성당 벽에 부딪혀 메아리쳤다. 그녀는 재빨리 중앙 통로를 따라 걸었고, 보덴슈타인과 파트리치아는 조금 천천히 뒤따랐다. 불현듯 불길한 예감이 그를 엄습했다.

"잠깐만요, 페터 부인! 기다려봐요!" 노신부의 여동생이 성구실 문 손잡이를 잡으려던 순간 그가 소리쳤다. 손잡이에서 손을 뗀 그녀의 눈에 불안감이 어렸다. 그녀가 옆으로 물러서자 보덴슈타인은 팔꿈치로 손잡이를 아래로 눌렀다.

"잠겼어요." 그가 말했다. "열쇠 있습니까?"

"네." 파트리치아는 페터 부인이 들고 있던 열쇠꾸러미에서 성구실 (제사도구 및 제복 보관실_역주) 열쇠를 찾아 보덴슈타인에게 건넸다. 그런데 열쇠로 문을 여는 순간 그는 할 수만 있다면 바로 문을 닫고 싶은 마음이 간절했다. 두 부인이 눈앞의 광경을 보지 못하도록. 옆에서 파트리치아가 헉 하고 숨을 들이키는 소리가 들렸다. 이레네의 입에서는 절망에 찬 날카로운 비명이 터져 나왔다. 그녀는 그를 밀치고 들어가려고 했지만, 보덴슈타인이 마지막 순간에 그녀의 손목을 낚아채면서 제지했다. 아달베르크 마우러의 시신은 천장에 묶은 밧줄에 매달려 있었고, 그 밑에는 의자 하나가 나뒹굴었다.

"놔줘!" 늙은 부인은 소리를 지르며 보덴슈타인의 손에서 벗어나려고 미친 듯이 발버둥을 쳤고, 쭈글쭈글한 뺨 위로는 눈물이 흘러내렸다. "아달베르트! 오, 세상에!"

보덴슈타인은 그녀를 성구실 밖으로 가까스로 내보냈다. 나중에 이레네는 저항을 포기하고 바닥에 풀썩 주저앉았다.

"부인을 데리고 건너편 유치원으로 가계세요." 보덴슈타인은 간신히 충격 상태에서 벗어난 파트리치아에게 부탁했다. "여기 있는 건 아무것도 훼손하면 안 됩니다. 일단은 누구에게도 이 사실을 말하지 말아주세요."

"네, 네, 당연하죠." 파트리치아는 멍한 얼굴로 중얼거렸고, 흐느끼면서 자신에게 매달린 노부인을 위로하듯이 품에 안았다. "내가 부인을 돌보고 있을게요."

"고맙습니다." 보덴슈타인은 신부의 시신에서 눈을 떼지 않고 휴대전화를 꺼냈다. 마우러의 얼굴은 푸르스름한 보랏빛으로 변해 있었고, 혀는 입에서 삐져나온 상태였다. 귀와 입에서는 피가 흘러나왔다. 보덴슈타인도 두 부인 못지않게 경악했다. 하지만 이런 처참한 모습보다 그를 더 경악케 한 것은 신부가 자살을 했다는 사실이었다. 혹시…… 어제 저녁에 그가 집에 있었다면 이런 일을 막을 수 있었을까?

***

"독일에서 가장 빈번한 자살 방법은 목매달아 죽는 겁니다. 매년 5, 6천 명이 그렇게 죽는다고 하죠." 타리크가 말했다. "근데 그중 절반 정도만 법의학적 진단이 이루어집니다. 그건 왜 그렇습니까?"

헤닝 키르히호프는 검시를 마치고 신도석 맨 앞줄에 앉아 사망진단서를 작성하고 있었다. 장의업체 직원 두 명은 사후경직으로 움직이지 않는 시신을 성구실 밖으로 옮기느라 바빴고, 크리스티안 크뢰거는 여느 때처럼 중요 증거가 훼손되지 않을까 시신 운반 과정을 예리한 눈으로 지켜보고 있었다. 사체를 밧줄에서 풀어 시신 운반 팩에 넣는 일련의 과정은 심장 약한 사람에겐 볼 만한 광경이 아니었다.

"왜, 왜, 왜." 헤닝이 못마땅한 듯 중얼거렸다. "그럼 바나나는 왜 휘었을까요? 일차적인 문제는 돈 때문이죠. 둘러보세요. 여기저기 법의학연구소가 문을 닫거나 통합되고 있어요. 죽은 사람들을 위한 로비스트는 없어요!"

피아는 타리크가 헤닝을 수년 동안 격분시켜온 문제를 건드렸음을 알고 있었다. 독일에서는 부검이 너무 적게 이루어진다는 것이 헤닝의 지론인데, 같은 생각을 하는 사람을 딱 만난 것이다.

"안타깝지만 독일에서는 범죄에 대한 의심이 들 경우만 부검이 의무화되어 있어요." 헤닝이 말했다. "게다가 일반 의사들, 심지어 범죄에 대한 경험이 전무한 안과 의사나 정형외과 의사 들까지 사망진단서를 발행할 수 있는 상황에서는 밝혀지지 않은 살인 사건은 계속 존재할 수밖에 없어요."

"브레멘에서는 상황이 다릅니다." 타리크가 말했다. "거기서는 '잠정적 사망진단서' 제도를 도입한 뒤로 모든 사망자의 80퍼센트가 법의학적 진단을 받고 있습니다. 사인이 불분명한 6세 이하의 어린이는 부검이 의무고요."

"맞아요, 그래야죠." 헤닝이 인정하는 눈빛으로 타리크를 훑어보았다. "그래야 해마다 그냥 어둠에 파묻혔을 50여 건의 비자연사를 밝혀낼 수 있죠. 그 점을 우리 모두 진지하게 생각해봐야 하지 않을까요?"

"사망 시각 좀 얘기해줄 수 있어?" 헤닝이 흥분해서 부검의 필요성에 대해 일장연설을 늘어놓기 전에 피아가 얼른 끼어들었다.

"시반이 전신에 형성돼 있고, 사후경직이 완전히 진행된 상태야." 헤닝이 말했다. "나라면 어제 저녁 21시에서 23시 사이에 사망했다고 말할 거야."

"그럼 어젯밤에 목을 매 자살했다는 거군." 피아가 총평했다.

"자살했다고 누가 그래?" 헤닝이 사망진단서에 서명하고는 피아에게 건넸다.

"빤하지 않아?" 피아가 빈정거리듯이 되물었다. "목에 밧줄을 걸고 천장에 매달려 있고, 발밑에는 의자가 나뒹굴어져 있고, 성당 문과 성구실 문은 안에서 잠겨 있고, 열쇠꾸러미도 신부님의 바지주머니에서 발견됐어."

"첫눈엔 당신 말이 맞아." 헤닝은 안경을 벗어 종이 마스크로 느릿느릿 닦았다. "하지만 법의학자의 관점에서 당신 주장에 합리적 의심을 제기하겠어."

결정적인 세부사항은 마지막까지 숨겨두었다가 터뜨리는 게 헤닝의 전형적인 방식이었다. 물론 그보다 더 전형적인 것은 검시 과정을 강의 시간으로 바꾸는 것이었다. 특히 오늘은 타리크라는 훌륭한 청중까지 있기에 더더욱 좋은 기회였다.

"어련하시려고! 이젠 놀랍지도 않아." 피아가 눈을 흘겼다. 헤닝은 보통 사람들과 일하는 방식이 달랐다. 이젠 피아도 그런 방식에 더는 짜증을 내지 않고 그러려니 했다. 반면에 학생들은 가끔 연극적인 상황으로 치닫곤 하는 그의 강의를 좋아했다. "자, 이제 아량을 베풀어 당신의 지식으로 우리 무지한 인간들을 깨우쳐보시지!"

"그리하지. 어이, 젊은 친구, 하나 물어봅시다." 헤닝이 타리크 쪽으로 고개를 돌렸다. 그러더니 안경이 깨끗하게 닦였는지 불빛에 대고 세밀하게 검사한 뒤 다시 꼈다. "내가 왜 사망진단서의 '비자연사 항목'에 표시를 했을까요?"

"음…… 목을 매달아 죽은 게 자연사가 아니라서요?" 타리크는 갑작스런 질문에 약간 당황한 것 같았다.

"원칙적으로는 맞는 말입니다." 헤닝은 고개를 끄덕이며 만족스럽게 웃었다. 그러고는 자리에서 일어나 시신 쪽으로 걸어갔다. "따라오세요. 당신이 범죄 현장에 갔을 때 항상 염두에 두어야 할 것을 보여주겠습니다. 잠시 멈춰주시겠어요?"

마지막 말은 장의사와 그 조수에게 한 말이었다. 두 사람은 쭈뼛거리며 뒤로 물러났다.

"망자의 얼굴색을 어떻게 묘사하겠습니까?" 헤닝이 젊은 형사에게 물었다.

"흠. 푸르스름한 보랏빛이오."

"정확합니다." 헤닝은 시신 위로 몸을 굽히더니 한쪽 눈꺼풀을 아래로 내렸다. "여기 아주 작은 붉은 점들이 보입니까?"

"예."

"점상출혈, 또는 울혈이라고 하는 것이죠." 헤닝이 설명했다. "동맥으로 유입된 혈액의 정맥 유출이 막힐 때 발생하는 현상입니다. 모세혈관의 압력 상승은 혈관벽을 파열시키고, 그것이 점막출혈을 야기하죠. 이런 질식성 출혈은 15초에서 20초 후에 생기는데, 혈액 흐름이 집중적으로 막힐 때 얼굴 전체에 나타납니다. 이해했습니까?"

"네."

"목을 맨 경우처럼 동맥을 통해 머리로 흘러가는 혈액의 흐름이 갑자기 멈췄을 때는 울혈이 생기지 않습니다." 시신의 목을 가리키는 헤닝의 눈이 반짝거렸다. "목을 맨 시신에서 나타나는 밧줄 자국은 보통 목 양쪽 귀 뒤에서 목덜미까지 올라갑니다. 여기서도 그런 자국이 보이지만 그 밖에 또 뭐가 있습니까?"

"전체 목둘레를 따라 가로로 줄이 나 있네요." 타리크가 흥분해서 대답했다. "그렇다면 원래는 교살되었다는 말인가요?"

"'원래는'이라는 무의미한 부가어는 생략해도 됩니다. 게다가 여기 이마에 난 열상은 피해자 스스로 낸 것일 수도 있지만, 당연히 의심을 품을 만합니다." 헤닝은 일어나더니 장의사들에게 하던 일을 계속해도 좋다는 신호를 보냈다. "코와 귀의 출혈도 교살을 가리킵니다. 뿐만 아니라 피해자의 위팔과 손목에서 피부내출혈을 확인했고, 얼굴에서도 미세한 혈종이 확인되었습니다. 물론 부검을 해봐야 정확한 사인이 나오겠지만, 지금까지 알아낸 바로는 외력에 의한 사망으로 보입니다."

"얼마만큼 확실한 거야?" 피아가 물었다.

"당신이 여기저기 떠들고 다녀도 될 만큼." 헤닝이 그녀에게 윙크했다. 이 표현은 둘 사이에 잘 쓰는 개그였다.

"고마워, 헤닝."

"천만에 만만에 말씀."

피아는 보덴슈타인을 찾으려고 몸을 돌려 중앙 통로로 걸어갔다.

"피아!" 크뢰거가 등 뒤에서 소리쳤다. "이리 좀 와 볼래요?"

피아는 마지못해 등을 돌려 되돌아갔다.

"무슨 일인데?" 그녀가 물었다.

"같이 가서 봐요!" 크리스티안은 흥분한 기색이 역력했다. 뭔가를 발견했다는 신호였다. 그는 피아와 타리크를 성구실로 데려가더니 미사복들이 걸린 옷장 옆의 의자를 가리켰다. "저거 보여요?"

"의자잖아." 피아가 약간 퉁명스럽게 대답했다. "내가 벌써 본 거 같은데. 아냐?"

"바닥을 봐요!" 크뢰거의 얼굴이 기쁨으로 넘쳐났다.

"나 지금 스무고개 할 기분 아냐." 피아가 투덜거렸다.

"피 묻은 신발 자국!" 크뢰거가 환호성을 질렀다. "내가 이래서 루미놀(혈흔 감식에 사용되는 시약_역주)을 사랑한다니까."

그는 문을 닫은 뒤 불을 껐다. 창문 없는 공간의 어둠 속에서 파란색으로 빛나는 얼룩들이 바닥에 나타났다.

"피해자는 바닥에서 기어 다니며 피를 흘렸어요." 크뢰거의 형체 없는 목소리가 어둠 속에서 울렸다. "범인은 피해자를 피해 다녔고, 마지막에는 이 의자에 앉았던 게 분명해요. 발 위치가 그걸 말해주죠. 범인은 시신을 목매단 뒤 피를 닦으려고 했어요. 여기 문지른 자국을 보면 알 수 있죠. 그런데 자기 발자국을 지우는 걸 깜박한 거예요."

피아는 여기서 일어난 일이 갑자기 머릿속에 선명하게 그려졌다.

범인은 흥분 상태가 아니라 신중하게 생각하고, 계획적으로 행동했다. 처음엔 늙은 신부를 때리고 학대하다가 밧줄로 목을 졸라 죽였고, 마지막에는 범행을 숨기려고 자살로 위장했다. 범인은 전혀 서두르지 않았다. 창문 없는 이 작은 공간에서는 소리가 새나가지 않는다는 것도 확신하고 있었다. 그만큼 이곳을 잘 안다는 뜻이었다. 게다가 범인은 신부와 아는 사이였다. 그것도 흉악한 짓을 저지르리라고는 차마 예상하지 못하는 그런 사이였을 것이다. 그런데 의문이 남았다. 범인은 어디서 열쇠가 나서 성당과 성구실 문을 잠글 수 있었을까? 피아는 자기도 모르게 소름이 끼쳤다.

"수고했어, 크리스티안." 그녀가 말했다. "이것으로 모든 것이 바뀌게 됐어."

***

피아는 얼른 반장을 찾아 크뢰거가 밝혀낸 사실을 말해주기 위해 몸이 달았다. 보덴슈타인은 시신을 슬쩍 살펴보고는 바로 성당을 나갔었다. 그녀는 성당 아래쪽 나무 의자에 햇빛을 받으며 앉아 있는 반장을 발견했다. 그는 다리를 꼬고, 양손을 머리 뒤에 포갠 채 눈을 감고 있었다. 처음에는 졸고 있다고 생각해서 피아는 조심스럽게 헛기침을 했다.

"나 자는 거 아냐." 보덴슈타인이 눈을 떴다. "생각 좀 하고 있어."

"뭘요?" 10월의 강한 태양 속에서 바람까지 막아주는 이 자리는 인조 모피 재킷을 입은 피아가 땀을 흘릴 정도로 따뜻했다.

"마우러 신부님은 내가 평생을 알고 지내온 분이었어. 신부님한테 영성체를 받았고, 신부님의 복사로 일하기도 했어. 신부님은 코지마와의 결혼식도 집전하셨고, 우리 아이들에게 영세도 내려주셨지." 보덴슈타인이 말했다. "천생 가톨릭 성직자였어. 그런 분이 가톨릭에서 죄악시하는 자살을 할 리 없어. 있을 수 없는 얘기야."

그는 꼰 다리를 풀어 바닥에 내려놓더니 몸을 숙이고 양손으로 얼굴을 문질렀다.

"자살한 게 아니었어요." 피아는 재킷 지퍼를 약간 내리고는 이마의 머리를 입으로 불어 날렸다.

"정말?" 보덴슈타인은 동작을 뚝 멈추고는 고개를 돌려 그녀를 바라보았다. 피아는 헤닝과 크뢰거가 확인한 사실을 전해주었다. 신발 자국 문제는 마지막까지 남겨두었다.

보덴슈타인은 눈에 띄게 안도하는 눈치였다. 그러면서도 조금 전 피아와 똑같은 추론을 내리고 있었다. "이로써 기존의 살인 사건도 전혀 다른 차원으로 들어가게 되겠군."

"헤롤트 모자의 범인과 동일범일까요?" 피아가 물었다.

"사흘 동안 셋이 죽었고, 피해자들은 모두 루퍼츠하인 출신이야." 보덴슈타인은 이맛살을 찌푸렸다. "분명 우리가 알지 못하는 연관성이 있을 거야. 혹시 담배 있나?"

"담배 끊은 지 벌써 82일 됐어요." 피아가 기억을 상기시켰다. 스마트폰 앱 덕분에 담배를 끊은 이후 몇 개비를 안 피우고 얼마를 절약했는지 항상 정확히 알고 있었다.

"아, 맞아. 그랬지." 보덴슈타인은 의자에서 일어나 몸을 쭉 폈다. "신부님이 어제 저녁 나한테 할 말이 있다면서 우리 집에 왔었대. 나는 집에 없어서 못 만났어. 급한 일이라고 했는데도 소피아가 집 안으로 들이지 않았나 봐."

"무슨 일인지는 모르고요?"

"몰라. 나도 신부님한테 물어볼 게 있었는데, 집에 너무 늦게 왔어."
그는 무기력한 몸짓을 해보였다. "대체 여든다섯이나 된 신부를 누가
죽였을까?"

"그러고는 어설프게 자살로 위장했죠. 법의학에 대해서는 잘 모르
는 인물이 분명해요. 그렇지 않다면 즉각 발각될 거라는 걸 알았을
테니까요."

"우리가 자살로 여기고 있는 것처럼 가장하는 게 좋겠어. 그래야
범인은 자신이 안전하다고 생각해서 실수를 하게 될지 모르니까."

피아는 보덴슈타인 반장의 긴장한 표정을 관찰했다. 심리학을 공
부하지 않아도 이 사건이 그에게 얼마나 깊은 영향을 주고 있는지 또
렷이 알 수 있었다. 피해자 셋은 그가 어릴 때부터 아는 사람들이었
다. 게다가 그는 이 동네에서 살았다. 성당과는 직선거리로 150미터
도 안 되는 거리였다. 이 사건이 그에게 충격을 주지 않는 것이 오히
려 이상했다.

"반장님, 이번 사건은 셈과 저한테 맡겨주세요." 그녀가 조심스레
제안했다. "피해자들은 모두 반장님과 개인적으로 인연이 있는 사람
들이에요. 그게 얼마나 힘들지 충분히 상상할 수 있어요."

"내가 객관적이지 못할 거라고 생각하는 거야?"

"모르겠어요." 그녀가 그를 응시했다. "반장님은 그렇다고 생각하
세요?"

그는 숨을 깊이 들이쉬었다가 잠시 멈추더니 천천히 내뿜었다.

"내가 여기로 이사 온 뒤로 만난 사람은 거의 없어. 이웃사람도 쓰
레기 버릴 때나 잠깐 마주칠 뿐이고. 간혹 소피아를 학교에 데려다주
거나 빵집에서 누군가를 만나는 게 전부였어."

그는 잠시 말을 멈추었다.

"하지만 생각했던 것보다 나는 여기 사람들을 훨씬 더 잘 아는 것 같아. 그 사람들 역시 내가 그들의 옛날 비밀이나 소문에 대해 아는 것이 많다는 걸 알아. 그게 이익인지 손해인지는 모르겠지만. 어떤 사람들은 나를 그들 일원으로 여기기 때문에 나를 믿어. 하지만 다른 사람들은 나를 아웃사이더로 생각해. 그건 옛날부터 그랬어. 우리 집이 귀족 가문이고, 내가 영지에서 자랐고, 나이 든 사람들 중 많은 사람이 우리 부모님 집에서 돈을 받고 일했다는 사실이 어떤 사람들에게는 시기와 불신을 유발해."

"하지만 그로 인해 사람들은 반장님을 어려워하기도 해요. 반장님은 여기 사람이에요. 우리는 사람들이 이야기하길 꺼려하는 형사일 뿐이고요."

"나는 객관성을 유지할 수 있다고 생각해. 내가 그렇지 않다는 인상을 받으면 언제든 얘기해. 당신한테 수사 지휘권을 넘길 테니까. 오케이?"

"좋아요." 피아가 고개를 끄덕였다.

"이제 사제관으로 가서 신부님의 누이를 만나보도록 하자고. 그분한테는 무슨 얘기를 했을지도 모르니까."

***

"캠핑카에 숨어들기 전에는 보통 어디서 지냈어?" 펠리치타스가 물었다.

"그냥 여기저기요." 엘리아스는 맞은편 식탁에 앉아 멍한 표정으로 음식을 깨작거리고 있었다. 펠리치타스가 닭고기 수프를 끓이고 남은 고기에다 아스파라거스, 양송이버섯, 케이퍼, 레몬, 쌀을 넣고 치

225

킨 프리카세를 만들었는데, 그의 입에는 별로 맞지 않는 듯했다.

"그럼 뭘 해서 먹고살았니?"

"그때그때 아무데서나 닥치는 대로 일했어요. 그전에는 가끔 남의 집에 몰래 들어가 물건을 훔치기도 했고요."

"부모님은 안 계셔?"

"집에서 쫓겨났어요." 엘리아스는 고백했다. "제가 말썽을 많이 피웠거든요. 하지만 우리 노인네들은 완전 빡쳐요. 아무리 애원해도 다시는 그 집에 들어갈 생각 없어요." 그의 목소리가 씁쓸하게 변했다. "저는 노인네들한테 한 번도 훌륭한 아들이었던 적이 없어요. 누나처럼 뭘 잘하겠다는 욕심이 전혀 없었거든요."

"음."

"원래는 엄마 아빠 마음을 아프게 하려고 사고를 쳤는데, 생각해보니까 오히려 제 자신이 더 망가졌다는 걸 알게 됐어요." 그는 뒤늦은 자각 속에서 어깨를 으쓱했다. "이젠 제가 잘못한 걸 알아요. 정말 바꾸고 싶어요. 진심이에요."

"감방에도 들어간 적 있니?" 펠리치타스가 궁금해서 물었다.

"네." 엘리아스는 포크를 만지작거렸다. "몇 달 있었어요. 지금도 집행유예로 나와 있는 거고요. 형사들한테 잡히면 바로 감방에 들어가 남은 기간을 채워야 할 거예요."

"그렇다고 언제까지 도망만 치면서 살 수는 없잖아!"

"맞아요." 엘리아스는 깊은 한숨을 토해냈다. "아기가 태어나면 자수하기로 결심했어요."

그는 무척 쓸쓸해 보였고, 펠리치타스는 그런 그에게 연민을 느꼈다. 이 아이의 처지는 자신과 별반 다르지 않았다. 마누와 옌스가 언젠가 정중히 이 집에서 나가라고 하면 그녀에게 남은 방법은 실업연

금을 받거나, 사회복지의 혜택에 의존하며 근근이 살아가는 길밖에 없었다. 돈이나 직업, 의료보험은 남의 나라 일이었다. 그런 가운데에도 사채업자에게 빌린 돈은 매일 불어날 것이고, 그녀는 평생 그 돈을 갚지 못할 것이다.

엘리아스가 방금 해준 암울한 이야기에도 불구하고 펠리치타스는 말상대가 있다는 것 자체가 반가웠다. 숲속 한가운데의 이 집은 첫날부터 느낌이 좋지 않았다. 어젯밤에는 죽음의 고통에서 벗어났다는 감격 때문에 자신의 삶이 이전과는 달라질 거라고 생각했지만, 그건 착각이었다. 불안은 더 커졌을 뿐 아니라 이제는 막연한 느낌이 아니라 상당히 구체적으로 다가왔다. 저 바깥에 캠핑카에 불을 지르고 사람까지 죽인 누군가가 돌아다니고 있었다. 범인은 항상 다시 범행 장소에 나타난다고 하지 않던가? 그러다 우연히 살인자가 엘리아스를 보았으면 어떡하지? 엘리아스는 개를 풀어주러 잠깐잠깐 밖에 나가기도 하지 않았던가? 경찰이 엘리아스를 수배했으니 살인자도 분명 그의 이름을 알고 있을 것이다.

"캠핑카에 불을 지른 남자를 정말 봤니?" 그녀가 물었다.

"봤어요. 내가 본 사람이 맞다면요."

"어떻게 봤는데?"

"캠핑카 앞에 쪼그리고 앉아 담배를 한 대 피우고 있었어요. 한밤중이었죠. 그때 사람 목소리가 들렸는데, 둘이 다투는 것 같았어요. 한 사람은 캠핑카에 있는 사람이었어요. 그래서 누구랑 싸우는지 궁금해서 숲 가장자리 관목을 따라 살며시 다가갔죠."

엘리아스의 시선은 끊임없이 흔들렸다. 진실을 말하는 것일까, 아니면 지어낸 것일까?

"상당히 가까이 갔을 때 갑자기 조용해졌어요." 엘리아스는 말을 이어갔다. "한 남자가 캠핑카 옆의 차로 가더니 트렁크에서 뭔가를 꺼냈어요. 캠핑카 문은 닫혀 있었고, 다른 남자는 보이지 않았어요. 그래서 뭔가 이상하다고 생각하고 주머니에서 휴대전화를 꺼냈어요. 여기서 휴대전화는 터지지 않지만 카메라 기능은 되거든요."

"사진을 찍었다고?" 펠리치타스는 믿을 수 없다는 듯이 물었다.

"아뇨. 동영상을 찍었어요."

"영상에 뭐가 찍혔는데?"

"몰라요. 배터리가 다 됐고, 충전기도 없어요."

"남자가 너를 봤니?" 펠리치타스가 하얗게 질려서 물었다.

엘리아스는 머뭇거렸다. 검지로 식탁 위에 동그라미만 그리고 있더니 관자놀이의 반창고를 긁적였다.

"본 것 같아요." 마침내 그가 입을 열었다.

"네 이름이 신문마다 크게 났어." 펠리치타스는 등골이 오싹했다가 다시 풀어졌다를 반복했다. "라디오에서도 널 찾고 있고, 텔레비전과 인터넷에는 네 얼굴까지 공개됐어! 처음엔 그놈이 너를 알아보지 못했더라도 최소한 지금은 네가 누군지 알고 있을 거야!"

엘리아스는 입술을 꽉 다물고 열심히 머리를 굴렸다.

"이거 아주 지랄 맞게 된 거죠?"

"나를 박스에 가둬두고 밖에 나간 적 있니?"

"있을 거예요." 엘리아스는 아랫입술을 잘근잘근 깨물었다. 자신이 어떤 위험에 처해 있는지 이제야 서서히 깨닫는 듯했다. "아니, 있어요. 걔들을 풀어주려고."

"어이구, 잘도 하셨네." 펠리치타스는 고개를 흔들더니 자리에서 일어났다. "네 휴대전화를 가져와봐. 집 안에 어디 맞는 충전기가 있을 거야. 일단 동영상에 뭐가 있는지부터 보자고. 그 안에 남자가 있으면 경찰한테 보여줘야 해."

"절대 안 돼요!" 엘리아스가 저항했다. "난 감방에 돌아가기 싫어요! 지금은 안 된다고요!"

"그럼 네 아들이 아버지 없이 태어나는 게 더 좋아?" 펠리치타스가 그를 꾸짖었다. "그 남자는 살인범이야! 그런 인간이 목격자를 내버려두겠어?"

"내가 여기 있는 건 모르잖아요. 아니에요?" 엘리아스가 갑자기 불안해했다. "그렇지 않으면 여기 벌써 나타났을 거예요."

"어쩌면 네 말이 맞을지도……." 펠리치타스는 이렇게 대답했지만 크게 확신이 가지는 않았다. 문득 자신이 본 자동차 속의 남자가 떠올랐다. 그들이 자는 동안 그자가 나타나 이 목조 건물에 불을 지르면 어떡하지? 그리되면 독 안에 든 쥐나 다름없었다. 그렇다고 다른 대안이 떠오르지도 않았다.

***

"안 돼! 그건 허락 못 해요! 절대!" 이레네 페터는 목뼈가 탈구되지 않을까 염려될 정도로 격하게 고개를 흔들었다. "자살한 신부라니, 사람들이 들으면 뭐라고 하겠어요?"

"페터 부인, 진정 좀 하세요." 피아가 부드럽게 말했다. "범인을 잡는 즉시 사실을 밝힐 겁니다."

"그렇다고 어떻게 거짓말을 해?"

"거짓말이 아니라 수사 전략상 의도적으로 거짓 정보를 흘리는 거죠." 피아가 수정했다. "그걸 듣고 범인은 안심해서 뭔가 실수를 저지를 거예요. 우린 그걸 기다리는 거고요."

그들은 유치원 안의 자그마한 부엌에 앉아 있었다. 15분 전에 도착한 킴은 창턱에 기대 있었다. 쪼그만 공간의 벽들은 위에서 아래까지 죄다 아이들의 그림으로 덮여 있었고, 코르크 보드판에는 근무 계획표와 행사 전단지, 쪽지와 메모가 잔뜩 꽂혀 있었다. 이레네를 돌봐주던 파트리치아 엘러스는 집에 돌아가고 없었다. 보덴슈타인은 그녀에게 유치원 열쇠를 나중에 집으로 갖다 주겠다고 약속했다. 안타깝게도 성당과 성구실 열쇠가 몇 개나 더 돌아다니는지는 파악되지 않았다. 지난 30년 동안 열쇠공은 한 번도 바뀌지 않았고, 필요할 때마다 열쇠를 복사해서 사용해왔기 때문이다. 자물쇠 도면도 없고, 열쇠 소지자들의 명단도 없었다.

성당 수색을 마친 감식반은 쓸 만한 단서나 증거를 찾으려고 사제관을 지하실부터 다락까지 샅샅이 뒤졌다. 셈과 타리크는 사람들의 기억이 아직 생생하게 남아 있는 시간을 놓치지 않으려고 이웃집을 탐문하고 다녔다. 본인에게는 별로 대수롭지 않은 일이라고 하더라도 지난밤에 우연히 뭔가를 본 사람이 있을 수도 있었다.

"몇 주만 지나면 사람들은 진실엔 관심이 없어져요!" 이레네가 격분해서 소리쳤다. "사람들 머릿속엔 맨 처음 들은 이야기만 기억에 남는다고요! 나는 오라버니의 이름이 수사 전략상의 이유로 더럽혀지고 손상되는 걸 용납할 수 없어요!"

그녀의 충혈된 눈에서 불꽃이 튀었다. 보덴슈타인은 속으로 그녀의 말이 옳다고 생각했다. 자살은 가족들에게는 항상 수치이자 가족 관계의 공식 파산 선고나 다름없었다. 자살한 사람들의 가족이 죄책감으로 괴로워하는 모습은 이미 충분히 봐온 터였다.

"당신들이 살인자를 잡을 거라고 누가 보장해요?" 이레네는 보덴슈타인과 피아를 도전적으로 번갈아 바라보며 공격적으로 턱을 내밀었다.

"게다가 설사 잡는다고 해도 그때까지 오라버니가 차가운 냉동실에 품위 없이 계속 누워 있어야 한다고요? 자살은 구원받지 못할 대죄예요! 자살한 사람은 가톨릭 장례식도 치르지 못해요!"

"그렇지 않습니다." 보덴슈타인은 진정시키려고 애썼다. "예전에는 그랬지만 지금은……."

이레네는 두 손으로 탁자를 탁 내리쳤다.

"그만해요!" 그녀는 격분해서 소리쳤다. "난 어쨌든 당신들이 내 오라버니의 죽음을 자살로 말하겠다는 걸 받아들일 수 없어요! 알아들었어요?"

"예, 알아들었습니다." 보덴슈타인이 양보했다. "공연히 그런 제안 드려서 죄송합니다. 부인의 마음을 아프게 하려고 한 것도 아니고, 신부님의 명예를 손상하려는 뜻도 없었습니다."

피아는 깜짝 놀라서 반장을 곁눈질했지만 침묵하고 말았다. 노부인은 회색 니트 재킷 소매에서 손수건을 꺼내 코를 풀었다. 그러고는 몸을 움츠린 채 한순간 멍하니 앞을 바라보았다. 방 안의 정적 속에서 냉장고 돌아가는 소리만 윙윙 크게 들렸다.

"차 한 잔 끓여드릴까요?" 피아가 제안했다. "아니면 물을 드릴까요?"

"차는 필요 없어요." 이레네가 거절했다. "심리학자도 필요 없고!"

그녀는 피아가 심리학자라고 소개한 킴을 곱지 않은 시선으로 바라보았다. 피아는 나중에 이레네에게 의사를 부르거나, 아니면 최소한 부인을 집으로 데려가 함께 있어줄 지인을 부르라고 할 생각이었다. 부인은 쇼크 상태였고, 무슨 일이 일어났는지 실감하지 못하는 듯했다. 이런 충격적인 사건을 겪으면 항상 나중에야 현실을 지각하게 되는 법이니까.

"페터 부인, 저희가 몇 가지 질문을 드릴 텐데요……." 보덴슈타인은 언제 다시 터질지 모르는 감정 폭발에 대비하면서 조심스레 말을 꺼냈다. "지금 상황에서 이런 질문을 드려 정말 죄송한데……."

"물어봐요." 이레네는 손수건을 다시 소매 안에 집어넣고는 한숨을 내쉬었다. "나도 범죄 수사물 〈현장〉과 〈데릭〉은 자주 봤어요. 이제 뭘 하려는지 알아요."

"그렇다면 시작하겠습니다." 보덴슈타인은 전혀 그럴 기분이 아니었지만 억지로 미소를 지었다. 피아도 그걸 알고 있었다. 지금 반장의 심정이 어떨지 충분히 짐작할 만큼 그를 잘 알고 있었던 것이다. 노신부가 긴히 할 말이 있어 보덴슈타인을 찾아갔고, 그 직후에 누군가 여든다섯이나 된 신부를 잔인하게 살해했다는 사실에는 뭔가 불안한 구석이 있었다. 이 두 사실 사이에 무슨 연관이 있다면 어떡하지? 살인자가 마우러 신부를 관찰했고, 심지어 뒤쫓다가 신부가 보덴슈타인의 집 초인종을 누르고, 인터폰으로 보덴슈타인의 어린 딸과 이야기하는 것을 보았다면? 반장은 소피아를 걱정하고 있을까?

"아달베르트는 며칠 전부터 뭔가 고민이 있는 눈치였어요." 묻기도 전에 이레네가 먼저 불쑥 말을 꺼냈다. "기분이 무척 다운되어 있었죠."

그녀는 창문으로 텅 빈 놀이터를 내려다보면서 생각에 잠겨 왼손 엄지손가락으로 오른손에 낀 결혼반지를 돌렸다. 보덴슈타인과 피아는 시선을 교환했다. 시간이 없지만 인내심이 필요한 순간이었다.

"뭔가 로지와 관련된 일인 것 같았어요." 이레네가 갑자기 침묵을 깨뜨렸다.

"로지요? 로제마리 헤롤트 부인 말씀하시는 건가요?" 피아가 깜짝 놀라 확인했다.

"맞아요. 오라버니가 로지에게 요즘 말로는 병자성사라고 하는 성유성사를 해줬는데, 그때 로지가 뭔가 자신의 마음을 무겁게 짓누르고 있던 걸 고백한 것 같았어요. 오라버니는 완전히 녹초가 돼서 집으로 돌아왔죠."

"헤롤트 부인을 방문한 게 언제였습니까?"

"일요일이었나?" 이레네는 기억을 더듬었다. "맞아, 일요일이었어요. 내가 자두케이크를 만든 날이니까. 신부님이 가장 좋아하는……아니, 가장 좋아했던 케이크였죠. 그런 양반이 그날은 집에 돌아왔는데, 전혀 식욕을 안 보였어요. 평소 한 번에 세 조각까지 드시던 사람이."

"그날 부인한테 정확히 무슨 말을 하셨는지 기억나세요?" 이레네가 감상적인 기억에 빠져들기 전에 피아가 얼른 정신을 일깨웠다. "정말 중요한 일이에요."

"오라버니는 사제의 고해 비밀 엄수를 엄격하게 지키시는 분이었어요."

"당연히 그러셨겠죠. 하지만 뭐가 문제인지, 뭣 때문에 신부님이 그렇게 힘들어하시는지 아주 조그만 힌트는 주셨을 거 아니에요!"

이레네 페터는 망설였다. 시선이 이리저리 흔들렸다.

"난 아달베르트한테 약속했어요. 내가 들은 얘기를 절대 남한테 옮기지 않겠다고." 그녀는 대답을 회피했다. 그걸 보면서 피아는 이레네가 지금 털어놓은 것보다 훨씬 많은 것을 알고 있다는 사실을 바로 알아차렸다.

"핵심 단어만 몇 개 말씀해주셔도 저희한테는 도움이 됩니다." 피아가 대답했다. "부인도 저희가 오라버니한테 그렇게 잔인한 짓을 하고도 자살한 것처럼 꾸민 그 인간을 꼭 잡길 바라시잖아요!"

"그야 물론이죠." 노부인의 얼굴에 불편함과 걱정의 빛이 떠올랐다. 하지만 결국엔, 과거 언젠가 오빠에게 꼭 지키겠다고 했겠지만 어쩌면 벌써 여러 번 깨뜨렸을 약속보다 발설의 욕구가 더 컸다.

"오라버니는 로지에게 고해를 받고, 큰 충격을 받았어요. 오랫동안 잘 아는 사람이라고 생각했는데, 그런 사람이 어떻게…… 그런…… 짓을……."

"…… 한 사람을 죽음에 이르게 했다는 걸 말씀하시는 건가요?" 부인이 잇지 못한 말을 보덴슈타인이 대신 꺼내자 피아는 깜짝 놀랐다.

"그걸 어떻게 알았어요?" 페터 부인이 의심스럽게 물었다.

"로지가 소냐한테도 그 사실을 말했어요."

"그럼, 당신들도 벌써 다 아는 얘기군요." 이레네는 어깨를 으쓱 들어 올렸다가 다시 내렸다. 한결 마음이 가벼워진 눈치다. "오라버니는 나한테 자세히 얘기하지는 않았어요. 다만 당시 실종된 소년한테 무슨 일이 있었는지 로지가 안다는 말만 들었어요."

"소년이라뇨?" 피아가 당황해서 물었다. 그런 다음 보덴슈타인에게로 얼굴을 슬쩍 돌리는 순간 소스라치게 놀랐다. 그가 사색이 된 얼굴로 어쩔 줄 몰라 하며 노부인을 멍하니 바라보고 있었던 것이다. 한순간 죽음 같은 정적이 흘렀다.

"바람 좀 쐬고 올게." 반장은 이렇게 말하더니 의자가 넘어질 정도로 급히 일어났다.

피아와 킴은 당혹스런 눈으로 그의 뒷모습을 바라보았다. 세 건의 살인 사건은 그 스스로 인정하는 것보다 한층 더 그를 힘들게 하는 게 분명했다. 그는 로지의 딸 소냐와 나눈 대화에 대해 피아에게 아무 말도 하지 않았다. 노신부가 요양원으로 로지를 찾아간 것도 알고 있었을까? 지금이라도 피아에게 수사 지휘권을 넘기는 게 낫지 않을까?

"아르투어라는 이름의 소년인데 1972년 8월에 흔적도 없이 사라졌어요." 이레네의 목소리가 갈라졌다. "그날은 정확히 기억해요. 정말 끔찍한 날이었죠. 그 뒤에도 아이의 부모는 여기서 몇 년 더 살았지만 더 이상 버틸 수가 없었죠. 하지만 그 뒤로도 해마다 아이가 실종된 날에 돌아와 옛 시청 앞에서 피켓을 들고 침묵시위를 했어요. 아들을 찾아 달라는 간절한 바람을 담아서요."

42년 전의 일이었다. 피아는 암산을 잘 못했지만 그 정도는 계산할 수 있었다. 지금 보덴슈타인의 나이가 쉰넷이니까, 당시는 열한 살, 아니 거의 열두 살이 다 돼 갈 즈음이었다.

"실종된 소년은 반장님과 아는 사이였나요?" 사실 이건 불필요한 질문이었다. 보덴슈타인의 격한 반응이 이미 대답을 해주고 있었으니까. 그럼에도 피아는 확인하고 싶었다.

"알다마다요." 이레네는 고개를 끄덕이더니 한숨을 쉬었다. "가장 친한 친구였죠."

***

엘리아스는 사랑과 존중을 받지 못하고 큰 가엾은 아이였다. 따뜻한 가정이 없고, 자신에게 호의를 베풀 사람조차 없다는 것이 어떤 기분일지는 누구보다 펠리치타스 자신이 잘 알고 있었다. 그러나 그녀는 성인이었다. 게다가 그건 그녀가 자초한 일이었다. 하지만 엘리아스는 아니었다. 부모의 기대에 부응하지 못했다는 이유로 집에서 쫓겨난 아이였다. 그러다 마약 중독에 빠졌지만 이겨내려 싸웠고, 온전히 혼자 힘으로 마약을 끊은 뒤 삶을 처음부터 완전히 바꾸고 싶어 했다. 박수 쳐줄 만한 일이었다. 그녀는 힘닿는 데까지 이 아이를 돕고 싶었다.

엘리아스는 점심 식사 후 소파에 앉아 텔레비전을 틀었다. 그사이 펠리치타스는 부엌 정리를 끝내고 마누의 사무실로 가 엘리아스의 구닥다리 아이폰에 맞는 충전기가 있는지 찾아보았다. 이 아이와 신뢰가 쌓이면 휴대전화 동영상을 경찰에 넘기는 편이 낫다고 설득할 수 있을 것 같았다. 방화범이 쫓는 사람은 그녀가 아니라 엘리아스였다. 그렇다면 빠를수록 좋았다. 휴대전화를 숲에서 주웠다고 하면서 경찰에 갖다 주면 그만이었다. 운이 좋아 범인이 빨리 체포되면 이 악몽도 깨끗이 끝날 것이다.

펠리치타스는 창문 밖으로 시선을 던졌다. 좋은 날씨를 이용해서 조깅하거나 자전거를 타거나 산책하는 사람들이 눈에 띄었다. 환한 햇살 때문인지 평소엔 그렇게 음습하던 숲도 살갑게 느껴졌다. 그러나 이렇게 화창한 10월의 아름다움도 그녀와는 상관없는 일이었다. 밖이 아직 환할 때는 그녀도 어느 정도 안전하다고 느꼈다. 지금이 늦은 오전이니까 날이 어두워지려면 아직 일곱 시간은 남았다. 그때까지는 뭔가 좋은 수를 내야 했다. 다행인지, 마누의 사무실에는 엘리아스의 스마트폰에 맞는 충전기가 있었다. 하지만 펠리치타스는 기술적인 지식이 부족해서 경찰이 언제 휴대전화로 위치 추적을 시작할 수 있는지 몰랐다. 배터리가 충전되는 것만으로 추적이 가능할까? 아니면 전원을 켜야만 할까? 그녀는 위험을 걸어야 할지 말아야 할지 갈피를 잡지 못했다.

책상에 앉아 가만히 창밖을 응시하고 있는데 유선전화가 울렸다. 모르는 번호였다. 펠리치타스는 순간 멈칫했다. 여동생이 오스트레일리아의 밀림에 있다가 도시로 나와 여기 상황이 궁금해서 전화한 것일까? 아니면 경찰일까? 마침내 갈등 끝에 그녀는 수화기를 들고 아무렇지도 않게 "여보세요" 하고 말했다. 수화기 너머에서 누군가의 숨소리가 들리더니 전화가 끊겼다. 순간 이제껏 마음속에서 계속 스멀거리기만 하던 불안감이 간헐천의 샘처럼 솟구치기 시작했다. 경찰이 아니었다. 잘못 걸린 전화도 아니었다. 그였다. 그들이 아직 여기 있는지 확인하려는 방화범이었다. 도망치지 않으면 반드시 무슨 일이, 무슨 나쁜 일이 일어날 것만 같았다. 그녀는 그것을 직감했다.

***

당시 실종된 소년한테 무슨 일이 있었는지 로지가 안다는 말만 들었어요. 이 한마디면 충분했다. 보덴슈타인의 내면에 42년 동안 쌓여 있던 두꺼운 보호벽을 거대한 쇳덩이의 무게로 무너뜨리기엔. 그와 함께 그해 여름의 기억이 봇물처럼 터져 나왔다. 갑자기 그 모든 것이 어제 일처럼 생생하게 떠올랐다. 불안, 양심의 가책, 마음을 괴롭히는 죄책감. 네가 개를 지키지 않았어! 개한테 무슨 일이 일어났다면 그건 네 탓이야! 보덴슈타인에게 이런 비난을 한 사람은 없었다. 그의 부모도 아르투어의 부모도 하지 않았다. 하지만 자신은 그 일에 책임이 있음을 알고 있었다. 그가 아르투어를 집으로 데려다주지 않은 유일한 날에 그 일이 일어났으니까. 뭔가 끔찍하고 나쁜 일이.

보덴슈타인은 얼굴을 양손에 묻었다. 머릿속에서 갖가지 장면이 폭발적으로 떠올랐다. 봉인에서 한번 해제된 기억은 반갑지 않은 홍수처럼 통제를 벗어났다.

1972년 여름은 무더웠다. 시냇물이 마르고 방화수로 쓰이는 못의 수위가 한참 낮아질 만큼 뜨거웠다. 보덴슈타인의 머릿속으로 그때의 갖가지 냄새와 물건이 떠올랐다. 갓 베어낸 풀과 땀 냄새, 젖은 땅과 송진, 마른 나뭇잎 냄새, 미지근한 카프리선 음료수, 돌로미티 아이스크림, 바조카조 껌, 조개 사탕……. 짙푸른 하늘 위로 제비들이 날았고, 저녁 어스름에는 박쥐 소리가 들렸다. 어떤 때는 누렇게 익은 밀밭 위에 짙은 먹구름이 걸렸다. 서늘한 숲속에서 새들이 지저귀는 소리가 들렸다. 계곡 물은 바늘로 피부를 찌르듯 차가웠다. 쐐기풀과 블랙베리 덩굴, 부드러운 이끼 위를 재빨리 움직이는 발소리, 말들 주위에서 윙윙거리는 파리 떼, 야밤의 캠프파이어, 구운 감자. 탄 소시지…….

빌란트와 아르투어, 보덴슈타인, 이들 셋은 그 찬란했던 여름 내내 그림자처럼 붙어 다녔다. 그 끔찍한 날이 오기 전까지. 그 여름이 마지막이 되리라고 예감이라도 했던 걸까? 그래서 그렇게 삶에 굶주린 것처럼 경쾌하고 들떠 있었을까? 그들은 어른들의 엄한 금지령에도 불구하고 도로를 건너 반대편 숲을 탐사하고 다녔다. 늘 보덴슈타인의 길들인 여우 막시를 데리고서. 그들은 어떤 날은 미국 서부영화의 주인공이나 인디언이 되었고, 어떤 날은 닥타리, 마이크, 잭, 베네토우, 올드 섀터핸드, 올드 슈어핸드 같은 이야기책이나 텔레비전 시리즈의 주인공이 되었으며, 또 어떤 날은 경찰에 쫓기는 테러리스트가 되었다. 보덴슈타인은 지금도 숲속에 울려 퍼지던 소년들의 낭랑한 목소리가 들리는 듯했다. 물론 가끔은 가만히 누워 나무 사이로 하늘만 쳐다보고 있을 때도 있었다. 그들이 모르는 오솔길과 바위, 쓰러진 나무, 동굴은 없었다. 바깥세상은 눈부시게 환했지만 숲은 늘 서늘하고 고요하고 비밀에 차 있었고, 곤충과 새 울음소리, 덤불을 지나가는 작은 동물들의 바스락거림밖에 들리지 않았다.

나중에 그해 여름이 그렇게 아름답게 포장된 것이 페터와 랄프를 비롯해 다른 아이들의 어두운 영향력에서 드디어 벗어났다는 안도감 때문이었을까? 어쨌든 그 시간이 굉장히 아름답고 강렬하고 걱정 없고 신비롭기까지 했던 건 분명했다. 빌란트와 아르투어, 보덴슈타인은 아침부터 해가 질 때까지 같이 지냈다. 그러다 한순간에 모든 것이 끝나버렸다. 그날 밤 아르투어뿐 아니라 막시도 사라진 것이다. 보덴슈타인은 고통을 드러내지 않으려 애썼지만, 일주일 내내 숲속을 돌아다니며 막시를 소리쳐 불렀다. 그러다 언제부턴가 막시가 돌아오지 않으리라는 사실을 받아들여야 했다. 엄마 아빠의 말에 따르면 막시는 야생동물의 본능에 따라 숲으로 돌아갔을 거라는 것이다. 부모는 아들을 서툰 방법으로 위로하면서 아들의 어른스러움을 칭찬해주었다. 하지만 아들의 속마음이 실제로 어땠고, 아들이 얼마나 많은 밤을 잠 못 이루고 눈물로 지새야 했는지는 짐작조차 하지 못했다. 그는 지금껏 자신이 가장 소중하게 여기던 것을 잃었다. 게다가 아르투어보다 막시가 없어진 것을 훨씬 더 가슴 아프게 생각하는 자신을 보면서 심한 죄책감에 시달리기도 했다.

빌란트는 아르투어와 막시에게 일어났을 일에 대해 온갖 추측을 했다. 아르투어는 평소 그렇게 그리워하던 조부모를 찾아 카자흐스탄으로 몰래 간 것일까? 막시까지 데리고? 아니면 적군과 테러리스트가 아르투어를 다른 사람으로 잘못 알고 납치라도 했을까?

보덴슈타인은 이런 것들과는 전혀 다른 형태의 의심을 하고 있었다. 하지만 그에 대해서는 누구에게도, 심지어 빌란트에게도 이야기하지 않았다. 그는 자신이 피로 맺은 맹세를 깨뜨림으로써 죽음의 복수를 불렀다고 생각했다. 그러니까 아르투어와 막시에게 뭔가 위해를 가한 것은 그 패거리였다. 그가 거기서 빠져나온 대가로 그 패거리가 아르투어와 막시에게 대신 복수를 했다고 여겼다.

보덴슈타인은 셔츠 소매를 걷은 뒤 왼쪽 손목 위의 가느다란 흰 흉터를 골똘히 살펴보았다. 죽을 때까지 피로 맺은 형제, 페터 레싱은 그의 눈을 빤히 바라보며 이렇게 말했었다. 보덴슈타인은 이 말을 세 번 반복했고, 그러고 나자 페터는 자기 아버지에게서 훔친 해부칼로 그의 손목을 그었다. 의도했던 것보다 칼날이 깊이 들어갔다고 했지만 고의로 그랬을 가능성이 높았다. 보덴슈타인이 우는 걸 보고 싶었을 것이다. 그러나 그는 울지 않았다. 아프다는 말조차 하지 않았다. 나중에 어머니가 병원으로 데려가 상처를 꿰매야 할 만큼 피가 많이 났는데도 말이다. 그는 어디서 그렇게 다쳤는지 누설하지 않았다.

다른 아이들이 이구동성으로 맹세를 반복한 뒤 그의 손목에 흐르는 피를 차례로 핥던 모습이 떠오르는 순간 보덴슈타인은 와락 소름이 끼쳤다. 페터 레싱, 에드가 헤롤트, 랄프 엘러스, 안디 하르트만, 지모네 올렌슐래거, 로만 라이헨바흐, 콘스탄틴 포코르니, 잉카 한젠, 이들이 그 멤버들이었다. "넌 이제 우리 조직이야." 페터가 말했었다. 보덴슈타인은 흡족해하면서도 뭔가 위협적으로 비치던 페터의 미소가 떠올랐다. "죽을 때까지. 우리를 배신하면 벌을 받고 죽어야 해." 그때가 열 살이었다. 그냥 아이들이었다. 하지만 그때부터 보덴슈타인은 죽음의 공포가 뭔지 알게 되었다.

빌란트와 그는 아르투어와 막시의 이름을 다시는 입에 올리지 않았다. 그해 여름 함께 보냈던 비밀 아지트도 피했다. 그 뒤에도 보덴슈타인은 오랫동안 여우를 찾아다녔고, 냉정한 판단과는 상관없이 언젠가 다시 만나게 될 거라고 기대했다. 그러다 언제부턴가 그 끔찍한 사건과 죄책감을 머리와 가슴에서 몰아내는 데 성공했고, '누가' '왜'라는 의문조차 세월이 흐르는 동안 잘 억눌러왔다. 지금 생각해보니 소름 끼치도록 잘. 당시 사복 경찰이 그에게 뭔가 캐물었던 일이 어렴풋이 떠올랐지만 질문이 무엇이었는지는 생각나지 않았다. 다만 기억나는 것은 불쾌감을 주던 경찰의 고약한 입 냄새와 핏발 선 눈, 그리고 잘못 말했다가는 죽을 수도 있다는 섬뜩한 공포뿐이었다.

머릿속의 만화경이 여러 장면으로 미친 듯이 빠르게 돌아가다가 텔레비전 쇼에 나오는 행운의 추첨판처럼 천천히 한 칸에 멈추어 섰다. 순간 예기치 않은 깨달음이 확 찾아왔다. 클레멘스의 시신이 발견된 이후 꾸준히 기다려온 깨달음이었다. 그는 전기에 감전된 사람처럼 전율했다.

갑자기 모든 것이 분명해졌다. 로지는 40년 동안 끔찍한 비밀을 안고 살다가 죽음에 임박해서야 죄를 고백했다. 평생 우울증에 시달린 이유도 이것으로 설명이 되었다. 그렇다면 로지는 그로 인한 마음의 병을 저주로 느꼈을까? 침묵에 대한 합당한 벌로 느꼈을까? 로지가 마우러 신부에게 당시의 일을 고해하는 자리에 클레멘스도 있었다는 사실은 어제 요양원에서 셈과 함께 확인했다. 로지가 이름을 말했을까? 그래서 클레멘스도 비밀을 알았고, 그 때문에 죽임을 당했을까? 문득 마우러 신부가 지난 목요일에 도로를 건너다 사고를 당했을 때 무척 혼란스러워하던 표정이 떠올랐다. 왜 그랬을까? 42년 전에 사라진 소년 때문은 아니었다. 그건 분명했다. 그 뒤에는 무언가 다른 것, 노신부를 불안에 떨게 한 무언가가 숨어 있었다.

보덴슈타인은 재킷을 들고 벌떡 일어섰다. 더는 가만히 앉아 있을 수 없었다. 그날 아침 빵집 앞에서 마우러 신부는 말을 하다가 중간에 뚝 멈추면서 갑자기 당황해하는 눈치였다. 누구를 본 것일까? 그로부터 하루 뒤 신부는 급히 할 말이 있다며 그의 집을 찾아왔다. 24시간 동안 무슨 일이 있었을까? 그사이 신부는 어디에서 무엇을 했을까?

보덴슈타인은 걸음을 재촉했다. 그 바람에 모퉁이를 도는 순간 역시 바쁜 걸음으로 킴과 함께 걸어오던 피아와 부딪힐 뻔했다.

"여기 계셨네요!" 피아는 탐색하는 눈으로 그를 살펴보았다. "괜찮으세요?"

"괜찮아, 고마워." 그는 이렇게 말하고는 계속 걸어갔다.

"아르투어가 가장 친한 친구였다면서요?" 피아가 등 뒤에다 대고 소리쳤다. "괜찮다는 말을 제가 믿을 것 같아요?"

그는 걸음을 멈추고 그녀를 돌아보았다.

"맞아. 그렇게 긴 세월이 지났는데도 그 친구의 이름을 듣는 순간 가슴이 철렁 내려앉았어. 하지만 난……."

"반장님, 늦었지만 이제라도 수사 지휘권을 다른 사람한테 넘기는 게 좋겠어요." 피아가 그의 말을 가로챘다. "지금 시점에선 선택이 아니라 당위인 것 같아요. 이 사건은 반장님과 너무 개인적으로 엮여 있어요. 관계인들과도 너무 가까운 사이고요."

그는 피아 목소리에서 배어나오는 단호함에 멈칫했다. 그녀는 정말 자신이 이 상황을 감당하지 못할 거라고 믿는 걸까? 아무래도 피아가 전체 상황을 잘못 해석한 것 같았다. 그가 그렇게 격한 반응을 보였으니 그런 해석도 무리는 아닌 듯했다.

"아냐, 아냐!" 보덴슈타인은 맹세하듯 두 손을 올렸다. "당신이 뭔가 잘못 이해했어, 피아! 아르투어는 우리 사건의 열쇠야. 그걸 방금 깨달았어! 범인의 비밀을 아는 사람들이 차례대로 죽어나간 거라고! 당시 아르투어에게 무슨 일이 일어났는지 알아내야 해. 그러면 살인자를 잡을 수 있어."

"1972년에도 분명 수사를 했을 거 아니에요?" 피아가 말했다. "그러면 자료가 있겠죠. 우리가 왜 추가 조사를 해야 하죠?"

"이유는 분명해. 아르투어가 여기서 살해되었다는 사실을 최소한 지금 우리는 알고 있으니까." 보덴슈타인이 격하게 대답했다.

두 자매는 빠르게 시선을 교환했다.

"우린 아무것도 몰라요." 피아가 고개를 저었다. "아는 거라고는 제 삼자에게서 얻은 막연한 힌트뿐이에요. 오랜 세월이 지나 드디어 반장님 친구에게 무슨 일이 있었는지 알고 싶어 하는 마음은 이해해요. 하지만 그 일과 우리 사건들 사이에 반드시 무슨 관련성이 있다고 볼 수는 없어요."

"아냐, 명백해!" 보덴슈타인은 반기를 들었다. 피아의 배려하는 말투가 오히려 더 거슬렸다. 그녀는 왜 이 분명한 것을 이해하려 하지 않는 것일까? "로지는 큰아들이 있는 자리에서 신부님에게, 자기가 아르투어를 죽였다는 사실을 아는 사람의 이름을 얘기했어. 신부님과 클레멘스는 그 사람과 이야기를 나누었을 거고, 거기서 압박감을 느낀 그자가 둘을 죽였을 거라고!"

피아는 회의적인 시선으로 그를 관찰했다.

"반장님이 그러셨죠. 본인이 더는 충분히 객관적이지 않은 것 같으면 언제든 말해 달라고." 그녀가 말했다. "지금이 그래요. 여기서 일어난 모든 일과 좀 더 객관적인 거리를 둘 수 있는 사람에게 지휘권을 넘기는 게 좋겠어요. 이곳 사람들과 반장님의 인연은 그 자체로 소중하지만, 제 생각에는 그것 때문에 선입견에 빠져 있는 것 같아요. 반장님의 옛 친구가 이 모든 일과 관련 있는 것으로 드러나면 어쩌려고요?"

보덴슈타인은 피아의 동생에게로 눈길을 돌렸다. 킴 프라이탁은 무슨 생각을 하는지 전혀 내색하지 않았다. 피아의 말이 맞을까? 사실, 수많은 정보를 분류하고 중립적으로 판단하는 것은 어려웠다. 옛것이 새 것과 섞였고, 중요한 것이 중요하지 않은 것과 섞여 있었다. 그는 그 한가운데에 갇혀 있었고. 그렇다고 선입견에 빠져 있다고 비난하는 건 부당했다. 혐의가 있는 사람에 대해서는 누구라도 봐줄 마음이 없는 사람이니까.

"피아, 나는……." 그는 말문을 열다가 잠시 생각에 잠기더니 다시 입을 다물고 어깨를 으쓱했다. 그래, 숨을 크게 한 번 들이쉬고 침착하자. "당신 말이 맞을 수도 있고 틀릴 수도 있어. 난 누가 수사 지휘권을 갖든 상관없어. 다만 한 가지는 분명해. 당시 아르투어에게 무슨 일이 있었는지 내가 반드시 밝혀낼 거라는 거. 내 직감으론 모든 사건에 하나의 연관이 있어."

그는 피아와 킴을 지나갔다.

"어디 가세요?" 피아가 뒤에서 소리쳤다.

"페터 부인과 좀 더 얘기해보려고." 그가 걸어가면서 말했다. "그런 다음 요양원의 간병인들을 만나보려고 해. 누가 로지를 방문했는지 알아야 해. 그전에 소피아를 로렌츠한테 데려다줄 생각이야. 소피아는 루퍼츠하인에 없는 게 낫겠어."

"왜요?"

"이 동네에는 지금 닥치는 대로 사람을 죽이는 살인자가 돌아다니고 있어. 놈을 잡으려면 최대한 집중해야 하는데, 놈이 우리한테 꼬리가 밟힌 것을 알게 되면 내 딸아이에게 무슨 짓을 할지 몰라. 그런 걱정으로 내가 전전긍긍하면 수사에 집중할 수가 없어."

"이건 반장님의 문제가 아니에요! 지금 모든 걸 너무 개인적으로 받아들이고 있어요!"

보덴슈타인은 몸을 돌렸다. 이어 심호흡을 하더니 입술을 한일자로 굳게 다물었다.

"아르투어 베르야코프는 나하고 가장 친한 친구였어. 가족과 함께 소련에서 왔다는 이유로 다른 아이들에게 괴롭힘을 많이 당했지. 나는 그런 친구를 보호해줬어. 마을 아이들을 너무 무서워해서 내가 매일 저녁 집에 데려다줬지."

그는 잠시 말을 멈추었다. 말을 계속하기 전에 속에서 자신과 싸우는 듯했다.

"어느 날 우리 집에 텔레비전이 들어왔어. 동네에서도 몇 안 되는 컬러텔레비전이었지. 당시 내가 제일 좋아하던 연속극은 〈보난자〉였어. 그걸 놓치기 싫어 그날은 아르투어를 집에 바래다주지 못했어. 그게 끝이었어. 저녁 식사 시간에 맞춰 혼자 떠난 친구가 영영 집에 도착하지 못했어."

이제야 보덴슈타인은 피아의 눈을 똑바로 바라볼 수 있었다.

"내가 아르투어의 실종을 왜 내 개인과 연관해서 받아들이는지 이제 알겠어? 내가 보호하지 못했기 때문에 그 친구한테 무슨 일이 닥친 거라고!"

"하지만 반장님은 그때 겨우 열한 살이었어요." 피아가 반박했다. "어차피 살인자로부터 친구를 보호할 수 없었을 거예요."

"나는 아르투어를 잘 돌보겠다고 그 친구 부모님한테 약속까지 했어. 그런데 그 약속을 지키지 못했어. 다 내 책임이야. 텔레비전 연속극이 뭐라고……."

***

로렌츠는 조금의 망설임도 없이 소피아를 주말에 데리고 있겠다고 했다. 이유는 묻지 않았다. 소피아는 로렌츠가 성인이 되어 독립해서 살 때 태어난 늦둥이 여동생이었다. 그런 동생의 베이비시터 노릇을 하는 게 이번이 처음은 아니었다. 더구나 루퍼츠하인으로 직접 와서 동생을 데려가겠다고 했다. 보덴슈타인으로선 참으로 고마운 일이었다. 로렌츠가 소피아를 데리고 출발하자 그는 발코니로 나가 폴리라탄 재질의 선베드에 앉아 담배에 불을 붙였다. 담배를 피우는 일은 드물었지만 지금은 니코틴이 필요한 몇 안 되는 순간이었다. 낮이건 밤이건 발코니에서 바라보는 풍경은 아주 멋졌다. 라인-마인 평야가 발아래 펼쳐져 있었고, 그 뒤로는 프랑크푸르트의 스카이라인과 공항이 보였다. 심지어 날이 좋을 때는 저 멀리 오덴발트 산까지 보였다. 그는 여기 앉아 이런저런 생각에 잠기는 걸 좋아했고, 이 집과 정적, 여기 타우누스 언덕의 청명한 공기를 사랑했다. 지금까지는 이 집과 작은 동네가 안전하고 안락하다고 생각했는데, 이제 그런 감정은 더 이상 남아 있지 않았다.

"아르투어." 그는 나직이 중얼거렸다. "대체 그 인간들이 너한테 무슨 짓을 한 거야?"

초등학교 4학년을 마치고 에드가, 랄프, 콘스탄틴, 로만, 지모네, 안드레아스는 루퍼츠하인에 사는 대다수 아이들처럼 피시바흐의 종합학교에 진학했고, 그와 빌란트는 인문계 남자 김나지움에, 페터와 잉카는 쾨니히슈타인의 타우누스종합학교에 들어갔다. 그 무렵 베르야코프 가족이 루퍼츠하인에 왔다. 마을 사람들은 이 러시아인들을 경멸하는 의미로 이반 가족이라 불렀다. 이들은 늙은 마이어 부인의 작은 목조 건물 2층에 살았는데, 부인과는 몇 다리 건너 친척이었다. 보덴슈타인의 기억으로는 이들이 이사 오고 마을 분위기는 하루아침에 달라졌다. 또래 아이들은 처음부터 아르투어에게 적대감을 드러냈다. 특히 에드가와 페터가 싫어했다. 다른 아이들도 페터와 에드가의 눈치를 보느라 아르투어에게 거부감을 내비쳤지만, 그렇다고 덜 못되게 굴지는 않았다. 아이들은 학교생활 내내 아르투어를 몹시 괴롭혔고, 그는 같은 학교에 다니는 동안은 괴롭힘에서 벗어날 수 없었다. 당시는 문제가 있다고 바로 부모에게 달려가 일러바치거나 도움을 청하는 분위기가 아니었다. 사실 아르투어의 부모도 마을 사람들의 거부감과 새 환경에 대한 적응으로 힘들어하고 있었다. 그래서 아르투어는 자기 일로 부모를 힘들게 하고 싶지 않았다. 혹시 그때 그 친구가 부모에게 도움을 요청했다면 상황이 달라졌을까?

보덴슈타인은 편안한 선베드에 누워 이런 생각을 하면서 꾸벅꾸벅 졸았다. 10월의 따스한 햇볕으로 몸이 노곤했다. 잠시 단잠에 빠져드는 순간, 휴대전화 소리가 끈질기게 울려대는 바람에 그는 잠에서 깼다.

"네." 그는 몽롱한 상태로 전화를 받았다. 심장은 두근거렸고, 뺨에는 침이 말라붙어 있었다.

"당신 지금 어디야?" 니콜라 엥엘의 목소리가 귓전을 때렸다. "자고 있었어?"

"집이야." 그는 몸을 일으켰다. 해는 서쪽 산등성이로 넘어가고 있었다. 몇 시쯤 됐을까? 그는 환할 때 잠이 드는 걸 싫어했다. 생체리듬이 완전히 엉망이 돼버리기 때문이다.

"산더 형사가 방금 찾아와서 당신한테 수사 지휘권을 뺏어 달라고 부탁했어. 산더 말로는 당신이 세 피해자와의 개인적인 관계 때문에 객관성을 유지하기 힘들다고 하던데?"

"그래, 어쩌면 다른 사람이 수사를 지휘하는 게 나을지 모르겠어." 보덴슈타인은 뒤엉킨 꿈의 파편들에서 벗어나려고 애썼다. '못에서 벌거벗은 채 수영하는 여자'가 떠올랐다. 성인 여자였다. 소녀는 아니었다. 희끄무레한 피부, 역삼각형의 검은 음부, 풍만한 가슴. 그냥 의미 없는 꿈일 뿐일까? 아니면 저 깊은 무의식에서 올라온 기억의 일부일까? 마른 갈대가 부스럭거리는 소리, 주변에서 풀 뜯던 소들의 발굽에 짓이겨진 진흙 바닥, 시커먼 하늘에 떠 있는 만월에 가까운 달, 그와 비대칭적으로 안개 낀 밤의 환한 안마당, 너무도 또렷한 위험과 불안의 감정……. 여자는 누구였을까? 왜 이 여자가 꿈에 나타났을까?

"왜 그래? 대체 무슨 일이야?" 니콜라가 화를 내며 물었다. "사무실로 올 거지? 내가 19시에 회의를 소집해놨어."

"당연히 가야지." 보덴슈타인이 일어났다. 햇볕을 받으며 땀을 흘렸는지, 이제는 한기가 들었다. 선베드에는 바지주머니에서 흘러나온 열쇠꾸러미가 놓여 있었다. 파트리치아에게 갖다 주기로 한 유치원과 성당 열쇠였다.

"무슨 사정인지는 나중에 듣도록 하지. 그리고 당신이 동의한다면 산더 형사한테 이 사건을 넘길까 해." 니콜라의 마지막 말은 마치 그의 의견을 묻는 것처럼 들렸다. 그의 항의를 예상하고 한 말이 분명해 보였지만, 지금의 그로서는 오히려 잘된 일이었다. 이제부터는 아르투어 사건에 집중할 수 있었기 때문이다.

"난 괜찮아. 마음대로 해." 그는 발코니 문을 밀고 안으로 들어갔다. 그때였다. 이날 두 번째로 또 다른 깨달음이 퍼뜩 찾아왔다.

"그만 끊어야겠어." 그는 방금 떠오른 생각의 실마리가 사라지기 전에 급히 종료 버튼을 눌렀다. '벌거벗은 여자, 교태가 묻어나는 웃음, 흥분. 여자는 혼자가 아니었다. 옆에 남자가 있었고, 그는 두 사람의 성행위를 지켜보았다.' 그런데 그 자리엔 보덴슈타인 말고 또 누군가가 있었다. 아르투어? 아니었다. 보덴슈타인은 온 정신을 집중해서 과거의 흔적을 더듬었다. 그러다 문득 꿈속의 장면이 뜻하는 바를 알게 되었다. 그는 흥분한 채로 휴대전화에 저장된 전화번호 목록을 빠르게 훑다가 찾던 번호를 눌렀다.

***

"그사이 사망자가 셋 발생했는데, 모두 서로 잘 아는 사이였고 둘은 모자 관계입니다." 피아가 피해자 세 명의 이름을 적은 화이트보드를 가리켰다. 그들은 강력반 회의실에서 경비초소 뒤편의 1층 휴게실로 자리를 옮긴 상태였다. 호프하임 지방수사과 건물에서 가장 넓은 공간으로 니어호프 과장이 재직 시 정기적으로 기자회견장으로 사용하던 곳이었다. 요즘은 이 공간을 사용하는 일이 많지 않았다. 비상대기를 할 때도 대부분 좀 더 아늑한 지하 휴게실을 애용했기 때문이다. 오늘은 다른 관할 경찰까지 총 스물서너 명이 그녀 앞에 앉아 있었다. 세 번째 살인 사건까지 발생하고 나자 특별수사반 설치가 불가피해졌다.

"수요일에서 목요일 밤사이 쾨니히슈타인의 숲친구 캠핑장에서 발생한 캠핑카 화재로 61세 남성 클레멘스 헤롤트가 사망했습니다." 피아가 단호한 목소리로 말했다. "캠핑카는 클레멘스의 어머니 로제마리 헤롤트의 소유인데, 그녀 역시 목요일 오후 켈크하임 저녁놀 요양원에서 목 졸려 질식해 죽었습니다."

"교살입니까, 질식사입니까?" 누군가 물었다. "둘 중에 뭐죠?"

"둘 다입니다." 피아가 대답했다. "자세한 내용은 나중에 다시 말씀드리죠. 오늘 오전에는 85세의 아달베르트 마우러 신부가 루퍼츠하인 성당 성구실에서 목을 매단 채 발견되었습니다. 하지만 자살은 위장이고, 사인은 교살이었습니다."

공간은 더웠다. 피아는 브리핑을 하는 동안 땀방울이 관자놀이를 타고 목까지 흘러내리는 것을 느꼈다. 수사 책임이 전적으로 그녀에게 맡겨진 것은 처음이었다. 기분 좋은 느낌이라기보다는 살벌한 테스트 같았다. 보덴슈타인이 있었지만 지금은 그녀가 책임자였다. 어떤 실수도 용납되지 않는 상황이었다. 그렇지 않으면 그녀가 강력반 반장을 맡을 기회는 영영 사라질 것이다.

피아는 동료들의 집중한 얼굴을 보면서 갑자기 불안해졌다. 벌써부터 느껴지는 이 강한 압박을 얼마나 버텨낼 수 있을까? 뭔가를 놓치고 실수를 저질러서 또 다른 피해자가 발생하거나 수사를 실패로 돌아가게 하면 어쩌지?

"세 번째 희생자인 신부님은 지난 일요일 켈크하임 요양원에 입원 중인 두 번째 희생자 로제마리 헤롤트를 찾아갔습니다. 마우러 신부가 로지 헤롤트와 대화를 나누는 자리에 첫 번째 희생자인 클레멘스가 있었는지는 요양원 직원들을 탐문해서 확인해봐야 합니다."

"그건 벌써 확인했습니다." 셈이 그녀의 말을 중간에 끊었다. "반장님과 제가 어제 간병인들과 요양원 원장을 만나봤는데, 신부님이 일요일 오후에 헤롤트 모자와 함께 있었다고 진술했습니다."

"아!" 피아는 초조하게 침을 꿀꺽 삼키며 자기도 모르게 짜증이 치솟는 걸 느꼈다. 보덴슈타인이 깜박 잊고 그 사실을 말해주지 않은 건 이해할 수 있었지만, 셈은 달랐다. 오늘 어느 때고 그 사실을 자신에게 전달할 수 있었던 것이다. 엥엘 과장이 그가 아닌 그녀에게 수사 지휘를 맡긴 것이 못마땅했을까? 아니면 그녀에게 한방 먹일 생각이었을까? 셈은 속내를 가늠하기 힘든 사람이었다. 5년 전부터 같은 팀에서 일하고 있지만, 피아는 자신과 보덴슈타인에 대한 그의 신의가 어느 정도인지 판단을 내릴 수 없었다. 야심이 있는 친구라는 건 그녀도 알고 있었다. 반장이 되기에 적당한 나이였고 자격도 충분했다.

"어째서 내가 그 사실을 지금에야 알아야 하지?" 그녀는 이렇게 물으면서도 이 질문을 던지는 자신에게 더 화가 났다.

"어제 보고서를 작성했어요." 셈이 대답했다. "디지털업무시스템인 콤포어에 접속했더라면 확인할 수 있었겠죠."

순간 좌중에 팽팽한 긴장감이 감돌았다. 피아는 자신을 더는 수세로 몰아넣을 말을 하지 않기 위해 자제했다.

"마우러 신부님은 비밀을 지킨다는 전제하에 로지 헤롤트에게 들은 말을 자신의 여동생인 이레네 페터에게 했습니다. 그러니까 로지 헤롤트가 1972년 여름 한 소년을 살해했다는……."

그만! 틀렸어. 이레네 페터는 그렇게 말하지 않았잖아! 어깨뼈 사이로 땀이 흘러내리면서 후드 재킷의 겨드랑이 부분이 축축해지는 것이 느껴졌다. 다들 그녀를 응시하며 초조하게 다음 말을 기다렸다. 현재 시각 토요일 저녁 7시 15분. 이 시간에 아직 직장에 남아 있기를 바라는 사람은 없었다. 그런데 피아가 버벅대는 브리핑으로 이들의 귀한 시간을 뺏고 있었다. 다들 서서히 지치는 눈치였다. 이런 상황에서 피아는 말의 맥락까지 놓치고 말았다. 그때 문이 열렸다. 보덴슈타인이 들어오는 것을 본 순간 피아는 다리가 풀렸다. 안도감과 동시에 반장 앞에서 웃음거리가 될지도 모른다는 두려움 때문이었다. 보덴슈타인이 문가에 서자 크뢰거가 그에게 뭐라고 속삭였다. 할 말이 있으면 자신에게 하지, 왜 보덴슈타인한테 하는 것일까? 지금은 자신이 책임자인데!

"그래서 지금 우리한테 하려는 말이 뭡니까?" 셈이 까칠한 어조로 물었다. "뭔가 새로운 분석이라도 있는 겁니까, 아니면 그냥 추측입니까?"

"맞아." 누군가 셈의 말에 동조했다.

"그냥 사실만 얘기해줘요." 다른 동료가 말했다.

"우리가 왜 지금 여기 앉아 있지?"

"오늘 국가대항전 봐야 한다고요!"

여기저기서 웅성웅성 소란이 일었고, 의자 끄는 소리까지 들렸다. 셈이 노린 게 이것이었을까? 피아는 이미 통제력을 잃어버렸다. 빌어먹을! 피아는 니콜라 엥엘에게 눈을 돌렸다. 여기서 피아의 실패를 보는 것이 그녀의 전략이었을까?

"자, 자. 다들 집중합시다!" 보덴슈타인의 말에 웅성거리던 소리가 일시에 멎었다. "오늘부터 피아 산더 형사가 수사를 지휘할 겁니다. 다들 내가 할 때와 다름없이 힘껏 지원해주길 바랍니다. 독단적인 행동은 금물이고, 수사 방해 행위도 있어선 안 됩니다. 그사이 세 사람이 죽었습니다. 또 다른 희생자가 나오지 않을까 걱정되는 상황입니다. 모두 힘을 합쳐주길 바랍니다. 오늘은 다들 늦게까지 수고했어요. 더 이상 붙잡고 있어봐야 별 의미가 없을 것 같아요. 안 그래요, 피아?"

"물론이죠." 피아는 이를 물고 그의 말에 동의했다. "다들 집에 가서 축구를 보세요. 다만 술은 마시지 말고. 모두 비상대기 상태니까."

이로써 회의는 끝났다. 의자가 리놀륨 바닥에 끌리는 소리가 났고, 동료들은 책상과 의자 사이를 밀치며 문 쪽으로 걸어갔다. 피아는 서류를 모았다. 얼굴이 뜨거워졌다. 자신을 무능한 리더로 여길 게 뻔한 과장과는 눈을 피했다. 보덴슈타인의 개입을 고마워해야 할까? 아니면 화를 내야 할까? 그는 힘 하나 들이지 않고 그녀를 무력화했고, 그로써 권위를 무너뜨렸다. 피아는 셈에게로 시선이 향하는 순간 속에 쌓여 있던 분노가 폭발했다.

"셈!" 그녀는 이렇게 툭 소리치고는 의자들을 밀치고 나아갔다. 그는 걸음을 멈추고 까만 눈으로 아무렇지도 않게 그녀를 바라보았다. 이런 태연함이 그녀를 더 화나게 했다.

"뭐하자는 거야?" 그녀가 흥분해서 소리쳤다.

"뭘?" 그가 의아하다는 듯이 반응했다.

"중요한 수사 결과를 나한테 말하지 않았고, 사람들 앞에서 날 웃음거리로 만들었잖아! 내가 수사 지휘를 맡은 게 못마땅해서 그래?"

"숨긴 거 없어요." 그의 눈썹이 추켜올라갔다. "왜 그렇게 예민해요?"

"그렇지 않아! 당신은······." 그녀는 말을 잇지 못했다. 입술을 깨물며 자신의 충동적인 행동을 저주했다. 셈의 말이 맞았다. 그녀가 너무 예민하게 굴었다. 셈은 반박이 체질적으로 몸에 밴 인간이었다. 그래서 피아도 보통은 그런 반박을 희미한 미소나 대범한 대꾸로 넘겼는데, 지금은 전혀 다른 반응을 보인 것이다. 혹시 3중 살인 사건의 수사 지휘자로서 무거운 책임감에 눌려서 그런 것일까?

"미······ 미안하게 됐어." 피아가 부끄러워하며 중얼거렸다.

"쿨하게 해요." 셈이 그녀의 어깨를 툭 쳤다. "누구한테 뭘 보여주려고 할 필요 없어요. 그냥 지금까지 하던 대로 계속 밀고 나가라고요."

피아는 책상으로 돌아가 서류철과 백팩을 챙겼다. 아달베르트 마우러 신부의 부검은 20시에 시작될 예정이었다. 그렇다면 바로 출발해야 했다. 보덴슈타인이 문가에서 기다리고 있었다. 그의 절제된 표정 뒤로 무언가 끓어오르는 것이 있었다. 그녀는 그의 뜨거운 눈빛에서 그것을 알아차렸다.

"법의학연구소에 같이 가실래요?" 피아가 물었다. 그러나 대답은 이미 예상하고 있었다. 10년 가까이 찰싹 붙어 다니는 동안 마치 부부 사이처럼 반장에 대해 잘 알고 있었던 것이다. 이것이 그들의 마지막 사건이라는 생각에 또다시 가슴이 따끔거렸다. 그녀는 그가 떠나는 걸 원치 않았다.

"아니. 급히 만날 사람이 있어." 그가 목소리를 낮추어 말했다. "나중에 전화해도 될까?"

급하게 회의를 중단시킨 것도 그 때문인 듯했다.

"반장님 입으로 그러시지 않았어요? 독단적인 행동은 안 된다고?" 피아가 고개를 갸우뚱했다. 그는 그녀에게 함께 갈 수 있는지 묻지 않았다. 벌써 그녀를 자기 파트너로 생각하지 않는 것일까?

"그랬지. 지금 사건과 관련해서만." 보덴슈타인의 입가에 슬쩍 미소가 피어올랐다. 그의 생각은 이미 오래전에 다른 곳을 향해 있었다. "과장한테는 벌써 얘기했어. 내가 예전 사건을 맡겠다고. 물론 당신과의 긴밀한 조율 속에서."

보덴슈타인이 그녀의 위치였다면 이런 독단적인 행동을 내버려뒀을까? 피아가 반장 몰래 과장과 협의한 걸 군말 없이 받아들이고, 혼자 움직이게 가만뒀을까? 피아는 그를 만류하고 싶었다. 그가 뭘 하려는지 묻고 싶은 마음이 굴뚝같았다. 하지만 지금은 적절한 순간이 아니었다.

"진행 상황이나 계속 알려줘요." 그녀는 이렇게만 말하고 말았다.

"그러지. 나중에 연락할게."

그녀는 급히 출구로 향하는 그의 뒷모습을 바라보았다. 방탄유리 문이 윙 소리와 함께 열리자 보덴슈타인은 밖으로 나갔다. 반장이 정말 과장에게 자신의 계획을 솔직하게 털어놓았을까? 아니면 뭔가 혼자 비밀 행동에 나서는 건 아닐까? 속에서 무언가 꺼림칙한 느낌이 스멀거리며 올라왔다. 범인이 또다시 공격에 나서지 않을까? 보덴슈타인이 어린 시절 절친에게 일어난 일을 파헤치다가 살인자의 표적이 되면 어떡하지? 비밀을 지키려고 벌써 세 명이나 죽인 인간이 아니던가?

***

그녀는 시동키를 돌렸다. 환기 장치가 작동하고 전조등이 깜박거렸다. 하지만 엔진은 부르릉 소리만 내다가 다시 꺼졌다. 무슨 일이지? 어제만 해도 문제가 없었는데! 펠리치타스는 계속해서 시동키를 돌리고 가속 페달을 밟았다. 처음에는 그래도 힘겹게 꿀렁거리던 엔진이 이제는 아예 아무 소리도 내지 않았다.

"이 망할 놈의 자동차!" 그녀는 감정을 누르지 못하고 고함을 지르며 두 주먹으로 핸들을 내리쳤다. "말 좀 들어, 이것아!"

날은 벌써 어두워지고 있었다. 더는 여기 머물고 싶지 않았지만 딱히 갈 곳이 없었다. 그래서 동이 틀 때까지 이 일대를 돌아다니다가 숲친구하우스로 다시 돌아올 계획을 세웠다. 낮 동안에는 킬러도 공격에 나서지 못할 거라고 생각했기 때문이다. 그런데 이 빌어먹을 고물 자동차가 계획을 방해하고 있었다.

"이제 어쩌죠?" 엘리아스가 불안스레 물었다.

"몰라. 자동차에 대해선 아는 게 없어." 펠리치타스는 풀죽은 목소리로 대답했다. "너는 혹시 좀 아니?"

"아뇨. 면허증도 없는걸요."

순간 그녀는 마약하고 애 만드는 거 말고 할 줄 아는 게 뭐냐고 소리칠 뻔했지만 마지막 순간 그 말을 도로 집어넣었다. 혹시라도 그가 마음이 상해 그녀를 혼자 숲속에 내버려두고 도망치는 일이 있어서는 안 되기 때문이다. 아까 익명의 전화를 건 자는 오늘밤 반드시여기 나타날 것이다. 그건 불을 보듯 뻔했다. 펠리치타스는 품에 넣은 권총을 만져보았다. 문득 1980년대에 첫 남자친구가 비디오 가게에서 잔뜩 빌려온 잔인한 공포 영화가 떠올랐다. 남자친구는 눈 하나깜짝하지 않고 영화들을 즐긴 반면에 그녀는 너무 무서워 죽을 것만같았다. 펠리치타스는 손바닥이 축축해졌다. 그런 영화를 볼 때마다주인공들이 왜 밝고 안전하고, 사람들이 많은 곳으로 가지 않고 항상숲 한가운데의 외딴 집에 죽치고 있는지 이해가 되지 않았는데, 지금그녀 역시 정확히 똑같은 상황에 빠져 있지 않은가!

"경찰에 전화하자." 그녀가 정적 속으로 불쑥 내뱉었다.

"안 돼요!" 엘리아스가 저항했다. "절대 안 돼요!"

펠리치타스는 다시 시동키를 돌렸다. 여전히 먹통이었다.

"킬러가 나타나서 우리를 죽일 때까지 기다리자는 거야?"

"놈이 노리는 건 나지 아줌마가 아니에요." 엘리아스가 음울한 소리로 말했다. "내가 여기서 사라지면 아줌마는 안전할 거예요."

"그래서, 어디로 가려고?"

"니케한테 연락해서 몸조심하라는 말만 할 수 있어도 좋을 텐데!" 엘리아스는 주먹을 꽉 움켜쥐었다. "아줌마 휴대전화 좀 빌려주시면안 돼요?"

지난 24시간 동안 스무 번도 더 한 말이었다.

"경찰이 분명 니케의 휴대전화도 감시하고 있어!" 펠리치타스는소리치지 않으려고 최대한 자제하면서 손으로 권총 손잡이를 감아쥐었다. 그러자 마음이 한결 가라앉으면서 강해지는 것을 느꼈다.

"발신자표시제한으로 전화하는 방법도 있어요."

"엘리아스, 그러지 말고 경찰에 가서 네가 한 일을 솔직하게 고백하고 새 인생을 시작하자! 넌 이제 겨우 열아홉이야. 게다가 곧 아빠가 될 거잖아."

난감한 상황이었다. 둘 다 어디로 가야 할지 몰랐고, 세상천지에 반겨줄 사람 하나 없었다. 숲 한가운데의 이 으스스한 집 말고는 딱히 대안이 없었다. 설령 여길 뜨고 싶어도 이제는 떠날 수 없는 처지였다.

"집으로 돌아가자." 펠리치타스가 결심한 듯 말했다. "여기 바깥보다는 집 안이 더 안전하겠지."

갑자기 랜드로버의 짐칸에 앉아 있던 개들이 으르렁거리며 짖기 시작했다.

"놈일까요?" 엘리아스가 공포에 젖은 얼굴로 속삭였다.

"그걸 내가 어떻게 알아?" 펠리치타스가 짜증 섞인 목소리로 대답했다. "가!"

그녀는 문을 열고 차에서 내렸다. 손에 권총을 들고 방아쇠에 검지를 올렸다. 차고 앞에서 뭔가 움직이는 것이 흘깃 보였다. 오, 하느님! 놈이 밖에서 그들을 노리고 있었던 것이다. 그녀는 가슴이 미친 듯이 쿵쾅거렸고, 입 안이 바짝 타들어갔다. 차 안의 개들은 조용했다. 펠리치타스는 몸을 낮추었고, 자동차에 몸을 바짝 밀착시킨 채 꼼짝도 않고 계속 어두운 차고에 서 있었다. 텔레비전에서 본 것처럼 권총든 손을 앞으로 뻗으면서. 발소리가 들렸다. 자갈 부스럭거리는 소리도 들렸다. 갖가지 생각이 밀려왔다. 그러다 놈의 형체가 보였다. 10미터도 채 되지 않았다. 그녀는 방아쇠를 당겼다.

***

루퍼츠하인의 술집 '초록숲'은 깜짝 놀랄 정도로 붐볐다. 독일과 폴란드의 축구 국가대항전을 틀어줄 텔레비전도 없는데 말이다. 그럼에도 보덴슈타인은 손쉽게 주차 공간을 발견했다. 마을의 단골손 님들은 주로 걸어서 왔기 때문이다. 그는 문을 열었다. 얼굴들이 그에게로 향했고, 일순간 대화가 멈추었다. 술집은 담배 연기로 자욱했다.

"안녕하십니까?" 보덴슈타인은 정중하게 인사했다. 그러나 그에게 돌아온 건 약간의 수군거림과 의심스런 시선이었다. 스탠드에는 남자 여럿이 술잔을 앞에 놓고 앉아 있었다. 그중 몇몇은 보덴슈타인도 아는 얼굴이었지만 이름은 기억하지 못했다. 그의 어릴 적 친구는 없었다. 화장실 옆 구석 자리에는 좀 젊은 친구들이 구멍투성이가 된 원반에 다트 화살을 던지고 있었다.

보덴슈타인은 몇 분 일찍 도착했고, 빌란트는 아직 오지 않았다.

"자네가 여긴 어쩐 일인가?" 서 있는 것조차 힘들어 맥주통 뒤의 의자에 앉아 있던 술집 여주인이 쉰 목소리로 말했다. "길을 잘못 든 거 아닌가?"

아니타 케른은 60년 넘게 이 술집을 운영해오고 있었다. 처음에는 남편과 함께하다가 나중에는 혼자서 했다. 곧 아흔 살을 바라보는 늙은 부인은 거동이 무척 불편했다. 그럼에도 매일 관절염으로 뻣뻣해진 다리를 끌고 2층 방에서 술집 홀로 이어진 가파른 계단을 내려와 손님들에게 맥주와 사과주를 따라주었다.

"누가 아니래요?" 대머리 뚱보가 이렇게 말하더니 얼굴 주름에 가려 잘 보이지 않는 작은 돼지 눈으로 보덴슈타인을 도발적으로 훑어보았다. "경찰은 술집에 올 게 아니라 살인자나 쫓는 게 낫지 않겠어요?"

여기저기서 동조의 웅성거림이 일었다.

"그래도 경찰이 있으니까 든든하지 뭐야!" 치렁치렁한 머리에 고까운 표정의 뚱뚱한 50대 중반 여자가 말했다. 술집 손님 중 유일한 여자 손님이었다. 그녀는 이 말을 하면서 너무 크게 웃는 바람에 의자에서 고꾸라지지 않으려고 스탠드를 잡았다. "보덴슈타인 나리께서 친히 우리를 지켜주려고 납시었나 보네!"

그녀의 조롱기 섞인 웃음은 발작적인 기침으로 넘어갔다. 동석한 사람이 등을 두드려주자 그녀는 화를 내며 제지했다.

보덴슈타인은 여주인에게 구석 테이블에 앉겠다는 뜻을 내비쳤고, 그녀는 고개를 끄덕거리며 그러라고 했다.

"사과주 마실 텐가?" 주인이 홀을 가로질러 큰 소리로 물었다.

"네, 소다수 섞은 것으로 주세요!" 보덴슈타인도 큰 소리로 대답했다. 사과주는 헤센 지방을 대표하는 술이었지만 그는 별로 좋아하지 않았다. 그래도 지금은 갈증이 났고 맥주는 당기지 않았다. 20년 전부터 음식을 팔지 않는 이 술집은 지난 세기 60년대 이후 변한 게 전혀 없었다. 닳아빠진 바닥도 예전 그대로였고, 긁힌 자국투성이인 스탠드와 그 앞의 고정식 회전의자도 한결같았다. 남자들은 세대만 바뀌었을 뿐 다들 거기 앉아 떠들고 웃고 술을 마셨다. 손님들은 다시 대화를 시작했지만 처음보다는 목소리가 낮았다. 보덴슈타인은 사람들의 은근한 시선을 반복해서 느꼈다. 세 건의 살인 사건에 대해 이야기하는 게 분명했다. 취기가 오를수록 사람들의 추측도 더 대담해졌다. 모두가 세 피해자와 아는 사이였기에 마을 전체가 충격에 휩싸여 있었다.

정각 9시에 술집 문이 열리면서 빌란트 카프타이나가 들어왔다.

그는 곧장 보덴슈타인이 앉아 있는 테이블로 다가왔다. 연한 갈색 눈의 늘씬한 사냥개 바이마라너도 그림자처럼 그 뒤를 따랐다. 사람들은 빌란트에게는 좀 전의 보덴슈타인과 비교될 만큼 반갑게 인사를 건넸다. 그 역시 지나가면서 다른 테이블에 앉은 남자들의 어깨를 친근하게 툭툭 쳤다.

"아니타, 필스 한 잔이요." 빌란트는 맥주를 주문한 뒤 로덴 재킷을 벗더니 보덴슈타인 맞은편에 앉았다. 개도 그의 발치에 앉았다. "왜 하필 여기서 보자고 했어?"

루퍼츠하인에서 술을 마시고 싶을 때 갈 만한 데는 두 곳 더 있었다. 둘 다 여기 초록숲보다 고급스럽고 음식도 먹을 수 있었다.

"이것저것 생각할 겨를이 없었어." 술꾼이 아니었던 보덴슈타인이 굳이 초록숲에서 보자고 한 건 나중에 파트리치아에게 열쇠꾸러미를 갖다 주기 위해서였다. 그녀의 집은 여기서 두 집 건너에 있었다.

"안 좋은 일이지?" 산림감독관은 턱을 문질렀다. 우수에 젖은 눈동자가 평소보다 더 슬퍼 보였다. "소문이 사실이야? 신부님이 목매 자살했다는 게?"

"미안하지만 수사 중인 사건에 대해선 말할 수가 없어." 보덴슈타인은 이렇게 말하면서 속으로 이레네 페터에게 용서를 빌었다. 그 소문이 사실이 아니라고 말하지 못했기 때문이다. 금발의 뚱뚱한 아가씨가 사과주를 가져왔다. 입을 벌리며 껌을 딱딱 씹는 게 사는 것이 지루한 표정이었다.

"그래, 무슨 일이야?" 빌란트가 물었다.

보덴슈타인은 잠시 머뭇거리다가 입을 열었다.

"아르투어와 관련해서 할 얘기가 있어."

***

"뭐하는 짓이에요? 미쳤어요?" 어둠 속에서 격분한 여자 목소리가 울려 퍼졌다. "쏘지 말아요!"

안도감에 펠리치타스는 맥이 탁 풀리면서 온몸을 사시나무 떨 듯 떨었다. 발소리의 주인공은 무서운 킬러가 아니라 소녀라기에는 애매한 앳된 여자였다. 그걸 확인하는 순간 그녀는 총을 내렸다.

엘리아스도 얼른 정신을 차리고 펠리치타스가 말리기 전에 차고 문 옆의 스위치를 눌렀다. 먼지 쌓인 천장 백열등에 불이 들어왔다. 펠리치타스는 침침한 불빛 속에서 빨강머리 여자를 보았다. 동그랗게 치켜뜬 눈에 얼굴은 사색이 되어 있었다.

"도대체 여긴 어쩐 일이야?" 엘리아스가 자동차 뒤에서 걸어 나오며 물었다.

"둘이…… 아는 사이야?" 펠리치타스는 혼란스러운 표정으로 말을 더듬었다.

"네. 난 아줌마도 알아요. 마누 아줌마의 언니 아니에요?" 빨강머리가 말했다.

"맞아." 펠리치타스의 심장 박동이 조금 가라앉았다. "그런데 넌 누구니?"

"파울리네 라이헨바흐요. 최근에 들고양이 프로젝트 때문에 여기 자주 왔어요." 그녀는 엘리아스 쪽으로 몸을 돌렸다. "네가 물방앗간에 안 나타나길래 어쩐지 여기 있을 것 같아서 와봤지."

"누구 다른 사람한테 얘기했어?" 엘리아스는 의심스러운 눈으로 어두운 바깥을 내다보았다. "우리 아빠가 보냈어?"

"말도 안 되는 소리 하지 마!" 빨강머리는 펠리치타스에게 비난의 눈길을 던졌다. "대체 총은 왜 쐈어요? 그것도 그렇게 무턱대고. 하마터면 맞을 뻔했잖아요!"

"미안해." 펠리치타스는 다리가 풀려 차에 몸을 기댔다. "난…… 난…… 다른 사람인 줄 알았어."

"예?" 빨강머리는 믿을 수 없다는 듯이 물었다. "아니 그럼 누구 쏘아 죽일 사람이 있었던 거예요?"

"넌 이해 못 해." 펠리치타스는 이렇게 답하면서도 문득 자신이 느끼는 공포가 어쩌면 너무 과장된 것이라는 생각이 들었다. 과도하게 예민한 상상에 놀라난 것이 아닐까? 익명의 전화는 단순히 번호를 잘못 누른 것일 수도 있었다.

"쳇!" 빨강머리는 불만스레 내뱉고는 고개를 흔들었다.

"내가 여기 있는 걸 정말 어떻게 알았어?" 엘리아스가 재차 파울리네를 압박했다. "누구 다른 사람한테 얘기한 거 아냐?"

"아냐! 내가 여기 온 건 아무도 몰라! 숲속 적외선카메라에 네가 찍힌 걸 봤어. 그런데 다른 캠핑카에 누군가 침입한 흔적이 있다는 기사를 읽고, 경찰도 너를 목격자로 찾고 있다고 해서 혼자 이리저리 짜 맞추어보다가 여기 있을 거라는 결론을 냈지."

엘리아스가 파울리네를 뚫어져라 바라보았다.

"그게 나라는 걸 누나가 짭새들한테 꼰질렀지?"

"아냐, 내가 안 그랬어! 맹세해!"

"집 안에 들어가서 얘기하는 게 낫지 않겠어?" 펠리치타스는 서서히 생각을 가다듬었다. 아드레날린 수치가 정상으로 돌아왔고, 이성이 다시 우위를 점하기 시작했다. 그녀는 여행 가방의 바깥쪽 주머니에 권총을 집어넣었다. "보란 듯이 이렇게 밖에 서 있는 건 안 좋아."

그녀는 차 뒷좌석에서 가방을 집어 들고는 트렁크 문을 열었다. 개들이 풀쩍 뛰어내리더니 흥분해서 짖어대면서 어둠 속으로 사라졌다. 순식간에 일어난 일이었다. 저것들이 또 저러네!

"여긴 왜 왔어?" 엘리아스가 파울리네에게 소리쳤다. "왜 내 뒤를 염탐하느냐고?"

"내가 언제 그랬어? 난 그냥 너한테 도움이 될 거라고 생각한 것뿐이야." 파울리네가 받아쳤다. "형사들이 곳곳에서 널 찾고 있다고!"

"도움은 필요 없어. 난 잘 지내고 있어!"

"아, 그러셔? 그래 보이지 않는데?"

"자, 자, 이제 집에 들어가자." 펠리치타스는 말다툼이 격화되기 전에 이 젊은것들을 집으로 내몰았다. 그러고는 차고 불을 끄고 개들을 불렀다. 엘리아스와 파울리네는 그녀를 혼자 내버려두고 집으로 향했다. 펠리치타스는 멀어져 가는 목소리를 들으면서 엘리아스에게 화가 치밀었다. 그녀가 밖에 있으면 무서워한다는 걸 알면서도 혼자 아무렇지도 않게 가버리다니.

"로키! 베어!" 펠리치타스는 실제로는 전혀 고요하지 않은 숲속의 고요함 속으로 외쳤다. 밤의 숲속은 온갖 소리들로 가득했다. 이 소리들은 인간의 시각(視覺)이 아무 역할을 못하는 어둠에서는 너무도 또렷이 들렸다. 나뭇잎 스치는 바람 소리, 관목 숲속의 바스락거림, 마른 나뭇가지 부러지는 소리, 무언가 헐떡거리고 씩씩거리고 쿵쿵거리는 소리…… 펠리치타스는 차고 셔터를 바닥까지 내렸다. 셔터는 거슬리는 쇳소리를 내며 바닥에 뚝 떨어졌다. 그녀는 가방을 어깨에 걸친 뒤 서둘러 집으로 향했다. 개들은 이곳 지리를 잘 아니까 때 되면 돌아올 것이다.

***

빌란트는 마치 벼락 맞은 사람처럼 멍하니 그를 바라보았다. 너무 당황해서 말도 나오지 않는 듯했다. 얼마 뒤 그가 몸을 앞으로 쑥 내밀었다.

"아르투어라고? 우리의 아르투어 말하는 거야?" 그가 목소리를 낮추어 다시 한 번 확인했다.

"그래." 보덴슈타인은 사과주를 홀짝거렸다.

"맙소사! 그 친구 얘기는 아득하기만 한데. 그게 언제였지?"

"1972년 8월."

껌을 씹던 아가씨가 빌란트에게 맥주를 갖다 주고는 잔 받침에 볼펜으로 선을 하나 죽 그었다. 빌란트는 고맙다고 하면서 고개를 끄덕였고, 술을 쭉 들이켜고 나서는 손등으로 윗입술에 묻은 맥주 거품을 훔쳤다.

"자네 입에서 그 친구 이름이 나올 줄은 정말 생각지도 못했어." 빌란트가 말했다.

"오늘 그 얘기를 들었을 땐 나도 마찬가지였어." 보덴슈타인은 어릴 적 친구에게 고백했다. "과거로 훌쩍 돌아간 것 같았어. 그 일을 오랫동안 억눌러 왔을 뿐 잊지는 않았다는 걸 새삼 확인했지."

"이제 와서 뭘 알고 싶다는 거야?" 빌란트가 그를 유심히 살펴보았다. "나하고 어린 시절의 추억에나 빠지자고 여기서 만나자고 한 건 아닐 테고."

보덴슈타인은 스탠드 쪽으로 흘깃 눈을 돌렸다. 두 사람을 몰래 탐색하던 손님들이 황급히 시선을 내리까는 것이 보였다. 주변이 워낙 소란스러웠기 때문에 둘의 대화가 들릴지도 모른다는 염려는 할 필요가 없었다.

"내가 지금부터 하는 얘기 당분간 남들한테는 하지 않겠다고 약속할 수 있어?"

"당연하지."

"최근에 발생한 세 건의 살인 사건이 아르투어의 실종과 관계가 있다는 단서가 나왔어. 소냐가 마지막으로 요양원을 찾아갔을 때 로지는 당시에 무슨 일이 있었는지 아는 것 같은 암시를 췄어."

"정말이야?" 빌란트가 믿기지 않는다는 듯이 물었다. "그걸 어떻게 지금까지 아무한테도 얘기 안 할 수 있지?"

"나도 이해 불가야." 보덴슈타인은 다시 술을 한 모금 홀짝거리더니 원래의 주제로 돌아갔다. "어릴 때 언젠가 한 여자가 소방용 못에서 나체로 수영하던 거 기억나?"

빌란트는 이마에 주름을 잡으며 골똘히 생각에 잠기더니 잠시 후 얼굴이 환해졌다.

"맞아, 생각나. 담력 테스트를 할 때였어. 에드가, 랄프, 페터, 그렇게 다섯이서 흑사병 추모 기념비에서 만나기로 했었지. 물론 우리는 그 여자 때문에 약속 장소에 못 갔지만. 그때 우린 둘 다 실오라기 하나 걸치지 않은 여자를 눈이 빠져라 구경했어."

"그다음엔 무슨 일이 있었는지 기억나?" 보덴슈타인이 채근했다.

빌란트는 한동안 아무 말을 하지 않고서 수십 년 전 일을 기억해내려 애썼다.

"우린 자그마한 참나무 숲이 있는 말 방목장에서 만났어." 빌란트는 천천히 말문을 열었다. "아마 11시 30분이었을 거야. 흑사병 추모 기념비에서 다 같이 만나기로 한 게 자정이었으니까." 그는 굳은살이 박인 손으로 맥주잔을 빙빙 돌렸다. "우리는 목초지 위쪽 오솔길로 가려고 했어. 그러려면 소방용 못을 지나야 했는데, 거기에 그 커플이 있었지. 한 남자와 한 여자, 맞아?"

보덴슈타인은 말없이 고개를 끄덕였다.

"환한 밤이어서 잘 보였지." 빌란트가 계속 기억을 더듬었다. "처음에 우린 두 사람이 뭘 하는지 잘 몰랐어."

"성행위를 하고 있었지. 판자 다리 위에서."

"아냐, 아냐, 장작더미 뒤야. 남자는 바지를 무릎에 걸친 상태였고, 우리는 남자 맨 엉덩이를 보면서 놀렸잖아." 주름 많은 바셋하운드를 닮은 빌란트의 얼굴 위로 짧게 미소가 스치고 지나갔다. "우리는 그 사람들 옆을 지나갈 엄두가 나지 않아서 일이 다 끝날 때까지 갈대숲에 쪼그려 앉아 있었어. 여자는 옷도 입지 않고 수영하러 갔어. 남자는 무척 초조한 눈치였지만 여자는 그냥 웃기만 했어."

보덴슈타인은 흥분으로 뱃속이 간질거리는 것을 느꼈다. 지금까지 빌란트의 기억은 몇 가지 세부사항만 빼면 그의 기억과 정확히 일치했다.

"그때 남자가 우리를 발견하고는 곧장 장작을 들고 달려왔어." 빌란트가 보덴슈타인을 바라보았다. "난 숲으로 달아났고, 넌 다른 방향으로 도망쳤어. 살면서 그렇게 무서웠던 적은 한 번도 없었어! 그 인간이 우리를 죽일 거라고 생각했거든."

그건 보덴슈타인도 마찬가지였다. 어린 시절 내내 그를 괴롭히다가 그젯밤에야 다시 나타난 그 악몽은 처리되지 못하고 묻어둔 그 사건의 기억이었다. 그리고 오후에 니콜라의 전화로 중단된 벌거벗은 여자의 꿈은 그에 대한 일종의 예고편이었다. 당시 느꼈던 죽음에 대한 공포가 그 장면을 뇌리에서 지우는 바람에 그는 항상 겁에 질려 도망치는 꿈만 꾼 것이다.

"나는 그 인간한테 거의 잡힐 뻔했어." 보덴슈타인이 잔을 비웠다. "어찌나 무서웠던지 바지에 오줌까지 지렸지."

빌란트는 엷게 웃었다.

"어쨌든 교육적인 효과는 있었어. 우린 그날 이후 다시는 밤중에 몰래 창문 밖으로 기어나가지 않았으니까." 그가 보덴슈타인을 바라보았다. "그 여자가 로지였어. 맞아?"

"나도 같은 생각이야."

두 사람은 한동안 말이 없었다.

"아르투어한테 무슨 일이 있었다고 생각하는 거야?" 빌란트가 물었다.

"모르겠어." 보덴슈타인은 한숨을 지었다. "언제부턴가 그 생각은 묻어두었어."

"로지가 다른 남자들을 자주 만났을까? 어쩌면 그중에는 어린 남자애의 머리통을 장작으로 후려갈기려고 한 남자도 있지 않았을까?"

보덴슈타인은 문득 로지가 다른 남자들과 섹스를 즐긴 그 캠핑카에 대한 에드가의 반감이 떠올랐다.

"로지는 여러 남자를 만난 게 분명해. 죽기 직전에 소냐한테 친부가 따로 있다고 털어놨을 정도니까."

빌란트는 보덴슈타인이 말하려는 것을 바로 알아차렸다.

"소냐는 1973년생이야. 우리 집사람과 같지." 그가 조심스럽게 말했다.

"아르투어는 1972년 8월 17일에 실종됐어." 보덴슈타인은 친구의 기억을 보충했다. "그날만 난 예외적으로 아르투어를 집까지 데려다주지 못했어. 막 처음 출시된 컬러텔레비전이 집에 들어온 날이었거든. 나는 그날 동생과 함께 〈보난자〉를 봤어."

"〈보난자〉는 늘 18시 20분에 방송했어. 그건 정확히 기억나. 8월의 그 시간이면 아직 환할 때야." 빌란트는 형사 같은 예리함을 보여주었다. "로지도 그렇게 환할 때 숨겨둔 애인을 만나는 위험을 걸지는 않았을 거야."

"자네 말이 맞아." 보덴슈타인은 실망했다. 그의 추리가 비누거품처럼 터져버린 것이다. 앞뒤가 맞지 않았다.

"하지만 아르투어가 집으로 가는 길에 다른 누군가를 만났다고 가정한다면……." 빌란트가 머릿속 생각을 소리 내어 말했다. "예를 들어 에드가 말이야. 에드가는 아르투어를 싫어했어. 물론 다른 아이들도 마찬가지였지만. 네가 아르투어와 나를 더 좋아한다고 다들 기분 나빠했었지."

보덴슈타인의 내면에서 어둡고 혐오스런 감정이 점점 커져갔다. 그와 함께 느슨하게 풀려 있던 몇 가닥 실이 예기치 않게 연결되었다. 로지는 한 인간을 죽음으로 이르게 한 책임이 있다고 했다. 그것이 그녀가 꼭 누군가를 자기 손으로 죽였다는 뜻은 아닐 것이다.

"만일 에드가가 실수건 고의건 아르투어를 죽였다면 그 친구의 어머니는 아들을 보호하려고 무슨 짓이든 다 했을 거야." 빌란트는 마치 중요한 공모라도 하는 것처럼 목소리를 낮추었다. 눈동자도 막 사냥감의 흔적을 찾은 사냥개처럼 반짝거렸다.

보덴슈타인은 친구의 말을 머릿속으로 천천히 되새기면서 고개를 끄덕였다. 당시 경찰이 누구누구를 조사했는지부터 알아내야 했다. 마을의 다른 아이들도 조사했을까?

"고마워, 빌란트." 그는 옛 친구의 손을 꼭 잡았다. "덕분에 한 가지 아이디어가 떠올랐어. 난 그날 저녁에 무슨 일이 있었는지 반드시 밝혀낼 거야. 자네한테 맹세하지."

***

파울리네가 엘리아스에게 경찰에 자수하라고 거듭 설득하는 동안 펠리치타스는 집 안의 문들을 요새처럼 철저히 단속했다. 창문의 덧문을 모두 잠그고 문빗장도 세심히 확인했다. 개들은 숲에서 돌아와 바구니 속에서 꾸벅꾸벅 졸고 있었다. 그래도 내면의 떨림은 여전히 진정되지 않았다. 결국 펠리치타스는 포도주를 따서 연거푸 두 잔을 들이켰다.

그들은 15분 전부터 식탁에 앉아 어쩌면 좋을지 의논했다. 펠리치타스는 파울리네에게, 엘리아스가 방화범의 얼굴을 휴대전화로 촬영했지만 전원을 켜고 확인해볼 엄두가 나지 않는다고 말했다. 파울리네가 이성적인 아이인 것 같아서 속으로 안심하는 중이었다. 그녀의 부모는 엘리아스 부모와 이웃이었다. 그래서 파울리네도 엘리아스뿐 아니라 그의 상황까지 잘 알고 있었다. 그녀의 말로는 엘리아스를 돕고 싶어서 왔다고 했다. 세 건의 살인 사건 뒤 별안간 이 지역 전체가 걱정의 구렁텅이에 빠진 루퍼츠하인 사람들을 돕고 싶어 하는 것처럼. 하지만 파울리네의 말은 사실일까? 정말 아무 사심 없이 돕고자 하는 뜻만 있을까? 아니면 이 아가씨는 혹시 뭔가 젠체하는 스타일일까? 펠리치타스는 자신도 엘리아스만큼 파울리네를 의심하고 있음을 깨달았다. 파울리네는 뭐 하러 이 시간에 숲을 지나 여기까지 왔을까? 낮에 올 수도 있지 않았을까? 남을 돕지 않고는 못 견디는 조력자증후군이라도 있는 것일까? 아니면 뭔가 다른 의도를 숨기고 있을까? 포도주 네 잔을 마시자 드디어 알코올 효과가 나타나면서 서서히 긴장이 풀리기 시작했다.

"왜 나를 니케한테 데려다줄 수 없다는 건지 이해가 안 돼." 엘리아스가 파울리네에게 말했다. 이날 저녁 벌써 여러 번 반복한 말이었다. "그냥 잠깐 얘기만 하면 된다니까!"

펠리치타스는 젊은 아가씨와 잠시 눈빛을 교환하더니 체념한 듯 한숨을 내쉬었다.

"정말 모르겠어?" 파울리네가 엘리아스에게 화를 냈다. "몇 번이나 더 설명해야 되겠어? 형사들이 너를 찾고 있잖아! 니케가 어디 사는지는 벌써 파악했을 거야. 그러면 당연히 니케의 부모님 집에서 네가 나타나기만 기다리고 있겠지. 너를 숨겨준 사실이 드러나면 이 여자분도 처벌을 받게 돼 있어!"

"그 '여자'가 날 말하는 거야?" 펠리치타스는 마음이 상했는지 병에 남은 포도주를 잔에 마저 따랐다. 그녀의 혀가 조금씩 꼬이기 시작했다. "나도 이름이 있어!"

"아, 죄송해요." 파울리네는 어깨를 으쓱하더니 펠리치타스를 날카롭게 곁눈질했다. "너무 많이 마셨어요."

"그게 너하고 무슨 상관인지 모르겠네." 펠리치타스가 쏘아붙였다.

"그러게요." 파울리네가 대답했다. "아줌마 문제인데."

그녀는 자기 휴대전화를 내려다보았다.

"도와줄 것도 아니면서 여긴 왜 왔어?" 엘리아스는 어린애처럼 고집스럽게 투덜거렸다.

"난 정말 널 돕고 싶어, 엘리." 파울리네가 간절히 대답하면서 그의 손을 잡았다. "벌써 세 사람이 죽었어. 그것도 모두 우리가 아는 사람이야. 게다가 늙은 마우러 신부님은 성당에서 자살을 하셨대! 난 믿지 않아! 신부님도 살해당하신 거야! 알겠어?"

"그게 나하고 무슨 상관인데?"

"네가 형사들한테 도움이 되는 뭔가를 정말 봤다면 어서 알려야 해!"

엘리아스의 휴대전화는 식탁 위 빈 접시들 사이에 놓여 있었다. 파울리네도 전원을 켤 생각을 하지 못했다. 펠리치타스는 포도주를 한 병 더 가져오려고 일어섰지만 머리와 다리로 알코올 기운이 번져 얼른 식탁을 붙잡아야 했다.

"난 못 해." 엘리아스가 팔짱을 끼고 침울하게 말했다. "짭새들은 날 감옥에 보낼 거야. 이제 막 마약을 끊었어. 근데 거기 들어가면 기차역 뒷골목보다 마약이 더 많아."

"네가 숨을수록 상황은 더 나빠져." 파울리네가 말했다. "동영상이 담긴 휴대전화를 나한테 줘. 내가 형사들한테 갖다 줄게. 그럼 경찰도 널 찾는 걸 중단할 거야. 어쩌면 네 문제를 덮어둘 수도 있고."

엘리아스는 아랫입술을 깨물며 생각에 잠겼다. 그러더니 마침내 고개를 천천히 끄덕였다.

"오케이. 대신 니케한테 들러서 내 편지를 전해줘. 그건 할 수 있지?"

파울리네는 몸을 뒤로 젖히고 눈을 흘기더니 한숨을 내쉬었다.

"진짜 대단해. 내가 졌다." 그녀가 말했다. "알았어, 네가 그렇게 애지중지하는 니케한테 갈 테니까 편지나 써줘. 그것도 빨리. 오늘밤 생일 파티에 가야 하거든."

"오, 고마워, 리네! 누난 정말 좋은 사람이야!" 엘리아스의 얼굴이 행복감으로 빛났다. "잠깐만 기다려. 그렇게 오래 안 걸릴 거야!"

그가 벌떡 일어나더니 부엌에서 나갔다.

"진짜 정성이네." 파울리네는 고개를 흔들었다. "니케라는 애가 그럴 만한 애였으면 좋겠네."

"어쨌든 그 아가씨 때문에 마약도 끊었잖아." 펠리치타스는 하품을 했다. 부엌은 무척 더웠다. 그녀 생각에 엘리아스의 저런 태도는 고집이 아니라 집착이었다. "그런데 넌 정말 지금 저 숲을 지나서 돌아가겠다는 거니?"

"당연하죠." 파울리네는 태평스럽게 대답했다. 자기들은 절대 다치지 않을 거라고 믿는 청춘의 태평스러움이었다. "전 줄곧 숲속을 돌아다녔어요. 밤에도요."

"하지만 이 일대에 살인자가 숨어 있을지도 몰라." 펠리치타스가 신중하게 말했다. "오늘은 그냥 여기 있는 게 어떠니? 잠잘 데는 충분해."

"괜찮아요." 파울리네는 고개를 저었다. "신경 써줘서 고맙지만 갈데가 있어요. 그리고 내 방에서 자는 게 더 편해요."

"그렇다면야." 펠리치타스는 머리를 식탁에 대지 않으려고 애썼다. 머리를 대는 순간 잠이 쏟아질 것 같았다. 갑자기 피곤기가 한꺼번에 몰려들었다. "엘리아스의 부모는 왜 그러는 거니? 엘리아스 말처럼 정말 그렇게 나쁜 사람들이니?"

"글쎄요. 그냥 욕심이 엄청나게 많은 사람들이죠. 그래서 자식이 어디서건 최고가 되길 바라죠." 파울리네는 별것 아니라는 투로 대답했다. "물론 엘리는 전혀 그럴 생각이 없는 아이예요. 학교생활을 완전히 개판 치고 나서는 대마초나 마약 같은 것에 손을 댔죠. 부모님으로선 당연히 어떻게든 못 하게 하려고 애썼어요. 뭐 그래도 안 되는 건 안 되는 거죠. 그러다 부모님이 여행 간 사이에 엘리는 집안을 뒤져 돈 될 만한 것들을 찾아내 내다팔았어요. 자기 엄마 자동차까지요." 파울리네는 코를 풀었다. "그래서 아빠가 집에서 내쫓고는 다시는 들어오지 못하게 했어요. 너무 심했다는 생각이 들긴 하죠. 엘리는 원래……."

파울리네의 말이 뚝 그쳤다. 엘리아스가 부엌으로 들어와 접은 종이와 휴대전화를 건넸기 때문이다.

"절대 잊지 않을게." 그가 나직이 말했다. "고마워, 리네."

"너의 오매불망 공주님은 어디 가면 만날 수 있어?" 파울리네는 놀리듯이 물으면서 일어섰다.

"주소는 거기 적어놨어." 엘리아스가 미소를 지었다. "아기가 태어나면 누나가 대모가 되어줘."

"그것까지나?" 파울리네는 빙그레 웃었다. "너 때문에 매년 기억해야 할 생일이 하나 더 늘어나겠네."

엘리아스는 어색하게 그녀와 포옹했다. 그러고는 개들과 함께 현관을 지나 바깥의 어둠 속까지 그녀를 배웅했다.

***

아달베르트 마우러의 부검 결과 헤닝의 추측이 옳았음이 증명되었다. 늙은 신부는 교살된 것이다. 헤닝과 레머 박사는 시신이 발견됐을 때의 체온과 시반 형성, 사후 경직 같은 매개변수를 근거로 사망 시간을 금요일 밤 22시 30분경으로 추정했다. 피해자의 위팔과 손목의 피하 출혈은 범인이 신부의 목에 밧줄을 걸려고 꽉 붙잡았을 때 생긴 것으로 결론지었다. 그 과정에서 범인은 피해자의 상체를 무릎으로 찍어 눌렀을 것으로 보이는데, 부러진 갈비뼈 두 개가 그것을 뒷받침해주었다. 노신부는 격렬하게 저항한 것이 분명했다. 틀니까지 제자리에서 벗어나 부러져 있었다. 범인의 신발에 묻은 피도 피해자의 오른쪽 눈썹 위 열상에서 흐른 피가 원인이었다. 이로써 외력에 의한 죽음은 가정이 아닌 사실이 되었다.

피아는 법의학연구소에서 호프하임으로 돌아가는 길에 크뢰거에게 전화했다. 그의 말에 따르면 범행에 쓰인 인조 삼밧줄은 건재상이라면 어디서건 구할 수 있고, 인터넷에서도 주문 가능한 대량 상품이라고 했다. 실망스런 소식이었다. 게다가 성구실 곳곳에서 발견된 지문들도 이 사건과는 아무 상관이 없는 선량한 사람들의 것이지, 범인의 지문일 가능성은 희박했다. 범인은 신발 자국 외엔 아무 흔적을 남기지 않았다. 신부의 집에서도 죽기 전의 마지막 행적을 유추할 수 있는 단서는 발견되지 않았다. 일정을 기록한 달력이나 메모장도 없었다. 이레네 페터의 말에 따르면 노신부는 모든 일정을 평생 머릿속에 넣고 다녔다고 한다.

피아가 사무실에 돌아왔을 때는 저녁 10시였다. 다들 오래전에 퇴근했고, 타리크와 카이만 아직 남아 있었다. 피아와 카이가 함께 사용하는 공간에. 창문 앞은 칠흑같이 어두웠다. 피아는 두 사람에게 부검 결과와 보덴슈타인이 오후에 자신에게 해준 말을 알려주었다.

"반장님 말씀대로 과거 사건이 정말 세 건의 살인 사건과 관련이 있다고 생각해요?" 카이는 초콜릿이 든 과자를 베어 물면서 과자 봉지를 피아에게 내밀었다.

"고마워." 피아는 카이의 바뀐 모습에 아직도 완전히 적응이 되지 않았다. 그는 처음 만난 순간부터 줄곧 어깨까지 내려오는 긴 묶음머리에 이상한 문자가 써진 빛바랜 티셔츠, 체크무늬 남방, 닳아빠진 청바지를 입고, 둥근 니켈 테 안경을 쓴 것이 전형적인 너드 스타일이었다. 그런 사람이 갑자기 2주 전부터 짧은 머리로 나타나 모두를 당혹케 했다. 거기다 새로 산 유명 브랜드 청바지에 단정하게 단추를 채워 바지 속에 넣은 남방셔츠까지 받쳐 입고 있었다. 보덴슈타인은 싱긋 웃으며 "셰르셰 라 팜(Cherchez la femme, 여자를 찾아라. 사건의 배후에는 여자가 있다는 뜻이다_역주)"이라고 했지만, 피아는 카이의 변화 뒤에 숨은 비밀을 끝내 찾지 못했다.

"반장님은 그렇게 굳게 믿고 계시지." 피아는 이렇게 답하며 자신의 입장을 유보했다. 그러고는 휴대전화를 체크했다. 보덴슈타인에게서는 아직 연락이 없었다. "중요한 건 로제마리 헤롤트가 우리의 세 번째 피해자에게 자신이 1972년에 일어난 소년 실종 사건과 직접 관련이 있거나 상황을 알고 있다고 고백했다는 사실이야."

"반장님이 소냐와 나눈 대화에 관해 작성한 보고서는 읽어봤어요?" 카이가 과자를 먹으면서 물었다. 사건과 수사에 관한 자료를 작성 취합하는 것이 카이의 주 업무였는데, 뛰어난 기억력과 철저한 시스템적 작업 방식으로 누구보다 그 일에 적합한 사람이었다. 물론 장애라는 핸디캡으로 인해 어차피 외부 수사에는 참여하지 못했기에 그 일을 기꺼이 맡은 측면도 있었다.

"아직 그것까지는 못 봤는데." 피아는 딱 걸린 느낌이 들었다. 수사 책임자라면 항상 최신 상황을 꿰고 있어야 하는 게 의무가 아니던가. 그녀는 당황한 시선으로 동료들을 보았지만, 카이와 타리크는 그녀의 과오를 눈치채지 못한 듯했다.

"기다려봐요." 카이가 과자 하나를 입에 넣고는 콤포어 시스템에서 사건 자료 파일을 열었다. "여기 있네. 소냐 슈레크와 남편 데틀레프는…… 어쩌고저쩌고…… 어머니는 월요일에 소냐에게 자기가 한 사람의 죽음에 책임이 있다고 말했고, 아버지도 실은 소냐의 친부가 아니라고 고백했다."

"흥미롭군." 피아가 이맛살을 찌푸렸다. "헤롤트 부인은 신부님한테도 한 사람의 죽음에 대해 말했다고 하더니."

그 발언만으로 그녀가 아이를 죽였다는 결론을 내릴 수 있을까?

그랬다면 '내가 사람을 죽였어요.'라고 말하지 않았을까?

"들어봐요. 다른 것도 나와요." 카이가 말했다. "여동생의 말에 따르면 클레멘스 헤롤트는 규칙적으로 어머니의 캠핑카에 들렀는데, 가족 회고록을 쓰기 위해서였답니다."

"가족 회고록?" 피아는 막 클레멘스 헤롤트의 컴퓨터에서 비밀을 찾아내고 있던 타리크에게로 눈을 돌렸다. "이 말을 뒷받침할 만한 것이 있어?"

"이 컴퓨터에는 없습니다." 그가 대답했다. "대부분의 자료는 직장과 관련된 겁니다. 작업 기록, 보고서, 기술적인 내용, 그런 것들뿐입니다."

"일정 달력은 어때?"

"특별히 눈에 띄는 건 없어요." 카이가 대답했다. "그보다는 클라우드에 저장해둔 것이 훨씬 흥미롭네요. 타리크가 헤롤트의 컴퓨터에서 드롭박스에 접속할 수 있는 데이터를 찾았거든요."

"헤롤트는 실제로 일종의 연감 같은 것을 쓰고 있었습니다. 오래전부터요." 타리크는 화면에서 시선을 떼지 않고 빠른 속도로 자판을 두드렸다. "하지만 단순히 가족사에 그치지 않고 루퍼츠하인이라는 마을의 비밀에 관심이 더 많았던 것 같아요. 헤롤트는 엄청나게 많은 사람들을 만났고, 옛 사진들과 원본 자료를 스캔해두었어요. 노트북으로 작업을 한 것 같은데, 캠핑카 화재로 다 타버렸을 가능성이 큽니다."

"마을의 비밀이라니? 어떤 것들인데?" 피아가 물었다.

"제가 올바로 해석했다면 과거의 범죄 사건들입니다." 타리크의 대답이었다. "목재 도둑, 마녀 화형, 1889년의 날품팔이 미제 살인 사건, 그런 것들이네요. 아쉽게도 클라우드에 저장된 건 워드 문서 다섯

개뿐이고, 나머지는 노트북에 있었던 것으로 추정됩니다.”

“사진들은 어때? 체계적으로 분류가 돼 있어?”

“네. 연도별로 분류했네요.” 타리크는 계속 작업을 진행하는 가운데 열심히 고개를 끄덕였다. “무려 1테라바이트의 저장 공간을 거의 다 사용했어요. 모두 압축파일일 텐데, 그럼 얼마나 엄청난 양일지 상상이 가시죠?”

피아는 상상이 안 갔지만 고개를 끄덕였다.

“1971년과 1972년의 사진을 볼 수 있을까?” 피아가 물었다.

“헤롤트의 드롭박스를 공유할 수 있게 해드리겠습니다. 사진을 전부 다운로드해서 메일로 보내면 서버가 다운될 테니까요.”

한동안 키보드 두드리는 소리만 들렸다.

“엘리아스 레싱의 휴대전화는 여전히 신호가 없어.” 피아가 침묵을 깨고 말했다. “그게 무슨 뜻일까?”

“휴대전화를 켜는 순간 위치 추적을 당할 수 있다는 걸 정확히 알 만큼 영리하거나, 휴대전화를 켤 수 없는 상황이겠죠.” 카이가 대답했다.

“두 사람 생각은?”

“죽었겠죠.” 타리크가 말했다.

“나는 영리하다.” 카이의 말이었다. 그는 의자를 약간 빼더니 머리 뒤로 팔짱을 꼈다. “선배 생각은?”

“보호관찰관한테도 아직 소식이 없다고 해.” 피아가 대답했다. “평소에 엘리아스가 잘 다니는 곳들을 찾아가봤지만 지난 금요일 이후로는 본 사람이 없다고 하고. 내 생각에는 어딘가에 숨어 있을 것 같아. 정말 마약을 끊을 생각으로. 부모하고는 다시 얘기해봤어?”

“네. 하지만 별무신통이었어요. 엄마도 아들 애인의 이름이 니케라는 것밖에 아는 게 없고요. 그것 갖고는 도움이 안 되죠."

피아는 메일 우편함을 열고 타리크의 메일을 찾아 클레멘스 헤롤트의 드롭박스로 연결되는 링크를 클릭했다. '1972년 사진' 파일 하나에만 233장의 사진이 저장되어 있었다. 이 모든 사진을 구해 스캔하는 데만도 상당 시간이 걸렸을 것 같았다. 그렇다면 이 사진들을 정리하는 데도 만만찮은 시간이 걸릴 것이다. 이 일은 보덴슈타인이 맡아야 했다. 그러면 최소한 사진 속의 얼굴들을 보면서 무언가 떠오르는 것이 있을 테니까. 피아는 사진을 클릭했다. 대부분 화질이 좋지 않았다. 그러다 한 사진에서 멈추었다. 운동복을 입은 아이들의 단체 사진이었는데, 그 밑에 소년 축구 대회, 1972년 5월이라고 적혀 있었다. 사진을 확대해보았다. 중앙에 예쁘장한 금발 소년이 서 있었다. 축구공을 옆구리에 끼고 카메라를 향해 환하게 웃고 있었다. 뒷줄의 홀쭉한 까만 머리가 열한 살 때의 보덴슈타인일까? 그때 축구를 했을까? 피아는 다음에 만나면 물어보기로 했다. 그는 분명 다른 아이들도 누가 누군지 알아볼 수 있을 것이다.

피아는 집중해서 화면을 응시했다. 피곤기로 눈이 따가워지면서 집중하는 게 점점 힘들어졌다. 클레멘스 헤롤트가 가족 회고록이 아닌 마을 연감을 준비하고 있었다면 분명 많은 사람들을 만나고 다녔을 것이다. 그 과정에서 자기도 모르게 판도라의 상자를 연 것일까? 혹시 죽어가는 어머니를 그렇게 열심히 보살핀 것도 뭔가 자세한 얘기를 듣기 위해서였을까? 과거의 죄악에 대한 증거를 찾으려고 어머니 몰래 캠핑카에 들어간 건 아닐까? 그는 왜 오래전의 일들에 그토록 관심이 많았을까?

비밀을 아는 사람. 그녀는 생각했다. 범인은 비밀을 아는 사람을 죽인다. 아르투어가 사라진 날 저녁에 일어난 일을 아는 사람은 또 누구일까? 그녀는 소름이 끼쳤다. 보덴슈타인의 말이 사실이고 아르투어의 실종이 정말 세 살인 사건의 동기라면 킴의 추측도 추측으로만 그치지 않을 가능성이 높았다. 살인자에게는 아직 할 일이 남은 것이다.

***

빌란트와 나눈 대화보다 보덴슈타인의 마음을 더 복잡하게 한 건 아니타 케른과의 짧은 대화였다. 그래서 차를 타고 시동을 건 뒤에야 열쇠꾸러미가 떠올랐다. 그는 다시 차에서 내려 술집을 지나 개르트너베크 골목으로 들어섰다. 파트리치아와 야콥 엘러스가 사는 집은 몇 걸음밖에 떨어져 있지 않았다. 벽돌 구조의 방갈로는 야콥과 랄프의 부모 집 뒷마당에 지어졌다. 어렸을 때 아이들의 출입이 불허된 헛간이 있던 장소였다. 집 안에는 불이 켜져 있었지만, 보덴슈타인은 현관문 앞에서 잠시 망설였다. 11시 20분이나 되는 늦은 시각에 초인종을 눌러도 될까? 열쇠를 그냥 우편함에 넣어두는 편이 낫지 않을까? 그때 뒤쪽에서 자갈을 밟는 발소리와 헐떡거리는 소리가 들렸다. 이어 커다란 개가 으르렁거리며 달려와 그에게 뛰어올랐다. 보덴슈타인은 중심을 잃고 수국 덤불에 고꾸라질 뻔했지만, 마지막 순간에 가까스로 담벼락 덕분에 몸을 버틸 수 있었다.

"발루, 그만! 이리와!" 날카로운 남자 목소리가 그를 구했다. 개가 보덴슈타인에게서 떨어지고, 어둠 속에서 한 형체가 나타났다. 보덴슈타인은 현관문 유리에 비친 불빛으로 야콥 엘러스를 알아보았다.

"어이, 올리버!" 야콥이 놀라 소리쳤다. "여기서 뭐하고 있나?"

"잘 지냈어요, 야콥?" 보덴슈타인은 여전히 개에게 공격받은 공포에서 벗어나지 못하고 있었다. "파트리치아한테 성당 열쇠를 돌려주려고요."

"발루가 좀 저돌적이지. 미안해. 다친 덴 없고?"

개는 이제 꼬리를 살랑살랑 흔들며 천진난만한 눈으로 주인을 쳐다보고 있었다. 사나운 공격성 같은 건 눈곱만큼도 보이지 않았다.

"예, 괜찮아요." 보덴슈타인은 바지주머니에서 열쇠꾸러미를 꺼내 야콥에게 내밀었다. "파트리치아에게 안부 전해주십시오."

"잠시 들어갔다 가지." 야콥이 현관문을 열었다. "놀랐을 텐데 가볍게 술이나 한잔 하자고."

보덴슈타인은 시계를 보았다. 안 될 건 없었다. 소피아는 안전한 곳에 있고, 지금은 토요일 저녁이고, 더 이상 오늘 해야 할 일도 없었다. 개가 거칠게 그를 밀치며 지나갔고, 그는 다시 균형을 잃을 뻔했다.

"참, 조의를 표합니다."

"고맙네. 그런 끔찍한 일이 일어나다니." 야콥은 고개를 저었다. 그러고는 재킷을 벗어 현관 옷걸이에 걸고, 더러운 신발을 실내화로 갈아 신었다. 그는 보덴슈타인의 시선을 눈치챘다.

"에를렌에서 공사가 시작된 뒤로 개를 데리고 산책하는 것이 무슨 야전훈련 같다니까. 다음부터는 들판으로나 다녀야지 이거 원." 그는 잠시 웃더니 곧바로 진지해졌다. "마을 전체가 충격에 빠져 있어. 벌써부터 자경단을 꾸려야 하느니 마느니 말들이 많아. 미안하지만 여기서는 지금 경찰을 믿는 사람이 별로 없어."

"저도 이해합니다."

"신부님이 자살한 게 아니라…… 살해당했다는 게 사실인가?"

"부검을 통해 밝혀지겠죠." 보덴슈타인은 즉답을 피했다. "지금까지는 모든 정황이 자살로 보입니다."

자동차가 마당 안으로 들어와 차 두 대가 들어갈 수 있는 차고 앞에 멈추어 섰다. 개가 길길이 날뛰며 쏜살같이 달려 나갔다.

"집사람이 오면 저 녀석한테는 난 완전 찬밥이지." 야콥이 고개를 흔들며 달려가는 개를 바라보았다. 자동차 문이 닫혔다. 포석 깔린 길을 또각또각 걸어오는 구두 소리가 들리더니 파트리치아가 안으로 들어왔다. 아침에 본 것과 똑같은 검정색 옷을 입고 있었는데, 지치고 피곤해 보였다.

"올리버!" 그녀의 눈에 비친 놀라움이 순간적으로 걱정으로 바뀌었다. "어쩐 일이에요? 또 무슨 일이 일어난 건 아니죠?"

"아니, 아니에요." 그는 안심시켰다. "열쇠를 돌려주려고 온 것뿐입니다."

"아, 다행이에요." 그녀는 한숨을 쉬더니 옷걸이 옆의 서랍장 위에 핸드백을 내려놓았다. "정말 끔찍한 날이었어요. 방금까지 소냐와 함께 있다가 왔어요. 그 자리에 메히트힐트도 있었는데, 글쎄 클레멘스가 캠핑카에서 다른 여자와 바람을 피웠다는 데틀레프의 말 때문에 메히트힐트가 완전 폭발해버렸어요. 악몽 같았어요, 여보."

그녀의 남편한테 하는 말이었지만 보덴슈타인도 슈레크 집안의 분위기가 어땠을지 생생하게 그려볼 수 있었다. 그는 소냐가 야콥의 동생 랄프와 잠시 결혼했었다는 사실이 불현듯 떠올랐다.

"부모님은 아직도 저 앞의 집에 사십니까?"

"어머니 혼자 사시지." 야콥이 장식장에서 가느다란 도자기 병 하나를 꺼내 왔다. 그러고는 병을 딴 뒤 잔 세 개에 술을 따랐다. "아버지는 2년 전부터 쾨니히슈타인의 쿠어자나 요양원에 계셔. 올해 여든아홉이신데 중증 치매지."

"안타까운 일이네요." 보덴슈타인이 말했다.

요제프 엘러스는 마을의 판관 같은 사람이었다. 40년 넘게 루퍼츠하인 초등학교의 교장선생님이었을 뿐 아니라 마을의 유일한 은행 지점장도 역임했다. 문득 보덴슈타인은 어머니의 재미있는 말이 떠올랐다. 엘러스 교장은 백작 부인인 어머니를 볼 때마다 옛날 방식대로 공손하게 모자를 들고 인사하면서 머리를 조아렸다는 것이다.

"예전에 헛간에 있던 잡동사니들은 다 어떻게 하셨어요?"

"대부분 처분했지." 야콥이 그에게 잔을 건넸다. "낡은 란츠 트랙터는 피셔 쿠르트가 헐값에 사서 깨끗하게 수리했지. 지금도 끌고 다니고. 그 고물로 여전히 건초를 만드는 걸 보면 용해. 헛간에 있던 낡은 차들은 랄프가 가져가서 데틀레프와 함께 수리해서 팔아치웠어. 나머지는 값나가는 것이 없었어. 가구 몇 점만 빼면. 그건 고물장수한테 넘겼지."

"랄프는 뭐 하고 지냅니까?" 보덴슈타인은 술을 홀짝거렸다. "아직 루퍼츠하인에 있어요?"

"지금은. 한동안 아시아에 있었지. 그러다 몇 년 전에 돌아와서 질버바흐탈 계곡 아래의 낡은 하젠뮐레 물방앗간을 구입했지." 야콥의 어투에 조롱기가 살짝 섞여 있었다. "그 낡아빠진 곳을 수리한다 어쩐다 계획만 요란하게 세우더니 내가 알기론 지금도 별 진척이 없어. 계획을 세우는 건 내 동생이 세계챔피언이지. 늘 그렇듯이 실천이 안 따라서 그렇지."

파트리치아는 거실로 돌아와 함께 잔을 들었다.

"로지의 명복을 빌며!" 야콥이 잔을 들었다. "로지는 참 착한 사람이었지. 정말 그리울 거야."

"나도요." 파트리치아는 눈물을 참았다. 그녀가 남편에게 몸을 기대자 남편은 어깨를 감싸주었다. "형제 중에서 내가 제일 좋아하던 언니였는데."

"저도 로지를 무척 좋아했습니다." 보덴슈타인은 이렇게 말하면서도 속으론 이렇게 덧붙였다. 실제로 어떤 사람인지는 잘 모르면서.

도수가 높은 술이 식도를 타고 내려가자 속에서 짜릿한 전율이 일었다. 보덴슈타인은 야콥과 파트리치아를 살펴보았다. 둘은 여전히 아름다운 한 쌍이었다. 야콥은 몸 관리를 잘했다. 그 나이대의 남자치고는 부러울 정도로 날씬했다. 젊었을 때도 미남이었다. 그래서 마을에서 가장 예쁜 아가씨와 결혼했을 때 놀라는 사람은 없었다. 지금은 자기 아버지가 60대 초반일 때와 똑같은 모습이었다. 인상적인 코, 숱 많은 은회색 머리칼, 짙은 눈썹 아래의 깊은 눈까지. 한마디로 세월의 풍파가 비껴간 얼굴이었다.

그들은 독한 다우보르너를 세 잔씩 마셨다. 보덴슈타인은 연락이 없어 카롤리네가 걱정할까 봐 메시지를 보냈다. 피아가 보낸 메일과 왓츠앱(WhatsApp) 메신저는 나중에 읽을 생각이었다. 차는 초록숲 술집 앞에 세워두었다가 내일 아침에 찾아가면 되었다.

***

"이레네는 로지와 클레멘스 살인 사건이 옛날에 실종된 남자애와 관련이 있다고 생각해요." 파트리치아는 생각에 잠긴 얼굴로 빈 잔을 손에 쥐고 돌렸다. 눈빛과 태도, 목소리에서 우러나는 슬픔을 굳이 감추려 하지 않았다. 그런데 보덴슈타인이 오늘 아침에도 벌써 느꼈던 그 슬픔은 단지 살해된 언니 때문만은 아닌 듯했다. 아니 그보다 더 포괄적이고 깊어 보였다.

"남자애라니? 누구?" 막 술잔을 채우려던 야콥이 멈칫했다.

"그 이주민 애 말이에요." 파트리치아가 보덴슈타인에게 눈을 돌렸다. 그 모든 게 터무니없는 헛소리일 뿐이라고 말해주길 간절히 바라는 눈빛이었다. 그는 자신과 피아가 아무리 간곡하게 부탁해도 이레네 페터는 입을 다물 사람이 아님을 처음부터 알고 있었다.

"수사 중인 사건이라 말씀드릴 수가 없네요." 보덴슈타인이 말했다. "다만 지금까지는 직접적인 단서가 없습니다. 세 사건이 동일범의 소행인지도 아직 모르고요."

"마을 사람들의 걱정이 무척 커요." 파트리치아가 말했다.

"저도 마찬가지입니다." 보덴슈타인이 말했다.

"도움이 필요하면 언제든 우리한테 말하게." 야콥은 술을 따라주면서 트림을 꾹 참았다. "자네도 알다시피 우린 여기 사람들을 잘 알잖은가."

야콥의 발음은 또렷하지 못했고, 파트리치아도 서서히 혀가 꼬여가는 것 같았다.

"고맙습니다. 필요하면 그러죠." 보덴슈타인은 고개를 끄덕였다. "지금은 눈을 크게 뜨고, 차분하고 이성적으로 생각하는 것이 무엇보다 중요합니다."

"참 웃기죠. 그때 일은 오랫동안 잊고 살았는데, 갑자기 지금 와서 그 아이가 사라졌을 때의 일이 생생하게 떠오르니……." 파트리치아가 불쑥 말을 꺼냈다. 등을 곧게 펴고 양손을 무릎 사이에 낀 채 소파 가장자리에 엉덩이를 걸치고 앉아 있었다. "온 마을이 난리가 났었죠. 그때 난 니클라스를 임신한 상태였어요. 난 아직 부모님 집에 살고 있었고, 그 아이의 가족은 두 집 건너에 살았어요. 당신도 생각나요, 야콥? 당시 그 아이의 부모를 보는 건 정말 힘든 일이었죠. 자식 걱정에 제정신들이 아니었으니까."

"난 가끔 어깨 너머로 주워듣기만 했어." 야콥이 말했다. "그땐 내가 아직 군복무 중이라 2주에 한 번씩만 집에 왔으니까."

"경찰은 바위 하나까지 모두 뒤집어볼 정도로 철저히 뒤졌어요. 그때 난 아무 데나 돌아다니다보면 꼭 개를 만날 것 같다는 생각이 들곤 했어요. 아주 귀여운 아이였죠. 예의도 발랐고." 파트리치아의 목소리가 파르르 떨렸다. "몇 년 뒤까지도 그런 생각이 들었어요."

혹시 뭔가 알고 하는 소리일까? 당시 그녀는 그때 일을 충분히 기억할 수 있을 만큼 나이가 들었다. 하지만 그걸 묻기에 지금은 별로 적절한 순간이 아니었다. 그녀는 혼란스럽고 황망한 상태였다. 그건 이상한 일이 아니었다. 가족의 폭력적인 죽음은 각자 받아들이는 것은 달라도 충격적인 일임에 틀림없다. 심지어 파트리치아는 며칠 사이에 두 명의 가족을 잃었고, 더구나 오늘 아침에는 신부의 시신이 발견된 현장에도 함께 있지 않았던가!

야콥은 아내를 달래는 말을 몇 마디 중얼거리더니 애써 하품을 참았다.

"그 사건은 다시 조사해야 해요." 파트리치아는 몸을 내밀어 술병을 집더니 자기 잔과 남편 잔에다 술을 따랐다. 보덴슈타인은 사양했다. "예전과는 달리 요즘은 새로운 과학 기법들이 많잖아요."

"범행 현장과 시신이 없으면 새 방법도 소용이 없습니다." 보덴슈타인이 대답했다.

"그 아이의 부모는 아직 살아 있을까요?" 그녀는 보덴슈타인의 대답엔 아랑곳하지 않고 말을 이어갔다. 마치 그럴 수밖에 없다는 듯이. "그 엄마의 얼굴은 지금도 생생해요. 요양원 주방에서 보조로 일했는데 늘 상냥하고 말수가 적었죠. 그러다 결국 루퍼츠하인을 떠났어요. 하지만 아들이 실종된 날이면 매년 이곳에 와서 구 시청 앞 버스 정류장에서 아들의 사진이 인쇄된 플래카드를 들고 서 있었어요."

그녀는 몸서리를 치고는 술을 마저 비웠다.

"부모라면 그런 일을 어떻게 견디겠어요?" 그녀는 잠시 골똘히 생각했다. "내가 상상하는 가장 끔찍한 일은 자식한테 무슨 일이 일어났는지 모를 때인 것 같아요. 그런 경우 부모한테 무슨 말을 해주겠어요?"

"할 말이 없죠." 보덴슈타인도 인정했다. "특히 자식이 있는 사람이라면 당연히 그 고통을 알죠." 그는 알텐하인에서 있었던 두 소녀의 사건을 떠올렸다. 실종된 지 10년 만에 유골로 발견된 사건이었다. 한 소녀의 가족은 새 삶을 시작했지만, 다른 가족은 딸의 소식을 몰라 괴로워하다가 풍비박산이 났다. "부모들이 희망의 끈을 놓지 않으려 애쓰고 자책하고, 그러다 점점 용기와 희망을 잃어가는 모습을 지켜보는 건 참 잔인한 일이죠."

"어떤 사람들은 자식한테 무슨 일이 일어났는지 알지 못한 채 죽기도 해." 야콥이 덧붙였다. 그는 눈꺼풀이 점점 무거워지는지 자꾸 눈을 감았다. "1996년에 켈크하임 애완동물 가게 앞에서 실종된 소녀처럼. 그사이 엄마는 죽었지. 나하고 아는 사이였어. 그 소녀는 물론이고."

보덴슈타인은 야콥이 말하는 사람을 알고 있었다. 18년이 지났는데도 여전히 미궁으로 남아 있는 '아니카 자이델 실종 사건'이었다. 자정이 가까웠다. 이제 가야 할 시간이었다. 야콥은 나직이 트림을 하더니 옆으로 고개를 숙이고는 코를 골기 시작했다.

"이만 가보겠습니다." 보덴슈타인은 소파에서 일어났다. "모두에게 긴 하루였습니다."

파트리치아도 천천히 일어섰다. 순간 약간 휘청했다. 그녀의 입가에 당황스런 미소가 피어올랐다. "빈속에 너무 많이 마셨나 봐요."

그녀는 복도를 지나 현관문까지 보덴슈타인을 따라 나왔다. 열린 거실 문으로 야콥의 코 고는 소리가 들렸다.

"나도 담배나 한 대 피워야겠어요." 파트리치아는 현관 옷걸이에서 재킷을 집어 들고 문을 열었다. 바구니에 있던 개가 벌떡 일어나 곧장 따라 나왔다.

서늘하고 맑은 가을 공기 속에서 보덴슈타인은 취기가 느껴졌지만 머리는 맑았다. 파트리치아가 담배를 물고 불을 붙였다. 몇 모금 깊숙이 빨아들이더니 갑자기 보덴슈타인의 팔에 손을 얹었다.

"우리 언니를 잘 알죠?" 그녀가 호소하듯이 속삭였다. "언니가 한 아이를 죽였다는 걸 상상할 수 있어요? 그럴 순 없어요. 그건 사람을 잘못 봐도 한참 잘못 본 거예요. 아니에요?"

"저도 믿기 어려워요." 보덴슈타인이 인정했다. "하지만 그런 짓을 하리라고는 도저히 믿기지 않는 사람들이 실제로 그런 짓을 한 경우가 종종 있어요. 언니가 그렇다는 게 아니라."

"에드가는 왜 풀어줬어요?" 파트리치아는 누가 엿들을까 봐 주위를 둘러보았다. "에드가를 의심하는 사람이 많아요. 클레멘스를 미워했잖아요."

"에드가는 체포된 게 아니었어요. 몇 가지 물어볼 게 있어서 부른 것뿐이었죠." 보덴슈타인이 그녀의 말을 수정했다. "에드가는 알리바이가 있어요."

하지만 빌란트의 말처럼 아르투어가 집으로 가는 길에 누군가에게 쫓겼다고 가정한다면? 빌란트의 말이 사실일 가능성이 있을까?

"너무 무서워요." 파트리치아는 보덴슈타인의 팔을 놓고 집 벽에 기댔다. 담배를 쥔 손이 떨렸다. "처음엔 언니가, 그다음엔 조카가 죽었어요. 게다가 나이 든 신부님까지! 우리가 그다음 차례면 어떡하죠? 야콥이나 내가? 아니면 우리 아들들이나 걔들 가족이? 우리 가족이 아니더라도 마을 사람 중 하나라면 어떡하죠? 우리가 잘 알고 매일 보는 사람이라면?"

"범인은 루퍼츠하인 출신인 게 상당히 확실해 보이고, 심지어 여기 살고 있을 가능성도 있어요." 보덴슈타인이 말했다.

"맙소사." 파트리치아는 담배를 밟아 끄더니 신발 끝으로 꽁초를 하수구 안으로 밀어 넣었다. "대체 누구를 믿어야 할지⋯⋯."

"문제는 피해자들과 범인 사이의 연결 고리가 뭔가 하는 점입니다. 우리는 마우러 신부님이 지난 일요일에 누구를 만났는지 알아내려고 합니다. 로지가 신부님한테 고해하면서 정말로 아르투어에 관한 일을 털어놓았다면 신부님은 공범한테 가서 자수하라고 설득했을 테니까요."

"공범이라고요?" 파트리치아의 눈에 두려워하는 기색이 역력했다.

"내 생각에 로지는 아르투어한테 일어난 일을 알고 있었던 것 같아요." 보덴슈타인이 말을 이어갔다. "누군가를 보호하려고 아무에게도 그 사실을 말하지 않았죠. 그 때문에 우울증에 걸릴 만큼 괴로워했던 거고."

"하지만⋯⋯ 하지만 신부님은 항상 누군가를 만났어요." 파트리치아가 더듬거렸다. "정해진 심방이 있었어요. 예를 들면 일주일에 한 번은 우리 시어머님을 꼭 찾아가요."

"늘 해오던 방문이 아니라 예외적인 방문을 말하는 겁니다."

"그건 내가 한번 알아볼게요." 파트리치아가 머뭇거리며 제안했다.

"그래 주시면 감사하죠. 하지만 아주 조심하셔야 해요." 보덴슈타인은 다시 휴대전화의 진동을 느꼈지만 무시했다. "당시 아르투어 어머니가 온 마을 사람을 저주한 건 알고 있어요? 아까 아니타가 그러더군요."

파트리치아는 두 번째 담배에 불을 붙이려 했지만 너무 손이 떨리는 바람에 불을 붙이지 못했다. 보덴슈타인은 그녀의 손에서 지포라이터를 빼앗아 대신 불을 붙여주었다.

"네, 알고 있어요." 그녀가 나지막이 말했다. "경찰이 초록숲 술집으로 사람들을 불러 모았을 때였어요. 아주…… 섬뜩했죠. 그 엄마가 말하는 걸 들은 건 그때가 처음이었어요. 항상 말수가 적은 상냥한 사람으로만 알고 있었거든요. 그런데…… 세상에! 완전히 제정신이 아니었어요. 물론 나쁘게 생각하지는 않아요. 자식을 잃고 어떻게 제정신일 수 있겠어요? 당시 그 엄마는 사람들 앞에서 아주 끔찍한 말을 했어요."

"무슨 말을 했는지 기억나세요?" 보덴슈타인이 물었다. 아니타 케른도 비슷한 말을 했지만 아르투어의 엄마가 뭐라고 했는지는 기억나지 않는다고 했다.

"자기 아들한테 나쁜 짓을 한 모든 사람을 저주할 거라고 소리쳤어요." 파트리치아는 몸서리를 치면서 성호를 그었다. "아들한테 잘못을 저지른 사람은 그 벌로 병과 불행뿐 아니라 고통스런 죽음을 맞을 거라고 하면서요. 그 가족과 자식, 손자들까지요. 아들의 억울한 죽음이 밝혀져 정의가 실현될 때까지요. 그런데 그 뒤로…… 실제로 집집마다 사람들이 죽어나가고 병에 걸렸어요."

보덴슈타인은 그사이 42년이 흐른 것을 감안하면 그런 일이 생긴 게 그리 이례적이라고 생각하지 않았다. 그래서 개인적으로는 그런 저주를 믿지 않았다. 하지만 그런 미신을 신봉하는 사람이 많은 것도 사실이었다. 자연스런 죽음임에도 온갖 해석이 가능한 것도 그 때문이었다.

"그럼 이만 가보겠습니다. 오늘은 참 긴 하루였네요."

"맞아요. 참 피곤한 날이었어요." 파트리치아는 초조하게 담배를 빨았다. "범인이 곧 잡혔으면 좋겠어요. 더 이상 애꿎은 사람들이 죽어나가지 않게."

전화는 보덴슈타인의 예상과는 달리 피아한테서 온 것이 아니라 켈크하임의 지역번호가 찍힌 유선전화에서 온 것이었다. 그는 이렇게 야심한 시각에 전화를 걸어도 될까 잠시 고민했지만, 마지막 전화가 걸려온 시간이 11시 46분임을 알고 발신 버튼을 눌렀다. 벨이 두 번 울린 뒤 전화를 받은 사람은 놀랍게도 신부의 여동생 이레네 페터였다. 그는 독주를 몇 잔 마셨음에도 곧장 그녀의 집으로 차를 몰았다. 이레네는 보덴슈타인에게 털어놓은 것보다 오빠에게 더 많은 얘기를 들은 것으로 밝혀졌다. 늙은 신부는 고해성사의 비밀 엄수 의무를 깨고 보덴슈타인의 집을 찾아가기로 결심하기까지 오랫동안 자신과 씨름한 게 틀림없었다. 하지만 오빠가 보덴슈타인에게 무슨 말을 전하려고 했는지는 이레네도 알지 못했다. 신부가 그 말까지는 하지 않은 것이다. 동생의 싼 입을 믿지 않은 게 분명했다.

마우러 신부가 소피아한테 무슨 말을 했을까? 혹시 아빠에게 전해

291

달라고 하면서 한 말이 있지 않았을까? 만일 살인자가 보덴슈타인의 집까지 신부의 뒤를 쫓았다면?

보덴슈타인은 지금까지 불안감을 잘 통제해왔지만, 이제 그 불안감이 둑을 뚫고 터져 나와 온몸 곳곳으로 퍼져나갔다. 소피아가 로렌츠 집에 있는 걸 누가 알지? 카롤리네와 그 자신을 빼면 아는 사람이 없었다. 혹시 잉카라면 몰라도.

'소피아는 안전할 거야, 안전할 거야, 안전할 거야!' 그는 스스로에게 이 말을 되뇌었지만, 가슴속 불안감은 도무지 진정되지 않았다. 지금은 평소 다른 살인자를 쫓을 때와 달랐다. 완전히 다른 느낌이었다. 이번에는 자신도 개인적으로 연결되었기 때문이다. 살날이 얼마 남지 않은 여자를 목 졸라 죽이고, 그것도 모자라 늙은 신부를 교살한 뒤 서슴없이 목을 매달아 자살로 위장하는 인간이라면 일곱 살짜리 아이가 실제로 뭘 알고 있든 상관없이 충분히 마수를 뻗칠 수 있을 것이다.

당시 그들이 그 아이를 숲에 파묻었어. 이레네가 그에게 한 말이었다. 루퍼츠하인 주변의 숲이 얼마나 큰지 상상하면 막연하기 짝이 없는 정보였지만, 그래도 42년 전에 일어난 범죄의 최초 단서였다. 보덴슈타인은 이레네의 집을 떠나면서 순찰차 한 대를 불러 그 집을 지키게 했다. 그녀가 다음 희생자가 될 수도 있기 때문이다.

밤은 맑고 건조했다. 고속도로에 차가 없어 속도를 낼 수 있었다. 보덴슈타인은 오른쪽 차창으로 프랑크푸르트의 야경에 눈을 줄 여유가 없었다. 25분 뒤 그로나우 지역의 바트 빌벨러에 도착했다. 차에서 내려 잠시 망설이다가 농장 문 옆의 초인종을 눌렀다. 자그마한 목조 집에서 뭔가 움직임이 나타나기까지 몇 분이 걸렸다. 2층 창문이 열리더니 로렌츠가 고개를 내밀었다.

"누구세요?" 그가 잠에 취한 소리로 물었다.

"나야, 아빠!" 보덴슈타인이 낮게 대답했다.

"잠깐만요."

창문이 닫히고, 잠시 후 현관문 열리는 소리가 들리더니 발소리가 가까워졌다. 로렌츠가 녹색으로 칠한 큼직한 농장 문 옆의 쪽문을 열었다. 로렌츠와 토르디스는 몇 년 전 형편없이 낡은 이 농장을 구입해서 직접 수리했다. 수리가 아직 완전히 끝난 것은 아니지만, 집과 헛간, 축사가 딸린 작은 농장은 예전의 때를 벗고 완전히 새 모습으로 단장했다. 로렌츠는 티셔츠와 사각팬티에 인조 모피 재킷만 걸치고 있었다. 발은 어릴 때처럼 맨발이었다. 보덴슈타인은 아들 뒤를 따라 포석이 깔린 마당을 지나 집으로 들어갔다.

"미안하다. 이렇게 한밤중에 깨워서." 보덴슈타인이 목소리를 낮추어 말했다. "너한테 계속 전화했는데 받지 않아서."

"밤에는 휴대전화 소리를 작게 해둬요." 로렌츠는 하품을 하면서 눈을 비볐다. "근데 무슨 일이에요?"

"안녕하세요, 아버님." 토르디스가 계단을 내려왔다. 로렌츠처럼 잠이 덜 깬 얼굴이었고, 옷차림도 비슷하게 단출했다. 얼마 전에 쇼트커트로 자른 금발머리는 헝클어진 채 뻗쳐 있었다. 그녀는 계단 맨 아래 칸에 두 팔로 자기 몸을 감싼 채 서 있었다.

보덴슈타인은 소피아를 한 며칠 여기 맡기면서 그 이유를 로렌츠에게 자세히 설명하지 않았다. 하지만 이제는 더 이상 진실을 숨길 수 없었다. 그는 지난 며칠 동안 무슨 일이 있었고, 무엇 때문에 소피아와 급히 이야기를 나누어야 하는지 짧게 설명했다.

"그걸 지금 얘기하면 어떡해요?" 로렌츠의 표정이 언짢아 보였다. "그 미친 살인자가 우리 집에도 나타나면 어쩌라고요?"

"소피아가 여기 있다는 건 아무도 몰라." 보덴슈타인은 아들을 진정시키려 했다. "게다가 소피아가 뭔가 중요한 것을 알고 있는지도 확실치 않고."

"어련하시려고요." 로렌츠는 고개를 흔들었다. "꼭 엄마처럼 말씀하시네요. 처음엔 아무것도 아닌 줄 알았는데, 나중엔 항상 엄청난 일이 벌어지죠. 갑자기 커피가 확 당기네."

그는 몸을 돌려 부엌 쪽으로 사라졌다.

"어쩌겠어요? 아버님 아들이 모험적인 삶을 좋아하지 않는걸." 토르디스는 보덴슈타인에게 짓궂은 미소를 지었다.

"그건 나도 이해한다. 솔직히 나도 그런 삶을 좋아하지 않으니까."

"맞아요. 고루한 건 분명 아버님을 닮았죠." 그녀가 손을 들어 위쪽을 가리켰다. "손님방이 어딘지는 아시죠?"

"그래, 고맙다." 보덴슈타인은 며늘애를 어떻게 대해야 할지 도무지 알 수가 없었다. 이 아이는 10년 전쯤 수사 과정에서 알게 되었는데, 그때는 자신과 한창 연애 중이던 잉카 한젠의 딸이라는 걸 몰랐다. 얼마 뒤 토르디스는 로렌츠와 함께 왔고, 그 뒤로 자주 집을 드나들었다. 처음에 보덴슈타인은 이 아이가 자신을 어떤 눈으로 보는지 전혀 알지 못했다. 코지마가 약간 재미있어 하는 표정으로 그 아이에 대해 주의를 주기 전까지는. 그러다 로렌츠와의 결혼식을 앞둔 송년회 파티에서 토르디스가 그에게 키스를 하려고 했다. 그때부터 그는 토르디스가 있는 자리가 불편했고, 늘 일정한 거리를 두었다. 그런 아이가 지금도 그에게 길을 비켜주지 않고 도발적으로 그의 눈을 바라보았다.

"좀 지나가도 될까?" 그의 차가운 어조에 그녀는 옆으로 비켜섰지만, 일부러 그의 어깨에 몸을 살짝 부딪쳤다.

손님방은 길쭉한 복도 끝에 있었다. 소피아는 동물 인형들에 둘러싸여 깊이 잠들어 있었다. 취침 조명등 불빛 속으로 어지럽게 널려 있는 옷과 장난감이 보였다. 보덴슈타인은 침대 가장자리에 걸터앉아 소피아의 어깨를 살짝 흔들었다.

"우리 아가." 그가 속삭였다. "아빠 왔어."

소피아가 몸을 뒤척였다.

"지금은 안 돼." 소피아가 중얼거렸다. "멋진 꿈을 꾸는 중이야."

"금방 다시 자게 해줄게." 보덴슈타인은 미소를 지으며 딸의 따스한 뺨을 어루만졌다. "아빠가 하나 물어볼 게 있어."

"으음."

"그저께 저녁에 네가 텔레비전을 보고 있을 때 누가 초인종을 눌렀지?"

"음, 맞아."

"학교에서 가끔 성경을 가르치시는 마우러 신부님이었지?"

"응." 소피아는 한쪽 눈을 뜨더니 나머지 눈도 떴다. 그러고는 잠에 취한 얼굴로 그를 쳐다보았다. 머리는 헝클어져 있었고, 귀여운 뺨은 새빨갰다.

"신부님과 이야기를 했니?" 보덴슈타인은 깊이 잠든 딸을 깨워 질문을 하는 게 영 편치 않았다.

"그런 것 같아."

"잘 생각해봐. 부탁이야."

"내가 뭐 잘못했어?"

"아냐. 전혀. 그냥 신부님이 너한테 무슨 말을 했는지 아빠가 꼭 알고 싶어서 그래."

"계속 초인종이 울리는 바람에 텔레비전 소리를 들을 수가 없었어." 소피아는 작은 머릿속이 바삐 움직이는지 코를 찡그렸다. "게다가 누군지 궁금하기도 했어. 택배인지도 모르잖아. 택배아저씨는 늦게 올 때도 있으니까."

"그렇지." 보덴슈타인은 고개를 끄덕이며 엷게 웃었다. "그래서 집에 들어오게 했니?"

소피아는 불편하게 몸을 꼬았다.

"응. 아는 사람이었거든. 모르는 사람만 들어오지 못하게 하라는 거 아니었어?" 소피아의 목소리에 살짝 걱정이 묻어났다.

"맞아, 잘했어. 신부님은 모르는 사람이 아냐."

"아빠하고 얘기하고 싶다고 했어. 아주 급한 일이라면서. 아빠가 올 때까지 기다리겠다고 했는데, 난 텔레비전을 보고 싶었어. 〈미키 마우스〉를 했거든." 소피아가 한숨을 지었다. "내가 버릇이 나빴어?"

"그렇게 나쁘진 않았어." 보덴슈타인은 소피아의 불안한 마음을 달래주었다.

"다음에 만나면 신부님한테 잘못했다고 할 거야." 소피아는 이렇게 약속하더니 하품을 했다. 눈꺼풀이 다시 무거워졌다.

"혹시 무슨 일로 그렇게 급하게 아빠와 얘기하고 싶은지 얘기하셨니?"

"아니." 소피아가 중얼거렸다. "그냥 신부님한테 전화 좀 해 달라고 했어."

보덴슈타인은 소피아를 내려다보았다.

"그 밖에 다른 말은 없었니?"

"응." 소피아는 그의 눈을 똑바로 쳐다보더니 코를 찡그리며 시선을 피했다. "쪽지를 준 거 같기는 해."

"쪽지?" 보덴슈타인은 순간적으로 온몸에 전율이 일었다. 그와 함께 딸의 어깨를 흔들어 깨우려는 충동을 간신히 억눌렀다. "그 쪽지 어디 있어?"

"몰라."

"어떻게 생겼는데? 소피아, 잘 생각해봐. 부탁이야. 정말 중요한 일이야."

"기억이 안 나." 소피아는 열심히 기억해내려 애쓰면서도 아빠의 시선을 피했다. "녹색 빛이 나는 올리브색이었던 같아."

"녹색 빛이 나는 올리브색?"

"응. 빨간색도 약간 있었어. 하얀색도 있었던 것 같고."

그래, 아주 잘했다!

"아빠 나한테 화났어? 그래서 내가 로렌츠 오빠 집에 있어야 하는 거야?"

"아니, 화난 거 아냐."

화는 나지 않았다. 다만 우울하고 착잡했다. 소피아가 그에게든 카롤리네에게든 그 말을 해줬더라면 신부님은 아직 살아 있을지 몰랐다. 그런데 딸아이에게는 하찮은 텔레비전 방송이 더 중요했다. 이 생각이 드는 순간 그에게도 약속보다 텔레비전 방송이 더 중요했던 순간이 퍼뜩 떠올랐다. 보난자 때문에 아르투어와 막시를 잃어야 했던 그 일 말이다. 부끄러웠다. 그런 사람이 무슨 자격으로 일곱 살 딸아이를 비난하겠는가?

"항상 정직하게 얘기하는 것이 중요해. 너도 이제 그걸 알아야 해." 그는 딸의 뺨을 어루만지며 이마로 내려온 머리카락을 쓸어주었다. "뭔가 잘못을 했을 때도 정직해야 해. 어떤 사람이 너한테 다른 누군가한테 뭔가를 전해 달라고 부탁하면 그렇게 해야 돼. 그 사람은 너를 믿고 부탁한 거니까. 무슨 말인지 알겠니?"

소피아는 진지하게 고개를 끄덕였다.

"잘못했어요, 아빠."

"괜찮다."

"여기서 자고 갈 거야?"

"아니, 가봐야 해." 그는 몸을 숙여 딸아이의 부드러운 뺨에 입을 맞추었다. 소피아가 작은 팔로 그의 목을 감쌌다.

"사랑해, 아빠."

"아빠도 사랑해, 우리 예쁜 아가."

소피아는 가장 좋아하는 동물 인형을 품에 안았다. 예전에 피아와 크리스토프가 선물로 준 닳아빠진 코끼리 인형이었다. "타모도 아빠를 사랑해. 타모한테도 인사해줘."

"그래, 잘 자 소피아, 잘 자 타모." 그는 이불을 끌어올려주었다. "둘 다 잘 자."

소피아는 순식간에 다시 잠들었다. 그걸 보는 순간 갑자기 엄청난 피로감이 그를 엄습했다. 어제 아침 소피아는 한 치의 망설임도 없이 그에게 거짓말을 했다. 그것도 조리 있게. 인간은 거짓말 재능을 타고난 동물이다. 그렇다면 이건 유전적 문제였다. 거짓말하고 숨기고 남에게 책임을 돌리는 건 곤란한 상황에서 자주 나타나는 인간의 본능적인 반응이었다. 형사로 살면서 끊임없이 남의 거짓말에 속았던 보덴슈타인은 겨우 일곱 살밖에 안 된 딸아이가 벌써 능숙한 거짓말쟁이가 되었다는 사실이 슬펐다. 그의 잘못일까? 벌을 받지 않으려면 거짓말을 해야 한다는 걸 그가 은연중에 심어준 것일까?

딸아이의 방에서 나와 계단 쪽으로 걸어가는데 복도 마루가 발밑에서 삐걱거렸다. 로렌츠는 식탁에 앉아 있었고, 토르디스는 커피잔을 들고 싱크대에 기대서 있었다. 보덴슈타인은 며늘애의 얼굴을 슬쩍 보았는데, 처음으로 입가에 씁쓰레한 표정이 눈에 띄었다. 새벽 3시였다. 이 시각이면 아무리 젊어도 컨디션이 좋을 리 없었다. 하지만 며늘애의 표정은 시간과는 상관이 없어 보였다. 로렌츠와의 사이에 뭔가 낌새가 이상했지만 그가 상관할 바는 아니었다.

"그래, 한밤중 심문에서 뭐라도 알아내셨어요?" 로렌츠가 물었다.

"그런 거 같다." 보덴슈타인은 아들의 말에 담긴 못마땅한 어조를 모른 척 넘겼다. 토르디스가 커피 주전자를 들어 보였지만 그는 고개를 저었다.

"바로 가야 해." 그는 어서 빨리 집으로 돌아가고 싶었다. 필요하다면 휴지통이든 쓰레기통이든 온 집 안을 탈탈 털어서라도 올리브색 쪽지를 찾아낼 생각이었다. 어딘가에는 분명 있을 테니까. "소피아를 데리고 있어줘서 고맙다. 그리고 이렇게 밤중에 찾아온 건 정말 미안하고."

***

공터 상공에 안개가 걸려 있었다. 피아는 자갈 깔린 주차장에 도착하자 보덴슈타인의 공무용 차량 바로 옆에 자신의 지프차를 세웠다. 문을 열고 차에서 내리니, 반장은 팔짱을 끼고 차량 흙받이에 기댄 채 풀밭 너머 축축한 어둠 속을 응시하고 있었다. 보덴슈타인 외에는 아무도 없는 것을 보고 피아는 깜짝 놀랐다. 메일박스 음성메시지에 저장된 보덴슈타인의 목소리는 무척 다급했다. 긴급 출동이나 또 다른 시신의 발견을 예상하고 달려왔던 것이다.

"저 왔어요, 반장님."

"잘 왔어." 보덴슈타인이 대답했다. "이렇게 빨리 와줘서 고마워."

그는 면도를 하지 않았고, 밤을 새운 사람처럼 피곤해 보였다. 아무래도 간밤에 그녀보다 더 잠을 못 잔 것 같았다. 피아는 가끔 보덴슈타인에게 나타나곤 하는 우울한 분위기의 멍한 상태를 잘 알았다. 특히 결혼 생활에 균열이 가기 시작할 무렵에 그랬다. 올리버 폰 보덴슈타인은 마음속 깊은 곳에 있는 것을 쉽게 드러내는 사람이 아니었다. 개인적인 걱정은 어떻게든 혼자 처리하거나 해소하고 넘어갔다. 그런데 이번에도 그런 것일까? 그는 우울하거나 낙담한 것 같지는 않았다. 다만 뭔가를 기다리는 사람처럼 극도로 신경을 곤두세우고 긴장한 듯 보였다.

"무슨 일이에요?" 피아는 손을 바지주머니에 넣었다. "여기서 뭘 해야 하는데요?"

축축한 안개의 서늘한 기운 때문에 그녀는 몸을 떨었다. 보덴슈타인은 말없이 피자 가게 전단지를 불쑥 내밀었다.

"이게 뭐예요?" 피아가 놀라 물었다.

"마우러 신부님이 나한테 전하려던 메시지. 내가 집에 없던 금요일 저녁에 신부님이 소피아한테 준 거야."

"독서용 안경이 없으면 잘 못 읽어요." 피아는 이렇게 말하더니 전단지 가장자리에 흘려 쓴 글자를 읽으려고 애썼다.

"아르투어의 시신이 숲속의 옛 우리 집안 묘지 어딘가에 묻혀 있다고 적혀 있어." 보덴슈타인은 입을 일자로 다물고 피아를 바라보았다. 그녀는 그의 냉정한 태연함 뒤에 숨은 감정의 흔들림을 일순간 포착했다. "로지가 신부님한테 비밀을 털어놓았고, 신부님은 그걸 나한테 말하려고 했던 것 같아. 소피아가 바보같이 그걸 잊어버렸고."

"지금 그걸 어떻게 알아내셨어요?"

"이레네 페터가 어젯밤 전화했어. 우리한테 뭔가 숨긴 게 있어서 양심에 찔렸던 거지. 어쨌든 나는 이레네의 집에서 나오자마자 바로 로렌츠의 집으로 달려가 소피아를 깨웠어. 딸아이는 마우러 신부가 쪽지를 줬다고 시인하더군. 그래서 집을 샅샅이 뒤져 폐지 모아둔 곳에서 전단지를 발견했어. 하얀색과 빨간색이 들어간 올리브색이라고 해서.”

“뭐라고요?”

“쪽지가 어떻게 생겼냐고 물었더니 소피아가 그 색깔을 얘기하더라고.”

“뛰어난 관찰력이네요.” 피아는 싱긋 웃더니 곧 다시 진지해졌다. “그럼 여기서 뭘 해야 하죠?”

“빌란트와 내 동생을 여기서 만나기로 했어. 나는 이 문제를 끝까지 파헤칠 거야. 당신도 동참해줬으면 좋겠어.”

피아는 가타부타 대답을 하지 않았다.

“아르투어가 그 긴 세월 동안 우리와 정말 가까운 곳에 있었고, 그걸 알았던 사람들이 내내 입을 다물었다고 생각하면 정말 경악스러워.” 보덴슈타인은 잠시 뒤 말을 이었다. “아르투어의 부모가 아들의 생사를 몰라 얼마나 괴로워했는데…… . 그 사람들한테는 그게 전혀 아무렇지도 않았나 봐. 나는 그게 사실인지 아닌지 밝혀야겠어.”

“그 마음 이해해요.” 피아가 말했다. 모든 의구심에도 불구하고 진심으로 한 말이었다. 그녀는 그의 마음이 어떨지 이해할 수 있었고, 그런 그를 지켜보는 게 마음 아팠다. 죄책감을 품고 사는 건 무거운 짐을 안고 사는 것이나 다름없었다. 이성적으로 보자면 보덴슈타인은 그 사건에 아무 책임이 없었지만, 그건 문제가 되지 않았다. 문제는 본인이 어떻게 느끼느냐에 달려 있었다. 그래서 그는 일단 이 사건부터 해결해야 했다. 그렇지 않으면 현재 진행 중인 수사에 적극적으로 나서지 않을 것이다. 피아로선 그의 도움이 절실한 상황이었다.

"아르투어를 죽인 자가 로지와 클레멘스, 신부님도 살해했어. 어제 저녁 빌란트와 그 이야기를 나눠보았는데, 그 결과 나름의 믿을 만한 가설이 나왔어."

보덴슈타인은 아무 증거가 없는데도 아르투어가 살해당했다고 확신하는 것 같았다. 피아는 반박하는 대신 이렇게만 말했다.

"들을 테니 말씀해보세요."

"그날 저녁 아르투어는 집으로 가던 길에 동네 아이들한테 잡혔을 수 있어. 그때 싸움이 벌어졌고, 통제 불능의 상황에 빠지면서 뭔가 심각한 일이 벌어졌어. 그런 일은 눈 깜작할 사이에 일어난다는 건 당신도 잘 알거야. 에드가와 페터는 아르투어를 싫어했고, 아르투어에게 테러를 가하도록 부추긴 주동자들이었어. 이렇게 가정해보자고. 예를 들어 에드가가 실수로 아르투어를 죽였어. 그 뒤 집에 가서 부모한테 그 사실을 털어놓고, 부모는 아들의 잘못을 감추려고 아르투어의 시신을 몰래 파묻었어. 로지는 평생 우울증을 앓았는데, 어쩌면 그 죄책감을 짊어지고 사느라 그랬을지 몰라. 아무튼 죽음이 임박해서야 거기서 벗어나고 싶어 모든 사실을 고백했어. 그래서 신부님이 그 사실을 알게 되었어. 그 자리에 함께 있던 클레멘스도. 아마 마우러 신부님은 살인자를 찾아가 자수하라고 종용했을 거야. 그래서 비밀이 드러나는 걸 원치 않는 살인자가 신부님을 죽인 거지."

"그러면 반장님은 누가 살인자라고 생각하세요?"

"그건 몰라." 보덴슈타인은 어깨를 으쓱했다. "어쩌면 패거리 전부가 살인자일지도."

"하지만 그중 누구도 그 일에 대해 한마디도 흘리지 않았다면서요?"

"강압 때문에 입을 다물었겠지. 고양이 사건 때처럼. 그러다 보면 비밀은 언제부턴가 누구도 절대 입을 열어선 안 되는 금기로 변하지."

피아는 그 패거리의 마피아 같은 속성에 대해 보덴슈타인이 해준 말이 떠올랐지만 그래도 의구심을 떨칠 수 없었다.

"직감에만 의지하는 게 얼마나 위험한지 나도 알아." 그가 말했다. "결코 사실을 도외시해선 안 되지."

피아는 고개를 끄덕였다. 그가 늘 금과옥조처럼 하는 말이었다.

"그런데 이 사건에는 모든 게 딱 들어맞아! 캠핑카를 폭발시킨 가스통은 에드가의 작업장에서 나왔어. 저녁놀 요양원 근처에서 발견된 목도리도 분명히 에드가의 거고."

이 대목에서 피아가 끼어들었다.

"반장님 말씀이 맞다고 쳐요. 그렇다면 에드가는 왜 그런 중대한 실수를 저지르고, 굳이 자기 목도리를 사용해서 어머니를 질식시켰을까요? 게다가 설마 그 가스통의 출처가 어디인지 우리가 알아내지 못할 거라고 생각했을까요?"

보덴슈타인은 잠시 생각에 잠겼다.

"에드가는 압박을 느끼고 있었어. 로지를 죽인 건 순간적인 감정 폭발에 따른 범행일 수 있어. 다른 살인은 좀 더 철저하게 준비된 것일 테고."

"아르투어한테 그 일이 일어났을 때 에드가는 열한 살이었어요." 피아는 이의를 제기했다. "설령 로지가 보호하려고 한 사람이 에드가였다고 하더라도 지금 그 인간을 처벌할 순 없어요. 당시 그 인간은 미성년이었으니까요. 게다가 전 그 인간이 우리가 찾는 범인이라고 생각하지 않아요."

"1972년도 사건 기록을 꼭 봐야겠어. 그것도 오늘 중으로."

"반장님, 우린 이제 막……." 피아는 말을 하려다가 보덴슈타인의 표정을 보고 입을 다물고 말았다.

"부탁인데, 내가 그 흔적을 좇게 해줘. 내 직감으론 모든 사건이 서로 연결돼 있는 것 같아."

"사실 저도 직감을 따르는 사람이에요." 피아는 눈썹을 추켜올리며 옅게 웃었다. 보덴슈타인이 자신에게 무언가 허락을 구하는 것이 이상하게 느껴지면서 갑자기 역할이 바뀐 것 같았다.

"그 기록을 최대한 빨리 볼 수 있게 해드릴게요." 그녀는 결국 항복하고 말았다.

"고마워." 보덴슈타인은 미소를 지을 것처럼 얼굴 근육을 살짝 움직이더니 고개를 끄덕였다.

"별 말씀을요." 피아는 갑자기 담배가 피우고 싶어 재킷 주머니에 손을 넣다가 자신이 담배를 끊은 사실이 기억났다. "그렇다고 우리 사건을 모른 척하시진 않을 거죠?"

"그야 물론이지." 보덴슈타인이 장담했다. "오늘 일을 처리하는 대로 전적으로 합류하지. 약속해."

"이제 전 어떡해야 하죠?" 피아가 물었다. "반장님이 저라면 어떤 대책을 강구해 나가시겠어요?"

보덴슈타인은 한동안 말이 없었다. 피아의 질문을 듣지 못했나 의심이 들 정도로.

"언론은 계속 아무 추측이나 마구 쏟아내고 있어." 이윽고 그가 입을 열었다. "정보 제공을 더는 미룰 수 없을 것 같아. 혹시 킴한테 언론에 제공할 범인의 프로파일링 자료를 부탁할 수 있을까?"

"가능해요. 우리가 요청하면 도와준다고 했으니까." 피아는 자신을 짓누르던 상상할 수 없을 만큼의 무겁고 두려운 책임감에서 조금 가벼워지는 듯했다. 보덴슈타인은 결코 그녀를 혼자 내버려두지 않을 것이다. "제가 보낸 메시지를 읽으셨는지 모르겠지만, 어제 저녁 니케의 어머니한테 연락이 왔어요. 오늘 오전 늦게 딸과 함께 오겠다고."

"잘됐군."

차 한 대가 다가왔다. 보덴슈타인은 허리를 펴고 시계를 보았다. 잠시 뒤 산림감독관 빌란트의 녹색 지프차가 그들 옆에 멈춰 섰다. 그와 거의 비슷한 순간에 보덴슈타인 농장 쪽에서 동생 크벤틴 폰 보덴슈타인의 픽업차가 도착했다. 이로써 수색대는 빠짐없이 집결했다. 그들이 숲으로 출발한 건 오전 6시였다.

***

피아와 빌란트, 보덴슈타인과 크벤틴은 지렛대와 곡괭이, 삽을 싣고 숲 한가운데 옛 가족 묘지로 향했다. 백여 년 전 제1차 대전 때 죽은 조상이 마지막으로 묻힌 뒤로 사용하지 않는 곳이었다. 그곳에 있던 작은 예배당은 전쟁 뒤 인근 마을 주민들이 기초벽만 빼고 모두 뜯어 가버려 지금은 흔적을 찾아보기 힘들었고, 묘지 자체도 이미 오래전에 폐쇄되었다. 남은 건 옛 시절의 안개 속으로 사라진 조상들에 대한 아련한 기억뿐이었다.

빌란트의 바이마라너 사냥개는 주인 곁을 경쾌한 걸음으로 따라갔다. 백년이 넘은 아름드리 참나무들 사이로 어린 나무들이 자라 있었다. 돌 많은 울퉁불퉁한 지형과 산딸기 덩굴 때문에 나아가는 게 쉽지 않았다. 새벽의 희뿌연 여명 속에서 막 깨어난 숲속으로 기대감에 젖어 말없이 걸어 들어가는 것이 마치 사냥이라도 떠나는 듯했다.

작년에 떨어진 썩은 나뭇잎들로 발소리는 한껏 숨을 죽였고, 가끔 발 밑에서 마른 나뭇가지 부러지는 소리만 딱딱 들렸다. 대기는 가을의 참나무 잎이 내뿜는 담백하고 향긋한 냄새로 가득 차 있어 보덴슈타 인은 마치 어린 시절로 되돌아간 것 같은 기분이 들었다.

그가 마지막으로 이 가족 묘지에 간 건 수십 년 전이었다. 길이 그리 멀지 않았던 것으로 기억하고 있었는데, 지금 보니 꽤 멀고 가파른 길이었다. 타우누스 숲은 남미의 열대림이나 로키 산맥과 비교할 바는 아니지만, 그래도 방향을 잃을 만큼 깊고 컸다. 빌란트의 안내가 없었다면 묘지를 찾는 게 상당히 힘들었을지 모른다.

"다 왔네!" 산림감독관이 말했다. "저기 큰 철쭉들 뒤편이야."

이끼와 덩굴식물로 덮인 두 돌기둥 사이에는 정교하게 제련된 철로 만든 녹슨 날개문 두 개가 달려 있었다. 한때는 무덤들을 둘러싸고 있었을 울타리는 누군가 떼어가고 없었다.

"저 앞쪽에 예배당이 있었어." 빌란트는 이미 숲으로 변해버린 약간 위쪽을 가리켰다. "지금은 일부 기초벽밖에 남아 있지 않지만. 정확히 여기가 길이었어. 자갈이 깔린."

작은 마리아 예배당은 16세기에 이 지역 영주였던 슈톨베르크 쾨니히슈타인 백작에 의해 이 언덕 꼭대기에 지어졌고, 마리아 축일 때마다 미사가 거행되었다. 묘지는 그로부터 훨씬 뒤에 보덴슈타인 백작이 조성했는데, 1850년부터 1916년까지 보덴슈타인 가문의 조상 아홉 명이 여기 안치되었다.

철문이 경첩째 녹슬어 꼼짝도 하지 않자 그들은 관목과 무성한 철쭉 덤불을 헤치고 지나갔다. 비바람에 쇠락한 비스듬한 비석과 이끼로 덮인 석판이 보이는 순간 보덴슈타인의 심장이 격하게 요동쳤다. 이 수사는 그가 별로 기억하고 싶지 않은 과거로 점점 깊숙이 들어가는 여정이 되었다.

"나는 천사가 있는 저 묘지가 제일 좋았어." 크벤틴이 정적을 깨며 불쑥 내뱉었다. "그 천사한테 뭔가 애잔한 게 있었거든."

보덴슈타인은 아홉 개 묘지와 나뭇잎으로 뒤덮인 시든 풀밭 위에 비스듬히 서 있는 비석들을 훑어보다가 뭔가 숭고하게 먼 곳을 응시하는 것 같은 대리석 천사에 시선이 고정되었다. 백 년 동안의 매서운 추위와 혹독한 더위에 코는 부러지고 얼굴선은 엷어지고 없었다.

신부님의 말이 사실일까? 그의 마음을 짓눌러온 수수께끼의 해답을 정말 여기서 일부라도 찾아낼 수 있을까? 누군가 아르투어의 시신을 트렁크에 넣어 여기까지 왔을까? 아니면 죽은 아이를 안은 채 헐떡이고 비틀거리며 어두운 숲을 헤쳐 왔을까? 괴테의 시 「마왕」에 나오는 아버지처럼? 어쨌든 그 사람은 흥분한 상태였을 것이고, 공포로 제정신이 아니었을 것이며, 누군가에게 발각될까 봐 불안에 떨었을 것이다. 뭔가 전략적인 생각을 할 여유는 없었을 테고, 가능한 한 빨리 시신을 처리하려는 생각밖에 없었을 것이다. 로지가 아르투어를 어디에 묻어야 할지 가르쳐줬을까? 혹시 그녀도 그 자리에 함께 있었을까? 낡은 석판 밑에서 친구의 유골을 찾아내려는 보덴슈타인의 결심은 아주 잠깐 흔들렸다. 평생을 알고 지내고 좋게 생각해온 사람에게 실망하게 될 것 같은 두려움에 멈칫한 것이다. 로지는 어떻게 그런 이해할 수 없는 짓을 저지르고도 40년 동안 침묵할 수 있었을까? 그러나 의심의 순간은 올 때만큼 빨리 지나갔다. 무엇이 밝혀지든 이번에는 확실히 밝혀내야 했다.

"어디서부터 시작해?" 크벤틴이 곡괭이로 부드러운 숲 바닥을 긁었다.

"일단 범인의 상황으로 감정이입해보자고." 보덴슈타인이 신중하게 말했다. "범인은 짧은 시간 안에 여러 가지 결정을 내려야 했을 텐데 우리도 그자의 입장에서 생각해보자는 거지."

"급하긴 했겠지만 생각이 없지는 않았을 겁니다." 피아가 말했다. "그랬다면 시신을 아무 데나 버렸을 테니까요."

"여기에 정말 그런 게 있는지는 아무도 몰라." 실용주의자인 크벤틴이 말했다. "그건 그냥 형의 추측일 뿐이야!"

"석판을 차례로 열어보기 전에 잠시 생각 좀 하게 해줘." 보덴슈타인의 대답에 동생은 초조하게 혀를 찼다. "그자는 아무 묘지나 고르지 않았을 거야. 그건 패닉에 빠졌다는 표시일 테니까. 설사 공포를 느꼈다고 해도 겉으로 드러내진 않았을 거야. 특히 여자 앞에서는."

"어쩌면 로지가 어떤 묘지에 묻어야 할지 결정했을지 몰라." 빌란트의 말에 보덴슈타인은 고개를 끄덕였다. 그래, 당연히 그랬을 거야! 비록 자식을 지키려고 범죄에 나섰지만 자신도 엄마라면 아르투어가 죽어서라도 좋은 묘지에 묻히길 바라지 않았을까? 시신 유기 장소로 묘지를 고른 것도 그녀의 아이디어였을 것이다. 급하면 아무 덤불이나 개천에 시신을 던져버릴 수도 있었기 때문이다. 순간 보덴슈타인은 어디부터 찾아야 할지 깨달았다.

"천사 묘지." 그가 단호하게 말했다.

"형 말이 맞았으면 좋겠네." 크벤틴은 고개를 끄덕이더니 작업복 주머니에서 정원용 가위를 꺼내 굵은 담쟁이덩굴을 자르기 시작했다. 그러다 잠시 후 묘지 석판이 드러나자 지렛대를 잡았다.

"잠깐 기다려!" 보덴슈타인이 동생을 제지하더니 묘지 옆에 쪼그리고 앉아 손가락 끝으로 석판 위와 그 테두리를 훑었다. 거칠게 가공한 타우누스 석영암으로 만들어진 석판은 이끼와 지의류 녹청으로 뒤덮여 있었다. 그가 갑자기 동작을 멈추었다.

"여기 뭐가 있어! 이가 빠진 것 같아!" 너무 흥분했는지 목소리가 갈라졌다. "좀 더 자세히 봐야겠어. 끌 좀 줘!"

빌란트는 끌과 철솔을 들고 친구에게 다가가 둘이 함께 석판 주위의 흙과 이끼를 조심스레 치웠다. 무거운 석판은 바닥에서 10센티미터쯤 돌출한 돌 테두리 위에 헐렁하게 걸쳐 있었다. 오른쪽에 사람 손이 닿은 흔적이 선명히 드러났다. 보덴슈타인은 휴대전화로 그 지점을 찍은 뒤 동생한테 자리를 비켜주었다. 크벤틴은 석판과 테두리 사이에 지렛대를 밀어 넣었지만 수십 킬로가 넘는 석판을 들어올리기는 쉽지 않았다. 크벤틴과 빌란트는 한동안 말없이 작업에 열중했다. 이따금 둘 중 하나의 입에서 나지막이 욕설이 튀어나왔다. 그러다 마침내 해냈다. 빌란트와 보덴슈타인이 석판을 들어 옆으로 밀쳐내는 데 성공한 것이다. 돌끼리 부딪치는 소리가 났다. 어두운 은신처로 햇빛이 쏟아져 들어오자 순식간에 쥐며느리들이 자취를 감추었다. 쥐 죽은 듯이 고요했다. 숲속의 공기조차 흐름을 멈춘 듯했다.

"정말 있을 거라고는 생각도 못했는데." 크벤틴이 중얼거렸다.

"맙소사!" 빌란트는 성호를 그었다.

보덴슈타인은 한숨을 내쉬었다. 창백하고 푸석푸석한 뼈가 주변의 짙은 흙과 선명하게 구분되었다. 안도감과 섬뜩함, 바닥을 알 수 없는 슬픔이 물결을 이루며 그를 휘감았다. 42년의 세월 동안 옷은 남아 있지 않았지만, 얼핏 봐도 해골은 온전한 상태로 보존되어 있는 듯했다. 그때 안개 사이로 해가 빠끔 고개를 내밀면서 황금빛 가을 햇살에 숲 바닥이 자잘한 보석처럼 반짝거렸고, 어두운 숲까지 빛과 그늘이 어우러진 초현실적인 그림으로 바뀌었다. 뼈들 사이로 무언가 햇빛에 반사되는 것이 있었다. 보덴슈타인은 바지가 더러워지는 것도 아랑곳하지 않고 묘지 앞에 풀썩 무릎을 꿇었다. 이것이 친구의 유해라는 사실을 확인한 것이다. 순간 눈물이 솟구쳤다. 빌란트도 보덴슈타인이 확인한 것을 알아보았다.

"형, 왜 그래?" 크벤틴이 물었다.

"아르투어야." 보덴슈타인이 목멘 소리로 대답했다. "이게 정말 얼마만인지. 긴 세월을 지나 이제야 만나게 되다니!"

"어떻게 그렇게 확신하세요?" 피아가 궁금해했다.

"저기 미키마우스 손목시계!" 빌란트가 답했다. "열한 살 생일 때 받은 선물인데, 그 친구가 무척 자랑스러워했죠. 그 시계를 차지 않은 걸 본 적이 없어요."

보덴슈타인은 양손을 돌 테두리에 대고 묘지 앞에 무릎을 꿇었다. 그런데 뭔가 이상했다. 지금껏 사람 유골을 여러 차례 봤지만 뼈가 너무 많다는 생각이 든 것이다. 조금 떨어진 곳에서 피아가 전화하는 소리가 한쪽 귀로 들렸다. 감식반을 요청하고 있었다. 이어 그녀는 이런 일에 전문가인 전남편과도 통화했다. 빌란트는 일어나 크벤틴과 나직이 대화를 나누고 있었다. 그때 보덴슈타인은 보았다. 누리끼리하고 가느단 뼈들 사이에 놓인 작고 녹슨 버클과 거무스름한 띠를. 순간 그는 심장이 멎는 듯했다. 커다란 눈구멍이 있는 길쭉한 동물 머리통에서 조심스레 흙을 털어내기 위해 뻗은 손이 파르르 떨렸다.

"빌란트." 그가 작게 말했다.

"응?" 산림감독관이 옆에 쪼그려 앉았다.

"이게 뭐라고 생각해?" 보덴슈타인이 속삭였다.

"이건…… 여우 머리 같은데……." 빌란트가 이렇게 천천히 대답하더니 친구의 얼굴을 빤히 바라보았다. "자네가 보기엔 뭐라고……?" 빌란트는 말을 꺼내다 말고 당황해서 입을 다물었다.

"이건 가죽 목줄 잔해야." 보덴슈타인이 쉰 목소리로 말했다. "우린 아르투어만 찾은 게 아니야."

막시. 가슴속에서 칼에 찔린 듯 날카로운 통증이 일었다. 마음속 깊은 곳의 치유될 수 없던 옛 상처를 후벼 파는 통증이었다. 그때가 그의 어린 시절 최악의 시간이었다. 그는 끔찍한 고통을 혼자 삼키며 절대 입 밖에 내지 않았다. 입 밖에 내는 것 자체를 스스로 견딜 수 없었을 뿐 아니라 친구보다 동물의 상실을 더 슬퍼한다는 사실을 아무도 이해해주지 못할 것 같았기 때문이다.

***

그녀는 잠에서 깼다. 협탁 위에 놓인 휴대전화에서 신호음이 울렸기 때문이다. 유리창 덧문 틈새로 새어들어온 이른 아침의 우윳빛 햇살이 먼지 쌓인 나무 바닥에 가는 줄을 그려놓고 있었다. 펠리치타스의 입에서 신음이 터져 나왔다. 입 안이 까슬까슬하고 머리가 욱신거렸다. 같은 일이 또 반복되었다. 어젯밤에 어떻게 계단을 지나 방까지 올라왔는지 전혀 기억이 나지 않았다. 침대에 누워 있는 것으로 봐선 어떻게든 올라온 건 분명했다. 물론 옷은 완전히 입은 채였다. 조금씩 기억이 되살아났다. 시동이 걸리지 않던 랜드로버, 어둠속에서 나타난 사람, 발사한 총!

"빌어먹을." 펠리치타스는 중얼거리며 옆으로 굴렀다.

그녀는 그 빨강머리 아가씨한테 자기 휴대전화 번호를 알려주었다. 파울리네가 경찰과 니케의 상황을 알아보고 연락할 수 있도록. 펠리치타스는 더듬더듬 안경과 휴대전화를 찾아 비밀번호를 입력했다. 파울리네한테 온 게 아니라 그냥 스팸이었다. 그녀의 시선이 은행에서 온 이메일에 고정되었다. 짧은 내용을 읽고 나자 속이 다시 메슥거렸다. 예전에 그녀가 돈을 잘 벌고 비즈니스 컨설턴트와 결혼하고 살 때는 은행 담당 직원이 크리스마스 때 샴페인과 과일바구니를 보내곤 했다. 그런데 바로 그 사람이 어제는 유지비용이 더 들어 그녀의 계좌를 차단한다며 건조한 어투로 통보했다.

펠리치타스는 안경을 벗고 천장을 올려다보며 핏속에 남은 술기운으로 가능한 한 냉철한 결론을 내렸다. 더는 희망이 없었다. 가족도 돈도 직업도 집도 없었다. 여기 동생 집에서도 마지못해 참아주는 손님일 뿐 오래 머물 수가 없었다. 특히 제부가 동생한테 그녀를 "진드기"라 부르는 소리를 들은 뒤로는 더더욱 그랬다. 그녀가 잘 알고 좋아했던 삶은 돌이킬 수 없이 지나가버렸다. 신문사 편집국과 문화 예술계에도 너무 많은 적을 만들었기에 호의나 도움은 난망한 일이었다. 게다가 친구도 없었다.

그녀는 이불을 젖히고 침대에서 기어 나와 문으로 향했다. 문은 잠겨 있었다. 그제야 자신이 직접 잠근 사실이 떠올랐다. 엘리아스가 회까닥 정신이 나가 자신의 휴대전화로 몰래 니케에게 전화를 걸 수도 있었기 때문이다. 그래서 어젯밤엔 혹시 몰라 권총과 유무선 전화기까지 방으로 가져왔다. 그녀는 문을 열고 맨발로 느릿느릿 욕실에 들어가 변기에 앉았다. 그녀의 현 상황은 자신과 자신의 어리석음이 부른 일일 뿐 다른 누구의 책임도 아니었다. 계좌를 차단하겠다는 거래은행의 메일은 마지막 남은 힘과 낙관적 희망을 송두리째 앗아갔다. 모든 게 그녀 자신 탓이었다. 어쩌면 이대로 끝내는 게 최선일지 몰랐다.

나무 계단이 삐걱거리더니 복도에서 화장실로 다가오는 발소리가 들렸다.

"엘리아스?" 그녀가 물었다. 방문 잠그는 것을 깜박 잊었다. 엘리아스가 이렇게 일찍 일어나리라고는 생각지 못한 것이다. 그때 갑자기 화장실 문 잠그는 소리가 들렸다.

"야!" 그녀는 버럭 소리치고는 급히 뒤처리를 하고 팬티를 올렸다. 그러고는 욕실 손잡이를 흔들었다. 열리지 않았다. 밖에서 잠근 것이다! 이럴 수는 없었다.

"엘리아스!" 펠리치타스는 끓어오르는 분노로 소리쳤다. "당장 문 열어! 이게 무슨 개똥 같은 짓이야?"

"정말 죄송해요." 문 뒤에서 엘리아스의 목소리가 둔탁하게 들렸다. "나중에 꺼내드릴게요. 지금은 조금만 참으세요."

그녀는 멍하니 멀어져가는 발소리를 듣다가 두 주먹으로 문을 세차게 두드리며 그를 불렀다. 그러나 곧 포기했다. 망할 놈의 자식! 이젠 정말 인간적으로 믿기 시작했는데 이렇게 뒤통수를 치다니! 엘리아스는 그녀가 방에서 나오기만을 기다리고 있다가 그 틈을 이용해 휴대전화를 훔치려고 한 것이다. 녀석의 머릿속에는 그 빌어먹을 니케와 휴대전화밖에 없었다. 펠리치타스는 변기 뚜껑 위에 앉아 흐느끼기 시작했다.

***

안개가 걷히면서 10월이 본연의 아름다운 자태를 드러내고 있었다. 가을빛으로 물든 타우누스 숲 위로 파란 하늘이 구름 한 점 없이 눈부시게 빛났다. 킴이 주차장에 차를 세우고는 풀밭을 가로질러 피아에게 다가왔다. 피아는 예방 조치로 숲 가장자리 초지 뒤쪽을 경찰 통제 구역으로 설정하고 정복 경찰들을 세워두었다. 산책로와 들판, 과수원을 갖춘 아리따운 계곡은 보덴슈타인 농장부터 루퍼츠하인까지 이어졌는데, 가족 단위 나들이객이나 조깅과 하이킹, 자전거를 즐기는 사람들이 자주 찾았다. 특히 지금처럼 화창한 가을날에는 몇 시간도 안 돼 사람들이 북적거릴 것이다. 이른 아침인데도 벌써 구경꾼들이 출입금지선 앞에 서 있었다. 여기서 뭔가 일이 벌어진 것 같다는 소문이 퍼지는 것은 시간문제였다. 크리스티안 크뢰거와 감식반 요원들은 15분 전에 도착했는데, 헤닝보다 1분 늦었다. 헤닝은 11대 5라고 강조했다. 이들은 오랜 세월 잊고 있던 가족 묘지를 깊은 잠에서 깨우려고 여기 모였다.

킴은 니콜라 엥엘과 동거하면서부터 예전보다 옷을 세련되게 입었다. 오늘은 흰 재봉선이 있는 짙은 스키니진에 굽 높은 부츠를 신고 새빨간 반외투를 걸치고 있었다. 피아는 어렸을 때부터 동생의 외모와 깨끗한 피부, 날씬한 몸매를 부러워했다. 그녀가 남들의 마음에 들려고 크게 노력한 적이 없는 것도 아마 날씬하고 완벽한 동생에 비해 자기처럼 뚱뚱하고 둔한 몸으로는 어차피 기회가 없을 거라고 지레 포기했기 때문일 것이다. 이런 열등감은 온 가족에 의해 더욱 커졌다. 이모건 고모건 할머니건 할 것 없이 모두 늘 동생과 비교하며 피아에게 한마디씩 했다. 아버지만 유일하게 위안이 되어주었다. 그게 다 젖살 때문이라며 나중에 젖살이 빠지면 피아도 멋진 여자가 될 거라고 장담했다. 또한 남자들은 비쩍 마른 여자보다 살집이 좀 있는 여자를 더 좋아한다고도 말해주었다.

"와줘서 고마워." 피아가 동생에게 말했다. 킴은 이른 아침인데도 아주 푹 잔 사람처럼 생기가 넘쳤다.

"당연한 일을 갖고!" 킴은 몸을 숙여 출입금지선 아래를 통과했다. "무슨 일인데?"

"실제로 유골을 찾았어." 피아가 대답했다. "반장님은 옛날에 실종된 친구의 유골이라고 확신하고 있어."

숲속을 지나면서 피아는 동생에게 최신 정보를 알려주었다. 그사이 자신도 보덴슈타인의 추측이 맞을 수 있다는 걸 더는 배제하지 않았다. 다만 에드가 헤롤트가 자신들이 찾는 범인이라고는 생각지 않았다.

둘이 가족 묘지에 이르렀을 때 보덴슈타인은 녹슨 철문 앞의 표석에 앉아 무릎에 팔꿈치를 괸 채 두 손에 얼굴을 묻고 있었다. 그의 동생과 빌란트는 그 옆에 서서 묵묵히 감식반과 법의학자들의 작업을 지켜보고 있었다. 피아가 옆에 앉자 보덴슈타인은 고개를 들었다. 극도의 피로를 드러내는 깊은 고랑이 얼굴에 파여 있었고, 지난 24시간 사이 몇 년은 더 늙은 것 같았다. 그래도 낙담한 것 같지는 않았다. 그는 숨을 깊이 들이쉬었다가 잠시 멈추고는 다시 토해냈다.

"드디어 확실해져서 기뻐." 그는 자기 목소리가 뒤집어지는 것이 못마땅한 듯 절레절레 고개를 흔들었다. "저 짓을 한 인간을 내가 반드시 찾아내서 책임을 물을 거야."

"우리가 찾아내야죠." 피아가 그의 말을 바로잡았다. "그자가 아직 살아 있다면요."

"살아 있어. 난 알아." 그가 표석에서 일어나 묘지 쪽으로 걸어가자 피아와 킴도 무릎 높이의 양치식물과 덤불을 헤치고 그 뒤를 따랐다.

크뢰거의 감식반원 중 하나가 해골의 발굴 상황을 자료로 남기고 있었다. 고요한 숲속으로 카메라 셔터 소리가 크게 울려 퍼졌다. 전신 작업복을 입은 다른 두 감식반원은 무덤 주위를 탐색하고 있었다. 무거운 석판은 옆으로 완전히 밀쳐진 상태였다. 헤닝의 조수인 법의학과 학생은 쪼그만 솔로 열심히 뼈를 털고 있었다. 해골 주변의 흙을 세심하게 걸러낼 거름망도 이미 준비되어 있었다.

피아는 무덤 안으로 시선을 던졌다. 뼈들을 보는 순간 온몸에 냉기가 돌았다. 누르스름한 해골, 아직 치아가 붙어 있는 아래턱, 어깨뼈, 빗장뼈, 가슴뼈, 갈비뼈, 척추, 팔뼈, 손목뼈, 그리고 보덴슈타인을 무릎 꿇게 만든 손목시계. 피아는 침을 꿀꺽 삼켰다. 폭력 범죄로 희생된 아이를 볼 때마다 그녀는 늘 평정심을 잃었다. 그건 오래전에 죽은 아이라도 마찬가지였다. 그리고 한 인간의 유해를 볼 때마다 이런 생각이 들곤 했다. 한때 생명력으로 가득 찼을 그의 삶에 무슨 일이 있었던 것일까? 한 인간이 마지막 숨을 내뱉고 나면, 불멸의 영혼이라고 하는 것은 어떻게 되는 것일까?

"아르투어는 겨우 열한 살이었어." 보덴슈타인은 피아 옆에서 억양 없는 목소리로 말했다. "지금 살아 있다면 나처럼 쉰 넷이지. 생기 넘치는 순진한 친구였어. 수많은 미래의 가능성이 열려 있었는데, 누군가 그 가능성을 아예 뿌리째 뽑아버렸어."

헤닝 키르히호프가 몸을 일으켰다.

"추도사 좀 그만하시죠!" 그가 보덴슈타인에게 버럭 소리를 질렀다. "반장님이 이 사건과 어떤 식으로건 관련이 있다는 건 알지만 우린 집중해야 해요. 그렇게 엄숙하게 감상적인 말이나 늘어놓고 있으면 집중이 불가능하다고요!"

보덴슈타인은 헤닝의 현저한 공감 능력 부족과 무감각한 냉소적 태도를 평소엔 특유의 태연함으로 버텨냈지만, 이번에는 예민하게 반응했다.

"당신이 뭔가 오해를 했나 본데, 난 이 사건과 그냥 어떤 식으로건 관련돼 있는 정도가 아닙니다!" 그는 법의학자가 동작을 뚝 멈출 정도로 날카롭게 받아쳤다. "이 뼈의 주인공은 한때 나와 가장 친한 친구였소. 42년 전에 실종됐는데, 그때 그 친구를 마지막으로 본 게 나였소! 그래서 나는 이 일을 지극히 개인적으로 받아들일 수밖에 없단 말이오. 내 말 알아듣겠소?"

전남편을 잘 아는 피아는 숨을 멈추었다. 그 자리에 있던 다른 사람들도 격한 충돌을 예상하고 목을 움츠리면서 마치 아무 말도 못 들은 것처럼 굴었다. 크뢰거만 재미있다는 듯이 히죽거렸다. 피아는 헤닝이 장비를 집어던지며 모욕을 당한 표정으로 그대로 철수해버리지나 않을까 걱정했다. 원래 참고 감수하는 것보다 욱해서 성질을 부리는 것을 더 잘하는 사람이었기 때문이다. 그런데 놀랍게도 그런 사람이 양보를 하고 있었다. 보덴슈타인의 어깨에 살짝 손을 올리더니 이렇게 말한 것이다.

"미안합니다. 난 가끔 정말 형편없는 놈입니다."

보덴슈타인은 슬쩍 고개를 끄덕이는 것으로 사과를 받아들였다.

"뭐 새로 밝혀낸 게 있어?" 피아는 화제를 바꾸려고 전남편에게 물었다.

"있어." 헤닝도 얼른 자신의 전문 분야로 도피했다. "석판과 바닥 사이에 50센티가량의 공간이 있어. 백여 년 전 이곳에 안치된 관이 언제부턴가 서서히 내려앉는 바람에 그런 공간이 생긴 거지. 그래서 시신을 흙으로 덮기는 어렵지 않았어. 무덤은 바람이 잘 통해 부패가 빨리 진행되었지만, 무거운 석판 덕분에 시신은 날씨의 영향을 받거나 짐승들에게 훼손되지 않고 잘 보존돼왔어. 그런 의미에서 유골의 위치도 당시 시신을 놓았던 위치와 정확히 일치한다고 볼 수 있지. 시신은 아무렇게나 묘지 속에 던져놓은 게 아니었어. 소년을 똑바로 누인 다음 배 위에 양손을 포개놓은 것 같아. 팔뼈와 손뼈의 위치로 보면 말이야."

"여우 해골은 어때?" 피아가 물었다.

"동일한 시기에 묻힌 것으로 보여." 헤닝이 대답했다.

"어쨌든 형식적으로라도 장례를 치러주고 싶었던 모양이네. 천사 상이 있는 무덤을 선택하고 손까지 포개놓은 걸 보면." 피아는 혼잣 말처럼 중얼거렸다.

"일종의 감정적 배상으로 볼 수 있어." 킴이 덧붙였다. "FBI 용어집 에 '언두잉(undoing)'이라는 개념이 있는데, 그에 따르면 이런 것들 은 원칙적으로 범인이 자신의 범행을 후회한다는 표시야."

그렇다면 로지 헤롤트가 범인이거나 최소한 공범이라는 말일까?

"아이는 어떻게 죽었어?" 피아가 물었다.

"아직은 판단할 수 없어." 헤닝이 답했다. "첫눈엔 해골이 온전해 보 이지만 그것도 좀 더 자세히 살펴봐야 해. 어쨌든 그렇게 오랜 시간 이 지났는데도 뼈는 놀라울 정도로 상태가 좋아."

"옷은 입고 있었어?"

"금속 허리띠 버클과 큼직한 바지 단추로 보아 청바지를 입었던 것 으로 추정돼. 면직물은 5년 안에 썩고 합성섬유는 좀 더 걸리지만, 이 렇게 긴 시간이 지나면 둘 다 어차피 아무것도 남지 않아."

"그렇다면 성범죄는 배제할 수 있을까?" 피아는 이 질문을 던지고 는 바로 헤닝의 눈총을 받았다.

"그런 건 나한테 묻지 마." 헤닝이 대답했다. "결론을 끄집어내는 게 당신들 일이잖아. 나는 과학적 추정과 분석 자료만 제공하는 거고."

***

"나도 내내 그 아이한테 무슨 일이 있었는지 궁금했는데, 이게 대 체 무슨 일이라니! 걔를 죽여 하필 우리 묘지에 묻다니!" 두 아들이 가져온 소식에 레오노라 폰 보덴슈타인 백작 부인은 충격에 빠진 듯했다.

그들은 농장 부엌의 빤질빤질한 참나무 식탁에 둘러앉아 크벤틴이 내려온 지독하게 진한 커피를 마셨다. 보덴슈타인만 창가에 서서 밖을 내다보고 있었다.

"정말 믿을 수가 없구나." 보덴슈타인의 아버지도 충격을 금치 못했다. "그게 사람 뼈라는 건 확실한 거니? 짐승이 죽을 때가 돼서 석판 밑으로 기어들어갔을지도 모르잖니?"

"짐승이 무슨 미키마우스 손목시계를 차고 청바지에 허리띠를 매겠어요!" 크벤틴이 벌컥 화를 냈다.

"물론 아직은 검사 결과를 기다려봐야 해요." 동생의 욱하는 성질을 아는 보덴슈타인이 진정시키듯이 대답했다. "하지만 전 그게 아르투어의 유골이라고 확신해요."

"막시의 것도요." 크벤틴이 덧붙이더니 커피를 한 모금 마셨다. "나는 여우의 뼈가 무덤에 어떻게 들어갔는지 궁금해."

"막시라고?" 어머니가 막 잔을 잡으려던 손을 도로 내렸다. "네가 젖병을 물려서 키운 그 여우?"

피아는 재빨리 보덴슈타인에게 시선을 돌렸다. 그의 턱근육이 떨리는 것이 선명하게 보였다. 그제야 그녀는 보덴슈타인이 아르투어의 일로만 힘들어한 게 아니라는 걸 알아차렸다.

"그런 것 같아요." 보덴슈타인이 고개를 끄덕였다.

"그날 저녁 막시가 아르투어를 따라갔나 봐요." 빌란트가 추측했다. "항상 우리와 함께 다녔으니까."

"여우 일은 정확히 어떻게 된 거죠?" 킴이 궁금해했다. 모두의 눈길이 보덴슈타인에게 향했지만 그는 돌처럼 굳은 얼굴로 창밖만 응시한 채 말이 없었다. 낡은 괘종시계가 아름다운 선율로 9시를 알리고 있었다.

"내가 그 전해에 어미 잃은 새끼 여우 세 마리를 숲에서 발견했어요." 보덴슈타인 백작이 잠시 뒤 대답했다. "두 마리는 너무 약해서 금방 죽고, 한 마리 살아남은 걸 올리버가 젖병을 물려 키웠죠. 원래는 다시 숲에 풀어줘야 했지만 그땐 그 생각을 못 했어요."

"새끼 여우는 자기가 개라고 생각하는 것 같았어요." 백작 부인이 그때 일을 떠올렸다. "다른 개들과 벽난로 앞에 누워 있기도 하고, 세탁장에서 같이 밥을 먹기도 했죠."

"막시는 정말 귀여웠어요." 빌란트가 아련한 표정으로 커피를 홀짝거렸다. "항상 우리를 졸졸 따라다녔죠. 우리가 소방용 못으로 수영하러 가면 녀석도 물에 풍덩 뛰어들었고, 물건을 던지면 입으로 물고 왔어요."

"여기 사는 사람치고 녀석을 모르는 이가 없었어." 늙은 백작이 맞장구를 쳤다. "기자들이 와서 취재를 한 적도 몇 번 있었지. 그 기사가 아직 어딘가에 있을 텐데."

"밤에는 네 침대에서 잤지?" 백작 부인이 장남을 보며 미소를 지었다. "내가 분명히 안 된다고 했는데도 말이다."

"아이들은 여우를 줄에 매달고 산책을 다니곤 했어요." 백작이 피아와 킴에게 고개를 돌리며 말했다. "나는 여우한테 목줄을 매지 않았으면 했는데……."

"묘지로 가는 길은 어디와 연결되었어요?" 보덴슈타인이 아버지의 말을 끊으며 물었다. "그때는 차로 갈 수가 있었어요?"

"물론이지." 아버지는 잠시 당황해하더니 고개를 끄덕였다. "그것도 진입로가 두 개나 있었어. 하나는 여기서 곧장 묘지로 연결되는 길이고, 다른 길은 455번 국도와 이어지는 임도(林道)에서 갈라졌지. 하지만 예배당이 없어지고 묘지도 폐쇄되면서 길은 차츰 숲으로 변해버렸어."

"1972년도에는 어땠어요?"

그의 부모가 눈을 주고받았다.

"그때는 분명 차가 다닐 수 있었어." 늙은 백작이 말했다. "우리가 그 묘지를 지역문화재로 신청했는데, 문화재청에서 사람들이 나와 감정을 한다고 해서 묘지를 싹 단장했거든. 당신은 그게 정확히 언제지 기억나?"

"1972년 6월이었어요." 보덴슈타인의 어머니가 한 치의 망설임도 없이 바로 답했다. "그때 우리가 다들 얼마나 마음을 놓았는지 지금도 생생히 기억나요. 감정인이 오던 바로 그날 울리케 마인호프가 잡혔으니까."

보덴슈타인도 어렴풋이 생각났다. 그 악명 높던 여자 테러리스트의 양어머니가 에펜하인에 사는 바람에 당시 이웃 마을의 주변 숲들에는 몇 달 동안 경찰기동대가 떼로 잠복을 하고 있었다. 울리케 마인호프가 양어머니에게 맡겨놓은 쌍둥이 딸을 언젠가는 보러 올 거라고 예상한 것이다. 예상은 빗나갔지만, 그 테러리스트는 결국 1972년 6월 15일 하노버 인근에서 체포되었다.

"로지가 정말 이 일과 관련이 있다고 생각하니?" 백작 부인이 보덴슈타인에게 물었다. "난 아무리 생각해도 도무지 모르겠구나. 도저히 어린아이한테 그런 짓을 할 사람이 아닌데."

"게다가 밤중에 여자 혼자 그 무거운 석판을 어떻게 들어 올리니?" 아버지도 어머니 말에 동조했다.

"혼자가 아니었어요." 보덴슈타인이 힘주어 말했다. "제 생각에는 로지가 아르투어를 죽인 사람과 같이 갔던 것 같아요. 시신을 우리 묘지에 묻자는 것도 로지의 생각이었을 것 같고요."

"하지만 이끼 낀 석판에 흔적이 남아 경찰이든 누구든 쉽게 눈에 띌 텐데, 그런 생각을 했을까?" 크벤틴이 회의적으로 말했다.

"그때는 석판에 이끼가 끼어 있지 않았다." 백작 부인의 말이었다. "그 직전에 우리가 문화재 감정을 위해 묘지를 깨끗이 단장했으니까."

"그러다 문화재 신청이 거절된 뒤로는 누구도 묘지에 신경을 쓰지 않았지." 보덴슈타인 백작이 말했다. "나도 십 년 전에 다녀온 게 마지막이고."

"로지는 문화재 신청이 거절된 걸 알고 있었어요?" 보덴슈타인이 어머니에게 물었다.

"아마 알고 있었을 게다." 그녀가 머뭇거리며 대답했다. "로지 남편이 묘지 울타리 작업을 했고, 석공이던 로지 오빠 중 하나는 묘지 단장 작업을 했으니까."

보덴슈타인은 눈썹을 추켜올린 빌란트와 시선이 마주쳤다. 그러니까 에드가의 부모는 묘지의 상황을 잘 알고 있었던 것이다. 문화재 신청이 거절된 뒤로는 묘지를 찾는 사람이 없다는 것도.

"근데 당시 경찰이 아르투어의 실종 뒤에 하필 우리 묘지만 빼먹고 수색하지 않았다는 게 좀 이상하지 않아?" 크벤틴이 일어나 자기 커피잔을 싱크대에 내려놓았다.

"아이들이 주로 놀던 루퍼츠하인 주변 지역만 집중 수색을 했지." 아버지가 당시 일을 떠올렸다. "반면에 묘지는 정반대 편에 있었잖니? 피시바흐 지역에."

"당시 루퍼츠하인 주민은 하나도 빠짐없이 조사를 받았어." 보덴슈타인 백작 부인이 덧붙였다. "요양원 환자와 직원들까지. 그러다 레오한테 그 끔찍한 일이 일어났지. 아네미 켈러의 아들 말이다. 올리버, 너도 그 부인 알지?"

"네, 알죠. 레오도 당연히 알고요. 우리 루퍼츠하인 소년 축구팀 코치였잖아요."

피아는 그저께 대화를 나눈 말을 더듬던 남자가 떠올랐다.

"가끔 에드가 헤롤트 일을 도와준다는 레오 켈러 말씀하시는 건가요?" 피아가 물었다. "헤롤트의 목요일 오후 알리바이를 증명해준?"

"맞아." 보덴슈타인이 말했다.

"그 사람은…… 약간 정신 장애가 있는 것 같던데……."

"처음부터 그러진 않았어요." 보덴슈타인의 어머니가 한숨을 내쉬었다. "레오는 하르트만 정육점에서 일을 배웠는데, 착한 애였어요. 그런데 정확한 사정은 모르지만 경찰로부터 의심을 받게 됐어요. 레오가 사는 오두막에서 아르투어의 옷이 발견됐거든요."

"그건 그 일 이후였어." 백작이 말했다.

"무슨 일 이후요?" 보덴슈타인이 물었다.

"어떤 이유에서인지는 잘 모르겠다만, 경찰이 레오를 소환했어. 그런데 경찰이 가기 전에 레오는 정육점의 도축용 총으로 자기 머리를 쏘았어. 그 바람에 몇 달 동안 의식불명 상태로 누워 있었고, 깨어난 뒤에도 예전 모습을 찾지 못했지. 지금은 시에서 허드렛일이나 하면서 사는데, 어쨌든 그 일 이후로는 좀…… 이상해졌어."

"전 전혀 모르고 있었어요." 보덴슈타인의 이마에 당혹스런 주름이 잡혔다. "그냥 사고인 줄 알았는데!"

빌란트와 크벤틴도 깜짝 놀란 눈치였다.

"애들한테는 그렇게 얘기했었지." 백작 부인이 털어놓았다. "레오가 어린 남자애들을 노렸다는 사실이 밝혀졌을 때 마을 전체가 충격에 휩싸였어. 그것도 모른 채 소년 축구팀 코치라고 레오한테 아이들을 맡겼으니……."

"말도 안 되는 소리예요!" 보덴슈타인은 믿을 수 없다는 듯이 고개를 젓더니 부엌을 서성이기 시작했다. "우리는 레오의 오두막집에 자주 놀러갔지만, 내 기억엔 한 번도 레오가 이상한 짓을 하려고 한 적이 없었어요. 한시라도 빨리 옛날 기록을 봐야겠어요. 당시 수사 상황을 파악하는 게 급선무일 것 같아요."

"경찰과 마을 사람들은 레오의 자살 시도를 명백한 자백으로 받아들였어. 모두 레오가 그 아이에게 뭔가 나쁜 짓을 했을 거라고 생각한 거지." 백작 부인의 얼굴이 어두워졌다. "그 뒤로 레오의 부모까지 싸잡아 죄인 취급을 당했어. 아무도 그들의 가게에서 물건을 사지 않았지. 결국 가게는 문을 닫을 수밖에 없었고, 레오 아버지는 만날 술만 마셔댔지. 비극적인 일이었어."

"비극은 그것만이 아니었겠죠." 피아가 말했다. "근데 레오 부모는 왜 루퍼츠하인에 계속 남았나요? 다른 곳으로 이사할 수도 있었을 텐데."

"그 사람들도 그럴 생각이었죠." 보덴슈타인의 어머니가 대답했다. "그런데 비젠 가의 가게와 집을 내놨는데 아무도 사려는 사람이 없었어요. 그 사람들이 소유한 약간의 밭과 임야도 구매자가 나서지 않았고. 그래서 싫든 좋든 여기 남을 수밖에 없었죠."

"참 끔찍한 일이네요! 그런 잘못된 의심을 어떻게 참고 지냈을까요?" 피아는 스스로 생각해도 열이 나는 모양이었다.

보덴슈타인의 아버지가 헛기침을 했다. "그 의심이 사실인지 어떤지는 지금도 증명된 것이 없지만, 어쨌든 수사가 중단된 뒤로는 다들 레오가 그 아이를 성폭행하고 죽인 뒤 어딘가에 묻었을 거라고 확신했어요."

"다들 그렇게 레오의 죄를 확신했다면 왜 그 사람을 가만히 두었죠?" 피아가 이의를 제기했다.

부엌 안에 곤혹스러운 침묵이 흘렀다. 보덴슈타인은 멈추어 서서 부모를 응시했다. 그러나 백작도 백작 부인도 지극히 명백한 그 사실을 발설할 엄두를 내지 못하고 있었다.

"사실은 아무도 관심이 없었기 때문이지." 보덴슈타인의 목소리는 간신히 억누른 분노로 파르르 떨렸다. "우리 마을 사람이 아니라 이래도 그만 저래도 그만인 러시아 이방인 아이가 사라진 것에 불과했으니까. 그게 진실이야."

***

피아가 킴과 크벤틴을 뒤따라 농장 살림집에서 나왔을 때 보덴슈타인과 빌란트 카프타이나는 아름드리 밤나무 아래 서 있었다. 밤나무 잎은 환한 햇살 아래 순금처럼 반짝거렸고, 햇빛은 찬란했으며, 거미줄은 공중에서 출렁거렸다. 마당 뒤편의 축사에서는 사람들이 분주하게 움직였다. 말들을 씻긴 뒤 안장을 올렸는데, 한 무리의 젊은 여자들이 말 탈 준비를 하고 있었다. 무슨 일이 일어나건 삶은 아무렇지도 않게 계속 이어지고 있었다.

산림감독관은 작별 인사와 함께 자기 차로 돌아갔고, 보덴슈타인 동생도 축사 쪽으로 사라졌다.

"레오 켈러를 만나보실 거예요?" 피아가 물었다.

"아니." 보덴슈타인은 고개를 저었다. "아직은 안 돼. 먼저 당시 사람들이 레오를 뭐라고 비난했는지부터 정확히 알 필요가 있어. 우리가 레오를 심문하면 순식간에 소문이 퍼질 거야. 누군가 분명 예전 일을 기억해낼 테고, 그러면 마녀사냥이 벌어질 수도 있어. 그런 일이 일어나선 안 돼."

"이론적으로는 레오가 범인일 수도 있겠죠?" 킴이 물었다.

"이론적으로는 가능해요. 당연히." 보덴슈타인이 걷기 시작하자 피아와 킴은 그 뒤를 따랐다. "당시 레오는 이십대 초반이었고, 아르투어와도 잘 아는 사이였어요. 그래도 레오가 아르투어를 죽일 이유가 뭐가 있겠어요?"

"사고였을지도 모르죠." 피아가 말했다.

"그럼 로지는? 로지는 무슨 관련이 있을까?" 보덴슈타인이 반박했다.

"둘이 그렇고 그런 사이일 수도 있잖아요." 피아가 추측했다. "나이로 보면 레오 켈러가 소냐 슈레크의 아버지일 가능성도 있어요. 유전자 검사만 하면 아주 간단하게 알아낼 수 있죠."

"음."

"레오의 오두막은 어디 있었어요?" 피아가 물었다.

"현 시민회관이 있는 곳 조금 아래." 보덴슈타인이 답했다.

"아르투어는 18시 30분 무렵 반장님 집에서 나왔어요." 피아가 숙고했다. "레오의 오두막은 가는 길에 있으니까 어쩌면 잠시 들러 인사를 하려고 했을지도 몰라요. 그런데 일이 잘못되려는지, 하필 그때 레오는 오두막에서 유부녀와 밀회 중이었어요. 결국 아르투어는 불륜 현장의 목격자가 된 셈이었죠. 그래서 두 사람은 둘의 비밀을 지키려고 아르투어를 죽이고……."

"빌란트와 나도 그 생각을 했어." 보덴슈타인이 시인했다. "하지만 팔월은 해가 길어. 그렇다면 로지가 대낮처럼 환한 시간에 위험을 무릅쓰고 숨겨둔 애인을 만나러 갔을까? 그래, 설사 그랬다 쳐. 그래서 아르투어가 로지와 레오에게 발각됐다고 쳐. 그럼 로지와 클레멘스, 마우러 신부님은 누가 죽였을까? 레오는 그럴 수 있는 상태가 아닌 것으로 보이는데?"

그들은 차를 세워둔 주차장으로 도로를 따라 올라갔다. 그때 피아의 머릿속에 퍼뜩 떠오르는 사진이 있었다. 타리크가 클레멘스의 컴퓨터에서 찾아낸 사진들이었다.

"잠깐만요, 반장님! 반장님이 꼭 보셔야 할 사진이 몇 장 있어요." 피아는 킴의 말을 자르며 보덴슈타인에게 말했다. 킴은 범인의 프로필 작성과 관련해서 지역범죄수사국 범죄심리분석 전문가들과의 공조 가능성에 대해 막 이야기하던 중이었다.

"무슨 사진?" 보덴슈타인이 멈춰 서서 그녀를 바라보았다.

"클레멘스는 가족 회고록이 아니라 마을 연감 같은 걸 쓰고 있었는데, 특히 예전에 일어난 범죄들에 관심이 많았던 것 같아요." 피아가 대답했다. "수백 장의 옛날 사진을 모아 분류해놓았는데, 우리는 얼굴을 봐도 모르지만 반장님은 알아보실 거 아니에요?"

"그래서 기대하는 게 뭔데?" 보덴슈타인이 물었다.

자동차 두 대가 성 안의 레스토랑과 마구간으로 이어진 좁은 길을 따라 내려왔다. 그들은 옆으로 비켜서서 자동차를 보냈다.

"반장님 추정이 옳을 수도 있다고 생각해요." 피아는 자기 잘못을 쉽게 인정하지 못하는 사람이 아니었다. "어제까지만 해도 이번 살인 사건이 아르투어의 실종과 관련이 있다는 반장님의 추정을 의심스러워했던 게 사실이에요. 하지만 지금은 생각이 달라졌어요. 그건 우리가 반드시 찾아내야 할 단서예요."

피아는 자신을 바라보는 보덴슈타인의 얼굴이 금방이라도 울 것 같아 당혹스러웠다. 조금 전 집에서 막시 이야기가 나왔을 때도 보덴슈타인의 얼굴에서 미세한 변화가 있었다. 평소처럼 무표정한 얼굴 뒤에 자신의 감정을 감추고 있었음에도.

"곧 수사과에 가서 사진들을 살펴보도록 하지." 보덴슈타인은 갈라진 목소리로 이렇게 말하더니 숲 주차장 쪽으로 올라갔다.

***

모두 없어졌다. 얼마 안 남은 현금, 어차피 소용도 없는 체크카드와 신용카드, 운전면허증, 신분증, 오래전에 이미 그녀 소유가 아닌 포르쉐 차량증명서까지 든 지갑이 통째로 없어졌다. 배은망덕한 그 뽕쟁이 녀석은 그녀의 스마트폰과 노트북뿐 아니라 제부의 권총과 랜드로버까지 가져갔다. 욕실에서 겨우 빠져나온 펠리치타스는 얼이 빠진 채 침대에 걸터앉아 엘리아스가 그녀의 베개 위에 올려놓고 간 편지를 다시 한 번 읽어 내려갔다.

아줌마를 가둬서 정말 죄송해요. 꼭 니케를 만나 할 얘기가 있어서 그래요. 이해해주셨으면 좋겠어요. 휴대전화와 노트북은 잠시 빌려가요. 나중에 돌려드릴게요. 경찰한테는 제발 연락하지 말아주세요! 나중에 다 설명드릴 테니까. 개들은 제가 데려가니까 걱정하지 마세요. 자동차도 돌려드릴 거예요. 참, 시동이 안 걸렸던 건 기름이 없어서였어요. 나중에 봐요! ☺

황당함과 실망감이 속에서 부글부글 끓어올랐다. 마지막 문장 옆의 스마일 이모티콘 때문에 더 화가 치밀었다. 그녀를 놀리는 것 같았다. 펠리치타스는 집게손가락을 입에 넣고 빨았다. 창문 없는 욕실을 부수고 나오다가 살 밑까지 손톱이 깨지는 바람에 몹시 쓰라렸다. 엘리아스는 그녀야 어떻게 되든 전혀 신경도 안 쓰는 녀석이었다. 오직 자기밖에 몰랐다. 그런 녀석을 믿다니 어쩌면 그리도 바보 같을까? 솔직히 녀석이 안돼 보였고, 녀석을 보면 엄마 같은 심정이 들어 보살피고 음식을 해먹이는 걸 내심 즐기기까지 했다. 그런데 조그만 틈이 보이자 녀석은 감쪽같이 그녀를 속이고 물건을 훔쳐 달아났다. 마약 중독자들의 습성이 그랬다. 이제 관용은 끝났다. 그녀는 옷을 입고 경찰을 찾아갈 것이다.

하지만 그다음은 어쩔 것인가? 그녀는 50대 중반이고 직업도 없었다. 기대와 능력에 맞는 직장을 구하는 것은 이제 불가능했다. 그렇다고 청소부나 계산원으로도 적합하지 못했다. 은행 잔고는 텅 비었고, 사채업자는 그녀를 쫓고 있었다. 한때 친구였던 사람들은 모두 등을 돌렸다. 그녀에게 너무 많은 상처를 받았기 때문이다. 게다가 부모님은 벌써 돌아가셨고, 제 편할 생각으로 거처를 허락한 여동생은 지구 반대편에 있었다. 그녀가 없다고 아쉬워할 사람은 이 세상 어디에도 없었다. 환영받을 곳도 없었다.

경찰에 가서 엘리아스를 신고한다고 해서 무슨 소용이 있을까? 그다음엔 어디로 간단 말인가? 노숙자 쉼터? 의욕도 없고 기력도 없었다. 평생 동안 그녀를 충동질했던 분노는 식어버렸다. 이제 결정은 확고했다. 세상과 절연한 채 가난에 쪼들려 사는 데는 전혀 소질이 없는 사람이었다.

***

피아는 엘리아스 레싱의 여자친구와 그 어머니가 오기로 한 것을 깜박 잊고 있었다. 그래서 당직형사가 보안출입문 뒤에서 그녀를 붙잡으며 하벌란트라는 부인이 딸과 함께 사무실 앞에서 기다린다고 했을 때 순간적으로 영문을 몰라 의아해했다.

"아, 맞아, 오늘 온다고 했지!" 피아의 배에서 꼬르륵 소리가 났다. 아침을 먹지 않았지만 좀 더 기다려야 할 것 같았다. 그녀는 한 번에 두 개씩 계단을 밟고 올라가다가 하마터면 타리크와 부딪칠 뻔했다. 그가 귀와 어깨 사이에 스마트폰을 끼운 채 거의 같은 속도로 내려오고 있었다.

"헤이!" 피아가 깜짝 놀라 소리쳤다. "어디 가?"

"카이 형사님이 전화를 하셨어요." 그는 재빨리 청바지 뒷주머니에 휴대전화를 찔러 넣었다. "남자아이의 유골을 발견하셨다고요?"

"그런 것 같아." 피아가 유심히 그를 훑어보았다. "근데 무슨 일이야?"

"아무 일도 아닙니다. 무슨 일이 있겠어요?" 그는 순진하게 눈을 끔벅거렸다.

"그럼 괜찮으면 나하고 엘리아스 레싱의 여자친구나 만나러 가."

"네, 알겠습니다."

피아는 나머지 계단을 올라갔고, 타리크가 그 뒤를 따랐다.

"그 아가씨가 입을 잘 열지 않으면 자네가 매력을 한번 보여줘. 들고양이 프로젝트를 담당하던 아가씨도 순식간에 꼬셨잖아."

피아는 머리까지 빨개지는 타리크를 흥미롭게 살펴보았다. 빨강머리 파울리네가 그의 매력에 빠진 것이 아니라 그가 그녀의 매력에 빠진 것일까?

"그 아가씨한테서 새로 들은 소식은 없고?" 피아가 물었다.

"에…… 없어요. 제대로 된 거는요."

"무슨 말이야, 그게?"

"그게…… 무슨 말이냐 하면…… 그 아가씨는 그냥 저한테……." 모퉁이를 돌아 강력반 사무실이 있는 복도에 들어서는 순간 타리크는 입을 다물었다. 하벌란트 부인과 그 딸이 불편해 보이는 초록색 플라스틱 의자에서 일어났다. 두 사람의 얼굴에는 막연한 불안감과 불편한 기색이 뒤섞여 있었다. 형사 사건 일로 강력계 형사를 처음 만나는 사람들에게서 흔히 나타나는 표정이었다.

"이렇게 직접 찾아와주셔서 감사합니다." 피아는 자신과 타리크를 소개하고는 늦은 것을 사죄했다. "기다리게 해서 죄송합니다."

"괜찮아요. 시간 내주셔서 감사해요." 40대 중후반으로 보이는 비앙카 하벌란트는 날씬했다. 헤어스타일을 완벽하게 꾸미고, 겉으론 별로 티가 안 나면서도 상당히 비싸 보이는 옷을 입은 것이 레싱 부인과 같은 부류였다. 피아의 전직 동료 프랑크 벤케의 조롱 섞인 표현에 따르면 한마디로 "타우누스의 유한마담들"이었다. 하지만 이 부인에게는 상류층 부인들이 남편의 명함, 예를 들어 은행 이사, 변호사, 기업 고문 같은 직위가 찍힌 명함이나 값비싼 고급 자동차 열쇠를 무심한 척 탁자 위에 내려놓는 거만함과 도도함은 없었다. 오히려 하벌란트 부인의 얼굴에는 수심이 가득했다. 피아도 이해가 갔다. 범죄를 저지른 마약 중독자가 미래의 사윗감이라면 어느 엄마가 다리 뻗고 편히 잠을 자겠는가!

"반가워요, 니케." 피아가 다정하게 웃으며 손을 내밀었다. 니케는 엄마를 닮은 갈색 눈동자에 광대뼈가 나온 얼굴이었다. 미끈하고 풍성한 머리칼도 엄마에게서 물려받은 듯했다. 화장하지 않은 앳된 얼굴에는 겁에 질린 커다란 눈밖에 보이지 않았고, 눈 밑에는 보랏빛 반달모양의 그늘이 드리워져 있었다. 전체적으로 부서질 듯 가냘팠고, 배도 많이 불렀다.

"안녕하세요." 니케가 속삭이듯이 말했다.

피아는 하벌란트 모녀를 사무실 안으로 안내한 뒤 방문자용 의자를 권했다. 타리크는 서 있었고, 피아는 책상에 앉아 서랍에서 녹음기를 꺼낸 뒤 녹음에 대한 허락을 구했다. 그러고는 날짜와 시간, 참석자들의 이름을 녹음한 뒤 곧장 니케에게로 눈을 돌렸다.

"우리가 알기로 당신은 엘리아스 레싱의 여자친구입니다. 만일 엘리아스와 약혼한 사이라면 불리한 진술은 하지 않아도……"

"우리 딸은 개와 아무 관련이 없어요." 하벌란트 부인이 피아의 말을 끊었다. "우리 부부는 개가 니케한테 폭력을 가하거나 마약을 하게 했다고 생각하고 있어요. 우린 고소를 고려 중이에요. 니케는 아직 미성년자니까요."

그녀는 보호자임을 과시라도 하듯 딸의 팔에다 손을 얹었다. 그러나 니케는 못마땅한 듯 엄마의 손을 쓱 치웠다. 피아는 묵묵히 엄마와 딸을 살펴보았다. 또 한 명의 아이가 부모의 노력과 애원에도 불구하고 예정되지 않은 다른 삶을 살기로 결정한 것 같았다. 니케 하벌란트가 지금까지 부모의 집에서 살아온 삶이 생생하게 그려졌다. 일과는 아침부터 저녁까지 잘 짜인 계획표에 따라 진행되었을 것이고, 부모는 딸의 교육에 많은 돈과 시간을 투자했을 것이다. 하지만 딸에게 부모의 계획을 믿고 따를 마음이 있는지는 한 번이라도 물어봤어야 하지 않을까?

"우리는 니케가 개를 만나고 있다는 걸 전혀 몰랐어요." 엄마가 말했다. "지금도 둘이 어떻게 만났고, 어쩌다…… 저 지경까지 갔는지 말을 하지 않아요." 그녀는 비난이 가득 담긴 손짓으로 니케의 배를 가리켰다. "니케가…… 저 지경이 된 걸 알았을 때 우리가 얼마나 충격이 컸을지 충분히 짐작하실 거예요. 이제 겨우 열일곱 살이에요. 그런데 인생을 망치고 있어요. 형사님이 잘 좀 설득해주세요."

하벌란트 부인은 딸이 마치 이 자리에 없는 것처럼 이야기하고 있었다. 이것만 보더라도 이 여자애가 받았을 심적 압박감은 충분히 느낄 수 있었다. 눈은 통통 부었고, 손톱은 손톱 밑 피부가 보일 정도로 물어 뜯겨져 있었다.

피아가 말했다. "한 가지 확실히 해두자면, 니케는 여기 피의자로 온 게 아니라 증인으로서 참고인 조사를 받으러온 것뿐입니다. 여긴 누가 누구를 비난하는 자리도 아니고, 따님에게 교육적으로 따끔한 훈계를 할 수 있는 자리도 아닙니다." 피아가 니케 쪽을 바라보았다. "무슨 말인지 알겠죠?"

니케는 수줍게 고개만 끄덕거릴 뿐 눈을 마주치지는 않았다.

"당신은 엘리아스 레싱과 약혼한 사이이거나 친척인가요?"

니케는 고개를 저었다.

"그러면 진술 거부권이 없고 사실대로 얘기해야 합니다."

니케는 고개를 끄덕였다.

"우리는 엘리아스를 찾고 있습니다. 범행 현장 근처에서 지문이 발견되었기 때문이죠. 그렇다고 엘리아스가 범행에 가담했다는 건 아닙니다. 우린 엘리아스가 목격자일 것으로 판단하고 있습니다." 피아의 목소리는 부드러웠다. "엘리아스를 마지막으로 언제 만났고, 무슨 이야기를 나누었는지는 우리에게 무척 중요합니다."

니케는 반응이 없었다. 딸의 침묵이 길어질수록 하벌란트 부인의 반응은 더 격해졌다. 이런 식으로 계속 갈 수는 없었다. 피아도 열일곱 살 소녀일 때가 있었다. 엄마가 있는 자리에서는 니케가 결코 솔직하게 입을 열지 않을 거라는 생각이 들었다.

"니케와 단둘이 얘기하고 싶습니다." 피아가 말했다. "그동안 밖에서 좀 기다려주시겠습니까?"

"안 돼요, 절대!" 니케의 엄마가 항의했다. "우리 딸은 미성년이고, 미성년자는 보호자로부터 도움을 받을 권리……."

"엄마, 좀!" 니케는 엄마에게 눈도 돌리지 않고 말을 끊었다. "난 애가 아니라고!"

"내가 있는 자리에서 질문을 하시든지, 아니면 아예 하지 않든지 둘 중 하나를 선택하세요." 그녀는 딸의 항변을 무시하면서 니케의 팔에 다시 손을 얹었다. 순간 니케의 몸이 뻣뻣하게 굳었지만 엄마는 그것을 전혀 눈치채지 못했다.

피아는 니케에게 연민을 느꼈다. 오직 자식이 잘되기만을 바라고 자식의 미래를 위해 적극 나설 뿐이라고 생각하는 저런 자기중심적인 엄마를 상대로 자기주장을 펼치기는 쉽지 않았을 것이다. 안타깝게도 부모들은 때로 자식이 체스 판의 졸이 아니라, 자기 생각이 있고 더는 간섭과 통제를 원하지 않는 고유한 인격체라는 사실을 잊어버린다. 원칙적으로 엘리아스의 상황도 이와 별반 다르지 않았고, 그의 어머니도 그 사실을 인정했다.

결국 하벌란트 부인은 밖에서 기다리기로 했다.

"말을 놓아도 되겠니?" 문이 닫히고 단둘이 남자 피아가 물었다.

"네, 그러세요."

"뭘 좀 마실래?"

"괜찮아요." 니케는 얼굴을 찡그렸다. "뭘 마시면 바로 화장실에 가야 하거든요."

"얼마나 남았니?"

"2주요." 니케는 불룩 나온 배를 보호하듯이 그 위에 두 손을 얹었다. 순간 입 주위에 살짝 미소가 감돌더니 사라졌다. "엄마 아빠는 아이가 태어나면 바로 입양을 보내려고 해요. 나보고는 여기서 대학입학시험을 보고 미국으로 유학 가래요. 그러려면 아이가 있으면 안 된다는 거죠. 엄마 아빠는 자기들 뜻대로 되지 않는 걸 엄청 싫어해요. 그래서 날 방에 가두고, 휴대전화도 뺏어가고 그래요. 왕짜증이죠!"

"넌 뭘 하고 싶은데?" 피아가 물었다.

"난…… 난…… 잘 모르겠어요." 니케는 처음으로 고개를 들어 피아를 바라보았다.

"학교는 아직 다니니?"

"네." 니케는 턱을 쳐들었고, 목소리에 경멸의 어조가 스며들어 있었다. "언제부턴가 엄마 아빠는 더 이상 나를 건드리지 않아요. 내가 자해를 할지도 모른다고 생각했기 때문이죠. 자식이 어떻게 되는 것보다 남들이 어떻게 볼까 더 걱정하는 사람들이에요. 무슨 일이 있어도 체면은 지키려고 하죠. 쳇!" 니케가 경멸적으로 코웃음을 쳤다.

"엘리아스는 어디서 만났니?"

"프랑크푸르트 클럽에서요. 1년 전쯤 친구들과 몰래 갔다가 만났어요. 거기 간다고 했으면 엄마 아빠는 분명 못 가게 했을 테니까요. 그땐…… 정말 멋졌어요. 뭐랄까…… 엘리아스를 보는 순간…… 첫눈에 반한 것 같아요."

니케는 불안한 미소를 지었지만 눈은 반짝반짝 생기가 돌았다.

"엘리는…… 잘 모르겠지만…… 나하고 상황이 비슷한 것 같았어요." 그녀는 어깨를 으쓱했고, 목소리는 점점 확고해졌다. "걔도 나처럼 부모의 압박이 심했어요. 모든 게 계획되어 있고 예정되어 있었어요. 항상 시키는 대로 해야 하고, 남들보다 잘나야 하고, 성공해야 했죠. 그렇지 않으면 야단을 맞거나 잔소리를 듣기 일쑤였어요. 들어보니까, 걔 아버지는 우리 부모보다 훨씬 심했어요. 그래서 엘리아스도 언제부턴가 더는 참을 수 없게 된 거죠."

"난 네 부모님의 걱정이 조금은 이해가 돼." 피아가 반박했다. "엘리아스는 어쨌든 수차례 전과가 있고, 몇 년 전부터는 마약에도 빠져 있으니까."

"그건 나도 알아요! 엘리아스는…… 어쩌다 그런 것들에 빠진 거예요." 니케의 볼이 발그레 달아올랐다. "하지만 지금은 마약을 끊고 싶어 해요. 난 엘리가 해낼 거라고 믿어요."

"음." 피아는 앞에 앉은 어린 아가씨를 뚫어져라 바라보았다. 좋은 집안에서 화초처럼 보호받고 자란 이 순진한 아가씨는 엘리아스의 문제가 얼마나 심각한지 잘 모르는 듯했다. 마약 중독에 빠지면 어떻게 되고, 거기서 빠져나오는 것이 얼마나 힘든지 조금이라도 알고 있을까? 니케는 처음으로 사랑에 빠졌고, 엘리아스와의 관계도 무척 진지했다. 혹시 남자친구를 보호할 생각으로, 아니면 사랑에 대한 잘못된 이해로 남자친구를 위해 거짓말을 하려고 할까?

"부모님한테는 왜 엘리아스 얘기를 하지 않았니? 어차피 때가 되면 다 알게 될 텐데."

"한 달 전까지는 감출 수 있었어요. 그러다 내 몸을 보고 엄마 아빠는 완전 뚜껑이 열렸죠! 내가 자기들처럼 되길 바랐거든요. 그러니까 영국에서 법학을 공부한 뒤 돈 잘 버는 근사한 직업을 얻고, 지루하지만 성공한 남자와 결혼하고, 남들이 부러워하는 지역에 집을 사고, 아이 둘을 낳아 오순도순 살길 원했던 거죠. 하지만 난 그렇게 살고 싶지 않아요! 심리학을 공부해서 뭔가 의미 있는 일을 하고 싶어요. 하지만 그러면서도 한편으로는…… 엄마 아빠의 마음을 아프게 하고 싶지 않아요. 다 내가 잘되길 바라는 마음에서 그러는 거라는 걸 아니까요."

니케는 자기 손을 가만히 내려다보았다. 갑자기 창백한 뺨 위로 눈물이 흘러내렸다. 왜 우는 것일까? 백마 탄 왕자님인 줄 알았던 남자가 개구리로 변해서? 그것도 마약에 중독된? 아니면 그럼에도 개구리를 사랑하지만, 부모에게도 상처를 주고 싶지 않아서?

"더 이상…… 만나지 못하겠다고 얘기했을 때 엘리는 완전 절망했어요." 니케는 피아를 보지 않은 채 계속 고백해 나갔다. "내가 없으면 자기한테는 삶의 의미가 없대요. 그래서 마약을 끊고 대학 시험도 보겠대요. 정말 철석같이 맹세했어요. 자기 삶에선 내가 정말 뭔가 의미 있는 첫 번째 사람이라고 했어요." 니케가 어색하게 웃었다. "왠지 완전 기분 좋은 말 아니에요?"

그건 기분 좋은 말이 아니라 잔인하기 짝이 없는 감정적 협박이라고 피아는 말해주고 싶었다. 자신도 실제로 그런 경험을 한 적이 있으니까. 니케는 자기 힘으로 이런 치명적인 관계에서 빠져나갈 가능성이 전혀 없어 보였다.

"엄마 아빠가 너무 심하게 몰아붙이는 바람에…… 나도 어쩔 수 없이…… 엘리한테…… 협박을 받아 그렇게 됐다고 이야기할 수밖에 없었어요." 니케의 입에서 한숨이 터져 나왔다. "그러고 나니까 내가 성경의 베드로처럼 엘리를 배신한 것 같은 기분이 들었어요. 엘리와 나는 일단 만나지 않기로 약속했어요. 엄마는 내 휴대전화 번호를 바꿨고, 이메일 주소도 새로 만들어줬어요. 내 페이스북과 인스타그램 계정도 없앴고요."

"그래도 계속 연락은 주고받았지?"

니케는 마지못해 고개를 끄덕였다.

"마지막으로 통화한 게 언제니?"

"몇 주 전요." 니케가 고개를 숙였다. "내가 더는 만나고 싶지 않다고 했을 때죠. 마지막으로 소식을 들은 건 지난 목요일이었어요. 엘리가 메시지를 보냈는데 한동안…… 잠수를 타야 된다고 했어요. 왜 그래야 하는지는 설명하지 않고요."

니케는 고개를 들었다. 절망적인 표정이었다.

"우린 한시라도 빨리 엘리아스를 만나야 해." 피아가 심각하게 말했다. "우연인지 어떤지는 몰라도 엘리아스는 좋지 않은 일에 연루된 것 같아."

니케의 눈이 커졌다.

"지난 수요일과 목요일 밤 사이에 쾨니히슈타인과 글라스휘텐 중간쯤에 위치한 숲속 캠핑장에서 사람이 죽었어." 피아가 말했다. "형체를 알아볼 수 없을 정도로 캠핑카 안에서 시커멓게 불에 타버렸지. 지금까지 우리가 알아낸 바로는 피해자는 살해되었어. 살인 사건이야."

니케는 무릎 사이에 양손을 끼운 채 주의 깊게 듣고 있었다. 미간에 깊은 주름이 잡히는 것이 엄마를 빼닮았다.

"엘리아스는 다른 캠핑카에 머물고 있었어. 불법으로 문을 따고 들어간 거지." 피아는 말을 이어갔다. "그리고 부상을 당했던 것으로 보여. 핏자국을 확인했거든. 엘리아스는 숲속으로 달아났어. 그런데 몇 킬로미터 앞에서 거짓말처럼 흔적이 싹 사라졌어."

"엘리아스가 누군가를 죽였다고 생각하세요?" 니케의 눈에 생생한 공포가 어렸다.

"아니." 피아는 진실에 전적으로 부합하는 건 아닐 수도 있었지만 일단 이렇게 대답했다. "하지만 범인을 목격했을 수는 있어. 반대로 범인이 엘리아스를 봤을 수도 있고. 만일 범인이 엘리아스의 존재를 알고 있다면 엘리아스는 지금 큰 위험에 빠진 거야."

니케는 이마에 주름을 잡으며 곰곰이 생각에 잠겼다.

"엘리아스가 지금 어디 있는지 아니?" 피아가 물었다.

"아뇨." 니케는 순간적으로 고개를 끄덕거리는가 싶더니 바로 옆으로 고개를 돌려버렸다.

"정말 몰라?" 피아는 가슴에 팔짱을 낀 채 프랑크 벵케의 예전 책상에 몸을 기댔다. 지금은 카이가 수납공간으로 사용하는 책상이었다.

"엘리아스는 더 이상 감옥에 가면 안 돼요!" 니케는 갑자기 거칠게 반발했다. "거기 들어가면 마약에서 헤어날 길이 없어요! 엘리아스는 금단 현상을 이겨내려고 그 캠핑장에 간 거예요. 거기엔 사람도 없고, 잘은 모르지만…… 술이나 약을 파는 가게도 없대요. 휴대전화도 안 터지는 곳이라고요! 엘리는 정말 진심이에요! 내 말 믿어주세요!"

"믿고말고." 피아는 니케를 진정시켰다. "하지만 엘리아스의 이름이 언론에 나오지 못하게 할 수는 없었어. 우리도 빨리 찾아야 하니까. 만일 살인자가 신문에서 엘리아스의 이름을 봤다면 우리보다 먼저 엘리아스를 찾으려고 혈안이 돼 있을 거야. 살인자들은 목격자를 좋아하지 않거든."

니케는 니트 재킷에서 풀린 올을 만지작거리면서 아랫입술을 깨물었다. 이성과 신의 사이에서 갈등하는 심정이 창백한 얼굴에 고스란히 드러났다.

"도와줘, 니케." 피아가 부탁했다. "엘리아스가 유일하게 믿는 사람은 너밖에 없을 거야. 우리가 그 친구와 접촉할 수 있게 도와줘.”

“어…… 어떻게 하면 되는데요?”

피아는 하벌란트 부인을 들어오게 했다. 부인은 뻣뻣하게 앉기만 할 뿐 딸아이와 시선을 맞추지 않았다. 피아는 타리크와 함께 니케의 도움으로 엘리아스에게 접근할 계획을 짰다. 하벌란트 부인은 아무 말도 하지 않았다. 다만 얼굴에 절망과 실망감이 역력했다.

“나보고 엘리아스를 함정으로 유인하라고요?” 니케가 물었다.

“함정이 아냐.” 피아가 대답했다. “엘리아스는 캠핑카에 불을 지른 자가 잡힐 때까지 우리와 함께 있는 게 안전해.”

“그러면 다시 감옥에 보낼 거잖아요. 아니에요?”

“니케! 걔는…….” 하벌란트 부인이 갑자기 입을 열었다.

“엄마는 걔에 대해 아무것도 모르잖아!” 니케가 엄마한테 버럭 소리를 질렀다. 그러고는 눈물을 닦더니 다시 피아에게로 고개를 돌렸다. 피아로서는 이유를 잘 알 수 없었지만, 니케의 얼굴에 희망의 빛이 어른거리는 것이 보였다. 경찰의 부탁으로라도 엘리아스와 다시 통화하게 된 것이 기뻐서 그럴까? 니케는 정말 자신들을 도와줄 마음이 있는 것일까?

“그래요, 할게요.” 니케가 단호한 목소리로 말했다. “형사님이 시킨 대로 할게요. 단 조건이 있어요.”

“무슨 조건?”

“엘리한테 절대 무슨 일이 일어나면 안 돼요. 약속해줘요.”

***

앞날이 뻔한 그녀의 삶은 더 이상 지속할 가치가 없었다. 그래서 오늘 당장 여기서 이 지긋지긋한 삶을 끝내기로 마음먹었다. 약을 먹는 건 너무 불확실하고 위험했다. 죽지 않을 수도 있었고, 최악의 경우엔 후유증으로 신체적 장애를 얻을 수도 있었다. 달리는 자동차나 기차에 몸을 던지는 건 처음부터 고려 대상이 아니었다. 옛날부터 혼자만 편하자고 그런 방법으로 자살하는 사람들의 이기심을 늘 욕해왔기 때문이다. 마른하늘에 날벼락도 아니고, 애꿎은 운전자와 기관사들만 잘 익은 토마토처럼 앞 유리에 퍽 부딪히고 죽은 사람 때문에 평생을 악몽에 시달려야 한다. 그게 아니더라도 펠리치타스는 자신의 찢긴 살점이 빈 병과 사용한 콘돔, 온갖 역겨운 쓰레기들이 널린 길가나 철둑에 달라붙는 것을 원치 않았다. 발견될 때 최대한 보기 좋은 상태로 죽고 싶었다. 그게 지금 그녀의 유일한 걱정이었다. 죽은 지 얼마 후에 발견되지 않고, 동생 부부가 여행에서 돌아오는 3주 후에 발견되면 어떡하지? 그녀는 소름끼치는 모습으로 변해 있을 것이다. 잔뜩 부패한 내장과 살, 뇌에는 구더기가 들끓을 것이다. 그런 일이 있어선 안 되었다. 그녀는 욕조에서 박박 긁어 플라스틱 통에 담은 뒤 운반해야 하는 혐오스런 곤죽으로 기억되고 싶지 않았다. 어떤 일이 있어도 벌거벗은 채로 죽고 싶지도 않았다. 자신이 가장 좋아하는 흰색 베르사체를 입고 뜨거운 욕조에 누워 동맥을 자른 뒤 심장이 멈출 때까지 따뜻한 물속에서 서서히 고통 없이 죽어가고 싶었다. 엘리아스가 돌아오면 그녀를 발견할 텐데, 그렇게 죽은 자신을 보고 조금이라도 양심의 가책을 받길 원했다. 이런 생각이 드는 순간 그녀는 쓸쓸하게 웃었다. 개들은 엘리아스가 데려갔으니 걱정할 필요가 없었다.

하지만 삶을 끝내기 전에 다시 한 번 신선한 공기를 마시고, 옌스의 포도주 창고에서 가장 좋은 술을 가져와 음미하고 싶었다. 펠리치타스는 창고에서 샴페인을 가져와 병을 딴 뒤 한 잔 마셨다. 그러고는 현관문을 열고 나가 나무 벤치에 앉았다. 뤼나르 로제가 잔 안에서 뽀글뽀글 기포를 일으켰다. 그녀는 샴페인을 쭉 들이켠 뒤 고개를 젖히고 심호흡을 했다. 태양이 따스하게 얼굴을 비추었다. 하늘에는 비행기 한 대가 소리 없이 지나갔다. 햇빛을 받아 은빛으로 반짝이던 금속 동체는 곧 나무 꼭대기 뒤로 사라졌다. 햇빛은 미혹에 불과했다. 세상은 그렇게 찬란하지 않았다. 대기에선 가을 냄새가 났다. 몰락과 죽음의 냄새가.

"지금 집이 없는 사람은 앞으로도 집을 짓지 않는다." 펠리치타스는 이렇게 중얼거리며 나무로 이루어진 침묵의 벽을 바라보았다. 어두운 숲은 전에도 항상 그녀의 마음을 짓눌렀다. 특히 가을엔 더했다. "지금 고독한 자는 이후에도 고독할지니!"

맞는 말이었다. 오늘은 죽기 좋은 날이었다.

***

연줄은 없는 사람들에게나 해가 될 뿐 있는 사람에게는 유익한 도구였다. 보덴슈타인은 문서보관실로부터 42년 전의 사건 자료를 받아보기 위해 마뜩잖아 하는 헤닝 키르히호프를 움직여 그의 프랑크푸르트 검찰청 인맥을 활용했다. 양심에 찔리는 일이긴 했으나 일요일 오후인 데다 공식 경로를 밟으면 한없이 늘어질 수 있어서 어쩔 수 없는 선택이었다. 그는 1972년에 발생한 아르투어 베르야코프의 실종 사건 기록을 보면서 깜짝 놀랐다. 당시 수사가 경악할 만큼 부실하게 진행되었던 것이다. 그래서 그는 일부러도 좀 더 꼼꼼하게 읽어 내려갔다.

처음에 경찰은 시신이나 범행 현장이 없어서 이 사건을 강력 범죄라 여기지 않았고, 그래서 그에 마땅한 수고도 들이지 않았다. 1970년대 초에는 경찰의 일처리 방식이 오늘날과는 너무 달랐다. 프랑크푸르트에서 강력계 형사들이 지방으로 내려와 이 사건을 맡기까지 무려 닷새가 걸렸다. 그것 말고도 읽어 내려갈수록 이해가 안 되는 것들은 수두룩했다. 아르투어의 부모는 아들이 집에 돌아오지 않자 1972년 8월 18일 아침 일찍 쾨니히슈타인 파출소에 실종 신고를 했다. 경찰은 이 신고를 진지하게 받아들이지 않았다. 오히려 아이가 잠시 가출한 것일 수도 있으니 한 며칠 기다리면 돌아올 거라는 말로 다독이기까지 했다. 심지어 실종 신고서를 작성한 경찰은 어이없게도 이런 내용을 서면으로 기록까지 해놓았다. 아르투어의 부모와 당시 열세 살이던 누나 발렌티나는 여러 차례 조사를 받았다. 이 조사가 별 성과 없이 끝나고, 며칠이 지나도 열한 살짜리 소년이 다시 나타나지 않자 경찰은 친구들을 탐문하기 시작했다.

보덴슈타인은 아르투어의 실종 7일째인 1972년 8월 24일에 작성된 자신의 "탐문" 기록을 보면서 기분이 묘했다. 당시 경찰은 아직 청소년 심리학을 모를 때였다. 보덴슈타인은 질문과 대답을 읽으면서 도저히 믿기지 않아 몇 번이고 고개를 절레절레 흔들었다. 어린이와 청소년은 어른처럼 다루어서는 안 되고, 어른과 똑같은 심문 기법을 사용해서는 안 되었다. 감정적으로나 지적으로 아직 미숙하기에 반응과 답변이 어른과는 완전히 다르기 때문이다. 자신도 아르투어를 마지막으로 본 시간과 말해도 상관없는 이런저런 놀이터에 대해서는 정확하게 진술했지만, 그 외에는 새빨간 거짓말을 하거나 아예 입을 닫았다. 열한 살짜리 애의 입장에서 보면 이유는 분명했다. 양심의 가책, 죄책감, 처벌에 대한 두려움 때문이었다. 그와 빌란트, 아르투어는 어른들이 엄격하게 금지한 장소에서 자주 놀았다. 예를 들면 쾨니히슈타인 방향의 도로 건너편에 있는 란츠그라벤과 아이히코프의 옛 갱도, 슐로스보른 계곡의 물레방앗간이 그랬다. 이런 걸 경찰에게 발설할 수는 없었다. 빌란트도 거의 비슷하게 대답했고, 질문을 받은 다른 아이들도 전혀 모르는 것처럼 함구했다.

보덴슈타인은 쾨니히슈타인의 마을 경찰과 나중에 프랑크푸르트에서 내려온 형사들이 누구누구를 탐문했는지 메모해두었다. 최소한 이 탐문만큼은 꼼꼼하게 진행된 것 같았다. 거의 모든 루퍼츠하인 주민이 조사를 받은 것처럼 보였기 때문이다. 그러나 실종 당일 아르투어를 봤다는 사람은 나오지 않았다. 어둠이 깔리고 나서는 말할 것도 없었다. 1972년에는 '정치적 올바름(political correctness)'에 대한 인식이 아직 존재하지 않았다. 그래서 탐문에 응한 사람들 중에는 외국인에 대한 적대감을 노골적으로 드러낸 이들도 일부 있었다. 오늘날에는 생각할 수도 없는 일일 뿐 아니라 그랬다가는 범행의 정황 증거로도 받아들여질 수 있는 일이었다. 그러나 당시 경찰들은 그런 인종주의적 생각을 전혀 의심스럽게 여기지 않은 듯했다.

아르투어가 러시아인이자 이방인이었다는 사실이 수사 진행에 어떤 영향을 끼쳤을까? 실종된 소년이 그 마을 출신이었다면 수색이 좀 더 철저하게 이루어졌을까? 최소한 마을 사람들은 다르게 행동했을 테고, 연대감도 좀 강하게 드러냈을 것 같았다. 첨부된 명단에 따르면, 8월 26일 경찰 주도의 수색 작전에 루퍼츠하인 주민도 52명 동참했지만, 연대감보다는 구경꾼의 심리가 더 컸다. 아르투어와 그 가족은 마을의 이방인들이었다. 자식 잃은 부모의 고통을 함께 나눈 사람은 소수에 지나지 않았다. 그 사실은 당시 수사를 지휘한 형사의 기록에도 나와 있었다.

마을 주민들에게서 도움 될 만한 것을 얻지 못한 경찰은 결핵요양원의 직원과 환자들까지 탐문했지만 소득이 없었다. 그러다 8월 30일 레오나르트 켈러가 자살을 시도했다. 경찰에 걸려온 익명의 전화로 그가 주요 용의자로 부상한 직후였다. 당시 수사를 지휘한 콘라트 긴스베르크는 2009년에 사망했다. 그래서 카이 오스터만은 당시 긴스베르크 밑에서 일한 부하직원들의 이름과 전화번호를 알아냈다. 보덴슈타인은 카이의 메모가 적힌 노란색 형광 포스트잇을 서류철에서 떼어내 전화를 걸었다. 다름슈타트 지역번호의 전화였다. 경사로 퇴직한 베네딕트 라트 형사는 벨이 세 번 울리자 전화를 받았고 오늘 안으로 보덴슈타인을 만날 수 있다고 했다.

***

반장과 전화 연결이 되지 않자 피아는 타리크만 데리고 엘리아스 부모를 만나러 가기로 결정했다. 니케와 그 엄마의 말만으로는 엘리아스 레싱이 어떤 사람인지 명확하게 그려지지 않았다. 피아는 그에게 정말 무슨 일이 있었는지 꼭 알아내야 했다.

"지난번에 만났을 때 레싱 부부가 뭔가를 감추고 있다는 느낌을 받았어." 그녀가 마법의 산에서 좌회전해 루퍼츠하인 방향으로 들어서면서 말했다. "솔직히 말하자면, 엘리아스가 이번 살인 사건과 뭔가 관련이 있구나 하는 생각까지 들 정도였어."

"하지만 그건 반장님의 추정과는 안 맞잖아요." 타리크가 말했다.

그들이 하벌란트 모녀를 면담하고, 보덴슈타인이 프랑크푸르트 검찰청 문서보관소에서 1972년의 수사 기록을 찾는 동안 킴과 카이는 휴게실 벽에 부착된 롤 페이퍼에 현재의 세 살인 사건과 관련해서 밝혀진 모든 사실을 기록하기 시작했다. 일단 각 살인 사건의 세부사항을 꼼꼼히 적은 뒤 사건들의 유사점과 차이점, 범인이 범행 전후에 내렸을 것으로 보이는 모든 결정을 면밀하게 써넣었다. 범인의 명확한 프로필을 그리려면 아직 한참 멀었다. 지금으로선 아르투어가 정말 살해된 것인지조차 판단을 내리지 못하고 있었다. 다만 아르투어의 죽음과 현재의 살인 사이에 뭔가 관련이 있다는 점에 대해서는 다들 의견이 일치하는 분위기였다. 그런데 피아는 갑자기 그 점에 다시 의구심이 들었다.

"그래, 나도 알아." 그녀는 입술을 꽉 다물었다. "하지만 다른 가능성들을 그냥 깡그리 무시하는 게 아무래도 꺼림칙해서 그래. 어쩌면 우린 미리 준비한 시나리오에 끼워 맞추려고 사실을 계속 왜곡하고 있는지도 몰라."

그녀는 레싱 부부의 집 앞에 차를 세웠다. 차고 입구에는 진녹색의 미니 카브리오 한 대만 주차되어 있었다. 피아는 이번엔 레싱 부인 혼자만 집에 있기를 바랐다.

초인종을 누르고, 잠시 후 다시 한 번 눌렀다. 사람이 없나 보다 하고 막 돌아서려는데 문이 열렸다.

"누구세요?" 젊은 여자가 미심쩍은 눈길로 바라보았다. 피아는 신분증을 제시하며 이름을 이야기했다.

"제 동생 때문에 오셨군요." 여자가 추측했다.

"맞아요, 엘리아스 문제로 왔습니다." 피아는 고개를 끄덕이며 파울리네 라이헨바흐의 말을 떠올렸다. "혹시 파울리네의 친구 레티치아인가요?"

"네, 맞아요."

"당신 어머니께 몇 가지 물어볼 게 있어서 왔습니다. 어머니는 언제 돌아오시나요?"

"몰라요." 레티치아는 어깨를 으쓱했다. "테니스 클럽에 가셨어요. 오늘 거기서 주관하는 테니스 대회가 있거든요. 제가 대신 좀 도와드릴까요?"

"그러면 고맙죠." 피아가 대답했다. "다만 꼭 대답할 의무는 없습니다. 당신이 만일……."

"알아요. 친족은 불리한 내용에 대해 진술을 거부할 수 있다는 거잖아요." 레티치아는 피아의 말을 중간에 끊었다. "그건 저도 알아요. 하지만 그 미친놈에 대해 형사님들이 알고 싶어 하는 건 다 말씀드릴 수 있어요. 들어오세요."

그녀는 한 걸음 물러나 자기 엄마와 똑같은 자세로 들어오라고 손짓하더니 자신과 몇 살 차이 나지 않는 타리크를 머리부터 발끝까지 훑어보았다.

피아는 타리크와 함께 젊은 여성을 따라 계단을 내려가서는 부엌을 지나 테라스로 나가는 동안 예고 없이 레싱의 집을 찾은 자신의 즉흥적인 결정을 속으로 뿌듯해했다. 비탈에 위치한 정원은 집 안의 인테리어처럼 완벽 그 자체였다. 녹색 잔디와 세심하게 손질한 관목, 타원형의 연못에 가지를 드리운 수양버들. 연못 수면 아래에는 갈대와 수련 사이를 헤엄쳐 다니는 큼직한 비단잉어들의 희고 빨간 얼룩 무늬가 석양빛에 곱게 비치었다.

"우와!" 타리크가 정원을 두리번거리며 감탄을 터뜨렸다. "낙원이 따로 없군요!"

"낙원도 시간이 지나면 익숙한 습관이 돼버리죠." 레티치아는 은빛 티크나무로 만든 의자와 테이블에 앉았다. "이쪽으로 앉으세요."

테이블 위에는 책갈피를 꽂은 책과 재떨이가 놓여 있었다. 타리크는 책 제목을 보려고 고개를 외로 꼬았다.

"오스트프리스란트의 불." 타리크가 제목을 읽었다. "재밌어요?"

"최소한 지루하지는 않아요." 레티치아가 답했다. "대부분의 다른 책들보다는 낫다는 나름의 찬사죠."

"레티치아, 혹시 몇 살이에요?" 피아가 물었다.

레티치아가 웃음을 터뜨리며 담뱃갑을 집었다.

"대화의 시작치고는 아주 매력적인 질문이네요!" 그녀는 비웃듯이 얼굴을 찡그렸다. "스물여섯이에요."

"아직 부모님과 함께 살아요?" 피아는 엘리아스 누나에 대한 첫인상을 얻고 싶었다. 첫인상은 솔직히 답할 수 있는 가벼운 질문들을 던졌을 때 가장 쉽게 얻을 수 있는데, 나중에 좀 더 중요한 질문을 던져 상대의 표정이 바뀐다면 그걸 보고 거짓말을 하는지 여부를 판단할 수 있었다.

"아뇨, 벌써 5년 전부터 나가 살아요. 함부르크에서 대학을 다니는데 주말에만 와요. 그게 뭐 중요한가요?"

"최근에 엘리아스를 만나거나 통화한 적 있나요?"

"아뇨. 안 본 지 2년이 넘었어요." 레티치아는 어머니로부터 또렷한 이목구비를 물려받았고, 아버지로부터는 밝은 회색 눈동자와 안타깝게도 나쁜 피부를 물려받은 것 같았다. 화장은 하지 않았고, 윤기가 흐르는 짙은 갈색 머리는 두 갈래로 땋아 내렸다. 그런데 소녀 같은 헤어스타일이 레티치아에겐 어울리지 않았다. 소녀 같은 구석이라고는 전혀 없었다.

"뭐가 알고 싶은 거예요?" 그녀가 담배를 입에 물고 불을 붙였다.

"엘리아스를 별로 좋아하지 않나 봐요?" 피아가 물었다.

"맞아요." 레티치아의 얼굴이 굳어지면서 미간과 입가에 날카로운 주름이 잡혔다. 그녀는 담배 연기를 코로 내뿜었다. "개를 싫어해요."

"왜죠?"

그녀는 한쪽 다리를 꼬아 그 위에 팔꿈치를 올리더니 엄지손톱으로 윗입술을 문질렀다.

"내 인생을 망쳤으니까요. 걔 때문에 우리는 정상적인 가족이었던 적이 없어요. 걔는 항상 우리를 공포로 몰아넣었어요. 그래서 저는 늘 걔를 조심해야 했죠."

"그게 무슨 말이죠?" 피아가 궁금해했다.

"동생은 완전 사이코예요. 어렸을 때부터 '이상 행동'을 보였죠. 아버지는 항상 엄격하게 동생의 행동을 바로잡으려 했고, 엄마는 연민 때문에 동생을 완전히 통제 불능 상태로 만들었어요. 그러다 부모님도 언제부턴가 포기했어요. 애를 쓴다고 고쳐질 애가 아니라는 사실을 깨달은 거죠." 그녀는 다시 심드렁하게 웃더니 고개를 저으며 담배를 빨았다. "제정신이 아닌 동생이 달려들거나 발작적으로 소리를 지를까 봐 친구들을 한 번도 집으로 부르지 못하는 심정이 어떤지 아세요? 하지만 부모님은 늘 이런 식이었어요. 누나인 네가 참아라, 동생이 하는 대로 내버려둬라, 어린 동생이 뭘 알겠니? 자기가 제일 아끼는 인형을 남동생이 갈기갈기 찢어놓았는데도 화를 내선 안 되는 상황을 열한 살짜리 여자애가 어떻게 이해하겠어요?"

그녀는 체념하듯 한숨을 쉬었다.

"다들 우리를 보고 수군거렸어요. 이런 지랄 같은 촌구석에 사는 인간들이요! 엘리아스가 발광을 떨면 그 인간들은 겉으론 동정 어린 표정으로 이해한다는 듯이 굴지만 속으론 우리를 고소해하며 비웃었어요. 우리 부모를요. 착한 아이는 돈으로도 살 수 없는가 보다, 뭐 그런 말들을 했죠. 그나마 이건 가장 수위가 낮은 말이었어요. 악의적이고 듣기 민망한 말들도 많았죠. 전 창피해서 고개를 들지 못할 정도였어요. 엄마가 너무 불쌍하다는 생각도 했고요. 엄마는 모든 사람을 만족시키려고 했지만 그건 불가능한 일이었어요. 따라주지 않는 인간이 하나 있었으니까요. 저는 이런 상황을 공부든 운동으로든 남보다 앞서는 것으로 보상받으려고 했어요. 실제로 그랬기도 했고요. 물론 그 때문에 어디서나 욕심 많은 아이라는 소리를 들어야 했지만, 적어도 저까지 부모님에게 걱정을 끼쳐드리고 싶지는 않았어요. 엘리아스를 상대하는 것만으로도 벅찬 분들이었으니까."

레티치아가 피아를 빤히 바라보았다. 자신은 의식하지 못하지만 그 눈에는 공감을 구하는 필사적인 애원이 담겨 있었다. 사실, 자기 통제력이 뛰어나고 평정심을 잃지 않을 것 같은 사람의 속을 들여다보면 오히려 더 큰 상처가 있는 경우가 자주 있었다. 레티치아 레싱도 그런 부류였다. 혼자서 아등바등 온갖 노력을 다 기울여보았지만 평생 그에 대한 보상을 받지 못하고, 거기서 비롯된 열등감을 증오하는 사람 같았다.

"우리 집은 모든 게 보기 좋은 허울이에요." 그녀는 두 팔을 크게 벌리며 말했다. "집, 정원, 차, 직업, 아내, 자식들까지요. 부모님이 서로를 사랑했다면 그건 오래전의 일일 거예요. 지금은 서로 소리만 지르는 사이죠. 주로 엘리아스 일로. 부모님은 우리 가족이 엉망이 되도록 엘리아스를 방치한 책임을 서로에게 떠넘겨요. 그렇다고 이혼할 생각은 전혀 없는 걸 보면 결국 세상 사람들 앞에서 쇼를 하고 있는 거죠. 이런 상황에서 제가 뭘 하겠어요? 여길 떠나는 것이 최선이죠. 그것도 최대한 멀리."

"엘리아스가 병을 앓고 있는 것으로 진단받은 적이 있습니까?" 타리크가 물었다.

레티치아는 무표정하게 그를 응시하더니 어깨를 으쓱했다. "모르 겠어요."

피아는 레티치아 레싱을 관찰했다. 겉으로 드러난 냉소적 무심함 은 가식일 뿐이었고, 그 밑에는 억눌린 감정이 화산처럼 들끓고 있었 다. 겉모습만으로 사람을 판단하는 건 철저하게 피해야 할 일이었다. 첫 느낌과 완전히 다른 경우도 많았기 때문이다. 하지만 레티치아처 럼 냉혹하게 느껴질 만큼 자신을 솔직하게 드러내는 사람은 드물었 다. 대부분은 부끄러워했고, 실패자로 보이는 것을 두려워했으며, 그 때문에 자신과 남들에게 거짓말을 했다.

"동생이 폭력적이었던 적도 있나요?" 피아가 물었다.

"물론이죠. 그것도 여러 번." 레티치아는 담배를 문 채 니트 재킷을 어깨에서 내렸다. 위팔에 적어도 30센티미터는 돼 보이는 길쭉한 흉 터가 드러났다. 그녀는 담배 연기가 눈에 들어갔는지 눈을 찡그렸다. "걔가 여섯 살 때였어요."

"무슨 일이 있었던 거죠?"

"이 집을 지을 때였어요. 저녁에 부모님이랑 건축가와 함께 이리로 왔었죠. 그런데 엘리아스가 뒤에서 몰래 다가와 저를 창문 밖으로 밀 어버렸어요. 지하실 계단을 받치려고 세워둔 쇠 지주에 부딪혀 팔이 찢어졌죠. 한쪽 다리와 팔, 어깨, 골반도 부러졌고요."

"그 일로 엘리아스는 어떻게 됐나요?" 피아가 궁금해했다.

"걔는 아무 벌도 받지 않았어요." 레티치아가 같잖다는 듯이 웃었 다. "아버지는 그러더군요. 제가 좀 더 조심했어야 했다고. 충분히 그 럴 나이라면서."

피아는 젊은 여자한테서 그처럼 씁쓸한 표정을 본 적이 거의 없었 다. 연민이 느껴질 정도였다. 그러니까 레티치아 레싱은 부모가 사고

뭉치 자식만 돌보느라 신경을 쓰지 못한, 상처 받은 아이처럼 보였다.

"엘리아스는 어떤 마약을 했습니까?" 타리크가 물었다.

"하지 않은 게 뭐냐고 묻는 게 더 **빠를** 걸요." 레티치아가 도자기 잔에 담배꽁초를 뚝 떨어뜨리자 담뱃불은 치직 소리를 내며 꺼졌다. "본드로 시작하더니 대마초에 손을 댔어요. 그러다 엑스터시, LSD, 메스 같은 것들로 넘어갔죠."

이 말끝에 그녀는 타리크를 유심히 살펴보더니 방금 그가 말한 것과는 아무 상관없는 말을 불쑥 꺼냈다.

"당신이 파울리네가 말한 그 경찰이군요." 레티치아는 한쪽 입꼬리를 내리는 동시에 한쪽 눈썹을 올렸다. "파울리네는 당신을 좋게 생각하던데."

"정말요?" 타리크는 쿨하게 반응했다. "고마운 말이네요. 파울리네는 좀 특이한 소녀죠."

"소녀라고요?" 레티치아는 가소롭다는 듯이 싱긋 웃었다. "우리보다 나이도 그리 많아 보이지 않는 사람이. 안 그래요? 물론…… 외국인은 나이를 가늠하기 어렵지만."

"동생은 지금 어디 있을까요?" 피아는 이런 시시껄렁한 이야기를 계속 듣고 있을 수가 없었다. 엘리아스 레싱은 폭력적인 성향이 있었고, 부모도 그 사실을 알고 있었다. 그런데도 무책임하게 입을 닫았다. 위신이나 체면 때문에? 아니면 뭔가 다른 구린 것을 숨기고 있을까? "동생 친구 중에 아는 사람이 있나요? 동생이 연락을 주고받거나 어울릴 만한……?"

"걔가 어울려 다니는 부랑자 중에는 아는 인간이 없어요." 레티치아는 담배 한 개비를 다시 입에 물었다. "만일 제가 형사라면 숲속을 뒤질 거예요."

"숲속이라고요?" 피아가 반문했다. "너무 막연해요. 여긴 사방이 숲인데. 정확히 어딘지는 알아요?"

"몰라요." 레티치아는 담배를 맛있게 빨았다. "정확히 어느 숲을 간다고 말한 적은 없어요. 그냥 숲으로만 간다고 했지. 그러곤 며칠씩 집에 들어오지 않았어요."

***

10월의 일요일은 화사한 늦여름을 방불케 했다. 예전에 결핵요양원 입원실이 있던 자리에 들어선 레스토랑 '마법의 산 메를린'은 늦은 오후인데도 모든 테이블이 텅 비어 있었다. 날씨가 좋아 다들 테라스의 차양 아래에서 커피를 시켜놓고 라인-마인 지역의 환상적인 풍광을 즐기고 있었기 때문이다. 보덴슈타인도 테라스에 자리를 잡고 레스토랑 주인과 이야기를 나누는 중이었다. 벌써 10년 넘게 이 레스토랑을 운영하고 있는 인도인 반디 아로라는 루퍼츠하인 사람들의 얽히고설킨 관계와 친족 관계를 여기 웬만한 토박이들보다 더 많이 알고 있었다. 보덴슈타인은 레스토랑 주인과 잘 아는 사이였다. 전에는 가족과 함께 여기서 규칙적으로 식사를 했고, 요즘은 혼자 오거나 카롤리네와 함께 왔다. 간혹 코지마와도 레드와인과 파스타를 시켜 먹으면서 소피아 문제를 의논하기도 했다.

루퍼츠하인 주민들은 대부분 이 레스토랑을 잘 찾지 않았다. 기껏해야 10년 단위의 생일이나 결혼기념일처럼 특별히 축하할 일이 있을 때만 찾았다. 그래서 소냐 슈레크가 조문객들을 대접하려고 수요일 오후에 이 레스토랑을 통째로 예약한 것도 놀랍지 않았다. 로지와 클레멘스의 이중 장례식은 수요일 오후 2시에 거행될 예정이었고, 조문객이 무척 많을 것으로 예상되었다. 보덴슈타인은 수다스럽지만 늘 유쾌한 레스토랑 주인이 오늘 아침에 유골이 발견된 사실을 알고 있는 것도 이상하지 않았다. 아니, 오히려 다행이라는 생각이 들었다. 로지를 포함해 세 명을 죽인 살인자의 입장에서 봤을 때 아르투어의 살해 사실을 숨기는 것이 중요했다면 이제 그 사실이 만천하에 공개됨으로써 굳이 소피아의 입을 다물게 할 이유가 없어졌기 때문이다.

보덴슈타인은 마을 집들을 지긋이 내려다보며 이런저런 생각에 잠겼다. 저 아래 어딘가에 42년 전에 일어난 일을 정확히 아는 사람들이 있을 것이다. 그게 누군지 밝혀내야 한다. 늦어도 내일에는 기자회견이 열릴 것이고, 그 자리에서 범인의 프로필과 숲에서 발견된 유골에 대한 브리핑이 있을 것이다.

"…… 여긴 오랫동안 걸음을 안 했죠?" 반디의 목소리가 보덴슈타인의 귀로 파고들었다. "말 병원을 팔았다는 얘긴 들었습니까?"

"아, 미안해요. 방금 누구 얘기를 한 거예요?"

"잉카요, 반장님 전 여친." 주인은 웃으면서 눈을 굴렸다. "잉카가 동업자한테 병원을 넘겼대요. 집도. 1월 1일부로."

"아, 그래요?" 보덴슈타인은 깜짝 놀라 눈썹을 추켜올렸다. "처음 들었어요."

보덴슈타인은 이 뉴스가 사실임을 의심하지 않았다. 최신 소문에 관한 한 반디는 질비아 포코르니에 뒤지지 않았다. 그런데 로렌츠나 토르디스는 왜 그런 얘기를 자신에게 하지 않은 걸까? 잉카가 하지 말라고 했을까?

"전에는 잉카도 반장님과 가끔 여기서 식사를 했죠. 하지만 그 뒤로는 거의 오지 않았어요. 마지막으로 온 게 분명 2년은 지났을 거예요. 물론 다른 사람들도 여긴 잘 안 오죠. 그래서 눈에 더 잘 띄었을 겁니다."

"뭐가 눈에 띄었다는 거죠?" 이제야 보덴슈타인은 반디의 말에 온전한 관심을 보였다. 이 인도인은 기억력이 좋을 뿐 아니라 대체로 판단도 정확했다. 신기하게도 마을의 아들들이 아버지와 할아버지에게서 물려받은 독특한 별명까지 알고 있었다. 원래는 그런 별명을 알려면 여기서 나고 자라야 했다. 그래서 마을 사람들에 관한 내밀한 이야기가 오갈 때면 외지인이 그 말을 속속들이 알아듣는 건 불가능에 가까웠다. 그러나 반디 아로라는 아무 문제가 없었다.

"그때 저기 맨 뒷자리에 앉아서 열띤 토론을 벌이더라고요!"

"누구누구가요?" 보덴슈타인은 시계를 보았다. 약속 시간이 벌써 10분이나 지났지만 라트는 오지 않았다.

"잉카, 지모네, 로만, 랄프 엘러스요. 거기다 안디 하르트만과 뚱보 빵집 주인도 있었어요. 보통은 여기 오지 않는 사람들이거든요. 나중에는 페터도 왔어요."

옛날 패거리 전부였다! 우연일까?

"정확하게 언제였죠?"

"금요일 저녁 여덟 시쯤이었어요."

"페터는 언제 왔는데요?"

"아홉 시 반쯤?"

"혹시 페터는 언제 갔는지 기억나요?"

"페터요? 그렇게 오래 있지 않았어요. 맥주 한 잔 마시고 바로 일어났으니까."

보덴슈타인의 머릿속에 피아가 페터 레싱을 의심하고 있다는 사실이 전깃불처럼 번쩍 켜졌다. 속에서 서서히 꺼림칙한 예감이 퍼지기 시작했다. 피아의 직감은 맞을 때가 드물지 않았다. 마우러 신부가 살해된 시각은 금요일 22시 30분이었다. 맥주 한 잔을 주문하고 마실 때까지 걸리는 시간은 평균 15분이었다. 성당과 성구실 열쇠를 구하는 건 그리 어려운 일이 아니었을 것이다. 만일 페터가 22시에 레스토랑을 나섰다면 신부를 죽일 시간은 충분했다.

어릴 때는 함께 놀았지만 그 뒤로 수십 년 동안 거의 접촉이 없었던 친구들에 대해 우린 얼마나 안다고 할 수 있을까? 대답은 전혀 모른다는 것이었다.

웨이터가 전화기를 들고 테이블로 다가오자 반디는 실례하겠다며 레스토랑 안으로 사라졌다. 베네딕트 라트는 여전히 나타나지 않았다. 보덴슈타인은 그 틈을 이용해 피아에게 짧은 메시지를 보냈다.

옛 친구 여섯 명이 하필 여기서 만나 열띠게 상의할 만큼 중요한 문제는 무엇이었을까? 보덴슈타인은 잉카를 잘 알았다. 남들과 어울리는 것보다 혼자 있는 것을 더 좋아하는 사람이었다. 그렇다면 그날 저녁에 모인 데는 분명 그럴 이유가 있었을 것이다. 그가 알아내야 할 게 그것이었다. 오늘은 일요일이니까 잉카가 집에 없을 가능성이 높았다. 그렇다면 늦어도 내일쯤 그녀를 찾아가 이유를 물어보기로 마음먹었다

***

루퍼츠하인 테니스 클럽은 과수원이 산재한 초지 한가운데에 있었다. 쇤비젠할레 시민회관과 운동장 약간 위쪽이었다. 피아와 타리크가 도착했을 때는 대회가 끝나고 클럽하우스 맞은편 작은 주차장에 자동차 몇 대만 남아 있었다. 해는 타우누스 산 너머로 기울었고,

완만한 경사의 언덕과 계곡은 황금빛 저녁놀로 붉게 물들었다. 주차장 뒤 나무들이 있는 초지에서는 검정 소들이 풀을 뜯고 있었다. 미풍에 실려온 소똥 냄새가 달콤한 사과 향기와 고기 굽는 냄새와 섞이면서 늦여름 특유의 분위기를 풍겼다. 라인-마인 평야는 희뿌연 안개에 싸여 보이지 않았다.

"멋진 곳이네요." 타리크가 주위를 둘러보며 말했다. "그야말로 목가적입니다."

"착각하지 마." 피아가 건조하게 말했다. "모든 게 아름다운 허울일 뿐이야."

그녀는 클럽하우스 부지로 연결된 문을 열었다. 아이들 몇이 웃고 떠들며 정글짐에서 놀고 있었고, 여자아이 둘은 그네를 타고 있었다. 어린 남자아이 셋은 모래 바닥에서 성 만들기 놀이를 했다. 클럽하우스 앞마당에는 어른들이 테이블에 모여 앉아 있었고, 그릴 판에서는 연기가 피어올랐다. 웃음이 끊이질 않는 것이 유쾌하고 편안한 분위기인 것 같았다. 지난 며칠간 이 지역에서 벌어진 세 건의 살인 사건이 여기서는 화젯거리가 아닌 듯했다.

피아와 타리크를 주목하는 사람은 없었다.

"저기 있군." 피아가 즐겁게 떠드는 사람들 틈에서 헨리에테 레싱을 발견했다. 옆에는 테니스복을 입은 회색 머리 남자가 앉아 있었는데, 햇볕에 그을린 근육질 팔로 그녀의 어깨를 감싸고 좌중을 향해 뭔가 재미있는 이야기를 하는 중이었다.

"옆에 있는 남자는 누구죠?" 타리크가 물었다.

"몰라. 아무튼 남편은 아냐." 피아가 답했다.

회색 머리의 이야기에 다들 빵 웃음을 터뜨렸다. 남자는 헨리에테에게서 팔을 내리더니 이번에는 왼쪽에 앉은 여자의 어깨를 아무렇지도 않게 감쌌다. 한마디로 스킨십을 좋아하는 남자였다.

다른 남자가 샴페인을 따랐고, 옆 테이블에서는 여자들 몇이 머리를 맞대고 키득거리고 있었다.

헨리에테는 피아와 시선이 마주치는 순간 눈이 동그래졌다. 이어 웃음을 그치고는 오른편에 앉은 여자에게 뭐라고 말하더니 자리에서 일어났다.

"스테이크 다 됐습니다!" 그릴 판 옆에 서 있던 남자가 소리쳤다. "먹을 사람?"

사람들 몇이 웃고 떠들면서 접시를 들고 그릴 판 쪽으로 다가갔다. 헨리에테는 피아와 타리크에게 다가왔다. 쭉 뻗은 다리가 드러난 짧은 테니스 반바지에 클럽 로고가 새겨진 파란색 후드티를 입고 있었다.

"여기까지 꼭 와야겠어요?" 헨리에테는 노골적으로 적대감을 드러냈다. 갑작스런 이런 태도에 피아는 깜짝 놀랐다. 헨리에테에게 느꼈던 예전의 연민까지 한순간에 사라질 정도였다. "내가 여기 있는 걸 어떻게 알았어요?"

이제야 사람들은 불청객을 알아본 눈치였다. 여기저기서 수군거리는 소리가 들렸고, 호기심 어린 눈길이 쏟아졌다.

"따님한테 들었습니다." 피아가 대답했다. "원래는 부인과 대화를 나누려고 갔었는데, 레티치아한테 들은 얘기가 오히려 암시하는 바가 무척 크더군요."

"어떤 얘기가요?" 헨리에테는 싸늘하고 우월한 느낌을 주려고 노력했지만, 뭔가 두려워하는 눈빛이 내면의 동요를 드러내고 있었다. 입에서는 술 냄새가 났다.

"예전에 아드님이 폭력적일 때가 많았다는 건 왜 얘기하지 않으셨죠?" 피아는 대답 대신 반문했다.

"그렇게 크게 떠들지 마세요!" 레싱 부인이 어깨 너머로 슬쩍 시선을 던졌다. "누가 들으면 어쩌려고."

"참 어이가 없어서!" 피아는 화난 표정으로 고개를 저었다. "이제 누구한테 뭘 더 숨기려고요? 여기 사람들도 당신 아들이 수배 중이라는 건 이미 다 알잖아요!"

"엘리아스는 파리 한 마리 해치지 못하는 아이예요!"

"정말요? 그런 애가 누나를 창문에서 밀어서 다치게 해요?"

"오래전 일이에요. 그리고 그건 그냥 사고였다고요!"

"레싱 부인, 제발 부탁드립니다!" 피아가 날카롭게 말했다. "당신 아들은 충동적으로 폭력을 행사하는 경향이 있고, 게다가 마약 중독자예요. 강도 전과도 있고요. 우리가 볼 때 그 아이는 째깍거리는 시한폭탄이에요. 아드님이 목요일에 전화하지 않았나요? 그래서 숲으로 달려가서 어디 다른 곳에 숨기지 않았나요?"

"아니에요!" 헨리에테 레싱은 세차게 고개를 흔들었다. "난 엘리아스가 어디 있는지 몰라요! 나도 지금 그 애가 무척 걱정된다고요! 내 말을 믿어주세요. 모두 남편이 엘리아스한테 너무 가혹하게 굴어서 벌어진 일이에요."

"난 그렇게 간단하게 생각하지 않아요. 거기엔 부인도 분명 어떤 역할을 했을 겁니다. 하지만 그건 우리 관심사가 아니에요. 우린 그저 엘리아스와 이야기를 나누고 싶어요. 엘리아스는 살인을 목격했고, 그 살인자가 두 명이나 더 죽였어요."

헨리에테 레싱은 피아의 시선을 오래 버티지 못했다. 입술을 꾹 다물더니 귓불을 만지작거렸다.

"살인자는 엘리아스가 숲친구 캠핑장에서 자기를 봤다는 걸 알고 있어요. 엘리아스의 이름을 알게 된 건 신문 기사였을 테고요. 범인이 우리보다 먼저 당신 아들을 발견하게 된다면 분명히 죽일 거예요. 아들이 지금 어떤 위험에 처해 있는지 모르겠어요? 그런데도 어떻게 남 일처럼 나 몰라라 할 수가 있죠? 그게 엄마인가요?"

"그만해요! 나한테 양심의 가책을 주려고 하지 말라고요!" 헨리에테는 거칠게 항의했다. "자식 하나가 탈선했다는 이유만으로 나보고 죽으라는 거예요?"

"탈선이라고요?" 피아가 믿기지 않는다는 듯이 고개를 저었다. "그게 단순히 탈선이라고 생각하세요? 당신 아들은 전과가 있고, 마약에 중독된 범죄자예요. 거기다 집행유예 조건을 위반했고 폭력적인 경향까지 있어요."

"더 이상 못 듣겠네요. 대체 내가 뭘 잘못했다고 이런 벌을 받아야하죠?"

"비겁하게 외면했기 때문에 벌을 받는 겁니다." 피아가 사정없이 쏘아붙였다. 원래는 이런 식으로 몰아세우는 것을 좋아하지 않는 사람이었다. 그러나 레싱 부인이 자발적으로 협조하지 않으면 다른 방법이 없었다. "지금도 또 그렇게 하고 있고요! 당신 아들만 도와주면 우린 또 다른 피해자가 나오기 전에 살인자를 붙잡을 기회가 있어요. 그러려면 엘리아스가 먼저 나타나야 됩니다. 아들과 연락이 된다면 우리를 꼭 도와줘야 해요! 부인 혼자 편하자고, 아니면 너무 비겁해서 다른 사람이 죽게 내버려둘 건가요?"

"당신이 뭘 알아요?" 레싱 부인이 버럭 소리를 질렀다. 그녀의 눈에서 눈물이 주르르 흘러내렸다. 헨리에테는 이대로 무너져 내리지 않으려고 두 손을 가슴에 끌어모았다. "당신도 자식이 있으면, 그 자식이 불행에 빠지는 걸 무력하게 지켜볼 수밖에 없는 어미의 심정을 조금은 알 거 아니에요?"

"알아요." 피아가 대답하기도 전에 타리크가 먼저 입을 열었다.

"당신이?" 레싱 부인은 일그러진 표정으로 웃었다. "당신처럼 젊은 남자가 그걸 안다고요? 자식도 없어 보이는 사람이?"

"제 형이 마약 중독자였습니다." 타리크는 손을 뻗어 레싱 부인의 팔꿈치를 살짝 잡았다. 피아는 신출내기 형사가 레싱 부인을 벤치로 데려가 앉힌 뒤 그녀의 손을 감싸 쥐는 모습을 믿기지 않는 듯이 바라보았다. "제 말 믿으세요. 저는 가족들이 그 때문에 얼마나 괴로워하고 얼마나 죄책감에 시달리는지 잘 압니다. 부모님은 몇 년 동안 형이 악순환에서 벗어날 수 있도록 애썼습니다. 그런데 금단 현상을 극복할 거라고 믿고 또 믿었지만 형은 반복해서 마약에 빠졌고 거기다 범죄까지 저질렀어요."

"당신 부모님은 최소한 힘을 합치기는 했군요." 레싱 부인은 손으로 입을 막고 흐느꼈다. "하지만 내 남편은…… 엘리아스한테 돈을 주거나 통화하는 것도 못 하게 했어요. 그래서 내가 자기 몰래 돈을 빼내지 못하게 신용카드 명세서와 계좌 내역까지 일일이 확인했어요. 그래도 난 어떻게든 돈을 만들어 엘리아스의 보호관찰관한테 보냈어요. 우리 애가 최소한 휴대전화 요금은 낼 수 있게 하려고요. 그게 내가 아들과 연락할 수 있는 유일한 방법이었어요."

"제 아버지도 어머니를 돕지 않았습니다." 타리크가 공감 어린 얼굴로 말했다. "시리아에선 여자들이 아무 발언권이 없습니다. 형은 가족의 명예를 실추시켰고, 어머니는 형의 이름조차 꺼낼 수 없었죠. 그러던 어느 날 끔찍한 일이 벌어졌고, 어머니는 아버지의 금지 명령을 어기고 경찰에 전화를 했어요. 가슴이 미어지는 일이었지만 그렇게 해야만 아들의 목숨을 살릴 수 있었으니까요."

레싱 부인은 눈을 동그랗게 뜨고 마치 최면에 걸린 사람처럼 타리크를 바라보았다.

"무슨 일이 있었는데요?"

"형이 두 사람을 쏘아 죽이고 슈퍼마켓에 들어가 인질극을 벌였어요."

"세상에! 그때 형의 나이가 어떻게 됐어요?"

"열아홉이요." 타리크는 한숨을 내쉬었다. "어머니는 너무 견디기 힘들어했어요. 형이 그렇게 된 게 모두 자기 탓이라고 생각했거든요. 그래서 스스로를 아무짝에도 쓸모없는 인간이라고 자책하곤 하셨어요."

레싱 부인은 그 말이 맞다는 듯 고개를 살며시 끄덕였다.

"지금은 만성 불안과 걱정이 없어졌지만, 당시의 심한 죄책감 때문에 여전히 치료를 받고 계세요."

"그럼…… 당신 형은 지금 어떻게 됐어요?" 레싱 부인은 잠시 망설이다가 물었다.

"6년 전부터 마약을 완전히 끊었습니다. 물론 앞으로 몇 년 더 교도소에서 보내야 하지만요."

헨리에테 레싱은 눈물을 훔쳤다.

"우리를 오해하지 않으시면 좋겠어요." 타리크가 그녀의 손을 놓으며 말했다. "우린 부인을 비난하려는 게 아니에요. 부인은 항상 좋은 의도로 아들을 보호하려고 했을 테니까요."

"네, 맞아요." 그녀가 목멘 소리로 말했다.

"제 어머니도 그러셨어요. 하지만 막연히 희망만 갖기보다 한시라도 빨리 행동에 나섰더라면 일이 더 잘됐을 거예요. 그 때문에 부탁드립니다, 레싱 부인. 상황이 더 나빠지지 않게 나서주세요. 엘리아스를 찾을 수 있도록 도와주세요." 타리크가 간청했다. "따님 말로는 엘리아스는 숲에 가는 걸 좋아한다고 했어요. 숲속 어디를 특히 잘 가는지 알고 계시나요?"

레싱 부인은 고개를 숙였다.

"그건 나한테도 말하지 않았어요." 헨리에테가 나직이 대답했다. "다만 개한테 할 말이 있으면 정해진 곳에 표시를 남겼어요. 그러면 엘리아스가 전화를 하거나 만났죠."

"우리를 위해서도 그래 주실 수 있나요? 엘리아스와 얘기라도 해 보게요." 타리크가 물었다.

"나더러 아들을 함정으로 유인하라는 건가요?"

"함정이 아닙니다." 타리크가 부드럽게 부인하며 까만 눈으로 레싱 부인을 다정하게 바라보았다. "제 동료가 방금 말씀드린 것처럼 엘리아스는 지금 목숨이 위험할 수 있습니다. 살인범을 잡을 때까지는 우리와 있는 게 안전합니다. 엘리아스가 우리를 도와준다면 검찰과 법원이 협의해서 집행유예를 취소하지 않을 거라고 확신합니다. 그러면 엘리아스도 다시 정상적인 삶으로 돌아올 수 있습니다."

레싱 부인은 말없이 생각에 잠겼다. 초조하게 후드티 지퍼만 만지작거리면서.

클럽하우스 앞 놀이터에서 놀던 아이들은 사라졌고, 테니스 클럽 앞마당에도 핵심 멤버만 남아 있었다. 의자와 테이블은 모두 접혀 있었고, 잔들은 모두 치워졌으며, 쓰레기도 한데 모아져 있었다.

"아들한테는…… 나만 아는 비밀 이메일 계정이 하나 있어요." 헨리에테는 이렇게 고백하더니 결연하게 입술을 꾹 다물었다. "우린 그 메일로 연락을 주고받고 있어요."

"잘됐습니다." 타리크는 격려하듯이 미소를 짓고는 명함을 건넸다.

"아드님한테 연락이 오면 언제든 전화주세요. 아시겠죠?"

***

"그러고 보니 여기가 얼마나 아름다운 곳인지 그새 완전히 잊고 살았구려." 다름슈타트에서 온 전직 경사 베니딕트 라트는 계곡과 드넓은 평야를 죽 훑어보았다. "그땐 이 건물이 결핵요양원이었죠. 당시 우린 여기서 일하는 사람을 다 만나봤어요. 제일 높은 의사에서부터 말단 청소부까지. 환자들도 일일이 만나 이야기를 했으니 말 다 한 거죠."

수사반장을 끝으로 퇴직한 이 남자는 강철 같은 몸매, 풍성한 은회색 머리, 햇볕에 그을린 강인한 얼굴을 보면 일흔이라는 나이가 도저히 믿기지 않았다. 그는 '토르텔로니 알라 노나에' 스프리처를 시켰고, 보덴슈타인은 구운 염소젖 치즈와 샐러드를 주문했다.

"관련 자료와 조서를 다 읽어봤는데, 그 아이의 실종을 그렇게 한참 동안이나 진지하게 여기지 않은 것에 상당히 놀랐습니다." 웨이터가 주문을 받고 떠나자 보덴슈타인이 말했다. 그런데 그가 전직 동료에게 자신과 아르투어의 관계를 고백하지 않았음에도 라트의 기억력은 아주 뛰어났다.

"당신이 그 아이의 가장 친한 친구 맞죠?"

"네, 맞습니다."

"당신이 유골을 찾았다고 했을 때 내 마음이 얼마나 가벼워졌는지 몰라요. 형사들은 누구나 재직 기간 내내 도저히 떨쳐지지 않는 사건이 하나씩은 있죠. 나한테는 그 사건이 그랬으니까." 라트는 한숨을 내쉬며 고개를 저었다. "그땐 아직 새파랬어요. 막 스물네 살이었으니까. 의욕만 앞섰지, 처음엔 여기서 무슨 일이 벌어지는지조차 눈치채지 못했어요."

젊은 웨이터가 따뜻한 피자 빵이 담긴 바구니를 테이블에 올려놓았다.

"그게 무슨 말씀이신지?" 보덴슈타인이 물었다.

"형사들이 그렇게 늦게 투입된 데는 가족 관계가 얽혀 있었던 것 같아요."

"무슨 뜻인지 잘 모르겠습니다." 보덴슈타인이 이마를 찡그렸다.

"당시 쾨니히슈타인 파출소장이 이 마을에서 힘깨나 쓰는 사람의 친척이라는 소문이 돌았거든요. 그래서 아마 이 사건은 직접 처리할 수 있고, 굳이 프랑크푸르트에서 형사들까지 부를 필요는 없다고 생각한 듯합니다."

"믿기지 않는군요!" 보덴슈타인으로선 도무지 이해할 수 없는 처사였지만, 다른 한편으로는 이제야 초동 수사가 그렇게 부실한 이유를 알 것 같았다. 당시 파출소장이 누구였는지 이름을 떠올려보려 했지만 기억이 나지 않았다. 서류가 사무실에 있으니까 카이한테 찾아보라고 부탁하면 된다.

"물론 공식적으로는 그런 말이 거론되거나 기록되지는 않았어요. 그래도 우린 모두 알고 있었죠." 라트는 마늘과 올리브유 냄새가 나는 먹음직스런 피자 빵을 두 개째 먹었다. "나는 물밑에서 어떤 일이 벌어지고 있는지, 또 사람들이 왜 그렇게 비협조적으로 입을 열지 않는지 이유를 알 수 없었어요. 어쨌든 실종된 아이는 그 마을에 사는 애였고, 내 눈에는 그 사람들과 조금도 다르지 않았거든요. 그런데도 우리가 만나본 사람들은 하나같이 왠지…… 남 일처럼 무관심해 보였어요."

"아르투어 가족은 이주민이었고 루퍼츠하인에 산 지 얼마 되지 않았습니다."

"그건 나도 알고 있었지만, 처음엔 전혀 맥락을 못 짚었어요. 아이의 부모는 독일어를 잘했고, 그 딸도 그랬죠. 게다가 점잖고, 교육도 무척 많이 받은 사람들이었어요. 내가 시골 마을이라는 폐쇄된 공동체를 경험한 건 그때가 처음이었어요. 죽 도시에서 자라 대도시에서만 일했으니까요. 그래서 이곳처럼 작은 마을에 사는 사람들은 동네 아이에게 무슨 일이 생기면 모두들 발 벗고 나서서 도와줄 거라고 순진하게 생각했어요. 하지만 정반대였어요."

"당시 수사를 지휘한 반장님은 어떤 의견이었습니까?"

"긴스베르크 반장님은 구닥다리 경찰이었어요. 심리학은 전혀 몰랐고, 알려고도 하지 않았어요. 그래서 마을 사람들이 거짓말을 하고 있다고만 생각했어요. 근본적으로 불신에 꽉 차 있었죠. 반장님은 사람들의 마음을 열 실마리를 찾지 못하자 오히려 실종 아이의 부모를 몇 시간씩 가혹하게 심문했어요. 그땐 내가 신출내기 형사라 내 말은 아무도 귀담아 듣지 않았어요." 라트는 잠시 웃었지만 즐거워서 웃는 것 같지 않았다. "게다가 당시 우리 팀엔 자기 신조를 대놓고 드러내는 전직 나치 당원으로 보이는 나이 든 동료도 있었어요. 그 사람은 아이 부모를 마치 하등 인간 대하듯 다루었고, 심지어 반말까지 서슴지 않았어요. 어떻게 그런 일이 있을 수 있는지…… 아이 아버지는 러시아에서 교사였고, 엄마는 의사였어요. 그런데도 여기서는 자신들의 수준과 품위에 어울리지 않는 직업을 받아들일 수밖에 없었어요." 라트는 잠시 말을 멈추고 기억을 더듬었다. 얼굴에 동정심이 어렸다. "나는 지금도 그 사람들의 절망이 생생히 기억나요. 남들 앞에서는 그걸 드러내지 않으려고 안간힘을 쓰던 것도요. 그 사람들은 정말 의연하려고 노력했어요. 하지만 우리 반장님은 오히려 그걸 자식의 운명에 무심한 태도로 받아들였죠."

"수색견이 투입될 때까지 열흘이나 걸렸더군요." 보덴슈타인이 지적했다. 라트의 이야기는 그가 서류에서 읽은 모든 내용들을 설명해주고 있었다. 그는 다시 깊은 슬픔에 휩싸였다. 불쌍한 아르투어. 너한테 무슨 일이 있었던 거니?

"맞아요. 하지만 그것도 내가 수차례 독촉하지 않았으면 불가능했을 겁니다."

"그건 저도 자료에서 읽었습니다."

"하지만 수색견이 도착했을 때는 이미 늦었어요." 그가 손을 내저었다. "그사이 여러 차례 비가 내리는 바람에 수색견이 찾을 만한 흔적이 남아 있지 않았던 거죠."

웨이터가 샐러드와 파스타를 가져왔고, 보덴슈타인과 라트는 맛있게 먹으라고 서로 권한 뒤 식사를 시작했다.

"그래도 용의자들은 있지 않았습니까?" 마침내 보덴슈타인은 문제 핵심을 치고 들어갔다. "그중 하나가 여전히 루퍼츠하인에 살고 있는 것으로 압니다."

"레오나르트 켈러를 말하나 보군요." 라트가 고개를 끄덕였다. "당시 열아홉 살의 레오는 아르투어의 아버지와 같은 정육점에서 도제로 일했는데, 도축용 총으로 자살을 기도하기 전까지는 우리 수사 레이더에 포착되지 않았죠."

"그 이야긴 저도 알고 있습니다."

"그때 우린 이미 요양원 환자의 진술로 용의자를 한 명 확보하고 있었어요." 라트가 스프리처를 한 모금 마셨다. "농장 날품팔이 일꾼이었는데, 요양원 환자의 말로는 그자가 실종된 아이와 함께 있는 걸 봤다는 거죠. 그 불쌍한 남자는 말도 제대로 못 하고 첫 심문 때부터 앞뒤가 맞지 않는 말만 횡설수설 늘어놓았어요. 수사관들은 그자를 보고 소아성애자라고 비난했고, 그자도 소년을 좋아한다고 시인했어요. 그러자 반장님은 계속 몰아붙였어요. 경찰 수뇌부와 언론에서 신속한 해결을 재촉하는 상황이다 보니 압박감이 심했겠죠. 그럴수록 용의자에 대한 심문은 더욱 혹독해질 수밖에 없었고. 그래서 용의자가 탈진해서 쓰러질 때까지 몇 시간씩 유도신문을 하고 윽박지르는 일이 반복되었어요. 그러다 결국 남자는 감방에서 자살을 하고 말았죠. 여러 정황상 그자가 범인이 아니라는 사실은 나중에야 밝혀졌고. 긴스베르크에게는 치욕적인 일이었죠."

"그런 내용은 자료에서 못 본 것 같은데요?"

"뭐 이상한 일도 아니죠. 그런 일이야 허다하니까." 라트는 체념적인 미소를 지었다. "그건 그렇고, 그 뒤에 켈러 일이 일어났어요. 그 친구 오두막에서 아르투어의 것이 분명한 옷가지가 발견된 거죠. 우린 한 목격자로부터 익명의 전화를 받고 그 친구를 주목하고 있었어요. 목격자는 여자였는데, 그 여자의 말에 따르면 아르투어가 실종되던 날 밤에 켈러가 요양원 아래쪽 숲에서 나와 풀밭으로 달려가는 걸 봤다고 했어요."

"그 여자가 누구였나요?"

"모르죠. 이름을 얘기 안 했으니까. 어쨌든 긴스베르크가 보기엔 모든 정황이 딱 들어맞았어요. 언론에서도 켈러를 범인으로 지목했고요. 의식불명 상태에 빠진 용의자가 전혀 자기 방어를 할 수 없는 상황에서요. 아무튼 사람들은 그의 자살 기도를 자백으로 받아들였어요."

"옛날에 우리는 레오의 오두막에 자주 갔습니다. 우리 축구팀의 코치였던 데다가 인기도 많았거든요." 보덴슈타인은 포크와 나이프를 내려놓았다. 식욕이 싹 달아났다. "레오는 우리와 함께 축구를 했고, 나무를 깎아 뭔가를 만드는 법도 가르쳐줬습니다. 우린 그의 집에서 만화책을 보고, 음악을 듣고, 또 레오의 아버지가 전쟁에 나갔다가 갖고 온 낡은 권총도 갖고 놀았어요. 레오가 우리한테 추근거린 적은 한 번도 없었습니다. 제 생각엔 우리처럼 어린 남자애들이 감탄의 눈길로 우러러보는 걸 즐기는 것뿐이었어요."

"우리가 만나본 아이들 중에도 켈러에 대해 부정적으로 말한 아이는 하나도 없었어요. 하지만 긴스베르크는 아르투어의 티셔츠만으로도 켈러를 소아성애자로 간주하기에 충분하다고 생각했어요. 어쨌든 켈러는 우리의 가장 유력한 용의자였어요. 그런데 몇 개월 만에 의식불명 상태에서 깨어났는데 아무것도 기억하지 못했어요. 역행성 기억 상실이었죠. 머리를 심하게 다쳤으니 그럴 만도 했죠."

"그때 어른들은 우리한테 레오가 사고로 다쳤다고 했습니다. 그 뒤 몇 년간 고향을 떠났다가 제가 성인이 될 때쯤 루퍼츠하인으로 돌아와 어머니 집에 얹혀살았어요. 지금도 거기 살면서 시청 잡역부로 일하고 있죠."

"켈러는 말하고 삼키고 걷는 법을 다시 배워야 했어요." 라트가 대답했다. "이후에도 우린 몇 번이고 대화를 시도했지만 자살 기도 이전의 일에 대해선 전혀 기억을 못 했어요."

"기소는 됐나요?"

"아뇨. 그러기엔 증거가 부족했어요. 여자 목격자도 그때 이후론 연락이 없었고요. 그러다 다른 일들이 일어나면서 아르투어의 사건은 잊혔고, 아무도 더는 그 사건을 들추지 않았어요. 괜한 걸 건드려 경찰 경력에 먹칠을 하고 싶지 않던 거죠."

라트는 접시에 마지막으로 남아 있는 파스타를 소스와 버무렸다. "그 사건은 내 머리에서 떠난 적이 없어요. 아르투어의 부모는 아주 선한 사람들이었어요. 다른 사람을 욕하지도 않았고, 남들처럼 계속 우리를 찾아와 꼬치꼬치 묻지도 않았어요. 그런데도 마을 사람들에 겐 눈엣가시였던 것 같아요. 이전엔 내가 한 번도 경험한 적이 없는 적대감이었죠."

"지금 와서 생각해보면, 당시 사건의 진상에 대해 나름대로 추정하 는 것은 있지 않으신가요?"

"그 아이가 적절치 못한 시각에 가지 말아야 할 장소에 있었던 게 아닌가 하는 생각이 들었어요." 라트는 짧은 숙고 끝에 대답했다. "그 래서 뭔가 안 좋은 일이 일어났고 은폐된 거죠. 그런 일을 한 사람은 외지인이 아니라 마을 사람이 분명해요. 우린 요양원 환자들을 하나 도 빠뜨리지 않고 탐문해보았지만, 모두 알리바이가 있거나 건강상 의 이유로 밖으로 나가지 못하는 사람들이었어요. 나는 마을 사람들 에게서 뭔가를 알고 있다는 느낌을 끊임없이 받았어요. 말만 안 하고 있을 뿐이지."

"자기들 중 누군가에게 해가 될까 봐요?" 보덴슈타인이 추측했다.

"충분히 가능한 얘기죠. 물론 그냥 불안해서 그랬을 수도 있고, 아 니면 괜한 일에 연루되고 싶지 않아서 그랬을 수도 있어요. 겉으론 평온해 보이는 마을이지만 실제 속에선 무슨 일이 벌어지고 있는지 누가 알겠어요? 어쨌든 정말 질리는 인간들이었어요."

***

"자네 형이 사람을 둘이나 죽여 교도소에 복역 중인 건 전혀 몰랐어." 피아는 루퍼츠하인을 지나, 보덴슈타인이 기다리는 마법의 산 방향으로 차를 모는 동안 여전히 당혹감을 떨치지 못했다.

"형은 교도소에 없어요." 타리크가 지나가듯이 툭 대답하더니 스마트폰을 톡톡 눌렀다. "슈파카세 은행의 VIP 상담실에서 근무해요. 여가 시간에는 4부 리그 축구팀에서 뛰고요. 건강 중독자 소리를 들을 만큼 건강하죠."

"뭐?" 피아가 아연한 표정으로 젊은 동료를 곁눈질했다.

"다 지어낸 얘기였어요." 타리크는 상대의 마음을 무장해제하는 미소를 지으며 어깨를 으쓱했다. "목적이 수단을 정당화한다. 대학에서 교수님이 하신 말씀이죠. 형사는 좋은 배우이기도 해야 한다면서요."

"자네한테 딱 맞는 소리군." 피아는 어이없어했다. "얼마나 그럴싸하던지 나까지 그 말을 믿었으니까!"

"레싱 부인도요." 타리크는 흡족하게 웃었다. "카이 형사님이 막 메시지를 보냈네요. 지역범죄수사국 IT 전문가들이 니케의 휴대전화에 감청 장치를 설치했는데, 아직까지는 엘리아스한테 연락이 없다고 하네요."

호프하임 지방수사과의 피해자지원담당관 메를레 그룹바흐는 현재 니케의 집에 함께 있었다. 표면적으로는 보호를 앞세웠지만, 실은 니케를 감시하기 위해서였다. 피아는 니케를 믿어야 할지 확신이 서지 않았다. 니케가 부모에 대한 두려움 때문에 이 일을 받아들인 것 같은 느낌을 받았다. 그렇다면 엘리아스에게 몰래 경고를 할 수도 있었다.

피아는 깜빡이를 켜고 마법의 산 주차장으로 들어섰다. 신문과 텔레비전에 연일 보도된 살인 사건도 사람들의 외출을 막지는 못한 것 같았다. 아니, 그 반대였다. 주차장은 만원이었다. 어쩌면 나쁜 사건들이 사람들을 오히려 밖으로 끌어냈는지 몰랐다. 피아는 인명 피해가 난 폭력 사건이나 끔찍한 교통사고에 대한 사람들의 병적인 관심에 놀랄 때가 많았다. 사람들은 그런 현장을 구경함으로써 은밀한 관음증적 욕구를 충족시키는 듯했다. 그녀에게는 그런 욕구가 전혀 없었다. 피아는 보덴슈타인의 공용차 뒤에 주차하고는 레스토랑 계단을 올라갔다. 순간 주방 환기구에서 새어나오는 기막힌 음식 냄새에 창자가 뒤틀리는 듯했고, 그제야 오늘 먹은 것이 거의 없다는 사실이 떠올랐다. 반장은 주방 창문 옆의 스탠딩테이블에 앉아 인도인 주인 반디와 사이좋게 담배를 피우고 있었다.

"이제들 오는군." 보덴슈타인은 피아와 타리크를 반갑게 맞았다.

"두 분을 위한 피자가 곧 나올 겁니다." 반디는 주방 통로가 보이는 스탠딩테이블 옆의 작은 창문을 두드리더니 직원에게 신호를 보냈다.

"무슨 피자요?" 피아가 의아해서 물었다.

"자네들이 시장할 것 같아서 내가 미리 주문해뒀지." 보덴슈타인은 피아에게 윙크를 하더니 재떨이에 담배를 비벼 껐다. "청어, 시금치, 마늘이 듬뿍 들어간 참치 피자 어때?"

피아는 피자 토핑만 듣는데도 또다시 창자가 꼬이고 군침이 돌았다. 심지어 배에서는 기다렸다는 듯이 꼬르륵 소리까지 났다. 이제는 입가에 군침이 질질 흐르지 않을까 염려해야 했다.

"마실 것 좀 가져오겠습니다." 반디가 말했다. "콜라 라이트 맞죠, 피아?"

"오, 맞아요. 큰 잔으로 부탁해요." 피아가 고마워하며 웃었다.

"저도 같은 걸로요." 타리크가 말했다.

해는 진작 저물었고 날도 더 이상 따뜻하지 않았지만, 레스토랑 전면에 길게 펼쳐진 테라스에는 여전히 손님이 많았다. 보덴슈타인은 유일하게 빈 테이블로 두 사람을 안내하고는 휴대전화를 냅킨 옆에 놓았다. 피자가 나올 때까지 피아와 타리크는 레티치아와 헨리에테 레싱을 만난 이야기를 했고, 보덴슈타인은 베네딕트 라트와 나눈 대화와 과거의 사건 기록에 대해 설명했다.

"엘리아스 누나는 동생이 숲에 숨어 있다고 확신해요. 예전에도 며칠씩 숲에 있다가 오고 그랬나 봐요." 피아는 팔등분한 피자를 포크로 따로따로 떼어놓았다. 조금이라도 빨리 식히기 위해서였다. "반장님은 우리보다 여기 숲을 더 잘 아실 테니까, 엘리아스가 숨어 있을 만한 곳을 한번 추측해보시죠."

"음." 보덴슈타인은 잠시 생각했다. "그럴 곳은 많아. 일단 벌목꾼과 낚시꾼, 자연보호가들의 오두막이 군데군데 있어. 어쩌다 사용하거나 지금은 전혀 사용하지 않는 곳들이지. 그것 말고도 아이히코프 근처의 옛 광산 갱도, 란츠그라벤과 아첼베르크의 바비큐 오두막들, 질버바흐탈 계곡의 다 쓰러져가는 물방앗간, 에펜하인으로 가는 도로변의 옛 산림감독관 관사가 있어. 물론 엘리아스가 숲속에 직접 오두막을 짓거나 텐트를 쳤을 가능성도 있어."

"엘리아스를 반드시 찾아야 해요." 피아는 피자 한쪽을 집었다. "수색견과 경찰기동대를 동원해서 숲을 샅샅이 뒤져야 할지 모르겠네요."

"목격자로만 찾는 게 아니었나?" 보덴슈타인이 말했다.

"일단은요." 피아가 대답했다.

보덴슈타인의 휴대전화에 진동벨이 울리더니 액정화면에 메시지가 떴다. 그는 화면을 밀어 움직이더니 싱긋 미소를 머금었다.

"장모님이야." 그가 양해를 구하듯 설명했다. "로렌츠 집에서 소피아를 데려가시고는 바로 사진을 몇 장 보내셨어."

"장모님이 모바일메신저도 하세요?" 피아가 놀라 물었다. "그렇게 지체 높으신 분은 수제 고급 종이에다 글을 써서 인편으로만 전달하시는 줄 알았는데." 이 말에 깜짝 놀라는 타리크를 보고 피아는 이렇게 덧붙였다. 가브리엘라 폰 로트키르히 백작 부인이 반장님의 장모님인데, 이탈리아가 아직 군주제였으면 그 나라의 여왕이 되었을 수도 있다는 것이다.

"무슨 그런 말도 안 되는 소리를!" 보덴슈타인은 재미있어 하면서도 고개를 저었다. "어떻게 그런 생각을 했어?"

"아니면 마지막 독일 황제와 친척이든지." 피아는 피자를 한입 베어 먹더니 환희에 차서 눈알을 마구 굴렸다. "뭐 완전히 없는 소리를 하는 것도 아닌데."

"우리 큰딸 로잘리가 뉴욕에서 일하면서부터 장모님이 최신 통신 수단에 대해 아주 빠삭하셔." 보덴슈타인이 타리크에게 고개를 돌렸다. "두 사람이 왓츠앱으로 계속 연락을 주고받을 뿐 아니라 장모님은 심지어 가족 채팅방까지 만드셨어."

"그런 것들을 두려워하지 않는 나이 드신 분들을 보면 멋있다는 생각이 들어요." 타리크는 피자를 씹으면서 말했다. 두 사람은 한동안 말없이 피자를 즐겼고, 보덴슈타인은 그런 그들을 흐뭇하게 지켜보았다.

"금요일 저녁에 내 옛날 동창들이 여기서 만났다는군." 그가 불쑥 입을 열었다. "잉카, 라이헨바흐 부부, 빵집 주인 포코르니, 정육점 주인 하르트만, 랄프 엘러스 이렇게. 반디 말로는 사람들에게서 멀찌감치 떨어져 앉아 뭔가 열심히 토론을 했다더군. 나중에는 페터 레싱까지 합류해서 맥주를 한 잔 마셨다고."

"여기서 정기적으로 만나나 보죠." 피아는 기름 묻은 손을 냅킨으로 닦고는 입을 톡톡 두드렸다.

"그렇지 않아. 그 때문에 반디의 눈에 띄었던 거고. 잉카는 2년 전에 나하고 여기서 식사를 한 게 마지막이었어. 그 친구들을 만나봐야겠어."

"음식점에서 만나는 게 금지된 건 아니잖아요." 피아는 콜라를 한 모금 마시고는 식후에 항상 찾아오는 니코틴에 대한 갈망을 억눌렀다. 보덴슈타인은 세 건의 살인 사건이 아르투어의 죽음과 관련되어 있다고 확신하면서 다른 가능성은 완전히 배제하고 있는 듯했다. 평소 범인이나 범행 동기를 너무 서둘러 확정짓는 것을 늘 경계하던 사람치고는 너무도 어울리지 않는 모습이었다.

"그 친구들이 무슨 이야기를 했는지 알아내야 해." 그가 말했다.

"뭔가 숨길 게 있다면 반장님한테 얘기하겠어요?" 피아는 레스토랑 외부 창문을 통해 테라스로 새어나오는 희미한 불빛 속에서 고단한 기색이 역력한 반장의 얼굴을 보았다. 물론 그녀 역시 그 못지않게 기진맥진한 상태였다.

"그 이야기는 내일 계속해요, 괜찮죠?" 그녀는 이렇게 제안하고는 티 나지 않게 하품을 했다. 더 이상 집중할 수 있는 상태가 아니었다. 피로는 어리석음이나 부주의보다 더 많은 실수를 야기하는 독소였다. "다들 녹초가 된 것 같은데, 우리가 나가떨어지면 누구한테 이익이겠어요?"

"그건 보통 내가 하던 말 아닌가?" 보덴슈타인의 입가에 피곤한 미소가 감돌았다. "하지만 자네 말이 맞아. 정말 고된 하루였어."

게다가 그들은 비상대기 상태였다. 오늘밤에 무슨 일이 일어나면 자다가도 벌떡 일어나야 할 것이다.

***

그녀는 욕조 가장자리를 붙잡고 수도꼭지를 틀었다. 평소처럼 처음에는 흙탕물 같은 갈색 물이 쏟아지다가 서서히 맑은 물로 바뀌었다. 햇볕에 나가 앉아 샴페인 한 병을 다 비웠고, 엘리아스가 거실에 두고 간 담배도 다 피워버렸다. 오래전에 끊은 담배였다. 두세 시간 뒤면 자신은 이 세상에서 완전히 사라질 것이다. 펠리치타스는 고무마개로 배수구를 닫고, 예전의 삶에 대한 마지막 기억으로 자신이 가장 좋아하는 입욕제를 욕조에 뿌렸다. 그러고는 세심하게 올림머리를 한 뒤 가장 아름다운 속옷과 몇 년 동안 옷장에 걸려 있던 흰 옷을 꺼내 입었다. 마지막으로 그 옷을 입은 건 한 여자친구의 결혼식 때였다. 그런데 결혼식 직후 이 친구는 그녀에게 절교 선언을 했다. 펠리치타스가 주인공인 신부보다 사람들의 시선을 더 모았다는 이유에서였다. 멍청한 년!

그녀는 식당 주방의 칼집에서 칼을 하나씩 꺼내 엄지로 칼날의 예리함을 시험해보았다. 고통은 곧 끝날 것이다. 날카로운 칼날이 피부를 가를 때의 느낌이 기다려지기까지 했다. 어렸을 때 그녀는 면도칼로 자해를 자주 했다. 물론 의도한 것은 아니었으나, 동맥을 건드릴 수 있는 위험한 지점들은 용케 피했다. 그녀는 아릿한 통증과 함께 뿜어져 나오는 피를 보면 왠지 마음이 편안해졌다. 마음속의 모든 걱정과 분노가 한꺼번에 사라지는 듯했다. 물론 그것도 한동안이었지만. 어쨌든 자해는 그녀만의 비밀이었다. 그래서 여동생은 말할 것도 없고 친한 친구들한테도 얘기하지 않았다. 나중에야 그녀는 이렇게 칼로 자기 몸에 상처를 내는 것을 '자해'라고 하고, 많은 어린 아가씨들이 그런다는 사실을 알았다. 그때 느꼈던, 바닥을 모를 깊은 실망감이 떠올랐다. 그걸 아는 순간 지금까지 특별하다고 여겼던 자기만의 비밀이 파괴되고, 비범한 것이 평범한 것이 된 듯했다. 그 뒤로 그녀는 자기 몸의 수많은 흉터를 수치스러워했고, 자해하는 모든 빌어먹을 소녀들을 증오했다. 그때까지 오직 그녀만의 것으로 여겼던 뭔가를 그들이 훔쳐가기라도 한 것처럼.

이젠 누구도 그녀에게서 죽음을 앗아갈 수 없었다. 죽음은 오직 그녀만의 것이었다. 그녀는 칼로 피부를 가르는 통증과 살갗에서 흘러내리는 피, 그리고 무(無)를 향한 평화로운 의식의 소멸을 갈망했다. 이 세상에서 의미 있는 것은 더는 남아 있지 않았다. 작별 편지도 생략했다. 누구한테 쓴단 말인가? 자신이 계속 살아가는 것보다 왜 굳이 죽음을 선택해야 하는지 궁금해할 사람이 누가 있단 말인가? 물론 그녀의 죽음에 화를 낼 사람은 딱 하나 있었다. 채권자들이다. 그들은 이제 28만 유로의 채권을 회계 장부상 손실로 처리해야 할 것이다. 펠리치타스는 씁쓸하게 웃었다. 그러고는 부엌에서 포도주를 따고 찬장에서 잔을 꺼낸 뒤 욕실로 자리를 옮겼다. 이어 욕조 가장자리에 둔 수건에 칼을 올려놓고 수도꼭지를 틀었다. 그때였다. 갑자기 엔진 소리가 들렸다. 그녀는 고개를 들고 귀를 쫑긋 세웠다. 엘리아스인가? 빌어먹을 인간, 하필 이 순간에 나타나다니! 여기선 편히 죽을 수도 없구나, 펠리치타스는 자조적으로 생각했다. 실외등에 불이 켜졌다가 다시 꺼졌다. 정적. 모터 소리는 차츰 사라졌다.

"타임 투 세이 굿바이." 그녀는 이렇게 중얼거리며 실내화를 벗고 욕조에 들어갔다. 물은 뜨거웠다. 아주 뜨거웠다. 피부가 근질거리며 익은 새우처럼 발개졌다. 그녀는 포도주를 한 모금 마셨다. 목 뒤쪽의 수건 그리고 칼. 그녀는 물 위로 왼팔을 올렸다. 팔목을 비스듬히 세로로 그으면 동맥이 끊어질 것이고, 그러면……. 그녀는 갑자기 동작을 뚝 멈추었다. 현관문에서 갑자기 소리가 들렸다. 외부 공기의 흐름에 완전히 닫혀 있지 않은 욕실 문이 살짝 움직였다. 복도에서의 발소리. 그녀는 손을 도로 물속에 넣고 칼을 허벅지 아래에 숨겼다. 젠장!

***

늦게라도 올 수 있어요?

카롤리네가 21시 11분에 보낸 메시지였다.

그레타가 일주일 일정으로 슈타른베르크 호수에 갔어요. 우리 둘만의 요새에서 당신을 기다려요! ☺

보덴슈타인은 좌회전 대신 곧장 켈크하임으로 직진하고픈 유혹이 솟구쳤지만 간신히 이겨냈다. 결정적인 뭔가를 간과했다는 꺼림칙한 감정이 계속 물밑에서 스멀거렸던 것이다. 무척 피곤했지만 베네딕트 루트와의 대화 이후 자신을 몰아붙이는 의문들에 답을 얻기 전까지는 편히 눈을 붙이지 못할 것 같았다.

기가 막힌데. 보덴슈타인은 피시바흐에서 신호에 걸리자 답신을 보냈다. 근데 아직 볼일이 남았어. 언제까지 가면 되겠어?

당신이 오고 싶을 때 언제든. 카롤리네는 바로 답장을 보냈고, 이어 키스하는 입 모양의 이모티콘까지 추가로 도착했다.

보덴슈타인은 미소를 지었다. 신호등의 빨간불이 순식간에 야간용 점멸 신호로 바뀌어 깜박거리기 시작했다. 정각 10시였다. 그는 왼쪽으로 진입해 455번 국도를 타고 올라갔다.

사람들은 자기가 보고자 하는 것만 보는 경향이 있다. 그래서 모든 진실도 반박할 수 없는 증거가 나오기 전까지는 주관적인 견해일 뿐이다. 하지만 명백한 사실로 보이는 것조차 빈틈이 있을 경우, 또는 맥락을 도외시할 경우 전체 그림을 왜곡할 수 있다. 보덴슈타인은 형사의 연륜이 쌓이면서 예전의 사건 기록을 들여다볼 때 행간을 읽고 빠진 부분을 찾는 법을 배웠다. 범인의 행동과 결정 하나하나를 역추적하는 프로파일러와 비슷하게 수사관들이 당시에 어떤 생각을 했고, 어떻게 일했는지 이해하고자 노력했다. 경찰의 사건 기록은 소설이나 영화와 달리 명확한 플롯이 없지만, 그럼에도 해석의 여지를 별로 허용하지 않는 엄격한 규칙을 따랐다. 그런데 아르투어 베르야코프의 사건 기록은 스위스 치즈처럼 구멍이 송송 뚫려 있었고, 앞뒤가 맞지 않았다. 이런 식의 태만은 모종의 전략이었을까, 아니면 단순한 무능이었을까?

그가 오늘 베네딕트 라트에게서 들은 이야기는 대부분 사건 기록에 담겨 있지 않았다. 기록에 없는 것은 그뿐만이 아니었다. 전문가 감정과 심문 조서, 목격자 진술도 빠져 있었고, 중요 사실들도 언급되지 않았다. 왜일까? 누군가의 의도적인 개입이 있었던 것일까? 아니면 콘라트 긴스베르크가 수사 실패와 잘못된 결론 도출로 인해 불편한 질문들을 꺼렸던 것일까? 경찰은 이 사건에 마땅히 기울여야 할 관심을 쏟지 않았다. 거기엔 한 가지 이유밖에 없었다. 이 사건이 경찰에겐 중요하지 않았던 것이다. 그렇다고 아르투어와 그 가족을 위해 발 벗고 나서줄 사람도 없었다.

보덴슈타인은 숲을 지나 부모님의 농장으로 달렸다. 좁고 굽은 도로 맞은편에서 차가 여러 대 나왔다. 성 레스토랑을 찾은 손님들인 듯했다. 그는 아르투어와 막시가 얼마나 가까이 있는지도 모른 채 이 길을 무수히 지나다녔다. 오늘 아침 둘의 유골을 보았을 때 한없는 고통과 슬픔으로 하마터면 자제력을 잃을 뻔했다. 감정을 통제하지 못하고 사람들 앞에서 울음을 터뜨렸다면 어쩔 뻔했을까? 어떤 상황에서도 그런 일이 있어선 안 되었다.

농장 입구의 멋진 날개문은 활짝 열려 있었다. 때문에 보덴슈타인은 농장 안마당까지 진입해서 밤나무 아래 차를 세웠다. 거실 창문에는 불이 들어와 있었고, 현관문 천장 등에도 아직 불이 켜져 있었다. 그는 계단 세 개를 올라가 참나무로 만든 무거운 문을 두드렸다. 초인종이 없었기 때문이다. 잠시 후 아버지가 문을 열었다.

"아, 너구나." 아버지가 말했다. "들어오너라."

"오래 방해하진 않을게요." 보덴슈타인은 이렇게 말하며 현관으로 들어섰다. 익숙한 왁스 냄새가 코에 확 끼쳤다. "여쭤볼 게 좀 있어서요. 어머니 아버지는 혹시 아실 것도 같아서요."

"방해는 무슨!" 아버지가 웃었다. "네 엄마는 〈다운튼 애비(20세기 초 영국의 한 귀족 가문의 이야기를 다룬 영국 드라마_역주)〉를 보는 중이고, 난 옛날 사진을 뒤적거리고 있었다."

그는 아버지를 따라 커다란 거실로 들어갔다. 텔레비전 화면에는 막 어머니가 가장 좋아하는 연속극 시작 자막이 올라가고 있었다. 넓은 식탁에는 앨범과 사진들이 쌓여 있었고, 그 옆에는 확대경이 놓여 있었다.

"계속 보세요, 어머니." 보덴슈타인이 말했지만, 어머니는 리모컨으로 텔레비전을 껐다.

"DVD야. 나중에 보면 돼." 그녀가 대답했다. "차 한잔 줄까? 냉장고에 케이크 남은 것도 좀 있는데."

"괜찮아요. 방금 먹고 왔어요." 보덴슈타인은 사진에 호기심을 보였다. 아버지는 다시 자리에 앉아 확대경을 쥐고 사진 위로 몸을 숙였다.

"혹시 1972년에 쾨니히슈타인 파출소장이 누구였는지 아세요?" 보덴슈타인이 물었다.

"음, 그땐 라이문트 피셔가 아직 하고 있었을 것 같은데." 어머니가 대답했다. "아님 하인리히였나?"

"피셔가 맞는 것 같아." 아버지가 중얼거렸다.

"아직 살아 있어요?"

"아니." 레오노라 폰 보덴슈타인이 고개를 저었다. "비극적인 사고를 당했지. 자기 트랙터에 깔렸거든."

"그럼 루퍼츠하인에 사는 사람 중에 그 사람과 친척이나 사돈이 있어요?" 보덴슈타인은 당시 파출소장의 사망 소식을 듣고도 그리 실망하지 않았다. 오랜 세월이 지난 만큼 자신이 만나고자 하는 사람들이 오래전에 죽었을 거라고 어느 정도 예상하고 있었다.

"게를린데의 오빠였지." 어머니가 대답했다. "우리 주치의 안사람인 게를린데 레싱 말이다. 너도 알걸? 애들을 볼 때마다 사탕을 나눠줘서 인기가 좋았잖니."

"네, 기억나요." 보덴슈타인은 뱃속이 근질거리기 시작했다. 여기서 또 레싱 일가를 만나다니! 그는 빌란트의 추론이 다시 떠올랐다. 정말 페터가 아르투어의 실종과 관련돼 있어서 페터의 외삼촌이 형사들의 출동을 지연시킨 것일까? 페터와 에드가가 관련되어 있어서?

"올리버, 이거 좀 봐라!" 아버지가 고개를 들고 웃었다. "이걸 찾고 있었거든! 너희가 여우와 함께 찍은 사진이다."

"아, 네." 그는 이 사진들을 결국 보게 될 수밖에 없음을 알고 있었지만 명치를 한 대 맞은 것처럼 아찔했다.

"네 아버지가 반나절이나 다락에서 꼼지락거리더니 결국 그 사진

들을 찾아내시더구나." 어머니가 말했다. "이젠 옛 추억에 홀딱 빠지
셨다."

"지금 생각하면 클레멘스가 와서 물었을 때 이 사진들을 찾지 못한
게 다행이었어." 아버지가 말했다. "안 그랬으면 이것들도 싹 없어졌
을 거 아냐."

"클레멘스가 마을 연감을 쓴다는 걸 알고 계셨어요?" 아들의 목소
리가 원래 의도보다 좀 더 날카롭게 나갔다. "그 얘긴 왜 저한테 안
하셨어요?"

"네가 그 일에 관심이 있는지 내가 어찌 알았겠니?" 아버지는 기분
이 좀 상한 듯했다. "게다가 클레멘스가 사진들을 빌려간 건 벌써 몇
개월 전 일이다."

"죄송해요, 아버지." 보덴슈타인이 아버지를 진정시켰다. "따지려던
게 아니었어요. 그건 그렇고, 사진 원본은 캠핑카에서 불타 없어졌어
도 스캔한 건 남아 있어요."

"'스캔'이 뭔지는 모르겠다만 어쨌든 사진을 돌려받을 수 있으면
좋겠구나." 늙은 백작이 웅얼거렸다.

"클레멘스는 어떤 사진들을 보여 달라고 했어요?" 보덴슈타인이
물었다. "특정한 시기나 특정한 사건과 관련된 것들이었어요?"

"우리 지역의 옛 모습을 담은 사진들에 관심이 많았어. 물론 축제
때 찍은 사진들에도 관심을 보였고. 예를 들면 헌당식, 영성체, 결혼
식, 낙성식, 추수감사제 같은 것들 말이다."

어머니도 이제 거실에서 식탁으로 자리를 옮겨 남편이 내려놓은
사진들을 살펴보았다.

"아, 이거 좀 봐라, 올리버! 너무 귀엽지 않니?" 어머니는 사진 한
장을 아들 눈앞에 들이밀었다. 말릴 새도 없이 벌어진 일이라 그의

시선은 당연히 사진으로 향할 수밖에 없었다. 목구멍에서 침이 꿀꺽 넘어갔다. 흰 테두리가 있는 약간 변색된 컬러사진 속에서 열 살가량의 그는 의자에, 막시는 모피 목도리처럼 그의 어깨에 앉아 있었다. 사진을 보는 순간 폐부가 따끔거렸다.

"그러네요." 그는 이렇게 말하고는 재빨리 사진을 치웠다.

"이것도 좀 봐라! 테레자와 크벤틴, 너 이렇게 셋이 새끼 여우 세 마리와 찍은 사진이다. 여우 이름이 막시, 미디, 미니였지, 아마? 이리 좀 와서 앉아봐라."

보덴슈타인은 차라리 도망치는 게 낫지 않을까 잠시 고민했지만, 마음을 고쳐먹고 어머니 옆에 앉았다. 순식간에 어린 시절로 돌아가는 데는 사진 한 장이면 충분했다. 그는 재킷 안주머니에서 독서용 안경을 꺼냈다.

"옛날에 이렇게 사진을 많이 찍으셨는지 몰랐네요."

"우리가 아니라 네 고모할머니가 찍은 거다. 남자들 못지않게 아주 열정적인 사진가셨지." 아버지는 이렇게 말하더니 고개도 들지 않고 사진 한 장을 내밀었다. "이건 언제였니?"

뺨이 발그스름한 아이들이 다과가 차려진 테이블 주위에 모여 있었다. 줄무늬 티셔츠를 입은 그는 막시를 안고 있었고, 아르투어는 친구의 의자 팔걸이에 걸터앉아 막시의 머리에 손을 얹고 있었다.

"크벤틴의 여섯 번째 생일 때였어요." 그는 이렇게 대답하면서 속으로, 아르투어와 막시가 사라지기 직전이었다는 말을 덧붙이고 있었다.

그는 앨범 하나를 계속 넘겼다. 말, 개, 고양이, 아이들, 그리고 보덴슈타인 농장의 큰 매력덩어리인 여우의 사진들이었다. 길들인 여우 막시에 관한 기사와 그들이 참가한 승마대회 기사도 깨끗하게 오려 붙여져 있었다. 1972년 6월에 찍은 축구대회 사진도 있었다. 보덴슈타인은 남자아이들을 하나하나 살펴보았다. 자신을 포함해 골키퍼 코니, 안디, 로만, 에드가, 랄프, 클라우스가 보였다. 맨 앞에는 아르투어가 겨드랑이에 공을 끼고 서 있었는데, 웃을 일이 없는데도 그만 유일하게 웃고 있었다. 그 외 테레자와 여자친구 셋의 사진도 있었다.

"이 사람이 아르투어의 누나네요." 보덴슈타인이 테레자와 팔짱을 낀 긴 다리의 금발머리 소녀를 가리켰다. "다른 둘은 누구죠?"

"머리를 땋은 어린애는 정육점 집 딸 프란치스카 하르트만이다." 어머니는 실눈을 뜨고 사진을 자세히 살펴보았다. "자전거를 타고 피시바흐로 가다가 뺑소니 사고로 죽었지. 운전자는 끝내 잡히지 않았어. 다른 애는…… 음…… 클라우디아구나. 걔는 어떻게 됐는지 나도 모르겠구나."

보덴슈타인은 사진을 들춰보면서 부모님의 대화에 귀를 기울였다. 일부는 벌써 오래전에 죽은 사람들에 대한 이야기였다. 두 분은 이 지역 전체 사람들에 대한 이야기를 주고받았는데, 정보 면에서 아주 유익한 내용들이었다. 클레멘스 헤롤트의 드롭박스에 저장된 수백 장의 사진을 보면서 인물들을 하나하나 확인해 달라는 엄청난 과제를 두 분에게 맡겨도 될까? 처음엔 투덜대더라도 갈수록 흥미롭게 이 일에 매달릴 가능성이 높아 보였다. 그때 한 특별한 사진에 대한 기억이 보덴슈타인의 머릿속에 희미하게 어른거렸다.

"옛날에 제 앨범도 따로 있지 않았어요?" 그는 힐체 베르베르트의 부친이 1944년 겨울 동부전선에서 죽었는지, 프랑스에서 죽었는지를 두고 옥신각신하는 부모님의 대화를 중단시키며 물었다. "그 앨범 어디 있어요?"

"다락방에." 아버지가 말했다. "네 어릴 적 물건들을 담아놓은 박스에 있을게다."

부엌의 괘종시계가 11시를 알리자 보덴슈타인은 카롤리네와의 약속이 떠올랐다.

"그 박스는 어디 있어요?" 그는 일어서면서 독서용 안경을 벗었다.

"계단 옆 오른쪽 녹색 선반에 있다. 한참 위쪽에. 내가 가져다줄까?"

"아뇨, 제가 찾아볼게요." 보덴슈타인은 사이좋게 식탁에 앉아 추억에 빠져 있는 부모를 살펴보았다. 그사이 아버지는 여든이 넘었고, 어머니는 일흔여섯이었다. 두 분 다 몸이 좀 쇠약해지긴 했지만 정신은 말짱했다. 저렇게 늘 악의 없이 아웅다웅해서 지금까지도 젊음을 유지하는 것일까? 갑자기 부모에 대한 깊은 애정이 샘솟았다. 사실 어린 시절과 청소년기에는 가끔 부모가 좀 더 다정하게 대해주기를 바랐고, 아들에 대한 애정을 좀 더 분명히 표현해주었으면 했다. 하지만 나중에는 약간 무뚝뚝하고 감정 표현이 부족한 부모의 모습을 있는 그대로 받아들였다. 그게 꼭 단점이 아니라는 사실을 나이 들면서 서서히 깨달았다. 그의 부모는 자식들 일에 결코 간섭하지 않으면서도 필요할 때는 언제나 곁에 있었고, 한 치의 망설임 없이 당연하다는 듯이 도와주었다. 그건 오늘도 마찬가지였다. 막시의 사진과 신문기사를 자연스럽게 보여줌으로써 아들의 억눌린 트라우마를 놀랍도록 아름다운 어린 시절의 추억으로 돌려놓았다. 그는 이제 목이 메지도, 가슴이 따끔거리지도 않으면서 막시를 떠올릴 수 있었다. 사진이 그를 치유했다.

"그럼 저는 다락에 들렀다 바로 갈게요." 그는 어머니의 볼에 입을 맞추고는 아버지의 어깨를 지그시 눌렀다. "편히 주무세요."

"너도." 아버지가 고개를 끄덕였다. "박스를 갖고 나오면 다락에 불 끄는 거 잊지 마라. 현관문도 잘 잠그고."

"당연하죠, 아버지." 그는 웃지 않을 수 없었다. 부모는 나이가 들어도 부모였다. "그럴게요."

(2권으로 이어집니다.)

TAUNUS SERIES

배경 소개

미스터리가 태어나는 곳,
타우누스

어느 일요일 오후,

나는 매우 불행한 기분으로 책상 앞에 앉아 있었다.

내 캐릭터들이 어디를 운전하고 있었는지 기억이 나지 않았기 때문이다.

나는 상상의 배경을 만들었지만 집중이 잘 되지 않았다.

지도를 만들고 도시와 장소 이름을 기억해내야 했는데,

그건 매우 피곤한 일이었다. 그래서 이 일요일 오후에

나는 모든 배경을 실제 장소로 바꾸기로 했다.

그런데 베를린, 뮌헨, 함부르크 등지를 배경으로 한 이야기는 너무 많았다.

타우누스에서 일어나는 이야기는?

곰곰이 생각했지만 하나도 없었다.

그래서 결정했다.

배경 장소를 정하자 일은 훨씬 쉬워졌다. 그건 내가 내린 최고의 결정이었고,

내 첫 독자들이 이 책을 원한 가장 큰 이유였다.

그들은 자기 고향을 책 속에서 보는 것을 너무 좋아했고,

다음 권이 빨리 나오기를 기다렸다.

내 고향은 뉴욕이나 파리만큼 스펙터클한 곳은 아닐지 모른다.

하지만 프랑크푸르트와 비스바덴 사이에는 다양한 사람들이 살고 있고,

이런 작은 지방에 어울리지 않게 사회적 다양성도 갖고 있다.

예를 들면, 『백설공주에게 죽음을』의 작은 마을 알텐하인은

금융의 중심지 프랑크푸르트에서 15킬로미터만 가면 나온다.

– 넬레 노이하우스

■ 타우누스 지도

- **호프하임**(Hoffheim): 마인타우누스의 중심지, 호프하임 경찰서가 있는 곳
- **켈크하임**(Kelkheim): 보덴슈타인 성이 있는 곳
- **운터리더바흐**(Unterliederbach): 피아의 보금자리 비르켄호프가 있는 곳
- **루퍼츠하인**(Ruppertshain): 마술산
- **아첼 산 전망대**(Atzelbergturm): 이자벨 케르스트너의 시체 발견
- **오펠 동물원**(Opel Zoo): 코끼리 우리에서 사람 손 발견
- **뮐렌호프 저택**(Mühlenhoff): 칼텐제 가의 대저택
- **알텐하인**(Altenhain): 백설공주 사건의 시작과 끝
- **엘할텐**(Ehlhalten): 풍력발전소 건설 예정지
- **에더스하임**(Eddersheim): 수문에서 '인어공주' 시체 발견
- **니더회히슈타트**(Niederhöchstadt): 개를 산책시키던 노부인, 시체로 발견

타우누스 시리즈의 배경이 되는 독일 타우누스 지방은 어떤 곳일까?
목장과 농장, 고성이 흩어져 있는 시골 마을인 것 같기도 하고, 쇼핑몰과
교통 체증으로 북적이는 대도시인 것 같기도 하다.
프랑크푸르트는 왜 매번 등장하고, '타우누스'라는 건 또 무슨 뜻일까?

먼저, '타우누스'는 프랑크푸르트 북쪽 헤센 주에 위치한 산맥의 이름이다.
가장 높은 봉우리가 878미터로, 비교적 낮고 둥글고 다감한 분위기의
산맥이 숲에 둘러싸여 있다. 특히 온천과 미네랄워터가
유명하고, 산맥 기슭에 위치한 비스바덴과 바트조덴 같은 유명한
온천 도시는 로마 시대부터 휴양지로 각광을 받았다.
타우누스 시리즈의 '타우누스'는 헤센 주의 중심부, 타우누스 산맥 동남쪽에
위치한 마인타우누스 지방, 호흐타우누스 지방, 라인가우 지방을 대략적으로
부르는 말이다. '지방(kreis)'이라는 말은 원래 모임, 영역 등을 뜻하는
단어로, 각 주를 이루는 보다 작은 행정구역을 일컫는다. 우리말로는
'시'나 '군', 영어로는 '카운티(county)' 정도로 번역될 수 있을 것 같다.
뒤쪽에는 산맥이 서 있고, 앞쪽에는 마인 강이 흐르니 우리 식으로 보면
배산임수 지형이다. 비옥한 토양 덕분에 선사시대부터 인간이 정착해 살았고,
그래서 에프슈타인, 호프하임, 호흐하임 등의 오래된 마을이 많다.
면적은 222.40제곱미터로, 267.31제곱미터인 경기도 고양시와 비슷한
수준이다. 바로 옆에 있는 경제와 금융의 중심지 프랑크푸르트와의 관계
또한 서울과 고양의 관계와 비슷하다. 그러니 타우누스 시리즈를 한국에
대입하면 '일산 시리즈'쯤 되지 않을까? 원래는 농업이 주를 이루는
시골이지만, 프랑크푸르트 대도시권에 속하면서 독일 시골 지역 중
가장 작지만 인구밀도는 가장 높은 곳이 되었다. 수만 명의 노동자가 매일
프랑크푸르트와 비스바덴, 마인츠로 통근하며, 주요 산업이던 농업과
임업은 점차 감소하는 추세다.
오래된 마을과 무성한 숲, 커다란 쇼핑센터와 보다폰, 도이치방크 같은 세계적인 기업들이
공존하는 덕분에 타우누스는 독일 중산층이 가장 선망하는
지역 중 하나다. 주중에는 도시에서 바삐 움직이며 돈을 벌고,
퇴근 후와 주말에는 말을 타고 정원을 가꾸고 바비큐 파티를 하는 소망을
아주 쉽게 이룰 수 있는 곳이기 때문이다. 그러니 집에서 말을 키우고 저녁에는
도심의 근사한 레스토랑에서 식사를 하는 주인공들의 일상은 결코 허황된 것이 아니다.
프랑크푸르트 국제공항에 내리면 차로 30분 안에 마인타우누스 지역
어디든 갈 수 있다. 넬레 노이하우스가 기획에 참여한, '개를 데리고 떠나는
범죄 현장 투어' 상품도 마련되어 있으니 소설 속 사건 현장을 직접
보고 싶은 독자라면 아래 웹사이트를 방문해보자.

www.trekking-dogs.de/wanderungen/tagestouren/nele-neuhaus-tour

여우가 잠든 숲 1

초판 1쇄 발행 2017년 4월 20일
초판 9쇄 발행 2023년 2월 1일

지은이 넬레 노이하우스
옮긴이 박종대
펴낸이 신경렬

상무 강용구
기획편집부 최장욱 송규인
마케팅 신동우
디자인 박현경
경영기획 김정숙 김태희
제작 유수경

펴낸곳 (주)더난콘텐츠그룹
출판등록 2011년 6월 2일 제2011-000158호
주소 04043 서울시 마포구 양화로12길 16, 7층(서교동, 더난빌딩)
전화 (02)325-2525 | **팩스** (02)325-9007
이메일 longest@thenanbiz.com | **홈페이지** www.thenanbiz.com

ISBN 979-11-5879-060-8 03850